DÉPÔT LÉGAL
Nord
№ 643
12 13

I0642852

BIBLIOTHÈQUE COMMUNALE DE LILLE.

CATALOGUE

DES

OUVRAGES LÉGUÉS

PAR

M. le Marquis de GODEFROY DE MÉNILGLAISE.

THÉOLOGIE, SCIENCES & ARTS, BELLES-LETTRES

LILLE
IMPRIMERIE L. DANEL.

1893.

CATALOGUE

DES OUVRAGES LÉGUÉS

PAR

M. le Marquis de GODEFROY DE MÉNILGLAISE.

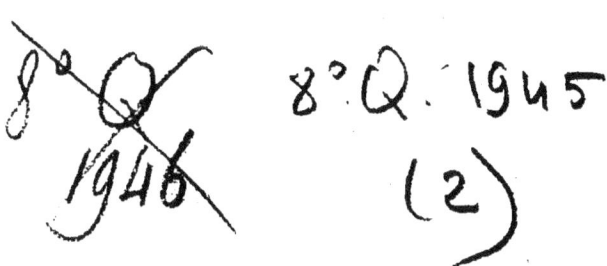

8° Q. 1945

(2)

8° Q

1946

BIBLIOTHÈQUE COMMUNALE DE LILLE.

CATALOGUE

DES

OUVRAGES LÉGUÉS

PAR

M. le Marquis de GODEFROY DE MÉNILGLAISE.

THÉOLOGIE, SCIENCES ET ARTS, BELLES-LETTRE

LILLE

IMPRIMERIE L. DANEL.

1893.

THÉOLOGIE.

ÉCRITURES SAINTES. TEXTES.

1 [Thora Nebiaïm Uktubim, *i. e.* le Pentateuque, les Prophètes
et les Hagiographes] Biblia Hebraica Accuratissima, Notis
Hebraicis et Lemmatibus Latinis illustrata. A *Johanne*
LEUSDEN , Philosophiæ Doctore, & Linguæ Sanctæ in
Academia Ultrajectina Professore. *Amstelodami* , Typis
et Sumptibus Josephi Athias, anno CIↃ IↃC LXVII.
In-8°, 3 vol., paginés, le 1ᵉʳ, outre 19 ff. non cotés, ff. 1
à 175; le 2ᵉ, ff. 1 à 316; et le 3ᵉ, ff. 317 à 508, plus 2 ff. non
cotés, titres encadrés et ornés.

2 Sainte Bible de Vence, en latin et en français, avec des
notes littéraires, critiques et historiques, des préfaces et
des dissertations, tirées du commentaire de DOM CALMET,
abbé de Sénones, de l'abbé de Vence, et des autres auteurs
les plus célèbres, pour faciliter l'intelligence de l'Écriture
Sainte ; Enrichie d'un Atlas et de Cartes géographiques.
Cinquième édition, soigneusement revue, et augmentée
d'un grand nombre de notes par M. DRACH, rabbin converti,
et enrichie de nouvelles dissertations. Ouvrage dédié au
Roi. *Paris* , Méquignon-Havard et compᵗᵉ; Mame et De-
launay-Vallée [impr. Cosson, *puis* Decourchant] , 1827
[-1833]. In-8°, 27 vol., savoir :

T. Iᵉʳ (1827) : Dissertations préliminaires.
T. II (1827) : Genèse, Exode.
T. III (1827) : Lévitique, Nombres.
T. IV (1827) : Deutéronome, Josué.
T. V (1828) : Juges, Ruth, Rois 1-2.
T. VI (1828) : Rois 3-4.

T. VII (1828) : Paralipomènes.

T. VIII (1827) : Esdras, Néhémie, Judith, Esther.

T. IX-X (1829) : Job, Psaumes.

T. XI (1829) : Proverbes, Ecclésiaste, Cantique, Sagesse.

T. XII (1829) : Ecclésiastique.

T. XIII–XV (1829) : Isaïe, Jérémie, Baruch, Ezéchiel.

T. XVI (1830) : Daniel.

T. XVII (1832) : Petits Prophètes.

T. XVIII (1830) : Machabées.

T. XIX (1829) : Introduction au Nouveau Testament.

T. XX-XXI (1829) : Évangiles, Actes des Apôtres.

T. XXII (1829) : Épîtres de S. Paul.

T. XXIII (1830) : Épîtres de S. Paul et autres Apôtres.

T. XXIV (1831) : Apocalypse, Chronologie sacrée.

T. XXV-XXVI (1831-32) : Apocryphes.

T. XXVII (1833) : Appendice et Tables.

Atlas du précédent ouvrage, composé de 37 planches, sans titre ni table, 1 vol. in-fol. obl.

3 Biblia, das ist: Die ganze Heil-Schrift Altes und Neues Testaments, nach der teutschen Uebersetzung D. *Martin* Luthers : Mit iedes Capitels kurzen Summarien, auch beygefügten vielen und richtigen Parallelen : Mit Fleisz überschen und gegen einige sonderlich erstere, Editiones des sel. Mannes gehalten : Nebst der Vorrede des sel. Herrn Barons *C. H. von* Canstein. Die CLXII Auflage. *HALLE*, im Wäysenhause (*sic*), 1771. In-12, 1 fort vol. de 24, 1079 et 308 pp., plus 2 ff. non cotés, beau titre rouge et noir en lettres gothiques.

4 Le Livre de Job, nouvellement traduit d'après le texte original non ponctué et les anciennes versions, notamment l'arabe et la syriaque ; avec un commentaire imprimé à part ; Par *J. Louis* Bridel, Professeur de Langues Orientales, et de l'Interprétation des Livres Saints dans l'Académie de Lausanne. A *Paris*, de l'imprimerie de Firmin Didot, 1818. In-8°, 1 vol.

5 Psalterivm Davidis Trilinguae (*sic*). [*In fine:*] Basileae apvd
   Henrichvm Petrvm, mense Martio, anno M.D.XLV.
   Pet. in-8°, 1 vol. de 1131 pp. chiffrées, imprimées sur deux
   colonnes, savoir : au v° de chaque feuillet, hébreu et grec,
   et, au r° en regard, latin et scholies.

6 Sanctvm Iesv Christi Evangelivm Secundum Matthæum
   Secundum Marcum secundum Lucam Secundum Iohannem. Acta Apostolorvm. *Lovanii*, excudebat Bartholomæus
   Grauius suis sumptibus & Petri Zangrij Tiletani. 1563.
   1 vol. in-4°.

7 Le Nouveau Testament de Nostre Seigneur Jesus-Christ, de
   la traduction des Docteurs de Louvain. Revûë & corrigée
   de nouveau, si exactement, qu'elle est au vrai une nouvelle Traduction, sur l'Ancienne & Vulgate Edition Latine.
   Avec deux Tables. A *Rouen*, chez la Veuve de Jean Oursel,
   M.DCCIII. In-12, 1 vol.

8 Dictionnaire de l'Écriture Sainte, ou Répertoire et Concor-
   dance de tous les textes de l'Ancien et du Nouveau
   Testament, Mis par ordre alphabétique et méthodique;
   supplément indispensable à toutes les éditions de la Bible ;
   Par l'Abbé *A.-F.* James, Membre de la société Asiatique.
   Paris, Librairie catholique de P.-J. Camus, Paulmier,
   Vezy, [Meulan, impr. Hiard] 1848. In-8°, 1 vol.

9 Bibliorvm Sacrorvm concordantiæ morales et historicæ :
   Concionatoribus in primis atque vniversis S. Scriptvræ
   studiosis vtilissimæ : à *Petro* Evlard Ariensi Societatis
   Jesu sacerdote conscriptæ. Cum appendice ex silva allego-
   riarum *F. Hieronymi* Laureti Benedictini, & ex *Georgii*
   Bulloci Œconomia Concordantiarum, pereumdem *Petrvm*
   Eulard selecta. *Antwerpiæ* ex officinâ Plantinianâ. 1625.
   1 vol. in-4°.

10 Concordantiæ Bibliorum Sacrorum Vulgatæ Editionis,
   ad recognitionem jussu Sixti V. Pontif. Max. Bibliis

adhibitam recensitæ atque emendatæ ac plusquam viginti quinque millibus versiculis auctæ insuper et notis historicis, geographicis, chronicis locupletatæ, cura et studio *F. P.* DUTRIPON Theologi et Professoris. Opus dicatum D. D. De Quelen, Parisiensi Archiepiscopo. *Parisiis*, apud Belin-Mandar, M.DCCC.XXXVIII. Gr. in-4°, 1 vol.

ÉCRITURES SAINTES. COMMENTAIRES.

11 La Vie de N. S. Jésus-Christ, par le docteur SEPP, traduite de l'allemand par M. *Charles* SAINTE-FOI. [*Eloi* JOURDAIN, théologien]. *Paris*, librairie de Mme Vve Poussielgue-Rusand, [impr. Firmin Didot] 1854. In 8°, 2 vol., 1 carte en couleur dans le Ier.

12 Vita SS. Salvatoris Nostri Jesu Christi, ab *Hieronyme* BOZENHART, SS. Theol. Licentiato, in Exempto Canonicorum Regul. Collegio ad Insulas Wengenses Ulmæ SS. theologiæ Professore ordinario. *Constantiæ*, Wohlerus, 1721. In-8°, 1 vol.

Ceci n'est pas le livre que le titre annonce ; mais seulement la dédicace et la préface dans laquelle Bozenhart défend contre des attaques et des critiques son livre non encore imprimé.

13 Valeur de l'Assemblée qui prononça la peine de mort contre Jésus-Christ par MM. les abbés LÉMANN, première édition. *Paris*, librairie Poussielgue frères [*Tours*, impr. Mame], 1876. In-8°, 1 vol.

14 Explication de plusieurs textes difficiles de l'Ecriture, qui jusqu'à présent n'ont été ni bien entendus, ni bien expliquez par les Commentateurs. Avec des regles certaines pour l'intelligence du sens litteral de l'ancien & du nouveau Testament. Ouvrage enrichi d'Antiques gravées (*sic*) en Taille-Douce. Par le R. P. Dom *** [*Jacques* MARTIN]

Religieux Bénédictin de la Congrégation de Saint-Maur.
A *Paris*, chez Emery, Saugrain Pere, Pierre Martin,
M. DCCXXX. In-4°, 2 vol., nombreuses gravures hors
texte.

15 *Cornelii* IANSENII episcopi Iprensis et in Acad. Lovan. S. Th.
quondam prof. Pentatevchvs sive Commentarivs in
qvinqve libros Moysis. *Lugduni*, apud Antonium Beau-
jollin, 1677. 1 vol. in-4°.

16 RABANI MAVRI, Mogvntinensis Archiepiscopi, viri arcana-
rum literarum peritissimi commentaria, antehac nunquam
typis excusa, in Numeros libri IIII et in Deuteronomium
libri IIII. *Coloniæ*, Ioannes Praël, 1532. In-8°, 1 vol.

17 Le Nouveau Testament en François, avec des Reflexions
morales sur chaque verset, pour en rendre la Lecture plus
utile, & la Méditation plus aisée [Par le P. *Pasquier*
QUESNEL]. Nouvelle édition augmentée. Imprimé par
l'ordre Monseigneur l'Evesque & comte de Chaalons, Pair
de France. *Paris*, Pralard, 1696-1697. In-12, 8 tom. en
5 vol.

18 Opus Aureum Ornatum omni lapide precioso nouissime per
magistrum *Anthoniũ* [*de* GHLIFLANDIS] : heretice prauitatis inquisitorem : ordinis fratrũ predicatorũ editum
super euangelijs totius anni Octo miliũ [*sic*] dubiorũ
salutiones [*sic*] quadruplicemq3 littere sensũ succĩcte
cõtinẽs. [*Nota* Iehan Petit]. [*Parisiis*, 1510]. In-8°, caractères gothiques, 2 colonnes, 8 ff. non cotés et 350 ff. cotés.

F° 1 r° : Titulus supra scriptus ; *v°* : imago Christi crucifixi.
— *F° 2 r°* : Incipit tabula super hoc opere declarationis dubiorum
sacrorũ euangeliorum totius anni ; *v°* : Sciendum [etc.] — *F° 3
r°* : Tabula. — *F° 6 v°, in ima pagina* : R. d. d. Johanni Ludo-
uico Ruuere : dei gratia epõ Thauriensi Frater Anthonius de
Ghliflandis theologus artiũq3 doctor Ordi — *F° 7 r°* : [Prologus]
nis predicato)↓ thaurinensis Ciuitatis ac prauitatis heretice quesi

tor. Salutem plurimā impartit. Repetēti michi [*sic*] sepenumero
memo — *F*⁰ *numerato 1, r*⁰ : Dominica prima aduentus (i) ncipit
expositio Euangeliorū totius anni secundū ordinem Romane
curie : et Ordinis fratrum predicatorum edita a fratre Anthonio
de Gislādis. — *F*⁰ *num. 350* : Finis. Explicit prima pars huius
operis a prima dominica Aduentus vsq3 ad Sabbatum sanctum
inclusiue. Impressa. per Johannem Mercatorem Expensis honesti
viri Johannis Parui sub intersignio Leonis argētei mora3 trahētis
Anno dñi Millesimo qñgētesimo decimo dievero [*sic*] sexta
Nouêbris.

Nota. — E prima tantum parte totum, quatenus compertum
habemus, editum opus constat.

19 Epistolarum B. Pauli Apostoli triplex Expositio : Analysi,
Quâ textûs Apostolici ordo et connexio declaratur ; Para-
phrasi, Quâ mens Apostoli breviter exponitur et clarè ;
Commentario, Ubi litterales notæ, variæ lectiones, sen-
susque textui conformiores afferuntur. Accedunt et Obser-
vationes dogmaticæ, necnon variæ Praxes christianæ.
Liber itaque utilissimus, auctore R. P. *Bernardino a*
Piconio, Minorita Capucino. Vesontione. Outh. [enin].
Chalandre filius. *Parisiis*, Mequignon junior, Gaume
fratres, M DCCC XLII. In-12, 3 vol.

20 Dissertation de Mʳ Arnauld Docteur de Sorbonne, Sur la
manière dont Dieu a fait les frequens Miracles de l'ancienne Loy par le ministere des Anges. A *Cologne*, chez
Nicolas Schouten, M.DC.LXXXV. In-12, 1 vol.

21 Conjectures sur les Memoires originaux dont il paroit que
Moyse s'est servi pour composer le Livre de la Genese.
Avec des Remarques, qui appuient ou qui éclaircissent ces
Conjectures. [par *J.* Astruc, médecin à Montpellier]. A
Bruxelles, chez Fricx [imprimé à Paris], M.DCC.LIII.
In-12, 1 vol.

22 Histoire critique du Vieux Testament, par Le R P. *Richard*

SIMON , Prestre de la Congregation de l'Oratoire. Suivant la Copie, imprimée a Paris. [*Amsterdam,* Daniel Elsevier], CIƆ IƆC LXXX. In-4° car., 1 vol.

23 Histoire critique du texte du Nouveau Testament , Où l'on établit la Vérité des Actes sur lesquels la Religion Chrê-tienne (*sic*) est fondée. Par *Richard* SIMON, Prêtre. A *Rotterdam*, Chez Reinier Leers, M DC LXXXIX. In-4°, 1 vol.

24 Horæ Biblicæ ou Recherches littéraires sur la Bible, Son texte original, ses Éditions & ses Traductions les plus anciennes & les plus curieuses, Ouvrage traduit de l'anglois de *Charles* BUTLER. [par *A.-M.-H.* BOULARD]. *Paris*, Garnery, Leblanc, 1810. In-8°, 1 vol.

25 Moyse, considéré comme législateur et comme moraliste, Par M. DE PASTORET, Conseiller de la Cour des Aides, de l'Académie des Inscriptions & Belles-Lettres. A *Paris* , chez Buisson , M. DCC. LXXXVIII. In-8°, 1 vol.

26 Dictionnaire des apocryphes, ou Collection de tous les livres apocryphes relatifs à l'ancien et au nouveau testament, pour la plupart traduits en français, pour la première fois, sur les textes originaux, enrichie de préfaces, dissertations critiques, notes historiques , bibliographiques , géogra-phiques et théologiques : publié par M. *l'abbé* MIGNE.... Imp. Migne, 1856-1858. 2 vol. gr. in-8°.

27 Les animaux de la Vision d'Ézéchiel et la symbolique chal-déenne par M. *H.* DE CHARENCEY, membre correspondant de l'Académie des sciences, arts & belles-lettres de Caen. *Caen*, imp. Le Blanc-Hardel, 1875. 1 broch. de 26 pages pet. in-8°.

28 De quelques idées symboliques se rattachant au nom des douze fils de Jacob par *H.* DE CHARENCEY. *Paris*, Maison-neuve et Cⁱᵉ , libr.-édit. Imp. Alcan-Lévy, 1874. 1 broch. 104 p. in-8°.

29 Récits Évangéliques. Unité. Précision. Harmonie des
quatre textes. Examen critique de l'ordre chronologique
et synoptique des faits, par l'Abbé *A.* CHEVALIER, du
Diocèse de Versailles.... deuxième édition corrigée et
augmentée. *Versailles*, Oswald. *Paris*, Wattelier et Cie,
libr.-édit. *Paris*, impr. Pillet fils aîné, MDCCCLXXIV.
1 vol. in-8° avec une carte.

30 Icones Historiarvm Veteris Testamenti, Ad viuum expressæ,
extremaque diligentia emendatiores factæ, Gallicis in
expositione homœotelentis, ac versuum ordinibus (qui
priùs turbati, ac impares) suo numero restitutis. [cum
Nicolai BORBONII VANDOPERANI & *Ægidii* CORROZET ad
lectorem duplici carmine]. *Lvgdvni*, Apud Ioannem
Frellonium, 1547. In 4°, 1 vol. de 52 ff. non cotés, 2 grav.
à chaque feuillet à partir du 4e; le 51e n'a pas de gravure
au r° et en porte au v° quatre petites représentant les
quatre évangélistes; au r° du 52e, on lit :

LVGDVNI,
EXCUDEBAT IOANNES
FRELLONIUS,
1547.

Le v° est blanc.

31 David, virtvtis exercitatissimæ probatum Deo spectaculum,
ex Dauidis, Pastoris, Militis, Ducis, Exsulis ac Prophetæ
exemplis, Benedicto Aria Montano meditante ad pietatis
cultum propositis. Æneis laminis ornatum a *Ioanne The-
doro* (sic), & *Ioanne Israele* DE BRY, fratribus ciuib.
Francofurtensibus. Quid huic nouæ editioni a Conrado
Rittershvsio ex biblioth. M. Bergii procurata accesserit,
præfatio docebit. Ex Officina M. Zachariæ Palthenii.
[*Francofurti ad Mœnum*], M.D.XCVII. Impensis Ioan.
Theod. et Io. Israel de Bry. In-4° car., 1 vol. de 6 ff. non
cotés et 146 pp. chiffr., tit. orné, nombreuses gravures.

LITURGIE.

32 De antiquis Ecclesiæ Ritibus Libri quatuor. Collecti ex variis insigniorum Ecclesiarum libris Pontificalibus. Sacramentariis, Missalibus, Broviariis, Ritualibus, seu Manualibus, Ordinariis seu Consuetudinariis, cùm manuscriptis tùm editis ; ex diversis Conciliorum Decretis, Episcoporum Statutis, aliisque probatis auctoribus permultis.... Studio & opera R. P. Domni *Edmundi* MARTENE, Presbyteri & Monachi Benedictini è Congregatione Sancti Mauri. *Rotomagi*, Sumtibus Guillelmi Behourt,.... M. DCC. [-II]. In-4°, 3 vol.

33 *Gothofredi* VOEGTII, SS. Theol. Licent. et Rectoris Scholæ Johanneæ Hamburgensis, τοῦ μαxαρίτου Thysiasteriologia, sive de Altaribus veterum Christianorum. Liber posthumus, nunc primum in lucem editus a *Jo. Alberto* FABRICIO, D. Prof. Publ. ac Gymnasii h. a. Scholæque Johanneæ Rectore, qui delineationem Thesauri Antiquitatum Hebraicarum & Ecclesiasticarum atque Autoris vitam præmisit. *Hamburgi*, Liebezeit, 1709. 1 vol. pet. in-8°.

34 Liturgiarum orientalium collectio in qua Continentur Liturgiæ coptitarum tres, Basilii, Gregorii Theologi, & Cyrilli Alexandrini, Latinè Conversæ Secundum exemplar Copticum.... Accedunt dissertationes quatuor. I de Liturgiarum Orientalium origine et autoritate.— II de Liturgiis Alexandrinis. — III de lingua Coptica. — IV de Patriarcha Alexandrino, Cum officio ordinationis ejusdem Operâ et studio *Eusebii* RENAUDOTII Parisini Tomus primus. Tomus secundus. In quo continentur Jacobitarum Syrorum liturgiæ, ex multis Codicibus Syriacis latinè Conversæ ; tum Liturgiæ Nestorianorum tres, ex manuscriptis codicibus pariter Latinè Conversæ cum commentario fusiori ad præcipuas, et notis necessariis ad reliquas (ejusdem auctoris). *Parisiis*, apud Joannem Baptistam Coignard, regis architypographum, M.DCCXVI. 2 vol. in-4°.

35 Officia propria insignis Ecclesiæ collegiatæ Divi Petri
Insulis, Sedi Apostolicæ immediatè subjectæ. *Insulis,* Ex
Officinâ J. B. Brovellio , Typographi ordinarii DD. Præ-
positi, Decani & Capituli dictæ Ecclesiæ sancti Petri.
M. D. CC. XXXI. Cum Approbatione. Pet. in-4°, 1 vol. de
XII-123 pp. chiffr. et 1 f. d'errata.

36 Breviarivm Romanum ex sacra potissimvm Scriptvra, et
probatis sanctorū Historijs nuper confectum [studio Cardinalis *Francisci* QUIGNONII], ac denuo per eundem Autho-
rem accuratius recognitum , eaq3 diligentia hoc in anno à
mendis ita purgatum , vt Momi iudicium non pertimescat.
Ioan. V : Scrutamini scripturas : quoniam illæ sunt, quæ
testimonium perhibent de me. Cvm Privilegio Summi
Pontificis, & Regis Galliæ. *Lugduni* [excudebat Baltazard
Arnoullet, una cum heredibus Ioannis Barbous]. M. D.
XLIIII. Tr. gr. in-8°, 18 ff. non cotés et 255 ff. cotés ,
1 vol., titre rouge et noir, rubriques, en tête un calendrier
perpétuel manuscrit.

37 Mandement de Charles de Montchal , Archevêque de Toulouse, concernant le rituel. (1 octobre 1639). S. nom d'imp.
1 br. de 7 pp. in-4°.

38 Memoires pour servir a l'histoire de la Fête des Foux , qui
se faisoit autrefois dans plusieurs Eglises. Par Mr. DU TIL-
LIOT, Gentil-homme ordinaire de S. A. R. Monseigneur le
Duc de Berry. A *Lausanne* & à *Geneve,* M.DCC.LI. Pet
in-8°, 1 vol., avec 12 pl.

39 .... Formulario delle Orazioni degl' Israeliti. traduzione
di *Samuel David* LUZZATTO. revista ed approvata dall'
eccellentissimo e venerando signore *Abram Eliezer* LEVI
rabbino maggiore della communità israelitica di Trieste.
Parte prima. Con Permissione de' Superiori.... *Vienna,*
presso Antonio Strauss, 1821. In-8°, 1 vol., texte hébreu
et version italienne en regard.

CONCILES.

40 Analyse ou Idee generale des Conciles ecumeniques (*sic*) et particuliers, Dont il nous reste les Canons, ou qui servent à l'Histoire, & à la Discipline Ancienne & Moderne. Divisée en deux parties. A *Bruxelles*, chez François Foppens, M. DCCVI. In-8°, 2 vol.

41 Manuel de l'Histoire des Conciles ou Traité Théologique, dogmatique, critique, analytique et chronologique des Conciles et des Synodes, Deuxième édition, par M. *L.-F.* Guérin, Membre de l'Académie de la Religion catholique de Rome. *Paris* [imp. Cosson], Parent-Desbarres, A. Bray, 1856. In-8°, 2 vol.

42 Codex Canonvm Ecclesiæ Africanæ *Christophorus* Ivstellvs ex Mss. codicibus edidit, Græcam versionem adiunxit, & notis illustrauit. *Lutetiæ Parisiorvm*, Apud Abraha·mvm Pacard, CIƆ. IƆ. CXV. Pet. in-8°, 1 vol.

43 Histoire du Concile de Pise et de ce qui s'est passé de plus mémorable depuis ce Concile jusqu'au Concile de Constance. Par *Jacques* Lenfant. Enrichie de portraits. *Amsterdam*, Pierre Humbert, 1724. 2 vol. in-4°.

44 Histoire du Concile de Constance, tirée principalement d'auteurs qui ont assisté au Concile. par *Jaques* Lenfant. Tome premier, à *Amsterdam*, chez Pierre Humbert, M. DCCXIV. 1 vol. in-4° avec gravures hors texte, titre rouge et noir.

45 Acta Constantiensis Concilij ad expositionem decretorum eius sessionum quartæ et quintæ facientia nunc primum ex codicibus m. ss. in lucem eruta ac dissertatione illvstrata per D. *Emanvelem a* Schelstrate S. T. D. Bibliothecæ Vaticanæ Præfectum. *Antverpiæ*, apud Joannem Baptistam Verdussen, 1683. In-4°, 1 vol. de 4 ff. prélim., 76 pp. chiffr. et 2 ff. d'index, rel. parchemin.

46 Histoire de la guerre des Hussites et du Concile de Basle.
Par *Jacques* LENFANT. Enrichie de portraits. *Utrecht,*
Corneille Guill. Le Febvre, 1731. 2 vol. in-4°.

47 Histoire du Concile de Trente, de Fra *Paolo* SARPIO , Téo-
logien de la Sérénissime Republique de Venise. Traduite
par le Sieur DE LA MOTHE-JOSSEVAL, ci-devant Sécrétaire
de l'Ambassade de France à Venise. Avec des Remarques
Historiques, Politiques & Morales. *Amsterdam*, G. P. &
J. Blaeu, 1683. 1 vol. in-4°.

48 Histoire du Concile de Trente, Par le R. P. PRAT, de la
Compagnie de Jésus. Seconde Édition revue et corrigée.
Bruxelles, C.-J.-A. Greuse, 1855. Gr. in-12, 3 vol.

49 Vera Œcumenici Concilii Tridentini, contra exurgentes (*sic*)
Lutheri, aliorumque hæreses nec non varias universæ
reipublicæ christianæ revolutiones , pro morum reforma-
tione, et fidei defensione, summo Romano-catholicæ Ecclesiæ emolumento publicati Historia contra falsam Petri
Suavis Polani narrationem scripta, et ex ipsismet origina-
libus literis, actis, gestis, et protocollis plene, et fideliter
asserta a P. *Sfortia* PALLAVICINO S. J. postea S. R. E.
Cardinale presbytero, primum italico idiomate in lucem
edita ; deinde ab ipso aucta et revisa, ac latine reddita a
P. *Joanne Baptista* GIATTINO , Panormitano , ejusdem
Societatis Jesu sacerdote. Accessit novæ huic et emenda-
tiori editioni *Petri* FONTIDONII Segoviens. Doctoris Theologi
Canonici Salamantini Apologia pro Sacro Œcumenico Con-
cilio Tridentino adversus Joannem Fabritium Montanum ad
Germanos. Augustæ Vindelicorum Sumptibus Matthæi
Rieger, et filiorum', MDCCLXIX [-LV]. In-fol , 3 vol.,
titre rouge et noir.

50 Déclaration de Messieurs les Princes, Pairs, Officiers de la
Couronne & Députez aux Estats assemblez à Paris. Sur la
publication et obseruation du Saint Sacré Concile de
Trente. Auec le serment desdits Seigneurs, pour la défense

de la religion Catholic. Apostol. & Rom. & la continuation desdits Estats généraux. A *Lyon*, par Jean Pillehotte, 1593, in-12. Pièce de 8 pages.

51 Concilium Romanum in Sacrosancta Lateranensi Basilica celebratum, anno universalis jubilæi 1725, a Sanctissimo Patre & Domino Nostro Benedicto Papa XIII, pontificatus sui anno primo. *Bruxellis*, Foppens, 1726. In-12, 1 vol.

52 Rome Œcuménique. Lettres à un Ami par *Edmond* LAFOND. *Paris*, Vict. Palmé. *Bruxelles*, Goëmaëre. *Rome*, libr. de la Propagande. *Lyon*, Josserand. *Londres*, Burns Oates et Cie, éditeurs. *Paris*, imp. Cusset, 1870. 196 pp.

    A la suite : La Liberté du Concile par M. *Louis* VEUILLOT. *Paris*, imp. Lahure, 1870. 70 pp. — Ensemble 1 vol. in-18.

PATRISTIQUE.

53 La Patrologie, ou Histoire littéraire des trois premiers siècles de l'Église chrétienne ; œuvre posthume de *J.-A.* MOEHLER, publiée par *F.-X.* REITHMAYER, Professeur extraordinaire de Théologie à l'Université Louis-Maximilien, à Munich, Traduite de l'allemand par *Jean* COHEN, Bibliothécaire à Sainte-Geneviève. *Paris*, Debécourt, [impr. E.-J. Bailly], 1843. In-8°, 2 vol.

54 Spicilegium Solesmense complectens Sanctorum Patrum Scriptorumque Ecclesiasticorum anecdota hactenus opera, selecta è Græcis Orientalibusque et Latinis codicibus, publici jurisfacta curante Domno *J. B.* PITRA. — *Tomus primus :* In quo præcipue (*sic*) auctores sæculo V antiquiores proferuntur et illustrantur. — *Tomus secundus :* In quo veteres præcipui auctores de re symbolica proferuntur et illustrantur. — *Tomus tertius :* In quo præcipui veteres auctores de re symbolica proferuntur et illustrantur. —

Tomus quartus : In quo monumenta tàm Africanæ quàm Byzantinæ Ecclesiæ proferuntur et illustrantur. *Paris,* Firmin Didot, 1852-1858. 4 vol. in-8°, pl.

55 Œuvres de Saint Denys l'Aréopagite, traduites du grec en français, avec prolégomènes, manchettes, notes, table analytique et alphabétique, table détaillée des matières, par l'abbé *J.* Dulac. *Paris,* libr. catholique Martin-Beaupré frères, [imp. Constant-Laguerre], 1865. In-8°, 1 vol.

56 Les deux Épitres aux Vierges de Saint-Clément Romain, disciple de Saint-Pierre, traduites en latin et en français par Mgr *Clément* Villecourt, évêque de La Rochelle et de Saintes, précédées d'une dissertation qui en établit l'authenticité, dédiées à Monseigneur Malou, évêque de Bruges. *Paris,* chez Louis Vivès, édit. *La Rochelle,* typ. de F. Boutet. 1853. 1 vol. in-8°, avec une gravure en frontispice.

57 *Lucii Cœlii* Lactantii Firmiani Opera, quæ extant omnia ; Ad Fidem Codicum tam Impressorum, quàm Manu scriptorum recensita. *Cantabrigiæ,* Ex Officinâ Johan-Hayes, Celeberrimæ Academiæ Typographi, M. DC. LXXXV, Impensis Hen. Dickinson, & Rich. Green, Bibliopol. Cantab, Pet. in-8°, 1 vol.

58 Études sur Saint Irénée et les Gnostiques, par *J. A.* Schmit, membre hon. de la Soc. littér. de l'Univ. Cath. de Louvain (extrait de la Revue catholique). *Paris,* chez Douniol, édit. *Bruxelles & Louvain.* C. J. Fonteyn. MDCCCLV. Une broch. pet. in-4°. Tirlemont, imp. P. I. Merckx.

59 Basilii Magni de legendis gentilivm libris Oratio cvm interpretatione gemina *Hugonis* Grotii et *Leonardi* Aretini notisq. *Ioan.* Potteri *Ioann. Henr.* Maivs F. Cathedræ Lvdovicianæ professor ord. recensvit propriis adnotationibvs illvstravit atq. consimilis argvmenti epistolam D. Hieronymi ad magnvm oratorem romanvm cvm ms.

cod. collatam adiecit. *Francofordiæ ad Mœnum*, apvd Samvelem Tobiam Hockervm, Anno CIƆ IƆ CCXIIII. In-4° car., 1 vol.

[*In eod. volum :* I.] Pristinam christianæ rei faciem a Plinio repræsentatam commentatione philologica et critica ad Plin. lib. X. epist. LXXXXVII. Avspiciis divinis Rectore magnificentissimo serenissimo principe ac domino Wilhelmo Henrico Dvce Saxoniæ.... Præside Frid. Andrea Hallbavero eloqv. et poes. prof. pvbl. ordinario.... D. XXV. ianvarii CIƆ IƆCC XXXVIII ervditorvm꞊ disqvisitioni svbiicit avctor *Georg. Lvdov.* SCHELHAS qverfvrth. philos. et theol. cvltor. *Ienæ* litteris Ioh. Frid. Rittori. In-4° car., 1738.

[II.] Disputatio philologica de Statuis & Lapidibus idolo-latricis, in Levit. Cap. XXVI. comma I. quam adspirante Summi Numinis favore, sub præsidio Celeberrimi ac Clarissimi Viri Davidis Millii, Antiquitatum Sacrarum, ut & Linguarum Orientalium in Inclyta Academia Ultrajectina, Professoris Ordinarii, Publicæ disquisitioni submittit respondens *Samuel* NEMETHI, Debrecino-Hungarus. Ad diem 28 Aprilis, horis locoquc solitis. *Trajecti ad Rhenum*, Apud Guilielmum vande Water, Academiæ Typographum, MDCCXXVIII. In-4° car.

[III.] Dissertatio philosophico-theologica qua Mysteriorum Religionis Αξιοπιστια ex Naturæ Mysteriis adstruitur quam annuente Deo Optimo Maximo, præside viro plurimum venerando et clarissimo Gisberto Bonnet, S.S. Theol. Doct. & Prof. Ord. Publico examini submittit *Gerardus Joannes* NAHUYS, Trajectinus, auctor. ad diem 28 Aprilis H. L. Q. S. *Trajecti ad Rhenum*, Ex officina Joannis Brœdelet, Academiæ typograph. MDCCLXXII. In-4°.

60. S. DAMASI Papæ Opera quæ extant et Vita ex codicibus mss. cum notis *Martii* MILESII SARAZANII J. C. Romani. *Parisiis*, Apud Lvdov. Billaine. M. DC. LXXII. Cum Licentiis. Pet. in-4°, 1 vol.

61 Divi PAVLINI, episcopi NOLANI, Opera. Item vita ejusdem, consummatam perfectionem ac prorsus mirabilem sanctitatem continens, ex ipsius Operibus et Veterum de eo elogiis concinnata. Accedunt Notæ amœbææ *Frontonis*. DUCÆI & *Heriberti* ROS-WEYDI e societate Iesv. *Antverpiæ*, Ex officina Plantiniana, apud Balt. Moretum & Viduam Io. Moreti, & Io. Meursium, 1622. In-8°, 1 vol. en 2 tom.

62 Bibliotheca Patrum Apostolicorum Græco-Latina, qua continentur I. S. CLEMENTIS Romani prior & posterior ad Corinthios epistola, II. S. IGNATII epistolæ septem genuinæ, qvibus ejusdem interpolatæ & spuriæ epistolæ, nec non acta Ignatiani martyrii accedunt, III. S. POLYCARPI epistola ad Smyrnenses, cui præter fragmenta Polycarpi ecclesiæ Smyrnensis de Polycarpi martyrio integra adjungitur. Præmissa est Dissertatio de Patribus Apostolicis, ... Autore *L. Thoma* ITTIGIO, P. P. & Archid. ad D. Nicolai. — *Lipsiæ*, Impensis Hæredum Lanckisianorum. Excudebat Joh. Heinricus Richter. Anno M DC IC. Pet. in-8°, 1 vol., tit. rouge et noir.

63 IOANNIS CASSIANI, presbyteri, quem alii Eremitam, alii Abbatem nuncupant, Opera omnia. Nouissime recognita, repurgata & notis amplissimis illustrata. Quibus accessere alia eiusdem argumenti opuscula, quorum elenchum sequens pagina exhibebit. Studio & opera D. *Alardi* GAZÆI, cœnobitæ vedastini, Ord. S. Benedicti. *Dvaci*, Ex typographia Baltazaris Belleri, anno 1616, in-8°, 2 tom. en 3 vol. — Opuscula operibus Cassiani addita, quorum in titulo facta est mentio hæc sunt : 1.) *Sancti* PROSPERI *Aquitanici* liber de Gratia Dei et Libero Arbitrio, contra collatorem. — 2.) R. D. *Henrici* CUYKII, episcopi Ruremondensis, annotationes, sive censoriæ notæ ad Johannis Cassiani libros. — 3.) Statuta duarum Congregationum sive Capitulorum generalium Ord. D. Benedicti, [Aquis, an. chr. 819, et Compendio, an. 1370, congregatorum].—

4.) *Petri* Ciaconii, presbyteri Toletani, observationes in Joannem Cassianum.

64 Collectio selecta SS. Ecclesiæ Patrum, accurantibus D. A. B. Caillau, nonnullisque cleri gallicani presbyteris, una cum *D. M. N. S.* Guillon. Tomus decimus quartus [*S.* Cyprianus]. *Parisiis* [Typog. Decourchant], apud Mequignon-Havard. *Bruxellis*, apud eumdem. M DCCC XXIX. In-8°, 1 vol.

65 Tatiani Assyrii [Athenagoræ, S. Theophili, Hermiæ, *S.* Irenæi] et *Sancti* Hippolyti,.... Opera. Editio nova, accurantibus *D. A B.* Caillau, Canonico honorario Cenomanensi et Curcensi, nonnullisque cleri Gallicani presbyteris. Tomus primus. — *Parisiis*, apud Paul Mellier,.... [*S. Clodoaldi*, typ. Belin-Mandar], 1842. In-8, 1 vol. de la *Collection des Pères Apostoliques*, manque le tome II, qui contient, outre les œuvres de S. Hippolyte, celles de Minutius Félix et de Clément d'Alexandrie.

66 [Patrologiæ *J.-P.* Migne tomi LXIX-LXX] *Magni Aurelii* Cassiodori senatoris, viri patricii, consularis, et Vivariensis Abbatis Opera omnia.... ad fidem manuscriptorum codicum emendata et aucta, notis, observationibus et indicibus locupletata, præcedente auctoris vita, quæ nunc primum in lucem prodit cum dissertatione de ejus monachatu, opera et studio *J.* Garetii monachi. Ordinis Sancti Benedicti e congregatione Sancti Mauri. Nobis autem curantibus accesserunt Complexiones in Epistolas B. Pauli quas edidit et annotavit *Scipio* Maffeius. Præcedunt Vigilii Papæ, Gildæ *Sapientis* et Pelagii Papæ Scripta universa ex Mansi et Gallandio mutuata. *Parisiis*, venit apud editorem, 1848 [-47]. Gr. in-8°, 2 vol.

67 [Patrologiæ *J.-P.* Migne, tom. CV]. Traditio Catholica. Sæculum IX. Anni 821-836. Theodulfi Aurelianensis Episcopi, *Sancti* Eigilis Abbatis Fuldensis, Dungali Reclusi, *Ermoldi* Nigelli, *Symphorii* Amalarii Presby-

teri Metensis, Opera omnia ex collectionibus memoratis-
simis Jacobi Sirmondi, Mabillonii, Muratorii, Dominici
Mansi, Bibliotheca veterum Patrum mutuata et cura qua
par erat emendata intermiscentur BERNOWINI Claromon-
tani, ALDRICI Senonensis, ADALHARDI Abbatis Corbeiensis
scripta quæ supersunt universa simul ad prelum revocatur
Liber Diurnus Romanornm Pontificum juxta editionem
Joannis Garnerii Societatis Jesu Presbyteri accurante
J.-P. Migne, [*Parisiis*] apud J.-P. Migne, 1864. Gr. in-8°,
1 vol.

68 [Patrologiæ *J. P.* MIGNE, tom. CXXXII.] Sæculum X.
REGINONIS Prumiensis Abbatis, HUCBALDI Monachi Elno-
nensis, Opera omnia, ad editiones melioris notæ recognita,
variis monumentis illustrata, nempe opusculis de arte
musica, quæ suppeditavit D. Martini Gerberti, S. Blasii in
Silva Nigra Abbatis, collectio scriptorum ecclesiasticorum
de musica. accedunt JOANNIS X, LEONIS VI, STEPHANI VII,
LEONIS VII, STEPHANI VIII, Pontificum Romanorum,
Epistolæ et Privilegia. intermiscentur ROBERTI *Metensis*,
RADBODI *Trajectensis*, WALDRAMMI *Argentinensis*, SALO-
MONIS *Constantiensis*, STEPHANI *Leodiensis*, WALTERII
Senonensis, DADONIS *Virdunensis*, Episcoporum, HER-
VÆI *Rhemensis*, AGIONIS *Narbonensis.* SCULFI *Rhemensis*,
Archiepiscoporum, ODILONIS Monachi S. Medardi Suess-
sionensis, RADBODI *Dolensis*, ABBONIS *Sangermanensis*
Monachi, CYPRIANI *Cordubensis*, scripta vel scriptorum
fragmenta quæ exstant. accurante J.-P. Migne, [*Parisiis*]
apud J.-P. Migne editorem, 1853. Gr. in-8°, 1 vol.

69 [Patrologiæ *J.-P.* MIGNE, tom. CXXXVIII.] Appendix ad
sæculum X complectens auctores incerti anni et opera
αδεσποτικα accedunt monumenta diplomatica, liturgica et
monastica. tomum inchoant et sæculum claudunt RICHERI
S. REMIGII extra muros Remenses monachi Historiarum
libri IV recusi juxta præstantissimam D. Pertzii editionem.
accurante J.-P. Migne, [*Parisiis*] excudebatur et venit
apud J.-P. Migne editorem, 1853. Gr. in-8°, 1 vol

70 [Patrologiæ *J.-P.* Migne, tom. CXXXIX.] Sæculum XI.
Silvestri II Pontificis Romani, Aimoini *Floriacensis*,
monachi, *Sancti* Abbonis Abbatis Floriacensis, Thietmari
Merseburgensis Episcopi, Opera omnia. accedunt
Joannis XVIII, Sergii IV, Benedicti VIII, summorum
Pontificum, Epistolæ et Diplomata. Intermiscentur Arnulfi
Remensis, Ælfrici *Cantuariensis*, Archiepiscoporum;
Notgeri *Leodiensis*, Henrici *Parmensis*, Brunonis *Lin-
gonensis*, Arnoldi *Halberstatensis* Episcoporum; Gos-
perti Abbatis Tegernseensis, Alberti *Abbatis Micia-
censis*, Herigeri *Abbatis Lobiensis*, Constantini S. Sym-
phoriani Abbatis; Tietpaldi Tegernseensis monachi,
Benedicti *monachi S. Andreæ*, Purchardi monachi
Augiæ Divitis, Roriconis monachi Moissiacensis, Joannis
diaconi Veneti, Bridferti Ramesiensis monachi; scripta
quæ exstant. accurante J.-P. Migne, [*Parisiis*] apud
J.-P. Migne, 1853. Gr. in-8, 1 vol.

71 [Patrologiæ *J.-P.* Migne, tom. CXLIII.] Sæculum XI
Hermanni Contracti monachi Augiæ Divitis Humberti
S. R. E. Cardinalis Silvæ Candidæ Episcopi Opera omnia
accedunt S. Leonis IX, Victoris II, Stephani IX, Nicolai II, summorum Pontificum Opuscula, Epistolæ et Privilegia Intermiscentur Stephani *Cardinalis*, B. Maurilii
Rothomagensis, Gervasii *Remensis*, Raimbaldi *Arela-
tensis*, Leodegarii *Viennensis*, S. Annonis *Coloniensis*,
Archiepiscoporum; Drogonis *Bellovacensis*, Joannis *Sabi-
nensis*, Adelmanni *Brixiensis*, Hugonis *Ilnivernensis*,
Frollandi *Sylvanectensis*, Leonis *Atinensis*, Episcoporum; Bovonis Abbatis S. Bertini, Widrici Abbatis S.
Ghisleni, Avergoti Abbatis S. Petri Culturæ Cenoma-
nensis, Theuzonis eremitæ et monachi, Odonis monachi
Fossatensis, Anselmi canonici *Leodiensis*, Gozechini
scholastici, Franconis scholastici Leodiensis, SS. Arialdi
et Herlembaldi, Berengarii vicecomitis Narbonensis,
scripta vel scriptorum fragmenta quæ exstant. accurante
J.-P. Migne [*Parisiis*] apud J.-P. Migne, 1853. Gr. in-8°,
1 vol.

72 [Patrologiæ *J.-P.* MIGNE, tom. CLIV] Sæculum XII
HUGONIS Abbatis *Flaviniacensis* EKKEHARDI Urangiensis
Chronica Prodeunt ex Collectione præstantissima V. cl.
Pertzii fideliter expressa. accedunt *B.* WOLPHELMI Abbatis
Brunswillerensis Opuscula duo tomum claudunt Gesta
Episcoporum Trevirensium et Andaginensis Monasterii
Chronicon auctoribus anonymis. accurante J.-P. Migne
[*Parisiis*] excudebatur et venit apud J.-P. Migne edito-
rem, 1853. Gr. in-8°, 1 vol.

73 [Patrologiæ *J.-P.* MIGNE, tom. CLV.] Sæculum XII GODE-
FRIDI BULLONII Lotharingiæ Ducis postmodum Hierosoly-
morum Regis primi Epistolæ et Diplomata accedunt
appendices amplissimæ monumenta perplurima de bello
sacro complectentes sequuntur RADULPHI ARDENTIS Homi-
liæ, intermiscentur LUPI PROTOSPATARII Chronicon necnon
ANSELMI *Mediolanensis*, BERNARDI *Toletani*, Archiepiscoporum, THOMÆ *Eboracensis*, ALBERICI *Ostiensis*,
AMATI *Burdegalensis*, POPPONIS *Metensis*, Episcoporum;
Richardi de DUMELLIS, Abbatis Pratellensis, MANEGALDI
Presbyteri, GOSCELINI Cantuariensis monachi, SULCARDI
Westmonasteriensis, *Pauli* S. PETRI Carnotensis monachi,
Fratrum Majoris Monasterii, BRUNONIS opuscula, diplomata.
epistolæ accurante J.-P. Migne [*Parisiis*]. J.-P. Migne,
1854. Gr. in-8°, 1 vol.

74 [Patrologiæ *J.-P.* MIGNE, tom. CLXXIX.] Sæculum XII
WILLELMI *Malmesburiensis* monachi Opera omnia quæ
varii quondam editores, Henricus Savilius, Thomas Ga-
læus, Henricus Warton, et nuper D. Thomas Duffus Hardy
in lucem seorsim emiserunt Willelmi scripta, nunc primum, prævia diligentissima emendatione, prelo in unum
collecta mandantur. accedunt INNOCENTII II, CŒLESTINI II,
LUCII II, Romanorum Pontificum, ANACLETI Antipapæ,
BENEDICTI Ecclesiæ S. Petri in urbe Roma Canonici,
Hugonis Farsiti, PROWINI Abbatis Montis Angelorum apud
Helvetios, ARNULFI opuscula, diplomata, epistolæ. accu-

rante J.-P. Migne [*Parisiis*] apud J.-P. Migne editorem,
1885. Gr. in-8°, 1 vol.

75 Les Conférences de CASSIEN, traduites en François par le
sieur DE SALIGNY, Docteur en Théologie. *A Paris*, chez
Charles Savrevx M DC LXIII. 1 vol. pet. in-8° avec avertissement et table.

76 Œuvres de SALVIEN, traduction nouvelle, avec le texte en
regard. Par *J.-F.* GRÉGOIRE, et *F.-Z.* COLLOMBET. *Paris*,
Bohaire. Lyon, [Imp. G. Rossary] Sauvignet et Cie,
Bohaire, 1833. In-8°, 2 vol.

DOGMATIQUE.

77 Veterum aliquot Galliæ & Belgii scriptorum opuscula sacra,
nunquam edita, Jam vero e MSS. codicibus bibliothecarum
Galliæ in lucem prodeuntia. Cum effigiebus, vitæque
eorum compendio [a *Remigio*, seu, ut postea fuit nomi-
natus, *Casimiro* OUDIN]. *Lugduni Batavorum*, P. van
der Mersche, 1692. Pet. in-12, 1 vol. — *In hoc volumine
continentur* : 1.) HINCMARI, archiep. Remensis, Opusculum de Fonte vitæ. Ex mss. codice Abbatiæ Floref-
fiensis. — 2.) S. FULBERTI, episcopi Carnotensis, Commentarius in Actor. XII. Misit Herodes rex manus, ut quosdam
affligeret de Ecclesia, etc. Ex mss. codice Abbatiæ Longipontis. — 3.) HERMANNI, abbatis S. Martini Tornacensis
Tractatus de Incarnatione Domini. Ex mss. codice Abbatiæ
Viconiensis. — 4.) ERALDI, Abbatis Bonæ Vallis, ord. S.
Benedicti, Commentarius in Psalm. cxxxij. Ecce quam
bonum & quam jucundum habitare fratres in unum, etc.
Ex mss. codice Abbatiæ Longipontis. — 5.) EJUSDEM,
Libellus de Donis Spiritus Sancti. Ex. mss. codice Abbatiæ
Cistercii. — 6.) GUILIELMI, abbatis primum S. Theodorici
Rhemensis ac postea monachi ord. Cistercii, Commen-

tarius in Cantica Canticorum : Ex mss. cod. Abbatiæ Signiaci. — 7.) GUALTHERI DE CASTELLIONE, Tornacensis canonici Præpositi, Libelli tres contra Judæos. Ex mss. cod. Abbatiæ S. Evodii de Brania.

78 Le vrai système de la Religion Chrétiène et Catholique pour la consolation des fideles, et la confusion des ennemis de l'Eglise. Par Messire *Gilbert de* CHOYSEUL DU PLESSY-PRASLAIN Evêque de Tournai. *A Lille*, De l'Imprimerie de Jean-Baptiste de Moitemont, 1689. In-12, 1 vol.

79 Exposition de la Doctrine de l'Eglise Catholique sur les Matières de controverse. Par Messire *Jacques Benigne* BOSSUET, Conseiller du Roy en ses Conseils, Evêque & Seigneur de Condom, Précepteur de Monseigneur le Dauphin. *A Paris*, Chez Sébastien Mabre-Cramoisy,.... MDCLXXI. In-12, 1 vol., édition originale.

80 Institutiones Catholicæ in modum catecheseos, in quibus quidquid ad religionis historiam et ecclesiæ dogmata, mores, sacramenta, preces, usus et cæremonias pertinet, totum id brevi compendio ex sacris fontibus scripturæ et traditionis explanatur; abjectis singulis è scriptura et traditione petitis probationibus et testimoniis. Auctore eodem et interprete *Francisco-Amato* POUGET, Montis-pessulanæo, Presbyt, Congregationis Oratorii Gallicani, Editio nova. *Avenione*, apud Fr. Seguin, 1837. In-8°, 12 vol.

81 Instructions générales en forme de catéchisme où l'on explique en abrégé par l'Ecriture sainte & par la tradition l'histoire et les dogmes de la Religion, la morale chrétienne, les Sacrements, les Prières, les Cérémonies & les Usages de l'Eglise. Imprimées par ordre de Messire Charles Joachim Colbert Evêque de Montpellier à l'usage des anciens & nouveaux Catholiques de son diocèse & de tous ceux qui sont chargés de leur instruction avec deux catéchismes abrégés, à l'usage des Enfants, nouvelle

édition revue et augmentée. *Paris*, Nicolas Simart,
M DCC XXVIII. 3 vol. in-12.

L'auteur de ce catéchisme est le R. P. Pouget, oratorien.

82 Collectio saporvm Sacrosancti Corporis & Sangvinis Christi,
cum octo Beatitudinibus ab eodem enuntiatis : Per octavam
dicti Sacramenti : aut per Aduentum prædicanda. In qua
de realitate transsubstant. præparatione, adoratione, usu,
Missa, figuris & fructibus dicti admirabilis Sacramenti
tractatur. Per Magistrum *Petrum* Courtin, Carmelitam
provinciæ Provinciæ, ac Doct. Theologum Parisiensem.
Lvteliæ, Apud Ægidium Beysium, sub insigni albi Lilii,
via Iacobæa, 1585. Pet. in-8° 1 vol.

83 *Ioannis* Sanchez Abvlensis, Doctoris Theologi, ivris
vtrivsque periti, Regii Capellani. Selectæ & Practicæ
Disputationes de Rebvs in Administratione Sacramentorum, præsertim Eucharistiæ & Pœnitentiæ, passim
occurrentibus. Accessit Tractatvs de Ieivnio, cui subiicitur
in calce Disputatio de dubia impotentia circa Matrimonium.
cum Indice copioso, Opvs confessariis et pœnitentibvs
omninò necessarium ; Editio Nouissima. *Antverpiæ*, apvd
Petrvm Bellervm, anno M DC XLIV. In-fol., 1 vol., tit.
rouge et noir.

84 *Jacobi de* Saintebeuve doctoris et Socii Sorbonici et in
Academia Parisiensi Regu Theologiæ Professoris. Trac-
tatus de Sacramentis confirmationis et unctionis-extremæ
Opus posthumum Curâ et studio *Hieronyme de* Sainte
Beuve prioris montis Aureoli. *Luteliæ Parisiorum*, apud
Guillelmum Desprez. Typ. & Bibliopolam. MDC LXXXVI.
1 vol. in-4°.

85 Censure et Lettres pastorales de Monseignevr l'Illvstrissime
et reverendissime Evéque d'Arras, aux curez, vicaires &
confesseurs de son Diocése. touchant l'administration du
Sacrement de Pénitence. augmentés d'un avertissement

très-docte et du sentiment de Messeigneurs les Prélats,
année 1676. Un pet. vol. in-12.

Gui de SEVE était alors Evêque d'Arras.

86 Historia confessionis Auricularis ex antiquis Scripturæ,
Patrum, Pontificum & Conciliorum monumentis cum cura
et fide expressa. Autore *Jacobo* BOILEAU, Theologo Pari-
siensi, Ecclesiæ Metropolitanæ Senonensis Decano. —
Luletiæ Parisiorum, apud Viduam Edmundi Martini,
M DC LXXXIV. In-8°, 1 vol.

87 *Gisberti* VOETII, Theol. in Acad. Ultraj. Professoris, Dia-
triba de Cœlo Beatorum. Adjuncta est, ob materiæ affinitatem, Disputatio de Bis-mortuis, auctore *Georgio C.*
COMARINO, Theol. Doct. et in Illustri Schola Debrecina
Professore. *Gorichemi*, P. Vinck, 1666. Pet. in-12, 1 vol.

88 BENEDICTI Papæ XIV Doctrina de servorum Dei Beatifica-
tione et Beatorum Canonizatione in synopsim redacta ab
Emm. de AVEZEDO S. J. Sacrorum Rituum consultore.
Bruxellis, typis societatis Belgicæ de propagandis bonis
libris, administratore C. J. De Mat M DCCC XL. 1 vol.
gr. in-8°.

89 Jesus, Maria, Teresia, Theologia universa speculativa,
moralis, dogmatica, juxta scripturæ sacræ et sanctorum
Ecclesiæ patrum, Sed maxime S. S. Augustini et Thomæ
Aquinatis præclarissimorum sine labe luminum mentem
semper inconcussam. *Insulis*, Ex typographiâ C. le Blon,
in platea Clavis fub signo S. S. Nominis Jesu M DCC IX.
1 br. 16 p. in-4°.

(**Thèse** soutenue au Couvent des Carmes Déchaussés de Lille).

90 Theses in universam theologiam secundum inconcussa
doctoris subtilis placita concinnatæ, quas deo duce, auspice deiparâ, præside F. Angelo Laurent In conventu
FF. Min. Recollectorum Insulensium Sacræ Theologiæ

Lectore propugnabit *Fortunatus* FONTAINE sacerdos.
Insulis, typis Ægidii Eustachii Vroye, 1725. 1 br. 11 p.
in-4°.

91 Discours de la beauté de la Providence. Par le Révérend
Père en Dieu, *Jean* WILKINS, évêque de Chester. Ouvrage
traduit sur la sixième édition imprimée à Londres en
1680. Ouvrage très propre à consoler & à édifier les
bonnes Ames affligées des désolations de l'Eglise. *Amsterdam*, Brunet, 1690. Pet. in-12. — Pièce de 60 pages.

Le Traité de Wilkins, beau-frère de Cromwell, parut pour la première fois à
Londres en 1649, sous le titre : *Discourse concerning the beauty of Providence*.

92 Tertia Controversia generalis, de Reparatione Gratiæ per
Iesum Christum Dominum nostrum. Quæ tres principales
continet, Quarum Prima est, de Gratia, & libero arbitrio,
in sex libros diuisa.... Tomi quarti. Pars altera. KK.
[*S. l. n. d.*] [auctore *Rob.* BELLARMINO]. Le volume, relié
en parchemin, in-8°, commence à la p. 506 et finit à la
p. 932, et ne contient que la première des trois contro-
verses annoncées au titre, *de Gratia et libero arbitrio*.

93 Theologia historica et dogmatica, de gratia et gratiæ adversariis et de virtutibus theologicis quas deo duce, auspice
deipara ac regente ex domino ac magistro Roberto
Witham, Sac. Theol. Doctore & Professore, & Collegii
Anglorum Duaceni Præside tueri conabitur M. *Edoar-
dus* BARTLETT. *Duaci*, typis viduæ Michaelis Mairesse,
MDCCXXIV. 1 br. 50 p. in-4°.

94 Theses Theologicæ de fide spe et charitate de jure et jus-
titiâ quas præfide Eruditifsimo D. Augustino Meurisse,
canonico Regulari ordinis S. Augustini Abbatiæ Cyso-
niensis, S. Theologiæ Licentiato ac Professore tueri
conabitur Insulis in sacello S. Juliani D. *Adrianus* BOEZ
ejusdem abbatiæ canonicus regularis. *Insulis* Typis L.
Danel, 1724. 1 br. 13 p. in-4°.

95 Lettre d'un chanoine de Tournai à un docteur de Sorbonne
où La doctrine du fr. Daelman Théologien de Louvain,
contre le serment de fidélité, est raportée et réfutée. S.
nom d'imp. s. d. 1 br. 16 p. petit in-4°.

Incomplet.

96 Du Célibat ecclésiastique par Mgr *Louis-Antoine-Augustin*
Pavy, évêque d'Alger. Seconde édition. *Paris*, chez
Jacques Lecoffre et C^le [impr. Firmin-Didot], 1852. In-8°,
1 vol.

97 Traité des superstitions selon l'Ecriture Sainte, les décrets
des Conciles, & les sentiments des Saints-Pères et des
Théologiens, par M. *Jean-Baptiste* Thiers, docteur en
théologie & curé de Verberie. Troisième édition. Revue,
corrigée & augmentée. *Paris*, Dezallier, 1712. In-12,
4 vol.

98 Histoire critique des Pratiques superstitieuses qui ont
séduit les Peuples, & embarassé les Sçavans avec la
méthode et les principes pour discerner les effets naturels
d'avec ceux qui ne le sont pas. Par un Prêtre de l'Oratoire [le P. Lebrun]. A *Rouen*, A *Paris*, chez Jean de
Nully, M DCC II. In-12, 1 vol.

99 De historia SS. Imaginum et Picturarum, pro vero earum
usu contra abusus, libri quatuor ; auctore *Joanne* Molano,
Regio Theologo, et cive Lovaniensi. Ejusdem oratio De
Agnis Dei, et alia quædam. *Joannis Natalis* Paquot
Recensuit, illustravit, supplevit. *Lovanii*, typis academicis,
1771. 1 vol. in-4°.

100 Traitez singuliers et nouveaux contre le Paganisme du
Roi-Boit. *Le I^e* : du Jeusne ancien de l'Eglise catholique
la veille des Roys. *Le IIe* : de la Royauté des Saturnales
remise et contrefaite par les chrestiens charnels en cette
Feste. *Le IIIe* : De la superstition du Phœbé, ou de la

sottise du Fébué, par *Jean* DESLYONS, Docteur de Sorbonne. *Paris*, Vve Savreux Lib. M DC LXX. 1 vol. in-12.

101 Du Festin du Roi-boit. *A Besançon*, Imp. de Jean Félix Charmet. M DCC LXII. 1 pet. br. 12 pag.

MORALE.

102 Essais de Morale, contenus en divers traitez sur plusieurs devoirs importans. [par *Pierre* NICOLE].. Dixième édition, Revûë et corrigée. [Le titre varie un peu suivant les volumes; sur celui des deux derniers, on lit : Ouvrage posthume de M. Nicole.] A *La Haye*, Chez Adrian Moetjens, M.DCCIX. [Le 11ᵉ vol., intitulé : Continuation des Essais de Morale, tome dixiéme, est daté de M.DCC]. Pet. in-12, 11 vol.

103 Instructions theologiques et morales sur le Symbole. Par feu Monsieur NICOLE.. A *La Haye*, Chez Adrian Moetjens, M.DCCVII. In-12, 2 vol.

104 Instructions theologiques et morales sur les Sacremens. Par feu Monsieur NICOLE. A *La Haye*, Chez Adrian Moetjens, M.DCCVII. In-12, 2 vol.

105 Instructions theologiques et morales sur le premier commandement du Decalogue, ou il est traité De la Foi, de l'Esperance, & de la Charité. Par feu Monsieur NICOLE. *A La Haye*, chez Adrian Moetjens, M.DCCX. In-12, 2 vol.

106 Abrégé du Dictionnaire des Cas de conscience de M. PONTAS, Dans lequel on trouve un grand nombre de Remarques & de nouvelles Décisions; On y a joint les Résolutions Latines imprimées à Ferrare, avec la Cri-

tique ; Par M. COLLET. Prêtre de la Congrégation de la
Mission & Docteur en Théologie. A *Toulouse*, chez
N. Étienne Sens, J. Dupleix. A *Nismes*, chez Gaude, [et
à *Pamiers*, impr. André Larroire], M.DCC.LXXXIII.
Pet. in-4, 2 vol.

107 Specimen doctrinæ patrum societatis Jesu in seminario
Tornacensi professorum De requisita ad peccandum mali-
tiæ cognitione aut dubio de illa Ex Tractatu R. P. PHI-
LIPPE de peccatis. Sans nom d'imp. s. d. 1 br. 4 p. in-4°.

108 Lettres choisies écrites par feu M. (*Pierre*) NICOLE, auteur
des Essais de Morale. *Liége*, Bronckart, 1702. In-12, 1 vol.

109 Le monde social ou les bienfaits de la religion, par *Henri*
WIART. A *Paris*, Chez l'auteur, An XI, 1802. 1 br. 8 p.
In-4°.

110 Les devoirs des grands par Monseigneur [*Armand* DE
BOURBON] Prince DE CONTY. Avec son testament. *Paris*,
Thierry, 1666. Petit in-12. — Pièce de 90 pages.

111 Vanitatis et Concupiscentiæ mundanæ Alexipharmacvm,
seria novissimorvm consideratione, Ex sacris Litteris,
Patribus, aliisque Scriptoribus Ecclesiasticis ; Omni-
bus salutis propriæ & alienæ studiosis propositum, à
R. P. *Francisco* BELLEGAMBE è Societate Jesu. *Duaci*,
Typis, M. Mairesse, sub signo Salamandræ. 1694. Cum
Permissu & Privilegio. In-12, 1 vol.

112 Traicte et Remonstrance a tovs Chrestiens et speciale-
ment av peuple de Paris pour detester & delaisser
l'vsure : auec ample Resolution des cas & difficultez
d'icelle. Par *F. Henry* GODEFROY, Parisien, profez en
l'abbaye S. Denis en France. Docteur en la faculté de
Theologie à Paris. A *Paris*, chez Nicolas Chesneau,
M.D.LXXVII. Pet. in-8°, 1 vol.

SERMONAIRES.

113 Sermones *sancti* Augustini Ad heremitas. [*Nota* I P] Iehan Petit [*Parisiis*, 1503]. In-8°, 1 vol de 112 ff. non cotés, 2 colonnes, caract. gothiques.

F° 1, r° : titulus ; - v° : superaddita est nota Abbaye de Phalempin, — *F° 2, r° :* Incipit tabula sermonum sancti Augustini episcopi. Ad heremitas. — *F° 3, r° :* Incipiunt sermones sancti Augustini ad heremitas et vt nonnulli aiūt ad sacerdotes suos et ad aliquos alios. Et prīo de istitutione (*sic*) regularis vite. Sermo prim⁵. — *F° 112, v° : in fine :* Finis. Aurelii Augustini ad frẽs in monte finiūt sermones. Parisius (*sic*) īpressi. Anno dñi. millesimo quingentesimo tertio. die vero sexta Novembris.

[*In eod. volum.* :] Institutiones vite monastice mortalibus vniuersis ad bene beateq₃ viuẽdū anhelātitus (*sic, lege* anhelantibus) q̄₃ vtilissime. [auctore Laurentio Justiniano, Patriarcha Venetiarum] [*Nota* I P] Iehan Petit [Parisiis 1508] Venditur in vico diui Jacobi Sub Leone argenteo. In-8°, 124 ff. non cotés, caractères gothiques.

F° 1, r° : titulus ; - v°, vacat. — *F° 2, r° :* In nomine domini nostri Jhesu Christi. Incipit prologus in librum qui inscribitur de disciplina.... *F° 120, r°, in fine :* Impressum Parisius in Bellovisu Anno dñi 1508. Die 26. Mensis iulij. Pro Johanne Petit Commorāte In vico diui Jacobi Ad Intersigniū Leonis Argentei. - *v°: vacat.* — *F° 121, r° :* Institutiones vite monastice mortalibus vniuersis ad bene beateq₃ viuẽdum anhelantitus q̄₃ vtilissime [*Nota* I P] Iehan Petit, *v° : vacat.* — *F° 122, r° :* Incipit tabula omniū capitulorū libri qui inscribitur de perfectione monastice conuersationis. — *F° 124, r°, in fine :* F. J N J S.

114 Quadragesimale opus declamatum parisiorum urbe ecclesia sancti Johannis in gravia : per venerabilem patrem sacre scripture interpretem divini verbi preconem exi-

mium : fratrem *Oliuerium* MAILLARDI ordinis fratrum
minorum. Parisius sub eodem recollectum : ac nouissime
magno labore correctum impressionique traditum. Anno
M.CCCCC. xv. *Fol. 174° recto, 2° Col.* : Finis adest
fructuosorū sermonum quadragesimalium per celeberri-
mum diuini verbi preconem fratrem *Oliueriū* MAILLARDI
ordinis minorum parisi⁹ Anno M.ccccxcviij declamatorum
pulcherrimisque iuris questionibus quolibet in sermones
īsertis decoratorum. Et per quendam tunc recollectorum :
nūc vero summa vigilātia correctorū : et Opera *Michae-*
lis LESCLENCHER impensis vero honesti viri Johānis Petit
bibliopole Parisieñ īp̄sso Anno M.ccccxvj. Die vero xxv.
mēsis Maij : *Folio sequenti et tribus aliis datur tabula*
& *Post tabulam :* Passio domini nostri Jesu xp̄i a reue-
rendo. p. Oliuerii Maillard Parisius declamata.1 vol. in-8°,
goth. 2 col.

115 Opus quadragesimale egregium Magistri *Oliuerii* MAIL-
LARDI sacre theologie preclarissimi ordinis minorū preconis : quod quidem in ciuitate Nanetoñ. fuit per eūdem
publice declamatum : ac nuper parisius impressum. *In*
fine , fol. 123, v° : Sermonum quadragesimaliū hactenus
nusquam impressorum : per famosissimum diuini verbi
preconē fratrem *Oliueriū* MAILLARDI ordinis minorū
declamatorū : Impensis honesti viri Johānis petit Parisieñ.
librarii iurati Finis adest. Kal. Februarii Anno Millesimo
quingentesimosexto. 1 vol. pt. 8°, goth. 2 col.

116 *Fol. 1ᵘᵐ deest. Fol 2° recto 1ᵃ col. :* Divini eloquii preconis celeberrimi fratris *Oliuerii* MAILLARDI ordinis minorum p̄fessoris. Sermones dominicales. *Fol. 108° verso ,*
2ᵃ col. : Diuini verbi preconis celeberrimi fratris Oliuerii
Maillardi ordinis minorum. Sermones dominicales finiunt
nuperrime impensis Johannis petit parisieñ. Librarii
iurati Anno dñi millesimo quingentesimo vigesimo primo.
Postea tabula inuenitur , duobus foliis constans , in
cujus fine legitur : Sequūtur sermones alique oī tp̄
p̄dicabiles eiusdē p̄ris reuerendi F. Oliuerij Maillardi.

Hi sermones De Omni tempore *foliis 87ᵇⁱˢ non nume-*
ratis constant. 1 vol. pt. in-8°, goth. 2 col.

117 Summariũ quoddã sermonũ de sanctis p totũ anni circulũ,
simul et de cõi sanctorũ. et pro defunctis : hactenus nusquam impressorũ Reuerendi patris fratris *Oliuerii* MAIL-
LARD ordinis minorum diuini verbi preconis celeberrimi.
Anno. 1507. exactissime reuisum et impressum, *Fol. 151°*
recto, 2ᵃ col.: Sermones de sanctis hacten⁹ nusquam
impressi p patrem *Oliueriũ* declamati : nunc summarie
recollecti una cum expositione deuotissima super saluta-
tione angelica diligenti cura Magistri *Andreœ* BOCARD :
nec non impensis honesti viri Johannis petit parisioñ
bibliopole feliciter expliciũt. Anno domini. 1507. xvij Kal.
ianuarũ. 1 vol. pt. in-8°, goth., 2 col.

118 MICHAELIS DE HUNGARIA sermones XIII. cum tabula ,
HUGONIS DE VIENNA sermo unus, ceterorum sermones II.
In-8°, 1 vol. de 126 ff. non cotés, caractères gothiques ,
capitales ornées, sans lieu. ni date, ni marque d'imprimeur.

> Titulus deest. — *Fᵒ 1, rᵒ :* Sermones tredecim vniuersales
> magistri Micha | elis de ungaria incipiunt feliciter. | Sequitur...
> — *Fᵒ 98, vᵒ in fine :* Expliciũt tredecim materiaꝛ sermões
> notabiles. | Sequitur tabula super eosdem. | — *Fᵒ 108, rᵒ, in*
> *fine :* Explicit tabula tredecim sermonum. | Sequũt' sermones
> deuoti de passione dñi. | — *Fᵒ 109, rᵒ :* Que vtilitas in sanguine
> meo... | *Fᵒ 126 , vᵒ, in fine :* .... qui sine fine vi | uit regnat
> Amen. |

C'est l'incunable signalé par Campbell au nᵒ 1244 de son ouvrage et attribué
par lui à Jean de Westphalie, Louvain, vers 1481.

119 Cy commence le liure intitule le Fagot de Myerre, prescho
en leglise de saincte Croix en la cite Dangiers Mil cinq
cens xxv. *A la page 189 et dernière:* Cy finist ung
deuot traicte necessaire a tout le monde qui veult estre
saulue, nomme le fagot de Myerre presche en leglise de
saincte Croix Par ung beau pere de lobseruance de

sainct Francoys : du Conuët de la Balmette : situe pres
Angiers. Imprime a *Paris* pour Yoland bonhomme veufue
de feu Thielmã Keruer demeurant en la rue sainct
Jacques A lenseigne de la licorne. Pt. in-8°, goth., 1 vol.
Au bas du titre une gravure sur bois, représentant le
Christ tenant la croix et la lance, et autour de lui tous
les autres instruments de la Passion. — A la dernière
page, au-dessous de l'inscription de l'imprimeur, une
autre gravure sur bois, représentant un écu timbré et
blasonné des mêmes instruments, avec cette inscription :
Redemptoris mundi arma.

120 Sermon inédit de *Jean* GERSON sur le retour à l'unité
prêché en présence de Charles VI, en 1409, publié pour
la première fois d'après le manuscrit de la Bibliothèque
Impériale par le Prince Augustin Galitzin. *Paris*, chez
Benjamin Duprat. Imprimerie de Remquet MDCCCLIX.
1 broch. 55 pag. in-4°, tirée à 200 exemplaires numérotés.

121 Sermons du D[r] [*Guillaume*] FLEETWOOD, évêque de St.
Asaph, avec une préface de l'auteur et des réflexions
curieuses sur les affaires présentes. Traduit de l'anglois.
Amsterdam, P. de Coup, 1712. In-12. — Pièce de 163
pages.

Les sermons traduits ici sont au nombre de quatre : 1.) Sermon sur la mort de
la Reine Marie prononcé à Londres dans l'église des Augustins en 1694/5.
2.) Sermon sur la mort de Guillaume, duc de Glocester, prince de très grande
espérance, décédé en 1700. 3.) Sermon sur la mort du Roi Guillaume, prononcé à Londres en 1701/2. 4.) Sermon sur l'avénement de la Reine à la couronne, prononcé à Londres en 1703/4. — Les devoirs réciproques des peuples
envers leurs souverains et des souverains envers leurs peuples font le sujet principal de ces quatre discours. La préface, qui se trouve en tête, irrita le parti
dominant : la Chambre des Communes en prit connaissance et à la pluralité des
voix la condamna au feu.

122 Quaresimale del Padre *Paolo* SEGNERI della Compagnia
di Gesù. *Pisa*, presso Niccolo Capurro MDCCCXXIV.
2 vol. in-18.

ASCÉTIQUE.

123 L'Esprit du Christianisme, par M. l'abbé Cardon de Gar-
signies, Vicaire-Général de Tournai, Ecolâtre et Chanoine de Lille. A *Lille*, Chez Léonard Danel, Imprimeur
de Son Altesse Monseigneur l'Évêque de Tournai.
M.DCC.LXXXIX. Avec permission. Pet. in-12, 1 vol. de
IV-184 pp.

124 Traitté de la Perfection dv Chrestien par l'Eminentissime
Cardinal Duc de Richelieu. *Paris*, Antoine Vitré S. D.
(1646). Frontispice, têtes de pages, culs-de-lampe et
initiales gravées. 1 vol. in-4°.

125 Le Chrétien intérieur ou la Conformité intérieure que
doivent avoir tous les Chrétiens envers Jésus-Christ,
tiré des manuscrits de feu M. de Bernières-Louvigny,
Trésorier de France, décédé à Caen le 3 mai 1659.
Edition revue et corrigée par un Supérieur de Commu-
nauté Religieuse. Lib. Catholique de Périsse frères.
Paris, Ruffet. *Lyon*, Imp. Périsse, 1862. 2 vol. in-18.
Note manuscrite.

Auteur : le Père d'Argentan.

126 Horologium deuotiõis circa vitam christi [auctore *F.*
Bertholdo] [*Nota* R G] Robert Govrmont [*Parisiis*,
circa 1510]. In-8°, 1 vol. de 52 pp. non cotés, caractères
gothiques, grav. sur bois.

F° 1, r° : titulus ; - v° : bois. — F° 2, r° : Fratris bertholdi
ordinis predicator : In horologiũ deuotionis circa vitam xp̃i
Prologus incipit. — *F° 52, r° :* Venales habentur sub
collegio trigueti. Per Johannẽ gourmont de sãcto Germano
de varreuilla artis Impressorie Parisius magistrum. *bois - v°: bois.*

[*In eod. volum. :* I] Speculum christianorum multa
bona continens [*Nota* I P] Jehan Petit. [*Parisiis* 1502].
In-8°, caract. goth., 56 ff. non cotés.

F^o *1, r^o : titulus; - v^o* : Primo de preceptis dei De septem viciis capitalibus De septem virtutibus his contrariis. [*etc.*] — F^o *2, r^o* : Incipit liber qui vocat Speculum christianorum. — F^o *56, v^o, in fine* : Impressum parisius p Magistrū Petrū Le dru Anno dñi M° ccccc° ij° penultima mensis aprilis.

[II] *Johannis* GERSON, Cancellarii Parisiensis, de Imitatione Christi et de contemptu omnium vanitatum mundi, Libri IV. *Parisiis*, Jehan Petit, 1507. In-8°, caract. gothiques, 96 ff. non cotés.

F^o *2, r^o* : Liber Primus Incipit liber primus *Johãnis* GERSON cancellarii parisiensis de Imitatione xp̄i et de contemptu ōm vanitatum mundi Cupitulū primum. — F^o *96, v^o, in fine* : Explicitum est opusculum exaratumq₃ Parisii pro Johãne Paruo commorante in vico almi Jacobi. Anno domini Millesimo quingentesimo septimo. Die vero. xxi. Julii.

(Manquent titre et feuillet 8).

127 Paradisus Sponsi et Sponsæ in qvo Messis Myrrhæ et Aromatvm, ex instrumentis ac mysterijs Passionis Christi colligenda, vt ei commoriamur. et Pancarpivm Marianum, Septemplici Titulorum serie distinctum : vt in B. Virginis odorem curramus et Christvs formetur in nobis. Auctore P. *Ioanne* DAVID Societatis Iesv Sacerdote. *Antverpiæ*, ex Officina Plantiniana Apud Balthasarem et Ioannem Moretos fratres. M.DC.XVIII. In-8°, 8 ff. non cotés, 212 pp. chiff. 2 ff. d'approbation, privilège et marque d'imprimeur, puis nouveau titre, *Pancarpivm Marianvm*, *etc.*, suivi de 7 ff. non cotés, 213 pp. chiff. et 1 1/2 feuillet d'approbation et privilége, titres ornés et encadrés, nombreuses gravures de Th. Galle, 1 vol.

128 *Thomæ* CANTIPRATANI, S. Theol. Doctoris, ordinis Prædicatorvm, et Episcopi svffraganei Cameracensis, Bonvm Vniversale de Apibus. In quo ex mirifica Apum repub. universa vitæ bene et christiane instituendæ ratio traditur

et artificiose pertractatur. Opera Georgii COLVENERII. S. Theol. Doct. Academiæ Duacenæ Cancellarii. *Duaci*, Balt. Bellerus, 1627. Pt. in-8°, 1 vol.

129 Introdvction a la Vie devote du Bien-heureux *François* DE SALES Evesqve de Geneve. A *Paris*, de l'Imprimerie Royale. M.DC.LI. In-8°, 1 vol. de 12 ff. non cotés, 658 pp. chiffrées et 6 ff. de table.

130 *Henrici* KYSPENNINGII Venlonensis ; de Meditatione Mortis : et variis eos, qvi mortem lentam, svbitamve vel violentam obeunt, Christianè, pieque consolandi & cohortandi modis ; libri septem. Ad Illustriss. & Clementiss. Principē Gulielmum Ducem Clivensem. *Coloniæ Agrippinæ*, apud Ioannem Birckmannum. Anno M.D.LXXIII. Pet. in-8°, 1 vol.

131 Ven. Viri *Thomæ Malleoli* A KEMPIS Canonici regularis Ordinis D. Augustini, Ad Autographa Ejusdem emendata, aucta & in tres Tomos distributa. Operâ ac studio R. P. *Henrici* SOMMALII è Soc. Jesu Editio novissima à pluribus Mendis expurgata, cui annexum est Scutum Kempense seu Vindiciæ IV. Librorum de Imitatione Christi, authore *A. R. D. Eusebio* AMORT, Can. Reg. Pollingano, Novæ et primæ ad Protographum excusæ. *Coloniæ Agrippinæ*, Sumptibus Henrici Rommerskirchen. Anno M.DCCXXVIII. In-4° à deux col., 3 tom. en 1 vol., tit. rouge et noir.

131 Typvs Mvndi in quo eius Calamitates et Pericvla nec non Diuini humanique Amoris Antipathia, Emblematice proponuntur a R. R. C. S. I. A. *Antverpiæ* Apud Ioann. Cnobbaert, 1627. Cum gratia et priuilegio Regis Catholici. Pet. in-12, 1 vol., tit. orné, grav. sur bois.

132 Instruction sur les dispositions qu'on doit apporter aux Sacrements de Pénitence & d'Eucharistie, tirée de l'Ecriture Sainte, des saints Pères & de quelques saints

Auteurs.. Avec un Examen de conscience fort utile pour les personnes qui veulent faire une Confession générale. [Par l'Abbé *Simon-Michel* TREUVÉ, chanoine de Meaux]. *Paris*, Desprez, 1742, in-12.

La première édition est de 1676. — Ouvrage Janséniste.

134 Paraphrases des Psaumes et Cantiques qui se chantent pendant la communion aux grandes Solemnités dans la Paroisse de St Benoît [de Paris]. Utiles à toutes les personnes qui veulent s'unir à la fête ou au Mystère qu'on célèbre. [Par M° *Jean* BRUTÉ, curé de St Benoît]. *Paris*, G. Desprez, 1752, in-12, 1 vol.

Dans le même volume : 1.) Chronologie historique de Messieurs les Curés de St. Benoît, depuis 1181 jusqu'en 1752, avec quelques anecdotes sur les principaux traits qui les regardent. Quelques particularités sur plusieurs personnes de considération enterrées dans Saint-Benoît & sur différents articles qui concernent la Paroisse, [par *le même*]. *Paris*, Desprez, 1752. [Les *Anecdotes particulières*, annoncées au titre, ont un sous titre spécial, et une pagination particulière (88 pages)]. — 2.) Noms de Messieurs les Marguilliers de la Paroisse de Saint-Benoist. Elus depuis l'an 1592, jusques & comprise celle de 1752, suivant la recherche qu'en a faite dans les Archives de la Fabrique Messire Jean Bruté, docteur de Sorbonne, étant curé de ladite Paroisse.

La *Chronologie hist. des Curés de St Benoît* est ornée de huit portraits, entre autres de celui du célèbre Jean Boucher. Les *Anecdotes particulières* sont extrê-mement curieuses par le grand nombre d'imprimeurs, libraires et graveurs célèbres enterrés à St Benoît et sur lesquels Bruté rapporte des faits intéressants, et qu'il serait peut-être impossible présentement de trouver ailleurs.

135 La vie de Jésus-Christ dans l'Eucharistie et la vie des chrestiens qui se nourrissent de l'Eucharistie, ou les bontés et les miséricordes de Jésus-Christ dans l'Eucha-ristie, et les obligations des fidèles qui veulent partici-per avec fruit à ce divin Sacrement. par M. GIRARD DE

VILLETHIERRY, prêtre. Nouvelle Edition à laquelle on a
ajouté l'extrait d'une lettre sur la Vie et la Passion de
Jésus-Christ, en forme de méditations pour tous les jours
de la semaine. A *Paris*, chez la Vve Savoye. Lib. s. n.
d'Imp. MDCXLXVI. 1 vol. pet. in-8°.

Notice bibliographique sur l'auteur, écrite à la main en tête du volume.

136 Association & confraternite dv Sainct Esprit : par laquelle
les chrestiens sont incitez a mieux seruir Dieu, & appro-
cher de leur salut. [Par *Jean* HERBELIUS, prêtre, princi-
pal du collége de Coutances.] Au tres-chrestien Roy de
France et de Polongne, Henry troisiesme de ce nom.
Approuvé par Monseigneur le Cardinal de Bourbon, &
Messieurs les Docteurs Theologiens de Paris, & de Caen.
Paris, Iamet Mettayer, 1585. In-12. — Pièce de 23 pp.

137 A la derniere heure ! Petite brochure de 16 pages, signée
J. S. *Coulommiers*, Typog. Moussin.

SCHISMES ET HÉRÉSIES.

138 Delibatio Africanæ historiæ ecclesiasticæ, sive OPTATI
MILEVITANI libri VII ad Parmenianum, de Schismate
Donatistarum. VICTORIS UTICENSIS [vel potius VITENSIS]
libri III, de Persecutione Vandalica in Africa, cum anno-
tationibus ex *Fr.* BALDUINI, I. C. Commentariis rerum
Ecclesiasticarum. *Parisiis*, Sonnius, 1569. In 8°, 1 vol.

139 Problême sur les femmes (suivi de l'Essai sur l'âme des
femmes). [Traduit par *A. G.* MEUSNIER DE QUERLON de la
*Disputatio perjucunda qua anonymus probare nititur
mulieres homines non esse...*d'ACCIDALIUS VALENS].*Amsterdam*, la Compagnie, 1744. In-12, 1 vol.

Jeu d'esprit contre l'opinion des Sociniens.

140 *Ambrosii* PELARGI, [ordinis Prædicatorum] Opvscula
[adversus errores Anabaptistarum, Iconomachorum &

Misoliturgorum] nunc primum excusa. Quorum elenchum
versa pagella reperies. Legisse iuuerit. *S. l.* I. Gymuicus,
1534, mense Augusto. Pt. in-12, 1 vol.

141 Traité de l'expresse Parole de Dieu, par le cardinal
Stanislas Hosius, Évêque de Varme, traduit en françois
par Lancelot de Carle, Évêque de Riez. *Paris*, imp. par
Michel de Vascosan, janvier 1560. In-8°, 1 vol. de 294
et 1 feuillet.

Manque le titre.

142 Des sectes & hérésies de nostre temps et de levr origine,
traduit en françois du latin de *Stanislaus* Hosius,
Euesque de Varme, par M. *Iean* DE BILLY, abbé de
nostre dame des Chastelliers. A *Paris*, Guillaume
Desbois, 1564. In-12, 1 vol.

143 Antidota Apostolica contra nostri temporis hæreses. In
quibus loca illa explicantur, quæ hæretici hodie (maxime
Caluinus et Beza) vel ad sua placita stabilienda, vel ad
catholicæ Ecclesiæ dogmata infirmanda, callide et impie
depravarunt, in Acta Apostolorum to. primus. Avthore
Thoma STAPLETONIO, S. Theol. Doctore et S. Scriptu-
rarum in Academia Lovaniensi professore Regio. *Antuerpiæ*, J. Kerbergius, 1595. Pet. in-8°, 1 vol.

Le titre de l'ouvrage et le portrait du pape Clément VIII, à qui il est dédié,
sont gravés par Ant. Wierx.

144 Histoire Catholiqve de nostre Temps, tovchant l'estat de
la religion chrstienne (*sic*) contre l'histoire de Iean
Sleydan, composee par S. Fontaine docteur en Theologie.
A *Anvers*, Chez Iean Steelsius, a l'escu de Bourgogne,
1558. Avec privilege. Pet. in-8°, 1 vol. de 244 ff.

145 Historia *Iohannis* COHLÆI, de Actis & scriptis Martini
Lvtheri, Saxonis, chronographice ex ordine ab anno
1517 usque ad annum 1556 inclusive fideliter conscripta
et ad posteros denarrata. Cum indice et Edicto Worma-

ciensi. Cui nunc recens adiecimus Antidotum contra venificium Sectarum huius temporis. *Bonifacio* BRITANNO, Germano autore. *Parisiis*, Chaudière, 1569. In-8°, 1 vol.

146 Assertio septem Sacramentorum Aduersus Mart. Luthe-rum, HENRICO VIII. Angliæ Rege auctore. Cvi svbnexa est Eiusdem Regis epistola, Assertionis ipsius contra eundem defensoria. Accedit quoque R. P. D. *Iohan.* ROSSEN. Episcopi contra Lutheri Captiuitatem Babylo-nicam, Assertionis Regiæ defensio. *Parisiis*, apud Seba-stianum Niuellium, 1562. Tr. pet. in-8°, 1 vol. de 130 ff. chiffr., 5 ff. de table, 8 ff. d'introduction au second ouvrage, 224 ff. chiffr. et 16 ff. de table non cotés.

In eod. volum : Recens Lvtheranarvm Assertionum oppugnatio, per magistrum *Petrum Aurelium* SANUTUM Veuetum Augustinianum. Cum priuilegio. *Parisiis*. apud Ioannem Foucher, 1549. Tr. pet. in-8°, 12 ff. non chiffr. et 147 ff. chiff., imp. par Jean Genet.

147 Défense des Sept Sacrements publiée contre Martin Luther, Par HENRI VIII, Roi d'Angleterre et Seigneur d'Irlande, traduite par *R.-J.* POTTIER, licencié-ès-lettres, précédée d'une préface par M. l'abbé MAUPOINT, Vicaire-Général du diocèse de Rennes, d'une introduction sur l'authenticité de ce livre, Par Mgr l'Évêque de La Ro-chelle.[*Clément* VILLECOURT].Et suivie de la Constitution de Pie VI, *Auctorem fidei*, traduite par le même prélat. *Angers*, impr. et libr. de Lainé frères, 1850. In-8°, 1 vol.

148 La Conversion de l'Angleterre au Christianisme, com-parée avec sa pretendue Reformation. Ouvrage traduit de l'Anglois. Par le R. P. NICERON, Barnabite. A *Paris*, chez Briasson, M.DCC.XXIX. In-8°, 1 vol.

149 Dissertation sur la validité des Ordinations des Anglois & sur la succession des Evêques de l'Eglise Anglicane. Avec les preuves justificatives des faits avancés dans cet

ouvrage. [Par le P. *Pierre-François* Le Courrayer, de la Congrégation de Sainte - Geneviève]. *Bruxelles*, T'Serstevens. *Paris*, Vincent, 1723. In-12, 2 vol.

150 La Dissertation du P. Le Courayer, sur la Succession des Evesques Anglois, Et sur la validité de leurs Ordinations; Réfutée par le P. Hardouin, de la Compagnie de Jesus. A *Paris*, chez Antoine-Urbain Coustelier, M.DCCXXIV. In-12, 2 tom. en 1 vol.

151 La religion des Hollandois, représentée en plusieurs lettres écrites par un officier de l'Armée du Roy (Stoupe ou *P*. Stuppa, officier suisse), à un Pasteur & Professeur en Theologie de Berne. A *Cologne*, chez Pierre Marteau, 1673. In-12, pièce de 144 pages.

152 Dialogvs qvo mvlta exponvntvr quæ Lvtheranis et Hvgonotis Gallis acciedervnt. Nonnulla item scitu digna et salutaria consilia adiecta sunt. [Auctore, ut videtur, *Nicolas* Barnaud]. *Oragniæ*, Adamus de Monte, 1573. Pet. in-8°, 1 vol.

153 Rescriptions faictes entre M. *Gilles* de la Covltvre, Lillois, depuis son retour du Caluinisme au giron de l'Eglise Romaine ; et M. *Antoine* L'Escailler, encor Ministre Wallon en la ville de Cantorbery, pays d'Angleterre. Touchant principalement la continuelle perpetuité & visibilité de l'Eglise de Iesu-christ iusques à la fin du monde. A *Anvers*, de l'Imprimerie de Christofle Plantin, Imprimeur du Roy, M.D.LXXXVIII. In-8°, 1 vol. de 123 pp. chiffr.

154 De hæresi & modo coercendi hæreticos. Liber vnus. Authore D. ac M. *Ioanne* Capetio S. Theologiæ Licentiato, Ejusdemque professore & Canonico insignis Ecclesiæ Insulensis. *Antuerpiæ*, J. Kobergius, 1591. In-12, 139 pages.

Cet écrit est dédié au Magistrat de Lille, par une épître de 12 pages, dans laquelle Jean Capet lui recommande de persévérer dans la répression des hérétiques connus et dans la recherche de ceux qui se cachent pour que la ville ne soit pas de leur fait exposée aux désordres, aux pillages et aux meurtres qui ont ensanglanté Gand, Ypres, Bruges, Anvers, Bruxelles et autres cités voisines.

155 Le Pantheon Hvgvenot decouuert et ruiné contre l'Aucteur de l'Idolatrie papistique, Ministre de Vavvert, ci deuant d'Aigues mortes. Dédié au Roy Treschrestien de France et de Navarre Henri IIII, Par *Louis* Richeome, Prouuençal de la Compagnie de Iesvs. A *Valenchienne*, Chez Iean Vervliet. 1610. In-8°, 1 vol., titre gravé par Martin Bas, de Douai.

Le P. Richeome avait publié, en 1607, l'*Idolatrie Huguenote* ; de Vauvert, ministre huguenot, voulant le réfuter, publia l'*Idolatrie papistique*. Le *Panthéon Huguenot* est une réponse à cet écrit.

156 Les principavx Poincts de la Foy de l'Eglise Catholiqve. defendvs contre l'escrit addressé au Roy par les quatre Ministres de Charenton. Par R. P. en Diev Messire *Armand Iean* dv Plessis de Richelieu Euesque de Luçon. A *Poictiers*, Par Antoine Mesnier... MDCXVII... In-4° car., 1 vol., titre encadré.

157 Le Protestamt (*sic*) François. Contre les favx tiltres qui sont imposez aux Protestans de France, par les ennemis de la Vérité de leur Religion. Av Roy. A *La Rochelle*, 1617. In-12, pièce de 190 pages.

158 Apologie pour les Catholiques, contre les faussetés & les Calomnies d'un livre intitulé : La Politique du Clergé de France. Fait premièrement en françois, & puis traduit en flamend. Première partie. Sur ce qui regarde la fidélité que les sujets doivent à leurs Princes ; où l'on trouvera une ample justification des Catholiques à l'égard de la prétendue conspiration d'Angleterre, par les procès mêmes de ceux qu'on a fait mourir à ce sujet. [Par *Antoine* Arnauld]. *Liége*, Vᵉ Bronckart, 1681-1682. In-12, 2 vol.

La *Politique du Clergé de France* est de Pierre Jurieu. — Le second volume de la *Réponse* d'Arnaud a pour sous-titre : Seconde partie. Touchant divers points de doctrine.

159 Apologie pour les Reformez, où l'on voit la juste Idée des guerres civiles de France : & les vrais fondemens de l'Edit de Nantes. Entretiens curieux entre un Protestant et un Catholique (Par *Paul* FETIZON, ministre protestant en Champagne). *La Haye,* A. Arondeus, 1683. In-12, pièce de 196 pages.

Cette *Apologie* est dirigée contre l'*Histoire du Calvinisme* du P. Louis Maimbourg.

160 Decretum Feria V. Die VII Decembris 1690. Juxtà Exemplar Romæ impressum. 1 feuillet, affiche in-fol.

161 Lettres anecdotes de *Cyrille* LUCAR, Patriarche de Constantinople, et sa confession de foi, avec des remarques. Concile de Jerusalem tenu contre lui, avec un examen de sa doctrine. Attestations et pieces diverses touchant la creance des Grecs modernes examinees selon les regles de la theologie et du droit A *Amsterdam*, Chez L'Honoré et Chatelain, MDCCXVIII. In-4°, 1 vol., titre rouge et noir.

162 De la Réunion de l'Église Russe avec l'Église Catholique, ouvrage du R. P. ROZAVEN, de la Compagnie de Jésus. Disposé et mis dans un ordre nouveau par le Prince *Augustin* GALITZIN. Nouvelle édition, précédée d'une lettre de Monseigneur DUPANLOUP, évêque d'Orléans. *Paris*, H. Vrayet de Surcy, 1864. In-18, 1 vol.

163 Instruction familière sur l'Eglise, en forme de Catéchisme, composée d'après l'Exposition des principes sur la Constitution du Clergé, par les évêques députés à l'assemblée nationale. (Par *Jean-René* ASSELINE, évêque de Boulogne). *Paris*, Crapart, s. d. (1790). In-8°, pièce de 28 pages.

164 Exposition des principes sur la Constitution du Clergé, par les évêques députés à l'Assemblée Nationale (rédigée par *Jean-de-Dieu-Raymond* DE CUCÉ DE BOISGELIN,

archevêque d'Aix). *S. l.*, 30 octobre 1790. In-8°, pièce de
95 pages et 31 pages de textes cités.

165 Avis aux vrais catholiques, ou Conduite à tenir dans les
circonstances actuelles, en réponse aux cinq questions
suivantes : 1° Que doivent faire les électeurs ? 2° Que
doit faire l'ecclésiastique élu ? 3° Que doit faire le Pasteur
déplacé ? 4° Que doivent faire les autres ecclésiastiques ?
5° Que doivent faire les simples fidèles ? Troisième
édition. Revue, corrigée & augmentée par l'auteur.
Paris, Crapart, 1791. In-8°, pièce de 22 pages.

Autre exemplaire de la même brochure.

166 Entretien d'un paroissien avec son curé , sur le serment
exigé des ecclésiastiques fonctionnaires publics. Seconde
édition. (Par l'abbé HERMÈS, vicaire de St. André-des-
Arcs). *Paris*, Crapart, 1791. In-12, pièce de 73 pages.

167 Extraits des pensées de BOURDALOUE, prédicateur du Roi,
mort en 1704, sur l'Eglise & sur la soumission qui lui est
due ; très-utiles dans les circonstances actuelles. A *Paris*,
1791. In-8°, pièce de 16 pages.

166 Objections & réponses sur la religion constitutionnelle.
Nouvelle édition, revue, corrigée, augmentée & terminée
par une prière. *Paris*, 1791. In-8°, pièce de 24 pages.

C'est un abrégé de l'*Antidote contre le Schisme* de l'abbé *Pierre-Grégoire*
LABICHE DE REIGNEFORT, docteur en Sorbonne.

169 Commentaire littéral sur le mandement de carême de
M. l'evêque du département du Nord (Primat), en faveur
des citoyens de la campagne. *Tournai*, chez les principaux libraires (1791). In-8°, pièce de 15 pages.

170 Instruction pastorale de M. le Cardinal (*Dominique*)
DE LA ROCHEFOUCAULD, archevêque de Rouen. *Paris*,
Crapart, 1791. In-8°, pièce de 24 pages.

171 Mandement de Monsieur l'Evêque de Nîmes (*Pierre-Marie-Madeleine* CORTOIS DE BALORE), à l'occasion des nouvelles élections d'un évêque & des curés, faites dans son diocèse. *Paris*, Crapart, 1791. In-8°, pièce de 31 pages.

172 Instruction donnée par M. l'évêque de Langres aux Curés, Vicaires & autres ecclésiastiques de son diocèse, qui n'ont pas prêté le serment ordonné par l'Assemblée Nationale. *Paris*, Guerbart, 1791 In-8°, pièce de 38 pages.

173 Bref du Pape (PIE VI) à tous les Cardinaux, Archevêques, Evêques, au Clergé & au Peuple de France [donné à Rome le 13 avril 1791]. A *Rome* et à *Paris*, au Bureau de l'Ami du Roi, 1791. In-8°, pièce de 47 pages, texte latin et traduction française.

174 Bref du Pape (PIE VI) à l'Archevêque d'Avignon, aux Évêques de Carpentras, de Cavaillon & de Vaison, & aux chapîtres, au clergé & au peuple de la ville d'Avignon & du Comtat Venaissin. [Donné à Rome, le 23 avril 1791]. *Paris*, au Bureau de l'ami du Roi, 1791. In-8°, pièce de 79 pages, texte latin et traduction française.

175 Mandement & Ordonnance de M. l'Evêque de Soissons (*Henri-Joseph-Claude* DE BOURDEILLES), pour la publication du bref monitorial de N. S. P. le Pape, du 19 mars 1792. [Donné à Bruxelles le 20 mai]. *Paris*, Lallemand, 1792. In-8°, pièce de 76 pages.

176 Breve PII PP. VI, diei V Julii 1796 ad omnes Christi fideles catholicos communionem cum Sede Apostolica habentes in Galliis commorantes. — Bref du Pape Pie VI, du 5 Juillet 1796, adressé à tous les fidèles catholiques habitans de la France qui sont en communion avec le Saint-Siége. *Paris*, Guerbart, 1796. In-8°, pièce de 7 pages.

177 Lettre d'un impartial de l'Eglise Romaine à Messieurs les
auteurs d'un écrit intitulé : l'Eglise Gallicane. *Bruxelles,*
& se trouve à *Paris*, an VI (1798). In-8°, pièce de
23 pages.

178 Lettre sans titre, sans date et sans lieu d'impression ;
mais qui a dû être imprimée en Belgique, vers 1798,
dans laquelle on établit, malgré les assertions d'un écrit
qui affirmait le contraire, que les prêtres fidèles ont raison de ne pas communiquer avec les prêtres assermentés et qu'ils peuvent être en paix sur la validité des
pouvoirs qui leur ont été communiqués par leur vicaire
général non jureur. Pièce de 15 pages in-8°.

179 Sur l'interdiction du Culte de la Religion Naturelle, dit
Théophilanthropie. *Paris*, 21 ventôse an X. In-8°, pièce
de 8 pages.

JANSÉNISME.

180 Bibliothèque Janseniste, ou Catalogue alphabétique des
livres Jansénistes, Quesnellistes, Baïanistes, ou suspects
de ces erreurs : avec un Traité dans lequel les cent et
une propositions de Quesnel sont qualifiées en détail.
Avec des notes critiques sur les véritables auteurs de
ces livres, sur les erreurs qui y sont contenues, & sur
les condamnations qui en ont été faites par le Saint-Siége,
ou par l'Eglise Gallicane, ou par les Evêques diocésains
[Par le P. *Hyacinthe* DE COLONIA de la Compagnie de
Jésus]. *Bruxelles*, Simon t'Serstevens, 1744. In-18,
2 vol.

181 Dictionnaire des livres Jansenistes ou qui favorisent le
Jansénisme. [Par le P. *Dominique* DE COLONIA, nouvelle
édition, augmentée par le P. *Louis* PATOUILLET, tous deux
de la Compagnie de Jésus]. *Anvers*, Verdussen. In-12,
4 vol.

182 Martis Gallici svbsidiariæ velitationes adversvs vindicias gallicas, quæ contra Alexandrvm Patricivm Armacanvm theologum (Scilicet Cornelium Iansenium) nuper prodierc. Auctore generoso Equite D. I. IANEGEFIGIO BELSESANO. *Bruxellæ*, H. A. Velpius, 1639. Pet. in-12, pièce de 108 pages.

183 Bvlle de N. S. Père le Pape INNOCENT X, en latin & en François, où sont définies & déterminées cinq propositions en matière de foy adressée av roy très-chrestien. (Incident de l'évêque de Beauvais), 1653. S. nom d'impr. Br. de 34 pages in-4°.

184 Distinction abrégée des cinq propositions qvi regardent la matière de la grâce où l'on voit clairement en trois colonnes les divers sens que ces propositions peuvent recevoir, et les sentimens des Calvinistes & des Luthériens, des Pélagiens & des Molinistes, de Sainct Augustin & de ses Disciples. S. nom d'impr., 1653. Br. de 11 pages in-4°.

185 Response av libelle intitvlé : Dom Pacifique d'Avranches, rempli d'errevrs et de calomnies , contre la saincte mémoire de feu Mgr l'Euesque de Belley, & contre tous les Curez de Paris, composé & distribué par les Jésuites, en l'an 1654. S. nom d'imp., MDCLIV. Br. de 58 pages in-4°.

186 Epistola et scriptvm *Antonii* ARNALDI, doctoris et socii Sorbonici, ad sacram facultatem Parisiensem, in Sorbona Congregatam, die 7 decembris anni 1655. S. nom d'imp., 15 pages in-4°.

187 Svite de l'extrait de plvsieurs mavvaises propositions des novveavx casvistes recveillies par Messieurs les Curez de Paris , et présentées à nosseignevrs de l'Assemblée générale du Clergé de France, le 24 Nouembre 1656. A *Paris*, s. nom d'imp. 17 pages plus 14 pages in-4°.

188 **Extraict** de qvelqves propositions tirées d'vn livre intitvlé :
Apologie povr les casvistes contre les calomnies des Jansenistes. Imprimé à *Paris*, 1657. S. nom d'imp., br. de
10 pages in-4°.

189 A messieurs les vicaires généraux de Monseigneur l'Eminentissime Cardinal de Retz , archeuesque de Paris.
S. nom d'imp. Br. de 8 pages in-4". (Postérieur à 1657.)

190 Difficvltez proposées à l'Assemblée générale du Clergé de
France qui se tient à Paris en cette présente année 1661
sur les délibérations touchant le Formulaire. S. nom
d'imp. Br. de 31 pages in-4".

191 Factvm povr cevx qui ont fait, ov imprimé les deux écrits
des Nullitez contre le dernier Mandement de Paris. 1662.
S. nom d'imp. Br. de 3 pages in-4°

192 Lettre de Monseignevr l'évesque d'Aleth, av Roy, au subiet
de la Déclaration de sa Majesté, sur la signature du Formulaire. 25 août 1664. S. nom d'imp. Br. non paginée de
4 pages in-4°.

193 Des favx soupçons d'erreur svr le refvs de la signature
simple du Formulaire contre le R.P. Annat, Iésuite. 1665.
S. nom d'imp. Br. de 11 pages in-4".

194 Qvestion à examiner si monseignevr l'archevesque de
Paris a droit de refuser les Sacremens à l'article de la
mort & la sépulture Ecclésiastique, à cause du seul refus
de signer, & de jurer que Jansénius a enseigné cinq propositions hérétiques. 1661. S. nom d'imp. Br. de 8 pages
in-4°.

195 Defense de la Tradvction dv Novveav Testament imprimé
à Mons ; contre les sermons du P. Meinbovrg et les
Lettres d'un Doctevr en Théologie ; qui en ont combattu
les passages marquez en la table suiuante. [Par *Antoine*

Arnauld & *Pierre* Nicole]. *A Cologne*, N. Schovte, 1669. In-8°, 1 vol.

196 Nouvelle Defense de la Traduction du Nouveau Testament Imprimée à Mons ; contre le Livre de M. Mallet, Docteur de Sorbonne, Où les Passages qu'il attaque sont justifiez, ses calomnies confonduës, & ses erreurs contre la foy refutées. [par *Ant.* Arnauld]. A *Cologne*, chez Symon Schouten, cɪɔ ɪɔc ʟxxx. In-8°, 1 vol.

197 Les enluminures du fameux Almanach des PP. Jésuites, intitulé : La Deroute et la Confusion des Jansénistes ou Triomphe de Molina Jésuite sur S. Augustin [Par *Isaac Louis* Le Maistre de Sacy]. Avec l'onguant pour la brulure Ou le secret d'empescher aux Jésuites de brûler des livres. [Par *J.* Barbier d'Aucour]. Liége, Jacques Le Noir, 1683. In-12, 1 vol.

   A la suite : Réponse à la Lettre d'une personne de condition touchant les règles de la conduite des Saints Pères dans la composition de leurs ouvrages, pour la deffense des veritez combattues, ou de l'inocence calomniée [Par *Antoine* Arnauld].

198 La bonne foy de M. Arnauld, docteur de Sorbonne et la mauvaise foy des Jésuites touchant le fait de Rouen contre leur écrit intitulé : *Preuves autentiques* (sic) *de la nouvelle calomnie que M. Arnauld a faite aux Jesuites ;* & contre d'autres semblables Libelles. [*S. l. n. n.*] M DC XCII. In-4° car., 22 pp., y compris titre.

199 Remarques sur la quatrième Plainte de M. Arnauld, avec les preuves autentiques (*sic*) d'une nouvelle calomnie qu'il fait aux Jésuites. *S. l. n d.* Pet. in-8° de 40 pp. chiffrées et 4 feuillets de preuves.

200 Relation du Pays de Jansenie. Où il est traité des singularitez qui s'y trouvent, des coutumes, Mœurs & Religion

de ses habitans. Par *Louis* FONTAINES, sieur de Saint-Marcel. [*Pierre* FIRMIAN, capucin; en religion, le P. ZACHARIE DE LIZIEUX]. *A Rouen*, chez Philippe Alline, 1693. Pet. in-12, 1 vol. avec une carte gravée sur bois.

A. Arnauld, au tome VII, ch. XV de la *Morale pratique des Jésuites*, a essayé de répondre à cette spirituelle attaque contre les us et coutumes des Jansénistes.

201 Tres-humble Remontrance a Messire Humbert de Precipiano Archevesque de Malines sur son Décret du XV. Janvier 1695. portant defense de lire, retenir ou debiter plusieurs livres, & particulierement celuy de la Frequente Communion compose par Messire Antoine Arnauld Docteur de Sorbonne. M DC XCV [*S. l.*] In-12, 1 vol.

202 Dénonciation d'un livre intitulé Manuel chrétien pour toutes sortes de personnes, etc., par un Père de l'Oratoire. Addressée à Messieurs les Vicaires Généraux du Diocèse de Tournay, en l'absence de Mgr. l'Evêque. A *Bruxelles*, chez T. H. Frickx, 1696 & 1702, M DCC XV. 1 br., 27 p. petit in-8°.

203 Histoire du different entre les Jesuites et M. de Santeul, au sujet de l'epigramme de ce poète pour M. Arnauld : contenant les lettres de plusieurs Jésuites, et des vers faits de part et d'autre ; avec quelques lettres de M. DE SANTEUL à M. Arnauld. [Par l'abbé *Pierre* FAYDIT]. Liége, 1697. In-12, 1 vol. Portrait de Santeul.

204 Justification des Religieuses de Port-Royal, contre d'anciennes et de nouvelles calomnies (par *Pasquier* QUESNEL). *Le second titre porte :* Lettre aux religieuses de la Visitation du monastère de Paris, pour la justification des religieuses de Port-Royal, contre l'auteur de la *Vie de la R. Mère Eugénie de Fontaine*, &c. Troisième édition augmentée de quelques lettres nouvelles de *S. François* DE SALES & de la V. Mère DE CHANTAL, de l'Image abrégée de la conduite & de l'Esprit des Filles

de Port-Royal (par *Antoine* ARNAULD), & de plusieurs autres pièces. Le tout adressé aux Monastères de la Visitation des Provinces Wallones. *S. l.*, 1697. In-12. — Pièce de 184 pages & et deux pages non foliotées pour la table.

Deux autres exemplaires de la même brochure.

205 La Foy et l'Innocence du Clergé de Hollande, defendues contre un Libelle diffamatoire intitulé, Memoire touchant le Progrès du Jansenisme en Hollande. Par M. DU BOIS Prestre. *A Delft*, Chez Henry van Rhyn, Libraire. M DCC. In-12, 1 vol. de 10 ff. prélim., 216 pp. chiffr. et 1 f. d'errata.

206 Suite de la Solution de divers Problemes, Pour servir de Réponse à la Lettre du P. Daniel a Monseigneur l'Archeveque de Paris. A *Cologne*, chez Pierre Marteau. M DCC. In-12, 1 vol.

207 Defense de la Constitution *Vineam Domini Sabaoth*, de Notre S. Pere le Pape Clement XI. Contre Un Livre qui a pour titre, *Nouveaux Eclaircissemens sur la signature du Formulaire, contenant des Reflexions*, &c, [par *Léger-Charles* DECKER, prof. de philos.] Se vendent à *Louvain*, chez Gilles Denique 1707. Tr. pet. in-4°, 1 vol. de 56 pp. (manquent les 4 dernières, l'exempl. complet en a 60).

208 Desaveu d'un libelle calomnieux, attribué au P. Quesnel, dans la dernière Instruction Pastorale de Monseigneur l'Archevêque Duc de Cambray. Par le P. *Pasquier* QUESNEL]. *S. l.* ni n. d'imp., 1709. In-12, 1 vol.

Le libelle que Quesnel désavoue et que Fénelon lui attribuait comme un aveu très-décisif d'un des principaux chefs du Parti, avait pour titre : Ancienne hérésie des Jésuites, renouvelée dans un Mandement publié sous le nom de M. l'Evêque d'Arras, du 30 décembre 1697, dénoncée à tous les Evêques de France. — Cette brochure est intéressante à consulter ; il y est beaucoup question des disputes et des intrigues occasionnées parmi les docteurs de Douai par les Jansénistes et les

Quenellistes. — Quesnel prétend que ce libelle est d'un Jésuite qui a fait le Janséniste et qui lui-même attaque les Jésuites pour avoir le plaisir d'attaquer en même temps l'Evêque d'Arras. (V. *Dict. des livr. Jansénistes*, T. I, p. 401.).

209 De l'injuste accusation de Jansenisme. Plainte a M. Habert Docteur en Theologie de la Maison & Société de Sorbonne, A l'occasion des Défenses de l'Auteur de la Théologie du Séminaire de Châlons, contre un Libelle intitulé: *Dénonciation de la Théologie de M. Habert, addressée à S. E. M. le Card. de Noailles, Archevêque de Paris, & à M. l'Evêque de Châtons sur Marne.* [par l'abbé *Nicolas* PETITPIED , docteur en Sorbonne]. [*S. l. n. n.*] M DCC XII. In-12, 1 vol.

210 Procez-verbal de l'assemblée des Cardinaux, Archevêques et Evêques tenue à Paris dans l'Archevêché en l'année mil sept cens treize et mil sept cens quatorze. Monsieur l'abbé de Broglie agent général du clergé, Secrétaire suivant la copie imprimée à Paris suivi de l'ordonnance et Instruction pastorale de feu Monseigneur l'Archevesque de Cambray au clergé et au peuple de son diocèse portant condamnation d'un livre intitulé : Theologia dogmatica & moralis ad usum Seminarii Catalaunensis, composé par le sieur HABERT, Docteur de Sorbonne. M DCC XXI.

Dans le même volume : Lettre d'un Docteur à M***.

Dans le même volume : Dénonciation à son altesse monseigneur l'Evêque de Bayeux de la Philosophie de M. Jourdan, prêtre, licentié de Sorbonne, Professeur au Collège du Bois dans l'Université de Caën. M DCC XX.

Dans le même volume : Catéchisme à l'usage des jeunes Ecclésiastiques du Diocèse de Bayeux composé par la nouvelle Université de Caën.

Dans le même volume: Remarques sur le mémoire de Monseigneur le Cardinal de Noailles imprimé avec le titre de Mémoire sur la Paix de l'Eglise.

Dans le même volume : Sixième lettre pastorale de

Monseigneur *J. Joseph* LANGUET evesque de Soissons,
au clergé de son Diocèse contenant 1° Une réponse à la
lettre de M. l'Evesque de Boulogne dattée du 30 juin
1721, et à quelques libelles anonimes publiez contre
M. l'Evêque de Soissons. 2° Une reponse à la lettre de
M. l'Evesque d'Auxerre dattée du 13 novembre 1721 &
publiée seulement au mois d'Août 1722 à Paris, chez la
veuve Raymond Mazières, M DCC XXII.

Même volume : Troisième lettre de M. l'Evêque de
Soissons à M. l'Evêque de Boulogne en lui envoyant sa
cinquième lettre pastorale.

Même volume : Septième lettre pastorale de Monseigneur *J. Joseph* LANGUET Evesque de Soissons. A Paris
chez la veuve Mazières & J.-B. Garnier, M DCC XXVI.

Même volume : Lettre de M. L'Evêque de Soissons a
M. de Lamoignon de Blanc-Menil avocat général au Parlement de Paris. M DCC XXIV. 1 volume in-4°.

211 Mandement & Instruction Pastorale de Monseigneur
l'Archevesque Duc de Cambray [*François* DE SALIGNAC
DE LA MOTTE FÉNELON], au clergé & au Peuple de son
Diocese soumis à Sa Majeste Impériale. Pour la reception
de la Constitution Unigenitus de N. S. P le Pape Clément XI, du 8 septembre 1713. Qui condamne le livre
des Réflexions morales du Père Quesnel sur le Nouveau
Testament, & 101 propositions qui en sont extraites. A
Cambray, N. J. Douilliez, 1714. In-12, 1 vol.

212 Mandement et instruction pastorale de Monseigneur
l'Evêque de Metz (*Henri-Charles* DE CAMBOUT DE COIS-
LIN), pour la publication de la constitution de N. S. P. le
Pape, du 8 septembre 1713. Avec l'arrest du Conseil
d'Estat du Roi qui supprime ce mandement [comme
injurieux à sa Sainteté; aux Prélats de la dernière
assemblée du clergé; introduisant une forme nouvelle
d'accepter les constitutions des Papes], et un avertisse-

ment sur ces deux Pièces (Par *Pasquier* QUESNEL). *S. L.*, 1714. In-12. — Pièce de 44 pages.

Ce mandement fut censuré à Rome comme propre à conduire au schisme et à l'erreur. Quant à l'*Avertissement* de Quesnel, c'est, au milieu de quelques éloges, une réprobation formelle des ménagements que De Coislin prétend garder entre les « vérités » du système et les « erreurs » de la bulle.

213 Idée generale de la nouvelle Constitution contre le Livre des Réflexions morales sur le Nouveau Testament & à Monseigneur l'Evêque de ***. Troisième edition revue & corrigee. *S. L.*, 1714. In-12. — Pièce de 71 pages.

Cet écrit de *Pasquier* QUESNEL fut publié en octobre 1713. (Voir *Diction. des livres Jansénistes*, T. II, p. 246.)

214 Mémoire sur la publication de la Bulle *Unigenitus*, dans le Pais-Bas. Où on expose les raisons qui doivent empêcher de permettre cette publication. (Par *Pasquier* QUESNEL.) Avec la Lettre pastorale de M. le Cardinal DE NOAILLES, les lettres de cette Eminence, & de MM. les Archevêque & Evêques qui lui sont unis, au Pape & au Roi, et la protestation ou opposition de M. HULOT, Docteur de Sorbonne. *S. L.*, 1714. In-12. — Pièce de 45 pages.

215 Quatrième Memoire pour servir à l'Examen de la Constitution du Pape contre le Nouveau Testament en françois avec des Reflexions morales [Par le P. *Pasquier* QUESNEL]. *S. l. n. n. d'impr.*, 1714. In-12, 1 vol.

Quesnel a publié sept Mémoires sur le même point.

216 Lettre du Père QUESNEL à Nos Seigneurs les Cardinaux, Archevêques & Evêques de France, assemblés à Paris au sujet de la Constitution du 8 septembre 1713. *S. l. n. n. d'impr.* 18 janvier 1714. In-12. — Pièce de 44 pag.

A la suite, avec une pagination différente : Seconde lettre du Père QUESNEL au sujet de la Constitution : à un des Evêques de l'Assemblée. Pour lui exposer les

Sentimens du Pape S. Grégoire le Grand, touchant ce que les Evêques doivent à la justice & à l'innocence. *S. l. n. n. d'impr.*, 10 février, 1714. — Pièce de 24 pages.

217 Second mémoire sur les propositions renfermées dans la Constitution *Unigenitus*, qui regardent la nature de l'ancienne et de la novelle alliance. Où l'on traitte plus particulièrement de l'insuffisance de la loi ceremoniale & figurative, pour conduire à la justice. Par *J. B.* Le Scesne d'Ettemare). *S. l.*, 1714. In-12. — Pièce de 136 pages.

L'auteur a publié cinq mémoires sur cette matière.

218 Lettre de M. *Clément* Waterloop, curé de Carvin-Epinoy a M. de Coninck, curé de S. Jacque à Tournay, & Vice-Gérant de l'Officialité, où il se justifie contre la sentence rendue par ledit Vice-Gérant, sur le refus de publier la constitution *Unigenitus* : Avec une autre lettre du même curé à Monseigneur l'Evêque de Tournay : et un Mémoire où l'on examine s'il est permis à des curez ou autres de publier, en quelque manière que ce soit, la ditte Constitution. *Sans ind. du lieu d'impr.*, 1715. In-12. — Pièce de 92 pages.

219 Divers écrits sur l'affaire de M. le Curé de Carvin-Epinoy [Waterloop]. I. Examen de la Sentence étendue de M. le Vice-Gerent. — II. Lettre sur la Reponse de M. le Promoteur. — III. Lettre sur la desolation de la Paroisse de Carvin. — IV. Requête & quelques attestations des Paroissiens de Carvin. *S. l. n. n. d'impr.*, 1715. In-12, 1 vol.

220 Examen theologique de l'Instruction pastorale, Approuvée dans l'Assemblée du Clergé de France, & proposée à tous les Prélats du Roiaume pour l'acceptation & la publication de la Bulle de N. S. P. le Pape Clément XI du 8 septembre 1713. [par l'abbé *Nicolas* Petitpied]. Premiere partie Où l'on éxamine (*sic*) le jugement que

les Auteurs de l'Instruction font porter aux Prélats, des propositions condamnées par la Bulle touchant la matiére (*sic*) de la grace. [*S. l. n. n.*] M DCC XV. In-12, 1 vol. (l'ouvrage complet comprend 2 parties en 3 vol.)

221 Antiquæ Facultatis theologicæ Lovaniensis, qui adhuc per Belgium superstites sunt discipuli ad eos qui hodie Lovanii sunt theologos de declaratione sacræ Facultatis Theol. Lovaniensis recentioris circa Constitutionem unigenitus Dei Filius, Edita 8 Julii 1715. M DCC XVII. 1 vol. in 12.

222 *Christiani* PHILEMINI ad eximios Magistros Facultatis Theologicæ in Academia Lovaniensi Epistola II et III. in fine legitur: die S. Ambrosii M DCC XV. 1 broch. paginée de 17 à 48.

223 Sanctissimi D. nostri domini CLEMENTIS divinâ providentia Papæ XI Literæ Apostolicæ in formâ Brevis ad Archiepiscopos & Episcopos regni Galliarum. *Romæ*, typis Reverendæ Cameræ Apostolicæ M DCC XVI. 1 br. non paginée 8 p in-4°.

224 Lettre de l'auteur des réflexions sur le bref de Nostre Saint-Père le Pape Benoist XIII aux dominicains adressée à l'auteur du thomisme triomphant s. n. d'impr. M DCC XVI. 1 br. 32 p. in-4°.

225 Sanctissimi D. nostri domini Clementis Divinâ Providentiâ Papæ XI suspensio privilegiorum a sede apostolica concessorum facultati sacræ theologiæ Parisien. ad sanctitatis suæ, et ejusdem sedis beneplacitum. *Romæ*, M DCC XVI typis reverendæ Cameræ apostolicæ. 1 br. non. pag. 8 p. in-4°.

226 Réponse à un écrit qui a pour titre Mémoire présenté par plusieurs cardinaux archevesques et évesques à Monseigneur le Régent 1717. S. n. d'imp. 1 br. 31 p. in-4°.

227 Réponse à un écrit qui a pour titre, Mémoire présenté par plusieurs Cardinaux, Archevêques & Evêques à Monseigneur le Régent. Seconde édition revue, corrigée & augmentée. *S. l. d'impr.*, in-12. — Pièce de 84 pages.

228 Lettre de Monseigneur le Cardinal DE NOAILLES, archevesque de Paris à N. S. P. le Pape. En réponse de celle que Sa Sainteté luy a fait l'honneur de luy écrire. A *Paris*, chez Jean-Baptiste Delespine, M DCC XVII. 1 br. 29 p. in-4°.

229 Instrumentum appellationis à constitutione Unigenitus Clementis P. P. XI ad concilium generale futurum per IV Illustrissimos Galliæ Episcopos interpositæ in Comitiis sacræ facultatis Parisiensis, quæ & ipsa appellationi adhæsit. *Insulis Flandrorum* M DCC XVII.1 br. 24 p. in-12.

Incomplet.

230 Mandement de son Eminence Mgr le Cardinal DE NOAILLES archevesque de Paris pour la publication de l'appel qu'il a interjetté le 3 avril 1717. Au Pape mieux conseillé, et au futur Concile général, de la Constitution Unigenitus Dei Filius. A *Paris* Chez J. B. Delespine M DCC XVIII. 1 br. 24 p. in-4°.

231 Mandement de son Eminence Monseigneur le Cardinal DE NOAILLES, archevesque de Paris pour la publication de l'Appel qu'il a interjetté le troisième octobre 1718 au futur Concile général, des Lettres de N. S. P. le Pape Clément XI. A *Paris*, Chez J. B. Delespine M DCC XVIII 1 br. 24 p. in-4°.

232 Liste et extraits des divers actes d'appel au futur Concile général interjettez par les Eglises, Princes, Estats, Communautez Ecclésiastiques et séculières des Pays-Bas Autrichiens et François. S. n. d'imp. MDCCXVIII. 1 br. non paginée, 17 p. in-4° plus 1 br. 9 p. in-4°.

233 Declaratio universitatis studii parisiensis super appella-
tione ad futurum Concilium generale a constitutione
pontificia quæ incipit : Unigenitus Dei Filius, etc. *Lutetiæ Parisiorum*, ex typographià C. L. Thiboust MDCC
XVIII. 1 br. 43 p. in-4°.

234 Acta appellationum ad concilium generale a sacra facul-
tate theologiæ parisiensis interjectarum a constitutione
S. S. D. D. N. Clementis Papæ XI quæ incipit Unigenitus
Dei Filius. *Parisiis*, Apud J. B. Delespierre MDCCXVIII.
1 br. 23 p. in-4°.

235 Mandement de Mgr l'illustrissime et révérendissime
évêque et comte d'Agen au clergé séculier et régulier de
son Diocèse touchant la constitution Unigenitus. A *Agen,*
Chez Jean Bru, 1719. 1 br. 8 p. in-4°.

236 De l'autorité de la bulle In cœna Domini dans les Pays-
Bas notamment en ce qui concerne l'appel au futur
concile. MDCCXIX. S. n. d'imp. 1 br. 28 p. in-4°.

A la suite : Addition au sujet de deux Libelles publiés
depuis peu, dont l'un a pour titre : Lettre d'un Avocat de
la Flandre Autrichienne ; l'autre est intitulé : Liste des
erreurs, faussetés, traits de mauvaise foi contenus dans
cet écrit. 1 br. 18 p. in-4°.

237 Instruction pastorale de Monseigneur l'illustrissime et
révérendissime évêque d'Arras, Aux Fidèles de son
Diocèse. A *Arras,* Chez Urbain-César Duchamp, Imprimeur de Mgr l'évêque d'Arras, 1719. 1 br. 7 p. in-4°

238 Protestation des Chartreux opposans à la bulle Unigenitus, qui ont pris le parti de la fuite, 15 septembre 1725.
S. n. d'imp., MDCCXXV. 1 br. 8 p. in-4°.

A la suite : Liste des chanoines, curés, docteurs et
ecclésiastiques réguliers et séculiers de la ville et du
diocèse de Paris, qui persistent dans leur appel. S. n.
d'imp. 1 br. 14 p. in-4°, MDCCXXI.

239 Essay du nouveau Conte de ma Mere l'Oye, ou les Enluminures du Jeu de la Constitution [par l'abbé *Louis*
DÉBONNAIRE].Nouvelle édition.[*S. l. n.d.*] M.DCC.XXIII.
1 vol. in-12.

240 Copie d'une lettre de Sa Majesté Impériale et Catholique
addressée à Monseigneur l'Evêque de Gand. S. n. d'imp.
1723. 1 br. non pag., 2 p. in-4°.

241 Le Thomisme triomphant par le bref Demissas preces de
Benoist XIII ou justification de l'examen critique des
réflexions sur ce bref, contre une lettre anonime
adressée à l'auteur de l'examen par un théologien de
l'Ordre de saint Dominique, 6 novembre 1724. S. n.
d'imp. 1 vol. 114 p. in-4.
A la suite : Texte du bref, latin et français. 3 p. in-4°.

242 Réponse de l'auteur du Thomisme triomphant à Monsieur
Stièvenard, chanoine de Cambray, au sujet de son apo-
logie pour feu Monseigneur de Fenelon, archevêque de
Cambray. S. n. d'imp. s. d. 1 br. 8 p. in-4°.

243 Response au R. P. B. Thomiste triomphant, Théologien
de l'Ordre de S. Dominique, par un Ecolier de Théologie
de la Compagnie de Jésus. S. n. d'imp. s. d. 1 br. 36 p.
pet. in-8°.

244 Mandement et instruction pastorale de Mgr l'évesque de
Boulogne pour l'acceptation de la bulle Unigenitus, avec
le bref de N. S. P. le Pape Benoit XIII au même évêque.
A *Paris,* chez la veuve Raymond Mazières, MDCCXXIV.
1 br. 14 p. in-4°.

245 L'Héréticité de la censure, publiée par les quatre docteurs
qui composent la faculté de théologie de Douay. S. n.
d'imp. MDCCXXIV. 1 br. 19 p. in-4°.

246 Examen critique des réflexions sur le bref de N. S. P. le
Pape Benoist XIII du 6 novembre 1724, adressé aux
Dominicains. S. n. d'imp. 1 br. 21 p. in-4°.

247 Lettre à l'auteur de l'examen critique des réflexions sur le bref de N. S. P. le Pape Benoist XIII aux dominicains. S. n. d'imp. MDCCXXV. 1 br. 35 p. in-4°, plus 3 p. non paginées.

248 Lettre pastorale de Son Altesse George-Louis, par la grâce de Dieu, évêque & Prince de Liége, Duc de Bouillon, Marquis de Franchimont, Comte de Looz, Horne, etc., au clergé et au Peuple de son Diocèse. A *Liége*, chez Guillaume Barnabé, imprimeur de Son Altesse, 1725. 1 br. 7 p. in-4°.

247 Défense des Chartreux fugitifs, où l'on traite particulière-ment de la fuite dans les persécutions à l'occasion de deux Ecrits, dont l'un a pour titre : *Lettre à Monsei-gneur l'Evêque de***, touchant la Protestation des Chartreux*, & l'autre : *Réfutation de l'Apologie des Chartreux. S. l. n. n.* 1 vol. in-12 de 95 pp. daté à la fin du 15 mars 1726.

250 Lettre pastorale de M. l'Evêque de Montpellier (*Charles-Joachim* COLBERT DE CROISSY), adressée au Clergé & aux Fidèles de son Diocèse, en leur faisant part de la Protestation qu'il s'est crû obligé de faire contre une Délibération de l'Assemblée Générale du Clergé de France du 2. Octobre 1725. *Sans lieu d'imp.* 1726, in-12. — Pièce de 24 pages.

251 Relation de ce qui s'est passé tant à Rome que de la part de M. le Cardinal de Noailles, sur l'affaire de la Consti-tution depuis l'exaltation de N.S. Père le Pape Benoît XIII, 16 septembre 1726. S. n. d'imp. 1 br. 15 p. in-4°.

252 Instruction pastorale de Monseigneur l'évêque de Senez dans laquelle à l'occasion des bruits qui se sont répandus de sa mort, il rend son Clergé et son Peuple dépositaires de ses derniers sentimens sur les contestations qui agitent l'Eglise, MDCCXXVI. S.n. d'imp.1 br. 61 p. in-4°.

253. Lettre de monseigneur l'évêque de Montpellier au Roy, MDCCXXVIII. S. n. d'imp. 1 br. 27 p. in-4°.

254 Thomas Philippus miseratione divinâ Tituli S. Cæsarei S. R. E. presbyter cardinalis de Alsatiâ, de Boussu , Archiepiscopus Mechliniensis, Primas Belgii, etc. *Mechliniæ* , typis Laurenti Vander Elst, 1728. 1 br. 4 p. in-4°, 2 exempl., 1 latin, 1 français.

255 Anecdotes ou Mémoires secrets sur la Constitution *Unigenitus* [Par *Joseph-François* BOURGOIN DE VILLEFORE] (*Paris*), 1730-1733. In-12, 3 vol.

Ouvrage supprimé par arrêt du 26 janvier 1734.

256 Lettre de M. l'Archevesque de Paris , au Roy. et Lettre du Roy en réponse à la lettre de M. l'Archevêque de Paris. A *Paris* , chez P. Simon, 1730. 1 br. 12 p. in-4°.

257 Annales pour servir d'étrennes aux amis de la vérité. Après ce faux titre , le titre véritable est ainsi donné : Le Prothéisme de l'erreur ou Annales historiques contenant les faits qui ont précédé la Bulle *Unigenitus* et qui y ont rapport depuis 1540. Temps de l'établissement des Jésuites, jusqu'à l'arrivée de cette Bulle. Dans lesquelles on fait voir l'Histoire du Molinisme, son origine, les différentes formes qu'il a prises pour éviter sa condamnation, et les degrez par lesquels il a passé pour parvenir à se donner pour la Foi de l'Eglise , et à condamner comme hérésie, la Foi même de l'Eglise. [Par *Louis-Adrien* LE PAIGE , avocat au Parlement].*Paris*, 1733, vol. in-24.

258 Formulaire que M. DE BRANCAS , archevêque d'Aix , fait signer à tous les Ecclésiastiques de son Diocèse, 1733. S. n. d'imp. 1 br. 2 p. in-8°.

A la suite : Lettres de M. LEULLIER à M. le P. Président, et de Mgr l'évêque de Laon à M. Leullier, doyen de le faculté de Théologie de la Sorbonne, 1733. 2 p. in-4°.

259 Mandement de Monseigneur l'évêque Duc de Laon, second
pair de France, Comte d'Anisy, portant condamnation
d'une feuille imprimée qui a pour titre : Lettre de plusieurs curés de Paris à M. l'Archevêque, en datte du
3 mai 1732, sur l'imprimé répandu à Laon en 1733. S. n.
d'imp. 1 br. 3 p. in-4°.

260 Le Calendrier ecclésiastique pour l'année mdccxlii. Auec
le Nécrologe des personnes qui, depuis environ un siècle,
se sont le plus distinguées par leur piété, par leur atta-
chement à Port-Royal, & par leur amour pour les
vérités combattues. Et un Abrégé Chronologique des
principaux événements qui ont précédé & suivi la
Constitution Unigenitus [Par *Pierre* QUESNEL]. A
Utrecht, aux dépens de la Compagnie, 1742, in-18, 1 vol.

261 La Réalité du Projet de Bourg-Fontaine, démontrée par
l'exécution. [Par le P. SAUVAGE, Jésuite]. A *Paris*, chez
la Veuve Dupuy, M.DCC.LV. 2 vol. pet in-8°.

262 La Réalité du Projet de Bourg-Fontaine, démontrée par
l'exécution. [par le R. P. SAUVAGE], de la Compagnie de
Jésus. Nouvelle édition, augmentée de la Lettre à
l'Auteur (D. Clémencet), des huit Lettres à un Ami, sur
la réalité du Projet de Bourg-Fontaine.] A *Paris*, chez
les libraires associés, M DCC.LXXXVII. In-8°, 2 tom.
en 1 vol.

263 Jansenismus plurimas hæ tam multa & absurda dogmata
in Jansenismo detexit priùs opusculum de Jansenismo
omnem destruente Religionem, ut titulum suum videre-
tur sed solum apprehendere phantasma, quasi nec Jan-
senius, nec ullus eorum, qui Jansenistæ vocantur quid-
piam unquam docuerit ab Ecclesiâ reproniciosa (*sic*) Ecclesiæ infringenda est. S. n. d'imp. s. d. 1 affiche.

264 Seconde lettre à Mgr l'évêque d'Arras, au sujet de ses
maximes sur le Jansénisme. S. n. d'imp. s. d. 1 br. 16 p.
pet. in-8°.

265 Lettre d'un ecclésiastique sur les sentimens de Monseigneur l'Euesque d'Alet touchant le refus que font les Religieuses de Port-Royal de signer le Formulaire. S. n. d'imp. 1 br. 8 p. in-4°.

266 Lettre d'vn ecclésiastique à son évesque tovchant la signatvre dv formvlaire de l'assemblée dv clergé. S. n. d'imp. 1 br. 12 p. in-4°.

267 Lettre d'vn ecclésiastiqve à vn de ses amis. S. n. d'imp. s. d. 1 br. 4 p. in-4°.

268 Lettre à vn conseiller dv Parlement svr l'écrit dv P. Annat intitvlé : Remarques sur la conduite qu'ont tenüe les Jansénistes dans l'Impression & la publication du Nouveau Testament. Imprimée à *Mons*. S. n. d'imp. 1 br. 12 p. in-4°.

RELIGIONS DIVERSES.

269 Les Religions du Monde, ou demonstration de toutes les religions et hérésies de l'Asie, Afrique, Amérique et de l'Evrope, depuis le commencement du monde jusqu'à présent, escrites par le Sr *Alexandre* Ross, et traduit par *Thomas* LA GRUE, enrichy partout de figures en taille douce. A *Amsterdam*, chez Jean Schipper. M.DCLXVI. 1 vol. in-4° avec gravure en frontispice.

270 Ceremonies et Coutumes religieuses de tous les Peuples du Monde, représentées par des figures dessinées de la main de *Bernard* PICARD, avec une explication historique, & quelques dissertations curieuses, [par *J. F.* BERNARD, ministre protestant, BRUZEN DE LA MARTINIÈRE et autres]. A *Amsterdam*, chez J. F. Bernard, M. DCC. XXIII [— XXXVII]. Gr. in-f°. 7 vol., nombreuses gra-

vures; tït. rouge et noir (manquent les 2 vol. de supplément et les 2 vol. de superstitions).

T. Iᵉʳ : Juifs et Catholiques. — T. II, en 2 part. : Catholiques. — T. III (coté I des Idolâtres) : Indes Occidentales. — T. IV (coté II, 1ʳᵉ part. des Idolâtres) : Indes Orientales. — T. V (coté III) : Grecs et Protestants. — T. VI (coté IV) : Anglicans , etc. — T. VII (coté V) : Mahométans.

271 Recherches historiques et critiques sur les Mystères du Paganisme , par M. le baron de Sainte-Croix ; [*accessit Johannis Baptistæ Casparis d'*Ansse de Villoison de triplici Theologia Mysteriisque veterum Commentatio]. seconde édition , revue et corrigée par M. le baron *Silvestre* de Sacy. A *Paris* , chez de Bure frères, [impr. Crapelet]. M. DCCC. XVII. In-8ᵘ, 2 vol.

272 *Natalis* Comitis Mythologiæ, sive explicationis fabvlarvm, libri decem : in quibus omnia prope naturalis & moralis Philosophiæ dogmata contenta fuisse demonstratur : nuper ab ipso Autore recogniti et locupletati. Ejusdem, Libri IV. de Venatione... Accessit *Geofredi* Linocerii , Musarum Mythologia , & Anonymi Observationem in totam de Diis Gentium narrationem , libellus. Sumptibus Samuelis Chouët , 1553, pet. in-8°, 1 vol.

273 Iamblichvs de Mysteriis Ægyptiorum , Chaldæorum , Assyriorum Procles in Platonicum Alcibiadem de Anima, atque Dæmone. Idem de Sacrificio & Magia. Porphyrivs de diuinis atq3 dæmonib Psellvs de Dæmonibus. Mercvrii Trismegisti Pimander. Eiusdem Asclepius. *Lvgdvni,* apvd Ioan. Tornæsium. M. D. LXX. Pet in-8°, 1 vol. de 543 pp. chiffrées.

274 Recherches sur le culte, les symboles, les attributs et les monuments figurés de Vénus , en Orient et en Occident , par M. *Félix* Lajard , membre de l'Institut (Académie des inscriptions et belles-lettres , avec un tableau litho-

graphié et XL planches in-folio, gravées sur cuivre, au trait. Tableau et planches. A *Paris*, chez Gide et J. Baudry, [impr. Crapelet], 1849. Gr. in-f°, 1 vol.

275 Recherches sur le culte, les symboles, les attributs et les monuments figurés de Vénus, en Orient et en Occident, par M. *Félix* LAJARD, membre de l'Institut (Académie royale des Inscriptions et Belles-Lettres), avec un tableau lithographié et XXX planches in-folio gravées sur cuivre, au trait. A *Paris*, chez Bourgeois Maze, [impr. Crapelet], 1837. Gr. in-4°, 1 vol.

276 Mythographi Latini. *C. Jul.* HYGINVS. *Fab.* PLANCIADES FULGENTIUS. LACTANTIUS *Placidus*. ALBRICUS Philosophus. *Thomas* MUNCKERUS omnes ex libris M S S. partim, partim conjecturis verisimilibus emendavit, & commentariis perpetuis, qui instar bibliothecæ historiæ fabularis esse possint, instruxit. Præmissa est dissertatio de auctore, stylo, & ætate Mythologiæ, quæ C. Jul. Hygini Aug Liberti nomen præfert. *Amstelodami*, Ex Officina viduæ Joannis à Someren. A. C. CIƆ IƆC LXXXI. In-8°, 2 tom. en 1 vol., frontisp. gravé et portr. de Th. Muncker.

277 [Panthéon Littéraire. Littérature Orientale. Théologie.] Les Livres sacrés de l'Orient, comprenant le Chou-King ou le Livre par excellence; les Sre-Chou ou les Quatre Livres moraux de CONFUCIUS et de ses disciples; les Lois de MANOU, premier législateur de l'Inde; le Coran de MAHOMET, traduits ou revus et corrigés par *G*. PAUTHIER. *Paris*, au bureau du Panthéon Littéraire, [imp, Vrayet de Surcy], M DCCC LII. Gr. in-8° à 2 col., 1 vol.

278 La vie de l'imposteur Mahomet, recueillie des auteurs arabes, persans, hébreux, caldaïques, grecs et latins, avec un abrégé chronologique qui marque le temps où ils ont vécu, l'origine et le caractère de leurs écrits. *Paris*, Jean Musier, M DC XCIX. 1 vol. pet. in-8°.

279 Manuel des Théophilantropes (*sic*), ou adorateurs de Dieu et amis des hommes, contenant l'exposition de leurs dogmes, de leur morale et de leurs pratiques religieuses, avec une instruction sur l'organisation et la célébration du culte. Rédigé par *J.-B.* CHEMIN. Troisième édition. A *Paris*, chez l'auteur. VI [de la République]. In-18. 1 vol. de 53 pp. chiffrées, suivi de :

[I] Instruction élémentaire sur la Morale religieuse, par demandes et par réponses. Rédigée par *J.-B.* CHEMIN et approuvée par le Jury d'Instruction publique. Nouvelle édition. A *Paris*, chez l'auteur. An VI. In-18, 35 pp. chiffrées.

[II] Rituel des adorateurs de Dieu et amis des hommes, contenant l'ordre des Exercices de la Théophilantropie (*sic*), et le Recueil des hymnes adoptés dans les différents temples, tant de Paris que des départements. Rédigé, quant à la partie des invocations et formules, par *J.-B.* CHEMIN ; publié et distribué par le même, quant à la partie des Chants. Nouvelle édition. A *Paris*, chez l'éditeur. An VI. In-18, 107 pp. chiffrées.

280 Histoire critique du Gnosticisme et de son influence sur les sectes religieuses et philosophiques des six premiers siècles de l'ère chrétienne. Ouvrage couronné par l'Académie royale des Inscriptions et Belles-Lettres, par M. *Jacques* MATTER, professeur à l'Académie royale de Strasbourg. Avec planches. *Paris*, chez F. G. Levrault, et [imp. F. G. Levrault], à Strasbourg. 1828. In-8°, 2 vol. de texte et 1 vol. de planches.

281 Soirées de Carthage ou Dialogues entre un prêtre catholique, un muphti et un cadi, par M. *l'abbé F.* BOURGADE, aumônier de la chapelle de St.-Louis, à Carthage, missionnaire apostolique. *Paris*, Jacques Lecoffre & Cie, *Benjamin Duprat*. Typ. Firmin Didot, 1852 1 vol. in-8°.

282 *Eliæ* SCHEDII De DIs Germanis, Sive Veteri Germanorvm,

Gallorvm, Britannorvm Vandalorvm Religione Syngrammata quatuor. *Amsterodami*, Apud Ludovicum Elzevirium. Anno 1648. Pet. in-8°, 1 vol., tit. orné.

283 Umbra in Luce : Sive Consensus et Dissensus Religionum
profanarum, Judaismi. Samaritanismi, Muhammedismi,
Gingis Chanismi, atque Paganismi, præcipue moderni,
cum Veritate Christiana, in Lucem publicam productus à
M. *Christiano* HOFFMANNO, Wratislaviensi Siles. Editio
secunda. *Jenæ*, Sumtibus Johannis Jacobi Bauhoferi,
Anno M. DC. LXXX. In-4° car., 1 vol.

284 Pompe funèbre du F.·. Mathurin Bouché, M.·. de la loge
de l'Age d'or, décédé le 22 germinal an 13. 9 Floréal
an XIII, *Orient de Paris*, 5805. 1 br. 36 p. in-4°.

INCRÉDULITÉS. — POLÉMIQUES.

285 Lettres Flamandes, ou Histoire des variations & contradictions de la prétendue Religion naturelle, [par l'abbé
R.-J. DUHAMEL]. A *Lille*, chez Danel, Imprimeur
Libraire sur la Grand' Place, 1753. Pet. in-12, 1 vol. de
136 pp., contenant 14 lettres, continué par Lettres
Flamandes, [*etc. ut supra*] suite. A *Mons*, chez Gaspard
Migeot, Libraire, près du Collége. 1753. Pet. in-12,
pp. 137 à 274, lettres 15 à 28, plus table.

286 Essais sur le Naturalisme contemporain, par le R. P. Dom
Prosper GUÉRANGER, abbé de Solesmes. I. M. le Prince
A. de BROGLIE, historien de l'Église. *Paris* [impr. au
Mans]. Julien, Lanier, Cosnard et Cᵉ, éditeurs, 1858.
In-8°, 1 vol.

En dépit de la tomaison, ce tome est unique.

287 La Cosmogonie de la Bible devant les sciences perfectionnées, ou la Révélation primitive démontrée par l'accord

suivi des faits cosmogoniques avec les principes de la
science générale, par M. l'abbé *A.* SORIGNET. Ouvrage
dédié à Monseigneur l'évêque d'Évreux. *Paris*, Gaume
frères, 1854. In-8°, 1 vol. de l'impr. de Crété, à
Corbeil.

288 Theologia IVdæorvm sive opus. in quo rem ipsam, quæ
nunc Christiana religio nuncupatur, etiam apud antiquos
fuisse, priusquam Christus veniret in carne, ex Hebræorum libris ostenditur. Errores vero, quos post natum
Christum Iudæi per fraudem & malitiam attulerunt coar-
guuntur. Auctore *Iosepho* DE VOISIN, Burdigalensi.
Parisiis, apud Mathvrinvm Henavlt & Ioannem Henavlt.
M. DC XLVII. Un vol. in-4° tranches dorées.

289 A free inquiry into the miraculous powers which are suppo-
sed to have subsisted in the Christian church, from the
Earliest Ages through several successive centuries,
by CONYERS MIDDLETON, D. D. the third edition. *London*
printed for R. Manby and H. S. Cox. M. DCC. XLIX.
1 vol. in-4°.

290 *Hugo* GROTIUS. De veritate Religionis Christianæ. Editio
accuratior, quam tertium recensuit, notulisque illustravit
Joannes CLERICUS; Cujus accessere De eligenda inter
christianos dissentientes sententia; & contra Indifferen-
tiam Religionum libri duo. *Hagæ-Comitis*, Vaillant &
Prevost, 1724, in-12. 1 vol.

291 Censure de cinquante-six propositions extraites de divers
écrits de M. de la Mennais et de ses disciples, par plusieurs *Évêques de France*, et lettre des mêmes Évêques
au souverain Pontife Grégoire XVI: le tout précédé d'une
préface où l'on donne une notice historique de cette
censure, et suivi des pièces justificatives. A *Toulouse*,
chez Jean Matthieu Douladoure, Imp. Lib., 1835,
1 vol. in-8°.

292 Paroles d'un Mécréant. Antithèse sur l'ordre et le plan
de l'œuvre de M. de la Mennais, avec conclusion!
Seconde édition. *Paris*, chez Dentu, Imp. Lib., 1834.
1 vol. in-8°.

MATIÈRES DIVERSES.

293 Doctrinæ Iesu Christi Domini nostri 'Ακολουθία Iuxta eorum
sententiam qui ejus Ministerio in his terris visibili annum
tantum integrum, & quod excurrit, tribuunt, concinnata
Per *Eliam* TADDEL, publicè illam in ecclesia August.
Conf. invariatæ addictà, Amsterdami profitentem. Anno
PaCe DeI nVtV frVItVr GerManIa? paX est æterna.
VoX an personat? *Amsterodami*, Apud Ludovicum
Elzevirium, Anno cIↄ Iↄc XLVIII. Pet. in-12, 1 vol.

294 Avis salutaires de la bien-heureuse Vierge Marie a ses
dévots indiscrots. Fidèlement traduit du Latin [d'*Arnold*
WEIDENFELS? de Cologne] en François, [par *Gabriel*
GERBERON, Bénédictin?] On a aussi mis le Latin ensuite
de la traduction, pour satisfaire à ceux qui seront bien
aises d'auoir ce petit ouurage dans les deux langues. A
Lille, de l'Imprimerie de Nicolas de Rache, 1674. Pet.
in-8°, 1 vol. de 7 ff. non cotés, 36 pp. chiffrées et 4 ff.
non cotés.

295 Pentalogvs Diaphoricvs sive Quinque Differentiarum Rationes, ex quibus verum judicatur de Dilatione Absolutionis,
ad mentem gemini Ecclesiæ Solis SS. Avgvstini et
Thomæ, Oblatus ad examen S. D. N. Innocentio XI.
Sanctitatis suæ Permissu. [*S. l. n. d.*]. Pet. in-12, 1 vol.
de 162 pp. *Lille*, de Rache.

296 Examen Libelli cui titulus : Pentalogus diaphoricus sive
Quinque Differentiarum Rationes, ex quibus verum
judicatur de Dilatione Absolutionis Ad mentem gemini

Ecclesiæ Solis. SS. Augustini & Thomæ. In quo pleræque Quæstiones in materia Poenitentiæ hoc tempore controversæ discutiuntur; Authore, R. D. *Macario* HAVERMANS. *Coloniæ Agrippinæ*, Sumptibus Balthasaris ab Egmond & Sociorum. 1679. Pet. in-8°, 1 vol.

297 Relatio historica Judiciorum et Censurarum Adversùs Philosophiam Anti-Peripateticam ; Subjunctis Thesibus ex universa Philosophia Peripatetica, quas ad majorem Dei gloriam In Alma & Catholica Universitate Herbipolensi, Præside R. P. Georgio Saur, **Pro suprema** Doctoratûs Philosophici Laurea. Defendit. D. *Joannes* EVENHÖCH, Eivelstadianus, Anno M. DCC. VIII, Mense Junio, *Herbipoli*, Typis Joannis Michaëlis Kleyer, 1 vol. pet. in-8°.

298 Caduceus Sinicus modernorum Decretorum Explanatio theologica, Apostolicæ Sedis Judicio subjecta. *Colon. Agripp.* Apud Balthasarem ab Egmond. M DCC XIII. Pet. in-8°, 1 vol. de 107 pp., tit. rouge et noir.

299 Alcoranus Franciscanorum id est, Blasphemiarum et nugarum Lerna, de stigmatisato Idolo quod Franciscum vocant, ex libro Conformitatum [F. BARTHOLOMÆI *Pisani*, studio Erasmi Alberi excerpta] Versiculus Franciscanorum Franciscus est in cœlo. Responsio **Quis** dubitat de illo ? Antiphona. Totus Mundus. Daventriæ. Typis Johannis Columbii. A° cIɔ Iɔc Lı. In-12, 1 vol., tit. gravé. La préface de *Martin* LUTHER est à la fin du volume.

300 Disputatio de statv vitæ deligendo & religionis ingressv, quæstionibus xii. Comprehensa : avctore *Leonardo* LESSIO, soc. Iesv theologo & S. Theologiæ professore Editio secunda aucta & emendata. *Antverpiæ*, **Ex** officina Plantiniana, apud Balthasarum & Iohannem Moretos. 1617, in-8°.

301 Justification des discours et de l'Histoire ecclésiastique de

M. l'Abbé Fleuri contre les reproches & les calomnies de quelques Religieux Flamans, principalement au sujet de la doctrine du Clergé de France & de plusieurs abus introduits dans l'Eglise. Seconde édition, revue et corrigée par M. Osmont du Sellier. A *Nancy*, aux dépens de Joseph Nicolai. M. DCC. XXXVII. A la suite : Lettre d'un Laïc d'Aux.... à Monsieur B... , Laïc, au sujet de l'article 70 des Mémoires de Trévoux pour le mois de Juillet 1735. M DCC XXXVI. 1 vol. in-12.

L'auteur de ce dernier opuscule est *Pierre-Claude* Gouget.
Notes manuscrites en tête du volume.

302 Censvra Propositionvm qvarvmdam, tvm ex Hibernia delatarum, cùm ex duobus libris Anglico sermone conscriptis in Latinum bonâ fide conversis excerptarum, per sacram Facultatem Theologiæ Parisiensis. *Parisiis*, apud Carolvm Morellvm, 1631. 12 pages.

In eodem volumine : I. Epistola Archiepiscoporvm et Episcoporvm Parisiis nunc agentium, ad Archiepiscopos & Episcopos Regni Galliæ super animadversione duorum libellorum. *Paris*, Antoine Vitray, 1631, 62 pages.

II. Statvta et Decreta Reformationis congregationis Benedictorum Exemptorum, Abbatiarum trium provinciarum Senonensis, Turonensis, & Bituricensis, aucta et recognita in Prioratu De La Guierche, apud Turonenses Calendis septembris anno à partu Virginis octuagesimo primo suprà millesimum et quingentesimum. *Paris*, Michel de Roigny, 1582. 22 feuillets in-4°.

III. Benedictorvm exemptorvm et à sanctâ sede apostolica, et Romana immediate dependentium, sub capitulis Generalibus, ex Consilii Tridentini, & Christianissimi Regis Henrici III, in comitiis trium ordinum Blæsiis decreto coactorum refomationis (sic) primordia : & acta ex vulgari sermone, in latinam linguam versa. *Paris*, 1582, 22 feuillets in-4°.

IV. Arrest rendu en la Cour de Parlement, les Grande

Chambre & Tournelle assemblées, sur la Bulle du Pape, concernant les Franchises dans la ville de Rome, & l'Ordonnance renduë en consequence le 26 du mois de décembre dernier. *Paris*, François Muguet, 1688.

Suivent l'acte d'appel interjeté par le Procureur Général au Concile et la Protestation de Monsieur le Marquis de Lavardin.

V. Arrest du Conseil d'Etat du Roy, Sa Majesté y estant, du deux septembre mil sept cens vingt, qui ordonne que le sieur Parent, Chanoine de l'Eglise collégiale de Saint-Pierre de Lille, jouira de tous les Fruits, quoi qu'absent, tant que le procès durera. *Paris*, Charles Huguier, S D, 16 pages.

303 Notæ ad censvram editam nomine facvltatis Theologiæ in opus quod inscribitur Historia Vniversitatis Parisiensis 1667, S. nom d'imp, 1 br., 12 p. in-4°.

304 Demonstration de l'Evangile, et explication du Mal et du Siècle par la seule Histoire universelle inouie des Nombres 13 et 666, dédié par un Fidèle à tous les Infidèles. Note perfectionnée du Voile enfin levé sur le système Universel du Monde recherché depuis 6000 ans, laquelle se distribue au profit de l'œuvre pie, par MADROLLE. *Paris*, Imp. Moquet & Hauquelin, 1842, 1 broch. pet. in-8°.

305 La question d'Honorius, lettre au R. P. Gratry, par Monseigneur DECHAMPS, archevêque de Malines. *Paris*, Victor Palmé, Lib. Edit. Imp. Lahure, 1870.

A la suite : Mgr l'Evêque d'Orléans et Mgr l'Archevêque de Malines, première lettre à Mgr Dechamps par *A.* GRATRY, prêtre de l'Oratoire, membre de l'Académie Française. *Paris*, Douniol. Imp. Lahure, 1870.

A la suite : 2e Lettre à Mgr Dechamps, par *A.* GRATRY. 3e Lettre par le même. 4e Lettre par le même ; le tout en un vol. in-18.

306 Certamen oratorivm inter dvos oratores Francum & Hispa-
nvm Vtri de Ecclesia Romana melius meriti sint Franciæ
an Hispaniæ Reges Accedit Tertius Pontificius, Reges
illos ad firmam concordiam , & bellum hostibus Ecclesiæ
inferendum adhortans Stylo *Nicolai* Vernvlæi. *Lovanii*,
Typis Philippi Dormalii, 1633, 1 vol. in-4° non paginé.

307 Tractatvs miracvli biletani svper sacratissimo corpore
Christi a Judaeo confixo, an. 1290, *Lvletiæ*. Apud
Federicvm Morellvm, Archi-typographum Regium,
cIɔ.IɔcIIII. 1 br. 36 p , petit in-4°.

Manquent les huit premières pages.

SCIENCES ET ARTS.

---

1 Conferences, presentees a Monseigneur le Davphin, l'an
M.DC.LXXII. [par *J.-B.* Denis, secrétaire de M. l'évêque
de Meaux?] Iouxte la Copie imprimée à Paris. A
Bruxelles, chez Henri Fricx, 1672. In-12, 1 vol.

L'exemplaire commence après l'Epistre à M. le Dauphin, à la page 387, première conférence, et finit à la page 454, au bas de laquelle on lit : La quatrième
Conférence paroistra le premier Octobre 1672.

2 Recherches sur l'origine des découvertes attribuées aux
modernes, où l'on démontre que nos plus célèbres Philosophes ont puisé la plupart de leurs connoissances dans les
Ouvrages des Anciens & que plusieurs vérités importantes
sur la Religion ont été connues des Sages du Paganisme
[par *Louis* Dutens]. A *Paris*, chez la Veuve Duchesne,
M. DCC. LXVI. In-8°, 2 tom. en un vol.

3 Troisième et dernière Encyclopédie théologique, publiée par
l'abbé Migne. Dictionnaire historique des Sciences physiques et naturelles depuis l'antiquité la plus reculée
jusqu'à nos jours, par *L. F.* Jehan (DE SAINT CLAVIEN).Tome
unique, 30me de la série, se vend et s'imprime chez l'abbé
Migne, 1857. 1 vol. in-8°.

4 Nouvelle Encyclopédie théologique publiée par M. l'abbé
Migne. Dictionnaire de Cosmogonie et de Paléontologie.
Examen critique des systèmes anciens et modernes sur

l'origine du monde, vues sur la création de la terre et des corps célestes et appréciation des théories cosmogonico-bibliques, par *L.-F.* JEHAN (DE SAINT-CLAVIEN). *Paris,* imprimerie Migne, 1854. 1 vol in-4°.

PHILOSOPHIE MORALE ET RELIGIEUSE. MÉTAPHYSIQUE.

5 Zoroastre, Confucius et Mahomet, comparés comme sectaires, législateurs et moralistes ; avec le tableau de leurs dogmes, de leurs lois et de leur morale, par M. DE PASTORET, conseiller de la Cour des Aides, de l'Académie des Inscriptions et Belles-Lettres. A *Paris*, chez Buisson, M.DCC.LXXXVII. In-8°, 1 vol.

6 Le livre d'HÉNOCH sur l'Amitié, traduit de l'hébreu et accompagné de notes relatives aux antiquités, à l'histoire, aux mœurs, aux coutumes, à la langue, ainsi qu'à la littérature des Israëlites anciens et modernes, par *Auguste* PICHARD, membre de la Société Asiatique. *Paris*, librairie Dondey-Dupré, imprimerie Amédée Gratiot et Cⁱᵉ, 1838. 1 vol. in-8°.

7 Les Apophtegmes des anciens tirez de PLVTARQVE, de DIOGÈNE LAERCE, d'ELIEN, d'ATHÉNÉE, de STOBÉE, de MACROBE et de quelques autres. De la traduction de *Nicolas* PERROT sieur D'ABLANCOURT. *Paris*, Billaine, 1664. In-12, 1 vol.

8 Les Œuvres de PLATON traduites en françois [par *André* DACIER], avec des remarques. Et la vie de ce philosophe avec l'exposition des principaux dogmes de sa philosophie. Seconde édition. A *Paris*, chez Anisson, MDCCI. In-12, 2 vol.

En dépit du titre, ce petit recueil ne comprend que les deux Alcibiade, l'Eutyphron, l'Apologie, le Criton, le Phédon, le Lachès, le Protagoras et les Rivaux.

9 [Panthéon littéraire. Littérature grecque]. Œuvres de
PLATON, nouvelle édition accompagnée de notes, d'argu-
ments et de tables analytiques, précédée d'une esquisse de
la philosophie de Platon, par M. SCHWALBÉ et d'une introduction à la République, par M. AIMÉ-MARTIN [traduction
et notices d'*Auguste* CALLET]. *Paris,* Société du Panthéon
littéraire, [impr. Hennuyer et Turpin], M DCCC XLV.
Gr. in-8° à 2 col., 2 vol.

10 Les Œuvres Morales et Meslees de PLVTARQVE, Translatees
de Grec en François [par *Iacques* AMYOT, Euesque
d'Auxerre] , reueues & corrigees en plusieurs passages
par le Translateur, Comprises en deux Tomes & enrichies
en ceste edition de Prefaces generales, de Sommaires....,
& d'Annotations en marge, qui monstrent l'artifice & la
suite des discours de l'autheur. Auec quatre Indices. A
Geneve , de l'Imprimerie de Iacob Stœr, M. DC. XXVII.
In-fol., 2 tom. en un vol. d'une seule série de pagination,
titre rouge et noir, rel. parchemin gaufré et frappé.

11 Œuvres Morales de PLUTARQUE , traduites en françois par
M. l'abbé RICARD. *Paris,* Desaint, 1783. In-12, 13 vol.

12 Notice sur les traductions françaises du Manuel d'ÉPICTÈTE,
par *G. A. I.* H*** [HÉCART, secrétaire de la mairie de
Valenciennes]. Tiré à 50 exemplaires. *Valenciennes,*
imprimerie de J.-A. Prignet fils et Cie , 1826. In-12, 1 vol.

13 Le Manuel d'ÉPICTÈTE & les commentaires de SIMPLICIUS ,
traduits en françois, avec des remarques ; par M. DACIER,
de l'Académie royale des Inscriptions. *Paris* , Pissot,
1776. In-12, 2 vol.

14 Les caractères de THÉOPHRASTE traduits du grec : avec les
Caractères ou les Mœurs de ce siècle [par *Jean* DE LA
BRUYÈRE]. Quatrième édition , corrigée et augmentée.
Paris, Michallet, 1689. 1 vol. in-12.

15 *Petri* Marsi in librum *Marci Tullii* Ciceronis de Senectute
commentarii. *Parisiis*, vidua S. Bernard, 1693. In-12,
1 vol.

> *In eodem volumine* : 1. ejusdem, in librum M. T. Cice-
> ronis de Amicitia, commentarii. — 2. ejusdem, in libros
> M. T. Ciceronis de Paradoxis & Somnio Scipionis, com-
> mentarii.— 4. Oraison de Ciceron sur la Loy de Manilius.
> Traduction nouvelle. [Par Geneste]. Avec des remarques
> historiques et géographiques, et des explications sur tous
> les endroits difficiles. [Texte latin en regard de la tra-
> duction]. *Paris*, Lemercier, 1699.

16 La République de Cicéron, traduite d'après le texte découvert par M. Mai, avec un discours préliminaire et des suppléments historiques ; nouvelle édition, revue et corrigée
par M. Villemain, de l'Académie française. *Paris*, Didier
et Cie [impr. P.-A. Bourdier], 1858. In-8°, 1 vol.

17 *Ocellus* Lucanus, sur l'Univers, traduit par d'Argens. A
Paris, chez Bastien, l'an III de la République française.
In-8°, 1 vol.

> [*Même vol.*] Timée *de Locres* , traduit par d'Argens ;
> suivi de la lettre d'Aristote [à Alexandre] sur le systòme
> du monde. A *Paris,* chez Bastien [et Déterville], l'an III
> de la République française. In-8°.

18 Ωχελλος ο Λευχανος φιλοσοφος Περὶ τῆς του Παντὸς φύσεως. *Ocellvs*
Lvcanvs philosophvs de Vniversi Natura. Textum è Græco
in Latinum transtulit, collatisque multis exemplaribus
etiam MSS. emendavit, Paraphrasi, & Commentario
illustravit *Carolvs Emmanvel* Vizzanivs Bononiensis.
Pars physica. Ad Eminentiss. et Reverendiss. Principem
Franciscvm Barberinvm , S. R. E. Card. Vicecancella-
rium. *Amstelodami*, apud Joannem Blaev. M DC LXI.
In-4° car., 1 vol. de 12 ff., non cotés, 319 pp. chiffr. et
6 ff. d'index.

19 Dante et la Philosophie catholique au treizième siècle, par *A.-F.* OZANAM, docteur en droit, docteur ès-lettres. *Paris,* Debécourt [impr. E.-J. Bailly], 1839. In-8°, 1 vol.

[*Même vol.*]: Les Vêpres Siciliennes ou Histoire de l'Italie au XIII° siècle, par *H.* POSSIEN et *J.* CHANTREL. *Paris*, Debécourt [impr. E.-J. Bailly], 1843. In-8°.

20 *An. Manl. Sever.* BOETII. Consolationis Philosophiæ Libri V ejusd. opuscula Sacra auctiora *Renatus* VALLINUS recensuit et notis illustravit. *Lugd. Batavorum*, apud Franciscum Hackium, ann. M.DCLVI. 1 vol. in-8°, portrait de l'auteur, titre encadré dans frontispice.

In eodem volumine : Anicii Manlii Severini BOETII, Opuscula sacra.

21 *Gvlielmi* BVDÆI Parisiensis, de Cōtemptu rerum fortuitarum. Libri tres. [ad Draconem Budæum fratrem, præfectum scriniis regis sanctioribus]. [S. d.]. Venundantur in officina Ascēsiana, cum Gratia & priuilegio in Triennium. In-8°, 1 vol de LVII ff. cotés.

[*In eod. volum.*]: PAULI *israelite* de nouem docrinarū (*sic*) ordinibus : totius perypatetici (*sic*) dogmatis nexu compendiu₃ : conclusiones atq₃ oratio. ✠ Cum priuilegio Ɔcesso a francor Rege christianissimo. [Impressum per magistrum Jacob de Burgofrancho, anno dñi 1510. die 15. octobris]. In-8°, 27 ff. cotés.

22 *Des.* ERASMI, Rot. Moriæ encomivm, cum *Gerardi* LISTRII commentariis. Epistolæ aliquot in fine additæ. *Lugduni Batavorum*, I. Maire, 1648. In-12, 1 vol.

23 Apophtegmatvm ex optimis vtrivsqve lingvæ scriptoribvs, per *Des.* ERASMVM collectorvm, libri octo. *Lugdvni*, apud Seb. Gryphivm, 1548. Pet. in-8°.

24 *Henrici Cornelii* AGRIPPÆ AB NETTESHYEM. de incertitudine & Vanitate scientiarū declamatio inuectiua, nouis-

sime ab eodē autore recognita, & margīalibus Annotationibus aucta. Capita tractandorum totius operis séquens
indicabit pagella. [*S. l. n. n.*], M.D.XXXXII. Pet. in-8º,
1 vol. de 8 ff. non cotés et 176 ff. cotés.

25 Traité des trivmphes de la noble & amoureuse Dame et
l'art de honettement aimer compose par le traverseur des
voyes perilleuses [*Jean* BOUCHET, de Poitiers]. *Paris.*
E. Cavellier, 1539. In-12, 1 vol., car. goth.

> Le premier feuillet, donnant le titre de l'ouvrage et le commencement de la
> dédicace à la Reine, manque. Il est remplacé par un feuillet manuscrit. « Ce
> » volume-ci est un ouvrage tout moral en forme allégorique ; la noble et amou-
> » reuse dame n'est autre que l'âme dirigeant et domptant le corps. » (Note de
> **M.** le Marquis de Godefroy.)

26 Les Erres de Philaret. Première partie. — L'Ombre de
Philaret, Partie seconde. Par *Guillaume* DE REBREVIETTES
sr D'ESCOIVRES, arthésien. *Arras*, G. de la Rivière, 1611.
In-12, 1 vol.

> La première partie, ou les Erres de Philaret, est attribuée à Gilbert Fuchs, dit
> Gilbert Philaretus, célèbre médecin, mort à Liége en 1567, et la seconde, seule-
> ment, à Guillaume de Rebreviettes. Cela nous paraît inexact et nous pensons que
> tout le livre est du seigneur d'Ecoivres. Ni Foppens, ni Paquot ne citent ce livre
> dans la liste qu'ils donnent des écrits de Fuchs qui tous roulent sur la médecine et
> l'histoire naturelle. D'ailleurs, Guillaume Gazet, chanoine d'Aire, commis à la
> visitation des livres, dans l'approbation donnée à Arras, le 24 mars 1611, dit :
> » Ce livre intitulé Le Philaret divisé en deux parties Erres et Ombre : *de l'inuen-*
> » *tion* de Guillaume de Rebreviettes sievr d'Escœvvre, ne contient aucune doctrine
> » contraire à la Religion Catholique, Apostolique et Romaine, ni aux bonnes
> » mœurs.... » Guillaume Gazet, qui se mêlait d'écrire et qui, sans doute, était
> en relations d'amitié avec Rebreviettes, n'eût pas dit que le Philaret était *de*
> *l'invention* de ce dernier, s'il n'avait été que l'éditeur de la première partie.

27 Les Essais de *Michel*, seignevr de MONTAIGNE. Edition
nouuelle, exactement corrigee, selon le vray exemplaire,
enrichie a la marge dv nom des autheurs citez & de la
version de leurs passages, mise à la fin de chasque chapitre, avecqve la vie de l'avthevr. A *Paris*, chez Pierre
Rocolet, M.DC.XXXV. In-fol., 1 vol., titre rouge et noir,
front. gravé.

28 *Bap.* Fulgosii, Factorvm dictorvmqve Memorabilivm, libri IX [vernaculo Italorum idiomate primum scripti, et a *Camillo* Gilino postea latinitate donati], a *P. Ivsto* Gaillardo, campano, in Paris. Senatu advocato, aucti et restituti. *Parisiis,* P. Cavellat, 1584. Pet. in-8°, 1 vol.

29 Les diverses leçons d'*Antoine* dv Verdier, sieur de Vaupriuaz, etc., suiuans celles de *Pierre* Messie, contenans plusieurs histoires, discours et faicts memorables recueilliz des auteurs grecs, latins & italiens. Augmentees par l'auteur en ceste troisiesme edition d'un sixiesme liure, auec deux tables, l'une des chapitres, l'autre des principales matières y contenues. A *Lyon,* B. Honorati, 1584. Pet. in-8°, 1 vol.

30 Histoires prodigievses extraictes de plvsievrs famevx avthevrs, grecs et latins, sacrez et prophanes, diuisees en cinq liures. Le premier, par *P.* Boaistuau [dit de Launay] ; le second, par *C.* de Tesserant ; le troisiesme, par *F.* de Belle-forest ; & le cinquiesme traduit de nouueau (du latin de *Arnauld* Sorbin, predicateur du roi, évêque de Nevers), par F. de Belle-forest. *Anvers,* Janssens, 1594. 1 vol. pet. in-8°.

31 Orbis Phaëton. Hoc est de universis vitiis linguæ. Auctore *Hieremia* Drexellio, e Societate Iesv. *Coloniæ,* Corn. ab Egmond, 1631. In-24, 1 vol. de 804 pp., sans les ff. limin. et la table. 24 gravures, d'après celles de Sadeler, de la 1re édition donnée à Munich, en 1629, par Corneille Leysser.

32 Axiomata philosophica, frequentius iactari solita. In Dilingana Academia anno mdcxxv explicata : nunc recognito et aucta à *Georgio* Reeb, Societatis Iesv, philosophiæ tunc ibidem professore ordinario. *Dvaci,* typis Bartolomæi Bardov, sub signo Sancti Ignatii, anno m.dc.xxxvi. Cum gratia et privilegio ad sex annos. In-32, 1 vol.

In eodem volumine opus aliud ejusdem auctoris, *et certe ab eodem typographio an. 1637 impressum, cui titulus* : Distinctiones philosophicæ.

Le titre des *Distinctiones philosophicæ* manque.

33 *Francisci* SANCHEZ, Doctoris Medici, et in Academiâ Tolosanâ, Professoris Regii, Tractatus Philosophici, quod nihil scitur. De divinatione per somnum ad Aristotelem. In libr: Aristotelis Physiognomicôn Commentarius. De longitudine & brevitate vitæ. *Roterodami*, ex Officinâ Arnoldi Leers, IƆ IƆ C XLIX. Pet. in-12, 1 vol.

34 Pensées de M. PASCAL sur la religion & svr qvelqves avtres svjets qui ont esté trouvées après sa mort parmy ses papiers. *Paris*, Guillaume Desprez, 1670. In-12, 1 vol.

Exemplaire de la première édition des *Pensées*.

35 Pensées de M. PASCAL sur la religion et sur quelques autres sujets, qui ont esté trouvées après sa mort parmy ses papiers. Nouvelle édition, augmentée de plusieurs pensées du mesme autheur. A *Paris*, chez Guillaume Desprez, M.DC.LXXVII. In-12, 1 vol.

In eodem volumine : I. Discours sur les Pensées de M. Pascal, où l'on essaie de faire voir quel estoit son dessein. Avec un autre discours sur les Preuves des Livres de Moyse, [par le Sʳ DUBOIS DE LA COUR, *c-à-d.* Philippe GOIBAUD DUBOIS? *ou* FILLEAU DE LA CHAISE. A *Paris*, chez Guillaume Desprez, M.DC.LXXII. In-12, 6, 214 et 2 pp. — II. Qu'il y a des demonstrations d'une autre espece, et aussi certaines que celles de la geometrie, et qu'on en peut donner de telles pour la religion chrestienne. *S. l. n. d.*, 4 et 12 pp.

36 Mvndvs alter et idem. Sive Terra Australis antehac semper incognita ; longis itineribus peregrini Academici nuperrimè lustrata. Authore MERCVRIO Britannico. [*Jos.* HALL]. Accessit propter affinitatem materiæ *Thomæ* CAMPANELLÆ,

Civitas Solis, et Nova Atlantis. *Franc.* BACONIS, Bar. de
Verulamio. *Vltraiecti,* apud Joannem à Waesberge, anno
CIƆ IƆ C XLIII. Pet. in-12, 1 vol.

37 Omnia *Andreæ* ALCIATI. V. C. Emblemata. Cum Commentariis, quibus emblematum detecta origine , dubia omnia,
et obscura illustrantur. Adiectæ Nouæ appendices nusquam
antea editæ, per *Claud.* MINOEM Juriscon.*Parisiis.* In Officina Ioan. Richerii sumptibus Francisci Gueffier in uia
D. Ioannis lateranēsis e regione Collegii Cameracēsis,
1602. Cum Priui : Regis. In-8°, 1 vol. de 24 ff. non cotés,
968 pp. chiffr. et 15 ff. d'index alphabétique, front. gravé,
nombr. fig. sur bois.

38 *Andreæ* WISSOWATII Stimuli Virtutum, Fræna Peccatorum:
Ut & alia ejusdem generis opuscula posthuma. *Amstelœ-
dami,* apud Henricum Janssonium, M.DC.LXXXII. Pet.
in-12, 1 vol.

39 Religio rationalis Seu de Rationis Judicio, in Controversiis
etiam Theologicis, ac religiosis , adhibendo, tractatus.
Auctore *Andrea* WISSOWATIO. [*S. l. n. n.*], anno CIƆ.
IƆC. LXXXV. Pet. in-12, 1 vol. de 102 pp.. la dernière
faussement numérotée 120.

40 DESCARTES , BACON , LEIBNITZ. Discours de la méthode.
Novum Organum, nouvelle traduction en français. Frag-
ments de la Théodicée. Recueil publié avec des notes par
M. LORQUET, professeur de philosophie au collége royal
de Bourbon. L. Hachette et Cⁱᵉ. A *Paris* [imp. Crapelet].
A *Alger.* In-12, 1 vol.

41 Du Destin, par M. LE FEBVRE, Prevost et Theologal
d'Arras , cy-devant Aumônier & Prédicateur de la Reine.
A *Lille* , chez François Fiévet, à la Bible Royale , sur le
Pont de Fin , 1688. Avec Permission et Approbation.
Petit in-12 , 1 vol.

Le livre est dédié à M. de Vauban , Maréchal des Camps de Sa Majesté,

« Gouverneur de la citadelle de Lille, Ingénieur Général de France ,&c. »
L'approbation, en date du 25 septembre 1686, est donnée par Fr. Desqueux,
Pasteur de S. Estienne, Doyen de chrestienneté, censeur des Livres. La Permission,
en date du 30 septembre de la même année, est accordée par l'Intendant Louis-
Dreux du Gué de Bagnols.

42 Pensées diverses, écrites à un Docteur de Sorbonne, à
    l'occasion de la comète qui parut au mois de décembre
    1680, [par *Pierre* BAYLE]. Nouvelle édition corrigée.
    Rotterdam, les Héritiers de R. Leers, 1721, in-12, 2 vol.

43 Réponse aux questions d'un Provincial, [Par *Pierre*
    BAYLE]. *Rotterdam*, R. Leers, 1704-1707, in-12, 4 vol.
    Le 5ᵉ, imprimé en 1708, manque.

Cette *Réponse* comprend celles que Bayle adressa à King, touchant l'origine du
mal ; à Bernard, touchant la preuve de l'existence de Dieu, tirée du consentement
général des peuples & à Leclerc, touchant les natures plastiques & l'Origénisme.

44 Rencontre de Bayle & de Spinosa dans l'autre monde. A
    Cologne, chez Pierre Marteau, 1711, in-12. Pièce de
    64 pages.

45 La Langue, [par l'Abbé *Ant.* BORDELON]. A *Maestricht*,
    Delessart, 1713, 1 vol. in-12.

46 Naturæ naturanti philosophia naturalis. *Duaci*, apud Alb.
    Tossanvs, ex Typographià Belleriana, 1725, 1 affiche.

Thèses soutenues au collège St.-Vaast, à Douai, par le Liégeois *Matthieu-Jean*
DE SAROLEAS DE CHERATTE et par le Lillois *Charles-Joseph* LECLERCQ, etc, etc.

47 Pensées philosophiques, par *Denis* DIDEROT. A *La Haye*,
    aux dépens de la Compagnie, 1746, in-12. Pièce de 136
    pages, & 12 pages de tables non foliotées.

48 Lettre au R. P. Berthier, sur le matérialisme. A *Geneve*,
    1759. In-12. Pièce de 77 pages.

49 La Palingénésie philosophique, ou Idées sur l'état passé et
    sur l'état futur des êtres vivans. Ouvrage destiné à servir

de Supplément aux derniers écrits de l'Auteur, et qui contient principalement le précis de ses Recherches sur le Christianisme, par *C.* BONNET, de diverses Académies. A *Genève*, & se vend à Lyon, chez Jean-Marie Bruyset. M. DCC. LXX. In-8°, 2 vol.

50 Mémoire en faveur de Dieu, par *J.* De L'ISLE DE SALES, Membre de l'Institut National de France et de l'Athénée de Lyon. Dixit insipiens, in corde suo, non est Deus:... A *Paris*, chez J. J. Fuchs. An X de la République (1802). In-8°, 1 vol.

51 Lettre sur les Systèmes & les esprits systématiques, & sur leurs inconvénients ou leur nécessité, dans les sciences & dans les affaires. *Dans le même volume*, Pensées sur l'Ambition ; sur le désir et les moyens de s'avancer (Par DU MENIL-DURAND, tacticien). *Londres*, Baylis, 1797, in-8°, Pièce de 48 pages.

52 De l'action du clergé dans les sociétés modernes, par M. RUBICHON. *Lyon*, Maire, M. P. Rusand. *Paris*, Lenormand, Pélicier & Chatet. Imp. Louis Perrin, à *Lyon*, 1829. 1 vol. in-8°.

53 Conférences populaires faites à l'asile de Vincennes. Un Ménage d'autrefois, Etude de morale et d'économie domestique, par *E.* EGGER, Membre de l'Institut. *Paris*, lib. Hachette, imp. Toinon et Cⁱᵉ, 1867. 1 pet. vol. 52 pages in-18.

ÉDUCATION. — ENSEIGNEMENT. — INSTRUCTION PUBLIQUE.

54 Joinville et les enseignements de Saint Louis à son fils, par M. *Natalis* DE WAILLY, membre de l'Institut. *Paris*, Vᵉ J. Renouard, lib. *Nogent-le-Rotrou*, imp. Gouverneur, M DCCC LXXII. 1 broch., 61 pages.

Extrait de la Bibliothèque de l'École des Chartes, tome **XXXIII**.

55 Conseils de Saint Louis à sa fille Agnès, Duchesse de Bourgogne, publiés pour la première fois d'après un manuscrit de la Bibliothèque de Bourgogne, par M. KERVYN DE LETTENHOVE. *Bruxelles*, imp. Hayez, 1 pet. broch. de 8 p.

Bull. de la Commission royale d'Histoire, tome XI. Nº II, 2ᵉ série.

56 Instructions de l'Empereur Charles V à Philippe II, Roi d'Espagne, & de PHILIPPE II au Prince Philippe, son fils, mises en français, pour l'usage de Monseigneur le Prince Électoral, par *Antoine* TEISSIER, conseiller et historiographe de S. S. E. de Brandebourg. Seconde édition. A laquelle on a joint la Métode qu'on a tenuë pour l'Éducation des Enfants de France (celle des fils du Grand Dauphin). A *La Haye*, L. & H. van Dole, 1700. In-32. Pièce de 192 pages.

57 Moiens proposez de par Sa Maiesté, svivant l'instrvction de Son Alteze, pour à l'honneur de Dieu, le salut des ames, maintenemcnt de nostre saineté vraie foy Catholicque, Apostolicque, Romaine, et l'obéissance deüe à Sa Majesté, au grand bien publicq, dresser la bonne police, reiglement, & doctrine de la ieunesse, es Païs-bas de sadite Majesté. A *Douay*, chez Jean Bogart, 1587. 1 br. non paginée, 5 p. in-4º.

58 De l'Instrvction de Monseignevr le Davphin, a Monseignevr l'Eminentissime Cardinal Dvc de Richeliev, *S. l. n. d.* (vers 1647). In-12. Pièce de 339 pages.

59 *Jean-Jacques* ROUSSEAU, citoyen de Genève, à Christophe de Beaumont, archevêque de Paris, &c. *Amsterdam* (*Paris*), M. M. Rey, 1763. In-12. Pièce de 148 pages.

Il s'agit de l'*Émile*.

60 Exposé général de la méthode mnémonique polonaise perfectionnée à Paris, suivi d'une application spéciale à

l'Histoire, d'après le programme et les ouvrages prescrits par le Conseil royal de l'Université de France, par *J.* BEM, membre de la Société littéraire pour la propagation de la méthode polonaise. *Paris* et *Leipzick*, Brockhaus et Avenarius, 1839. Imp. Fossone, à *Versailles*. 1 broch. pet. in-8°.

61 **Mémoires pour servir** à l'histoire de l'instruction publique, depuis 1789 jusqu'à nos jours, ou le Génie de la Révolution considéré dans l'éducation, où l'on voit les efforts réunis de la législation et de la philosophie du dix-huitième siècle pour anéantir le Christianisme, par M. FABRY. A *Paris*, Méquignon junior, à *Lyon*, chez Périsse frères, 1821. In-8°, 3 vol.

62 Discours sur la première éducation, prononcé au collège de Lille, les 22 & 23 août 1776, par *Charles Dominique-Joseph* DELEMER, rhétoricien. S. n. d'impr. 1 br., 16 p. in-8°.

63 Réponse à la Note insérée dans le Tableau d'enseignement du collège de Lille de 1780. De l'imp. de B. Brovellio, imp. de MM. du Chapitre. 1 br., 11 p. in-4°.

64 Exercices publics et distribution des prix à l'école secondaire communale de Lille. A *Lille*, de l'imp. de L. Jacqué fils, place du Théâtre. 1 br., 22 p. in-4°. Année 1807.

65 Exercices publics et distribution des prix au collège de Lille. A *Lille*, de l'impr. de L. Jacqué fils, place du Théâtre, 1 br., 12 p. in-4°. Année 1811.

66 Discours prononcé par un des Membres de l'Administration des secours publics de la ville de Lille, lors du rétablissement des écoles dominicales pour l'instruction des enfans indigens, en ladite ville, le 3 thermidor an XIII. A *Lille*, de l'imp. de Léonard Danel. 1 br., 6 p. in-4°.

67 Discours prononcé par M. le Général Préfet du Nord, à la distribution des prix des écoles de Lille, le 25 août 1808. A *Lille*, chez L. Jacqué fils, imprimeur. 1 br., 7 p. in-4°.

68 Commission de l'instruction publique. Distribution générale des prix aux élèves des quatre collèges royaux de Paris, année 1817. A *Paris*, de l'Imprimerie royale, août 1815, 1 br., 38 p. in-4°.

69 Extrait de la Gazette de Flandre et d'Artois. Abus d'autorité de M. le Maire de Roubaix. *Lille*, imp. de Reboux-Leroy. 1834. — *A la suite* : Protestation du Conseil municipal de Roubaix en faveur de l'école chrétienne. *Lille*, imp. Cailleaux-Lecocq. — Réfutation des motifs par lesquels M. Duburque, doyen des Conseillers de Préfecture, s'est déterminé pour empêcher, à Roubaix, l'ouverture d'une école des frères. 7 pag. *Roubaix*, imp. Béghin.

70 Collection de brochures sur les intérêts publics de la ville de Lille. N° X. Aux souscripteurs, en faveur des écoles tenues par les Frères de la Doctrine chrétienne. *Lille*, L. Lefort, imp. lib. Mars 1838. 1 pet. broch., 8 pag. renfermant une circulaire détachée.

71 Caisse des écoles du VII° arrondissement de Paris, Fondation Arnaud (de l'Ariège). Assemblée générale annuelle et distribution des prix du 26 novembre 1876, sous la présidence de M. Arnaud (de l'Ariège), Sénateur, Maire du VII° arrondissement. *Paris*, typ. G. Chamerot, 1876. 1 broch., 67 pag. pet. in-8°.

72 Sourds-muets. — 1° Distribution des prix de l'Institut des Sourds-muets, à Lille. Discours prononcé par M. de St-AIGNAN, Préfet du Nord. *Lille*, imp. Vanackère, *s. d.*, 4 pag. — 2° Discours prononcé par le Docteur LE GLAY, le 23 juillet 1835, aux exercices publics des élèves sourds-muets de l'Institution établie à Lille, sous la direction de M. Massieu. 2° édit., revue et augmentée de l'alphabet des

sourds-muets. *Lille*, Vanackère, 1835, 14 pag. — 3° Discours prononcé par le Docteur LE GLAY, le 28 août 1836, aux exercices publics des élèves sourds-muets de l'Institution Massieu. *Lille*. Vanackère, 1836, 8 pag. — 4° Distribution des prix et exercices publics des élèves sourds-muets, sous la direction de M. Massieu, le 3 septembre 1837. *Lille*, Vanackère, 1837, 8 pag. — 5° Discours prononcé par M. HÉROGUER, curé de St.-André, à Lille, à la 1ʳᵉ communion des sourds-muets des deux sexes, le 30 juin 1842. Vanackère, 7 pag. (ensemble 5 broch.).

73 Annuaire de l'Université catholique de Louvain, 1850, quatorzième année. *Louvain*, chez Vanlinthout & Vandenzande, imp. de l'Université. 1 vol. pet. in 12.

POLITIQUE. — DROITS RESPECTIFS DES ROIS ET DES PEUPLES.

74 Recveil d'Advis et Conseils svr les Affaires d'Estat, tiré des Vies de Plvtarque, par BERNARD DE GIRARD, Seignevr dv Haillan, Historiographe de France. A *Paris*, à l'Oliuier de Pierre l'Huillier. M. D. LXXVIII In-4° car., 1 vol. de 74 ff. chiffrés, couv. parchemin.

75 La Morale et la Politique d'ARISTOTE, traduites du grec par M. THUROT, professeur au collège de France et à la Faculté des Lettres de Paris. A *Paris*, chez Firmin Didot, père et fils, M DCCC XXIII [-XXIV] In-8°, 2 vol.

76 De optimo Reip. Statv, deqve noua insula Vtopia, libellus uere aureus, nec minus salutaris quàm festiuus, clarissimi disertissimiq̃ uiri Thomæ Mori inclytæ ciuitatis Londinensis ciuis & Vicecomitis. Epigrammata clarissimi diuertissimiq̃ uiri Thomæ Mori, pleraq̃ è Græcis uersa. Epigrammata. Des. Erasmi Roterodami.|Apud inclytam *Basileam*. [Frobenius, 1518]. In-4°, 1 vol., tit. encadré, caract.

romains, vignettes sur bois dans le texte, 355 pp. chiffr.;
au v° de la dernière se voit la marque d'imprimeur et la
mention :

> Basileæ apvd Io.
> Frobenivm men
> se *Decembri*
> An. M. D. XVIII.

77. *Arnoldi* CLAPMARII de Arcanis Rerumpublicarum Libri
sex. Ad amplissimum atque florentissimum senatum
Reipublicæ Bremensis. *Bremæ*, In officina typographica
Johannis Wesselij Anno cIɔ. Iɔ. cV. In-4° car., 1 vol. de
12 ff. préliminaires, 291 pp. chiffr, et 12 ff. d'index.

[*In eod. volum.* : I.] Catalogvs vniversalis pro Nvndinis Francofvrtensibus vernalibus, de anno 1608. Hoc
est : Designatio omnivm Librorvum, qvi istis nvndinis
vernalibus, vel noui, vel emendatiores, aut auctiores
prodierunt. Das ist : Verzeichnisz aller Bücher so zu
Franckfurt in der Ostermesz, Anno 1608, entweder gantz
new oder sonsten verbessert oder auffs new widerumb
auffgelegt in der Buchgasse verkaufft worden. *Francofvrti*. Permissu Superiorum excudebat Ioannes Saur.
Prostat in officina Nicolai Steinii ciuis & Bibliopolæ Fran-
cofurtensis, [1608]. In-4° car., 24 ff. non cotés (la feuille E
est double, ce qui en donne 28).

[II] Catalogvs Librorvum, tum in Collegio Paltheniano,
tum alicubi eius sumtibus excusorum, In eius Officina
Francofurti Prostantium. *Francofvrti*. M. DC. IIX. In-4°
car. de 4 ff. signés.

78 Monita politica ad sacri Romani imperii principes, de
immensa Curiæ romanæ potentia moderanda latinè, Italicè
& Gallicè edita qvorvm avctores seqvens pagina exhibet;
in quibus facilè primas tenent Maximilianus I. Imperat
Guicciardinus & Cardinalis Peronas. *Francofvrti*, excudebat Nicolaus Hoffmannus, impensis Petri Kopffij,
MDCIV. 1 vol. in-4°.

79 Thesavrvs politicorvm aphorismorvm ; in quo principvm,
consiliariorvm, avlicorum institutio propriè continetur.
Vna cum exemplis omnis æui : quibus insertæ Notæ sine
etiam Monita, quæ singula singulis aphorismis non minus
venustè, quam opportunè respondent. Diuisus in libros
sex auctore *Ioanne A.* CHOKIER patricio Leodien. I. V.
doctore. Adiunguntur Eiusdem Notæ, siue dissertationes
in onosandri strategicvm ad disciplinam militarem spec-
tantes. *Romæ*, apud Bartholomæum Zannettum, M.DC XI.
1 vol. in-4°.

80 *Ioan.* BODINI Andegavensis Galli, De Republica Libri sex,
latine ab Auctore redditi, multò quàm antea locupletiores.
Cvm Indice Locvpletissimo. Editio Sexta prioribus multo
emendatior. *Francofvrti*, sumptibvs Vidvæ Ionæ Rosæ
Bibl. Typis verò Hartmanni Palthenii. ∞ Iɔ CXXII. In-8°,
1 tr. fort vol., tit. rouge et noir.

81 Lavs Asini. In quâ, præter eius animalis laudes ac naturæ
propria, cum Politica non pauca, tum nonnulla alia
diuersæ eruditionis, asperguntur. Ad Senatum Populumque eorum, qui, ignari omnium, scientias ac literas
hoc tempore contemnunt. [Auctore *Daniele* HEINSIO.]
Lvgdvni Batavorvm, Ex Officinâ Elzeviriana. Anno
cIɔ Iɔ c XXIII. Pet. in-4°, 1 vol. de 4 ff. prélimin. et 222 pp.
chiffrées.

82 Resolvtions politiques ov maximes d'Estat de *Messire Iean
de* MARNIX, Chevalier, Baron de Potes, S' d'Ogimont, &c.,
avec des amples additions dv mesme autheur, nouuellement adioustées à la fin de chaque Résolution. Dédié à
Son Altesse Serenissime. A *Brvsselles*, chez Iean de
Meerbeeck, l'an M. DC. XXIX. 1 vol. gr. in-8°, titre
noir & rouge.

83 Les Politiques de *Vincent* CABOT, Tolosain. A *Tolose*, par
Pierre Bosc, marchand libraire. M. DC. XXX. Auec
priuilege du Roy. Pet. in-8°, 1 vol.

84 Recveil de qvelqves Discours Politiques, escrits sur diuerses occurrences des affaires & Guerres Estrangeres, depuis 15 ans en ça. [1617-1630]. A *S. Gervais*, par *Samüel* WAUDREMAN. M. DC. XXXIII. In-4ⁿ, 1 vol. de 484 pp., y compris tit., rel. parchemin.

85 Le Conseiller d'Estat ; ou Recueil des plus générales considérations servant au maniment des affaires publiques. Divisé en deux parties. En la première est traicté de l'establissement d'un Estat. En la seconde des moyens de le conserver et l'accroistre. [Par le Comte *Philippe* DE BÉTHUNE]. (*Leyde*, Elzevier), suivant la copie imprimée à Paris, 1645. Pet. in-12. 1 vol.

86 Traicté politique compose par *William* ALLEN anglois, Et traduit nouvellement en François, où il est prové selon l'essemple du Moyses, é des autres, hor de S. Escriture é de Loy, que Tuer un Tyran titulo vel exercitio, n'est pas un meurtre. *Lugduni* (*Batavorum*), 1658. Pet. in-12. Pièce de 94 pages.

87 Institutions Politiques, ouvrage Où l'on traite de la Société Civile; Des Loix, de la Police, des Finances, du Commerce, des Forces d'un État ; Et en général de tout ce qui a rapport au Gouvernement. Par M. le Baron de BIELFELD. *A Paris*, chez Duchesne, M. DCC. LXII. In-12. 4 vol.

88 La politique des Conqverans. Dédiée av Roy. (Par *I.* DE LARTIGUE). *Paris*, la Compagnie des libraires du Palais, 1664. In-8°, Pièce de 173 pages.

89 Considérations politiques sur les Coups d'Estat. Par *Gabriel* NAUDÉ, Parisien. [*la Sphère*] Sur la Copie de Rome. [en Hollande] M DC LXVII. Pet. in-12. 1 vol.

90 Recherches politiques très curieuses. Tirées de toutes les histoires, tant anciennes que modernes. [trad. des *Disquisitiones politicæ* de BOXHORNIUS par *François* SAVINIEN

D'ALQUIÉ]. A *Amsterdam*, chez Casparus Commelin. Anno 1669. In-12, 1 vol.

91 Discours sur la Polysynodie, ou l'on démontre que la Poly-synodie, ou pluralité des Conseils, est la forme de Minis-tère la plus avantageuse pour un Roi & pour son Royaume. Par M. l'Abbé DE ST-PIERRE. [*Charles-Irénée* CASTEL DE SAINT-PIERRE, abbé de Tiron]. Ci-devant de l'Académie Françoise. A *Amsterdam*, aux dépens de la Compagnie, 1720. In-12, 1 vol.

Ce discours dans lequel la politique de Louis XIV est vivement censurée, indisposa les Académiciens contre leur collègue. A l'unanimité des voix, moins celle de Fontenelle, ils l'exclurent de leur Compagnie.

92 Breviarium politicorum secundum rubricas Mazarinicas. *Francofurti ad Moenum*, apud Ioan. Frider, Fleische-rum, 1724. In-32, pièce de 120 pages.

93 Annales politiques de feu Monsieur *Charles-Irénée* CASTEL, abbé de Saint-Pierre, de l'Académie Françoise, première partie. *Londres*, M DCC LVIII. 1 vol. in-12.

94 Essai sur le Despotisme. [par le comte de MIRABEAU. Pre-mière édition]. *Londres*, M. DCC. LXXV. In-8°, 1 vol. de 275 pp. chiffr., y compris tit., et 2 pp. d'errata.

95 Anectode à ajouter au nombreux recueil des hippocrisies (*sic*) philosophiques. *s. l.* 1777. In-8°, pièce de 28 pages.

Lettre écrite aux auteurs de la *Gazette littéraire*, et signée S. M., au sujet de leur compte-rendu de l'*Essai sur le despotisme* du Comte de Mirabeau.

96 Sur la forme des gouvernements, & quelle est la meilleure ; dissertation extraite des huit dissertations que M. le Comte (*Ewald-Frédéric*) DE HERTZBERG, ministre d'Etat... a lues dans les assemblées publiques de l'Académie.... de Berlin tenues pour l'anniversaire du Roi Frédéric II, dans les années 1780 à 1787. A *Berlin*, Decker & à *Paris*, Onfroy, 1789. In-8°, pièce de 66 pages.

De Hertzberg a lu 17 dissertations, dans les circonstances marquées au titre de cette pièce qui est la septième.

97 Les Folies du siècle, roman philosophique, par M. de
LOURDOUEIX. Deuxième édition, ornée de sept gravures.
A *Paris*, chez Pillet, imprimeur-libraire, 1818. In-8°,
1 vol.

98 Mémoires sur l'Administration. Conseils généraux. —
Communes. — Contributions locales. — Cadastre. Par
M. DES GARETS, ancien sous-préfet, secrétaire-général du
département de la Charente-Inférieure. *Paris*, Le
Normant, 1821. In-8°, pièces de 64 pages.

99 Revue politique de l'Europe en 1825. [par *Pierre-François-
Xavier* BOURGUIGNON D'HERBIGNY]. Troisième édition.
Paris, [impr. Lachevardière fils] et *Leipzig*, Bossange
frères. A *Bruxelles*, Baudouin. Février 1825. In-8°, 77 p.

[*Même vol.*] : 1. Nouvelles lettres provinciales, ou
lettres écrites par un provincial à un de ses amis, sur les
affaires du temps, par l'auteur de la Revue politique de
l'Europe en 1825. [*Pierre-François-Xavier* BOURGUIGNON
D'HERBIGNY]. *Bruxelles*, chez Grignon, [imp. P. J.
Voglet] 1825. Pet. in-4°, 104 pp.

2. Des malédictions romaines. Par BOOKS-NABONAG,
habitant catholique des Pays-Bas. *Bruxelles*, chez les
marchands de nouveautés. [Imp. de M. Hayez] Février
1826. In-8°, faux-tit., tit., 70 pp. chiffr. et 2 ff., le dernier
blanc.

3. L'Amérique et l'Europe en 1846, ou Congrès de
Panama. Par M. G. Z. [DESPOTS DE ZENOWIEZ, colonel,
aide-de-camp du général Kosciuszko. *Bruxelles*, Avran-
sart, G. Gastebois et compagnie, [imp. de M. Hayez]
1826. In-8°, IV-84 pp. chiffrées, outre faux-titre et titre.

100 Études politiques et historiques ; par l'auteur de la Revue
politique de l'Europe en 1825,etc,, etc. [*Pierre-François-
Xavier* BOURGUIGNON D'HERBIGNY] *Paris*, Ambroise
Dupont, [imp. F. Locquin] 1836. In-8°, 1 vol.

101 Des destinées futures de l'Europe , par l'auteur de la
Revue politique de l'Europe en 1825. [*Pierre-François-
Xavier* BOURGUIGNON D'HERBIGNY]. *Bruxelles* , H.
Tarlier, [impr. Weissenbruch] 1828. In-8°, 1 vol.

102. Études administratives par M. VIVIEN membre de la
Chambre des députés. *Paris*, Guillaumin Lib. — Ch.
Duriez, imprimeur à Senlis, 1845. 1 vol. in 8°.

Note manuscrite en tête du volume.

103 Projet d'organisation départementale présenté au Conseil
général du Gard par M. de FONTARÈCHES, l'un de ses
membres. *Nîmes*, Typog. et lithog. Soustelle-Gaude, 1849.
1 broch. in-4°. 12 pag.

(La couverture imprimée sert de titre).

104 Développements du projet d'organisation départementale,
cantonale et communale présenté au Conseil général du
Gard, le 7 septembre 1849, par M. *Ernest* DE FONTA-
RÈCHES, l'un de ses membres. *Uzès*, Typ. Lithog. George,
1849. 1 broch. in-4° 28 pag.

(La couverture imprimée sert de titre).

105 Du vote universel considéré par rapport à la république
démocratique, à la monarchie constitutionnelle et à la
Monarchie pure ; par M. *E.* DE FONTARÈCHES, membre
du Conseil général du Gard. *Uzès*, Typog. L. George,
1850. 1 broch. in-4° de 40 pag.

Du même auteur : Suite du vote universel.

106 Du vote universel considéré par rapport à la République
démocratique, à la monarchie constitutionnelle et à la
monarchie pure, par M. *E.* DE FONTARÈCHES, membre du
Conseil général du Gard. *Uzès*, Typog. George, 1850.
1 broch. in-4° de 40 pag.

107 Lettre aux Conseils généraux [au sujet de la guerre d'Italie]. Par M. le Comte [*Joseph-Othenin-Bernard* DE CLÉRON] D'HAUSSONVILLE. *Paris*, Dentu, 1859. In-18, pièce de 33 pages.

Extrait du *Courrier du Dimanche* du 26 août 1859.

108 Monarchie et liberté, étude politique par M. le Baron de FONTARÈCHES, ancien membre du Conseil général du Gard. *Paris*, librairie internationale de l'office du Nord. [Imp. Bonaventure et Ducessois] 1858. In-12, 1 vol.

109 Monarchie & Liberté. Étude politique, par M. le Baron DE FONTARÈCHES, ancien membre du Conseil général du Gard. *Paris*, librairie internationale de l'Office du Nord. (Impr. Bonaventure et Ducessois, 1858. In-18, 1 vol.

Un *Compte-rendu* de l'ouvrage publié dans la *Gazette du Midi*, 25 nov. 1863, par M. *Anatole* DE GALLIER, est joint à ce volume.

110 Révolution & Despotisme. Par M. le Baron DE FONTA-RÈCHES. *Paris*, Dentu, 1861. In-18, 1 vol.

Dans le même volume : 1. La vraie question. Par M. le Baron DE FONTARÈCHES. *Paris*, Dentu, 1862. — 2. Libéralisme & Révolution. Par M. le Baron DE FONTARÈCHES. *Paris*, Dentu, 1862. — 3. La souveraineté du peuple. — La décentralisation. — Études politiques, par M. le Baron DE FONTARÈCHES. *Paris*, Dentu, 1865.

A ce volume sont joints : 1. Un article publié par M. de Fontarèches dans le n° du 18 juillet 1869 du Journal de l'*Univers*, intitulé : *Leçons à tirer des élections de 1869.* — 2. Un autre article du même auteur publié dans le n° du 5 janvier 1870 du même journal, intitulé : *Le vote universel et les partis.* — 3. Un article du même auteur, sur *la décentralisation administrative*, publié dans le n° du 26 mars du Journal la *Décentralisation*.

111 La souveraineté du peuple. La décentralisation. Études politiques, par M. le baron DE FONTARÈCHES, ancien

membre du Conseil général du Gard. *Paris,* E. Dentu, Lib. Édit. Imp. Dubuisson et Cie, 1865. 1 vol in-12.

112 La souveraineté du peuple. La décentralisation. Études politiques par M. le baron de FONTARÈCHES, ancien membre du Conseil général du Gard. *Paris,* E. Dentu, [impr. Dubuisson], 1865. In-12, 1 vol.

113 Il faut du nouveau par le Baron DE FONTARÈCHES, ancien membre du Conseil général du Gard. *Bordeaux,* Imp. de la Guienne, 1871. 1 broch. 12 pag.

Dans la brochure se trouve le n° 511 de la *Gazette du Bas-Languedoc* du 10 septembre 1851.

114 Conseils sur les devoirs des Rois, adressés à Saint-Louis par GUIBERT DE TOURNAY, par M. KERVYN DE LETTENHOVE, 1 pet. broch. 12 pag. s. n. d'Imp. (Acad. Royale de Belgique, extrait du Tome XX n° 4 des bulletins).

115 Le Prince chrestien et politique. Traduit de l'Espagnol de *Dom Diegue* SAVEDRA FAXARDO, et dédié à M. le Dauphin, par *I.* ROU, Avocat au Parlement. Suivant la copie à *Paris,* par la Compagnie des libraires du Palais. M. DC. LXVIII. Pet. in-12, 2 tom. en 1 vol., tit. orné, gravures.

116 Réflexions politiques de *Ballasar* GRACIAN sur les plus grands princes, et particulièrement sur Ferdinand le Catholique. Ouvrage traduit de l'espagnol, avec des Notes historiques et critiques [Par *Étienne* DE SILHOUETTE, maître des Requêtes, chancelier du duc d'Orléans et plus tard, contrôleur général des Finances]. *Paris,* B. Alix, 1730. In-12, 1 vol.

117 *Georgii* GUMPELZHAIMERI L. A. Dissertatio de Politico. Auctior prodit opera et studio *Io. Mich.* MOSCHEROSCH. *Argentinæ,* Setznerus, 1652. Pet. in-12, 1 vol.

In eodem volumine invenies : **1**. Bonus princeps ex

novissimis D. D. Cardinalium Lichelii & Mazarini historicis scriptis, ut et ex aliis peregrini idiomatis *statistis*, brevi delineatione concinnatus. Sub quo versuti sæculi malitiosa calliditas detegitur, et præcipue *Status Rationes* exhibentur. Opera & studio *Johannis-Theodori* SPRINGERI. Accessit copiosa illustrium quorumdam controversiarum in Europa gliscentium deductio. *Francofurti ad Mœnum*, Weissius, 1652. — 2. Institutionum politicarum libri duo, accurata methodo conscripti, publici vero juris facti à M. *Johanne Paulo* FELWINGER, Norimbergensi, Polit. Methap. & Log. Altdorfi professore, in cujus fine adjectus est Discursus an de Jure Publico in Academiis liceat disputare. *Francofurti*, Weissius, 1652.

ÉCONOMIE POLITIQUE. — PRINCIPES GÉNÉRAUX.

118 Histoire de l'Économie politique, ou Etudes historiques, philosophiques et religieuses sur l'Economie politique des peuples anciens et modernes, par M. le Vte ALBAN DE VILLENEUVE BARGEMONT, auteur de l'Économie politique chrétienne. *Paris*, Guillaumin, libraire; imprimerie de Mme Fessart, 1841. 2 vol. in-8°.

119 Histoire de l'économie politique en Italie, ou abrégé critique des économistes italiens précédée d'une introduction par *le Comte Joseph* PECCHIO, traduite de l'italien par M. *Léonard* GALLOIS. *Paris*, A. Levavasseur, Lib., Imprimerie de David, 1830. 1 vol. in-8°.

120 Scrittori Classici Italiani di Economia politica. Parte moderna tomo III [e IV]. [Della Moneta, di *Ferdinando* GALIANI, Napolitano, libri cinque.] *Milano*, Nella Stamperia e Fonderia di G. G. Destefanis. M DCCCIII. In-8°, 2 vol.

121 Traité d'économie politique, ou simple exposition de la manière dont se forment, se distribuent et se consomment les richesses ; cinquième édition, augmentée d'un volume, et à laquelle se trouvent joints un épitome des principes fondamentaux de l'économie politique, et un index raisonné des matières ; par *Jean-Baptiste* SAY, Professeur d'Économie industrielle au Conservatoire royal des Arts et Métiers de Paris. A *Paris*, chez Rapilly, [impr. Casimir] M. DCCC. XXVI. In-8°, 3 vol.

122 Élémens d'économie politique, suivis de quelques vues sur l'application des principes de cette science aux règles administratives, [par le comte *Alex.-Maur.* BLANC D'HAUTERIVE, conseiller d'état]. A *Paris*, chez Fantin, 1817. In-8°, 1 vol., *dono auctoris*.

123 Notice sur l'état actuel de l'Economie politique en Espagne et sur les travaux de Don Ramon de la Sagra, ancien député aux Cortès, membre correspondant de l'Institut de France, par M. le Vicomte ALBAN DE VILLENEUVE-BARGEMONT. *Paris*, Guillaumin édit., 1844. 1 broch. 44 pag. in-8°.

2 exemplaires.

124 Examen de quelques questions d'économie politique, et notamment de l'ouvrage de M. Ferrier, intitulé du Gouvernement considéré dans ses rapports avec le commerce. Par M. DU BOIS-AYMÉ, correspondant de l'Institut royal de France. A *Paris*, chez Pelicier. [Londres, Bossange, et Lyon, Bohaire et imp. Brunet] 1823. In-8°, 1 vol.

[*Même vol.* : I] Faits, calculs et observations sur la dépense du Ministère des affaires étrangères à toutes les époques, depuis le règne de Louis XIV, et inclusivement jusqu'en 1825 ; suivi d'un appendice de la progression des dépenses, et de tableaux du prix des principaux objets de consommation à la fin du XVII° siècle, par le

comte d'HAUTERIVES, membre de l'Institut. *Paris*, Le
Filleul, [impr. Guiraudet] 1828. In-8°.

[II] Défense de l'Usure, ou lettres sur les inconvénients
des lois qui fixent le taux de l'intérêt de l'argent, par
Jérémie BENTHAM, traduit de l'anglais sur la 4° édition,
suivi d'un Mémoire sur les prêts d'argent, par Turgot, et
précédé d'une introduction contenant une dissertation
sur le prêt à intérêt. *Paris*, Malher et Compagnie, [imp.
Guiraudet] 1828. In-8°.

125 Recherches sur la Nature et les Causes de la richesse des
Nations, traduites de l'Anglois de M. SMITH, sur la
quatrième Edition, par M. ROUCHER ; et suivies d'un
volume de Notes, par M. le Marquis de CONDORCET. A
Paris, chez Buisson, 1790-[91]. In-8°, 4 tom. en 2 vol.
(manque le t. V, qui contient les notes de Condorcet).

126 Le Reformateur, [par *Simon* CLIQUOT DE BLERVACHE ?]. A
Amsterdam, chez Arkstée & Merkus. M. DCC. LVI.
In-12, 2 tom. en 1 vol.

127 Discovrs svr les cavses de l'extreme cherté qvi est
aviourdhuy en France et sur les moyens d'y remédier.
[Par *Bernard* DE GIRARD, s^r DU HAILLAN]. *Paris*, P.
L'Huilier, 1579. In-12, pièce de 80 pages.

128 De la Félicité publique, ou Considérations sur le sort des
hommes dans les différentes époques de l'histoire, par le
Marquis de CHASTELLUX. Nouvelle édition, augmentée
de notes inédites de VOLTAIRE. A *Paris*, chez Antoine-
Augustin Renouard. [Imp. Crapelet] M.DCCC.XXII.
In-8°. 2 tom. en 1 vol.

129 De l'influence des Passions sur l'ordre économique des
Sociétés, par M. *Alban* DE VILLENEUVE-BARGEMONT,
mémoire lu à l'Académie des sciences morales et politiques le 28 mars 1846. Extrait du compte-rendu rédigé

par M. Ch. Vergé et Loiseau, sous la direction de M. Mignet, Secrétaire perpétuel de l'Académie. *Paris*, imp. Panckoucke, 1847. 1 broch. de 31 pages.

130 Mémoire contenant quelques changemens à faire pour l'utilité de l'État. S. nom d'imp. 1 br. 15 p. in-4°.

POPULATION. — ASSISTANCE PUBLIQUE. — BIENFAISANCE. — SYSTÈMES PÉNITENTIAIRES.

131 État de population de Strasbourg pour l'année 1775. De l'imp. de J.-F. Leroux. 1 feuillet.

132 L'abolition de l'esclavage, par *Augustin* COCHIN, ancien maire et conseiller municipal de la ville de Paris. Tome Ier, 1re partie : Résultats de l'abolition de l'Esclavage. Tome II, 2e partie : Résultats de l'Esclavage. Tome III, 3e partie : le Christianisme et l'Esclavage. *Paris*, Jacques Lecoffre, édit., Guillaumin et Cie, lib. Imprim. Simon Raçon et Cie, 1861. 2 vol. in-8°.

133 Annales de la Charité. Revue mensuelle destinée à la discussion des questions et à l'examen des institutions qui intéressent les classes pauvres. Collection de la première année 1845 à la quinzième année 1859, un volume par année, sauf pour les années 1848-49 comprises dans un même volume. A *Paris,* au bureau des Annales ; chez Parent-Desbarres, Julien Lanier et Ce ; Adrien Leclerc et Cie, édit. *Paris*, imp. de Poussielgue ; Plon frères ; Rignoux ; Julien Lanier au Mans. *Paris*, Adrien Leclerc de 1845 à 1859. 14 vol. in-8°.

Le 3e volume, comprenant les années 1848-1849, renferme 3 planches.

134 Annales de la Charité. Revue d'économie chrétienne consacrée à l'étude des intérêts des classes laborieuses et

souffrantes. Journal de la Société d'Economie charitable,
[rédigé par OZANAM, le vicomte de MELUN, le *P.* GRATRY,
Augustin COCHIN et autres]. Nouvelle [et troisième]
série. *Paris*, librairie Adrien Le Clère et Cie ,[imp. Ad. Le
Clère, *puis* Jules Le Clère] 1860 [1876]. In-8°, 29 vol.,
savoir : de 1860 à 1862, 1 vol. par an. — A partir de
1861, *Revue d'Économie chrétienne, Annales de la
Charité.* — A partir de 1863, 2 vol. par an. — A partir
de 1866, *le Contemporain, revue d'Économie chrétienne.* — A partir de 1875, *le Contemporain, Revue
Catholique.*

135 Plan d'une Caisse de prévoyance et de secours, présenté
au Conseil général de l'Administration des Hospices et
secours à domicile de Paris, par M. MOURGUE, l'un de
ses membres A *Paris*, de l'Imprimerie des hospices
civils, 1809. 1 vol. in-8°, avec 7 tableaux.

136 Statistique des établissements de bienfaisance. Rapport à
M. le Ministre de l'Intérieur sur l'Administration des
Hôpitaux et des Hospices, par M. *Ad.* de WATTEVILLE,
inspecteur général des établissements de bienfaisance.
Première partie. *Paris*, Imprimerie nationale, 1851.
In-4°, 1 vol.

137 L'Hospital général de Paris. *Paris*, chez François Muguet,
imp. du Roy et de Monseigneur l'Archevesque ,
MDCLXXVI. 1 vol. in-8°.

138 Liste des personnes qui ont fait leurs déclarations
et soumissions dans les bureaux du Greffier et du
Trésorier de l'Hôtel-de-Ville de Paris, de contribuer
à l'établissement de quatre nouveaux hôpitaux, capables
de suppléer à l'insuffisance de l'Hôtel-Dieu de Paris,
annoncé dans le prospectus imprimé de l'ordre du Roi,
depuis et compris le 22 janvier 1787 jusques et compris
le 21 février suivant A *Paris*, de l'Imprim. royale,
MDCCLXXXVII. 1 br. 12 p. in-4°.

139 Érection du Mont-de-Piété, fondé en la ville de Lille par feu Bartholomé Masurel (27 septembre 1607). A *Lille*, chez Jean-Baptiste Henry, imprimeur et libraire. 1 br. non paginée, 17 p. in-4°.

140 Règlement pour l'administration de la maison des garçons abandonnés et rassemblés au lieu de Santé situé à Esquermes. A *Lille*, chez Jean-Baptiste Henry, imprimeur et libraire, MDCCXXXVI. 1 br. 20 p. in-4°.

141 Règlement arrêté par les Administrateurs de la Charité générale de Lille concernant la table, la présence des officiers tant aumôniers qu'autres qui y demeurent. A *Lille*, de l'imp. de L. Danel. 1 br. 3 p. in-4° (1757).

142 Avertissement de la part des Magistrats de la ville de Lille qu'une quête générale dans toute la ville sera faite jeudi prochain par les ministres particuliers des paroisses pour augmenter le bouillon des malades et contribuer au soulagement des pauvres, 4 décembre 1772. S. n. d'imp. 1 br. 2 p. in-4° paginée 43-84.

143 Règlement arrêté par les administrateurs du Bureau de la Charité générale de Lille concernant la police intérieure de l'Hôpital-Général, relative aux officiers tant spirituels que temporels de ladite maison. A *Lille*, de l'imp. L. Danel. 1 br. 3 p. in-4° (1783).

144 Délibération concernant les fondations et autres établissements de charité. *Lille*, de l'imp. de Jacquez. 1 br. 7 p. in-4° (28 avril 1793).

145 Ministère de l'Intérieur. Extrait des Registres des délibérations du Directoire Exécutif. Arrêté du Directoire Exécutif [sur la manière dont seront élevés et instruits les enfants abandonnés]. *Paris*, imp. de la République, germinal, an V. In-4°, pièce de 8 pages.

146 Corps Législatif. — Conseil des Cinq-Cents. — Rapport fait par DELAPORTE, au nom de la Commission de l'organisation des secours, composée des représentants du peuple Saint-Martin (de l'Ardèche), Delecloy, André Dumont Delaporte. Séance du 16 pluviôse An V. *Paris*, de l'Imp. nat., An V. In-8°, pièce de 6 pages.

147 Corps Législatif. — Conseil des Cinq-Cents. — Rapport fait par DELAPORTE, au nom de la Commission des hospices, composée des représentants Jouenne, Courmenil, Leborgne, Hermann, Mathieu, Échasseriaux aîné, Bontoux, Eude, Leclerc (de Maine-et-Loire) et Delaporte. Secours aux hospices civils et aux enfants de la Patrie. Séance du 24 thermidor an VI. *Paris*, Imp. nat., An VI. In-8°, pièce de 14 pages.

148 Message du Directoire Exécutif au Conseil des Cinq-Cents sur l'état général des recettes et dépenses des hospices civils [avec un tableau sur l'état des hospices de Paris]. *Paris*, Imp. Nat., messidor an VI. In-8°, pièce de 6 pages et 1 tableau in-f°.

Autre exemplaire du même message.

149 Corps Législatif. — Conseil des Cinq-Cents. — Rapport fait par JOUENNE, au nom d'une Commission spéciale, sur les messages du Directoire Exécutif, relatifs aux hospices civils. Séance du 9 ventôse an VII. *Paris*, Imp. nat., An VII. In-8°, pièce de 26 pages.

150 Corps Législatif. — Conseil des Anciens. — Rapport fait par DELECLOY, au nom d'une Commission spéciale, sur la résolution du 22 germinal, an VII, relative à l'Administration des hospices civils. Séance du 9 messidor an VII. *Paris*, Imp. Nat., an VII. In-8°, pièce de 18 pages.

151 Règlement adopté par le Conseil général d'administration des secours, dans sa séance du 2 messidor an 12. A *Lille*, de l'imp. de Léonard Danel. 1 br. 6 p. in-4°.

152 Règlement du Conseil d'administration des secours de la
ville de Lille concernant la vaccine. 11 thermidor an XII.
A *Lille*, de l'imprimerie de Léonard Danel sur la Grand'
Place. 1 feuillet.

153 Motifs qvi pevvent exciter les personnes pievses à contribuer à l'Erection de la Bonne Maison, en laquelle sont
retirées les Filles fainéantes et débauchées, pour y estre
tenues, ou tousiours, ou iusques à ce qu'elles ayent
appris la Vertu et un mestier capable de les nourrir.
S. nom d'imp., s. d. 1 feuillet.

154 Procès-verbal de la Séance générale de la Conférence de
Saint-Vincent-de-Paul à Lille, du 6 décembre 1840. 14
feuilles autographiées.

155 Des Colonies agricoles et de leurs avantages pour assurer
des secours à l'honnête indigence, extirper la mendicité,
réprimer les malfaiteurs et donner une existence rassu-
rante aux forçats libérés, tout en accroissant la prospé-
rité de l'agriculture, la sécurité publique, la richesse de
l'État, avec des recherches comparatives sur les divers
modes de secours publics, de colonisation et de répression des délits, contenant plusieurs tableaux statistiques
justificatifs, avec les plans des constructions adoptées
pour les colonies de la Hollande et de la Belgique et de
la maison (*modèle*) de détention de Gand, par M. *L.-F.*
Huerne de Pommereuse, ancien député. [Extrait des
Mémoires de la Société royale d'Agriculture, 1830].
Paris, Imprimerie de Madame Huzard, 1832. In-8°,
1 vol.

156 Recueil de Documens relatifs à la Prison pénitentiaire de
Genève. *Genève, J.* Barbezat et Cie. *Paris,* même maison, 1830. In-8°, 1 vol.

157 Histoire des Colonies pénales de l'Angleterre dans l'Australie, par M. *Ernest* de Blosseville, conseiller de pré-

fecture de Seine-et-Oise. *Paris*, Adrien Le Clere et Cie , Delaunay, Dandely, 1831. In-8°, 1 vol.

158 Histoire de Botany-Bay, état présent des colonies pénales de l'Angleterre, dans l'Australie, ou Examen des effets de la déportation, considérée comme peine et comme moyen de colonisation, par M. *Jules* DE LA PILORGERIE. *Paris,* Paulin [imp. de Mme Porthmann], 1836. In-8°, 1 vol.

FINANCES. — IMPÔTS. — CONTRIBUTIONS ET DOUANES.

159 Le Gvidon général des Finances, contenant l'instruction du maniement de toutes les finances de France. Par *Iean* HENNEQVIN , Champenois. Avec les annotations de M. *Vincent* GELÉE, conseiller du Roy. Liure nécessaire non seulement aux comptables, mais aussi aux gens tant ecclésiastiques, nobles, que autres. Diuisé en cinq parties. Le tout est nouuellement reueu, corrigé et augmenté. A *Paris*, chez Iean Regnovl, 1661. In-12, 1 fort vol.

160 Annotations de *Vincent* GELÉE, conseiller du Roy et correcteur ordinaire en sa Chambre des Comptes. Sur le Guidon général des finances [de *Jean* HENNEQUIN, secrétaire de la Chambre du Roi]. *Paris,* Abel l'Angelier, 1594. In-8°, pièce de 71 ff.

161 Instrvction des Finances et Chambre des Comptes, divisée en trois parties. Recueillie par *I.* LE GRAND. Le contenu se voit en la page suyuante. Avec deux tables. Corrigé et augmenté en ceste dernière édition. A *Paris,* chez la Veffe Drobet, M.D.XCVII. In-12, 1 vol.

162 Projet d'une dixme royale, qui supprimant la Taille, les Aydes, les Douanes d'une Province à l'autre, les Décimes

du Clergé, les Affaires extraordinaires et tous autres Impôts onéreux et non volontaires, et diminuant le prix du Sel de moitié et plus, produirait au Roy un revenu certain et suffisant sans frais, et sans être à charge à l'un de ses sujets plus qu'à l'autre, qui s'augmenteroit considérablement par la meilleure Culture des Terres. Par Mons* le Maréchal [*Sébastien* LE PRESTRE] DE VAUBAN, gouverneur de la citadelle de Lille. *S. l. d'imp.*, 1707. In-12, 1 vol.

163 Le détail de la France sous le règne présent. Augmenté en cette nouvelle édition de plusieurs Mémoires et Traitez sur la même matière [Par *Pierre* LE PESANT DE BOISGUILBERT. *S. l. n. nom d'imp.*, 1707. In-12, 2 parties en 1 vol.

Les Traités annoncés au titre sont : 1. Du mérite et des lumières de ceux que l'on appelle Gens habiles dans la Finance ou Grands Financiers. — 2. Traité de la nature, culture, commerce et intérest des grains, tant par rapport au public qu'à toutes les conditions d'un État. —3. Factum de la France, ou moyens très faciles de faire recevoir au Roy quatre-vingts millions par dessus la capitation, praticables par deux heures de travail de Messieurs les Ministres et un mois d'exécution de la part des peuples, sans congédier aucun Fermier général ni particulier. — 4. Mémoire qui fait voir en abrégé que plus les Bleds sont à vil prix, plus les Pauvres sont misérables, ainsi que les riches qui seuls les font subsister, et que plus il sort de Grains du Royaume et plus on se garantit d'une cherté extraordinaire.—5. Dissertation de la nature des Richesses, de l'Argent et des Tributs, où l'on découvre la fausse idée qui règne dans le Monde à l'égard de ces trois articles.

Ces écrits de BOISGUILBERT sont imprimés dans la *Collection des Économistes*, éditée par M. Guillaumin.

164 Mémoire donné au roi par M. NEKER, en 1778. *Londres* (*Paris*), 1781. In-8°, pièce de 32 pages.

Autre exemplaire de la même brochure.

165 Compte rendu au Roi, par M. NECKER, Directeur général
des finances, au mois de janvier 1781. Imprimé par
ordre de Sa Majesté. A *Paris*, de l'imp. du Cabinet du
Roi, MDCCLXXXI. 1 vol. 114 p. in-4°.

166 Sur le Compte rendu au Roi en 1781. Nouveaux éclaircissements par M. NECKER. A *Paris*, Hôtel de Thou, rue
des Poitevins, 1788. In-4°, 1 vol.

167 Lettres du Comte DE MIRABEAU sur l'administration de
M. Necker (19 mars et 1 mai). *S. l.*, 1787. In-8°, pièce de
62 pages.

Un exemplaire des mêmes Lettres, d'une impression différente. Pièce de
52 pages.

168 Principes positifs de FÉNELON et de M. NECKER sur l'administration. Extraits des *Directions pour la Conscience
d'un Roi*, placés en regard des principes de M. N...
sur la même matière. *S. l. n. d.* (1788). In-8°, pièce de
37 pages.

169 Étrennes à la Monarchie française, présentées par un
citoyen, conciliateur et ami de la patrie, qui offre au
Gouvernement le moyen le plus simple et le plus facile
pour remplir en peu de temps le *déficit* des finances et
assurer le prompt payement des dettes de l'État, sans
qu'il soit besoin de recourir à de nouveaux impôts.
Amsterdam (*Paris*), 1788. In-8°, pièce de 56 pages.

Le système proposé ressemble beaucoup à la *Dîme royale* de Vauban.

170 De la comptabilité des dépenses publiques, [par *Victor*
MASSON]. *Paris*, [Pélicier, Lerond] de l'imprimerie de
L.-T. Cellot, M. DCCC. XXII. In-8°, 1 vol.

171 Histoire de la banque de Saint-Georges de Gênes, la plus
ancienne banque de l'Europe et des origines du Crédit
mobilier, du Crédit foncier, des Tontines et des Amortis-
sements y pratiqués au moyen-âge, par le prince *Adam*

WISZNIEWSKI, membre de la société italienne d'Economie politique. *Paris*, Guillaumin, Ed. Dentu, édit. imp. Voitelain et Cie, 1865. 1 vol. in-8°, avec un prospectus (of the Financial insurance Company) à la fin.

172 Des institutions de Crédit foncier en Allemagne et en Belgique, par M. ROYER, Inspecteur de l'agriculture publié par ordre de M. le Ministre de l'Agriculture et du Commerce. *Paris*, Imprimerie Royale, M. DCCC. XLV. 1 vol. in-8°.

173 La Magia del credito svelata instituzione fondamentale di publica utilità da *Giuseppe de* WELZ, offerta alla Sicilia ed agli altri Stati d'Italia. *Napoli*, nella Stamperia Francese, 5 aprile 1824. 2 tomes en 1 vol. in-4° (texte italien).

174 Des assurances agricoles. Par *Alfred* DE COURCY. *Paris*, Douniol, 1857. In-8°, pièce de 47 pages.

175 Dénonciation de l'agiotage de MIRABEAU.

Deux exemplaires d'impressions différentes.

Considérations sur la dénonciation (par HARDY).

Deux exemplaires.

176 Dénonciations de l'agiotage au Roi & à l'Assemblée des Notables : par le Comte DE MIRABEAU. *S. l.* 1787. In-8°, pièce de 144 pages.

Un autre exemplaire de la dénonciation ; mais d'une impression différente et d'un format un peu plus grand, formant 100 pages.

177 Considération sur la *Dénonciation de l'agiotage*. Lettre au Comte de Mirabeau, (par HARDY, ancien secrétaire du Comte de Mirabeau). *S. l.*, 27 mars 1787. In-8°, pièce de 64 pages.

Deux exemplaires.

178 Précis d'un projet d'établissement du cadastre dans le royaume. Par M. D. T. D. V. A *Paris,* de l'imp. de Clousier, M. DCC. LXXXI. 1 br. 80 p. in-4°.

179 Prospectus d'un emprunt fait au nom de l'Unity Bank de Londres, par Don Juan de Bourbon, second fils de Don Carlos, 1861. *Paris*, imp. Wiesenier, 1 feuillet.

180 Mémoire à Messieurs les Magistrats de la ville de Lille, sur les difficultez qui se rencontrent dans la liquidation proposée par Philippe-Joseph-Louis le Camus, au Verbal tenu dans la comparution du onzième Octobre 1690, au sujet de la ferme des bierres de la dite ville, pour trois années finies au dernier septembre 1688. S. n. d'imp. 1 br. 7 p. in-4°.

181 Mémoire sur la perception des Droits d'Amortissement & de nouvel Acquêt, dans les provinces de Flandres, Artois, Hainaut, & Cambrésis. A *Lille*, de l'Imprimerie de Léonard Danel, rue des Manneliers, à la Sorbonne. 1 br. 28 p. in-4°.

182 Mémoire sur la taille. S. n. d'imp. 1 br. 3 p. in-4°.

183 Mémoire sur la corvée. S. n. d'imp. 1 br. 6 p. in-4°.

184 Mémoire sur l'imposition territoriale. S. n. d'imp. 1 br. 18 p. in-4°.

185 Mémoire concernant la gabelle. S. n. d'imp. 1 br. 30 p. in-4°.

186 Mémoire sur la suppression du Droit de marque des Fers. S. n. d'imp. 1 br. 4 p. in-4°.

187 Mémoire sur la suppression du droit d'ancrage qui se perçoit sur les navires français, de celui de Lestage et Délestage, des six & huit sols pour livre, & d'autres Droits imposés sur le Commerce maritime & sur la pêche Nationale. S. n. d'imp. 1 br. 12 p. in-4°.

188 Mémoire sur les Droits qui seront acquittés uniformément à l'avenir sur les Marchandises coloniales. S. n. d'imp. 1 br. 5 p. in-4°.

189 Mémoire concernant la suppression des Droits de fabrication sur les Huiles & Savons du royaume. S. n. d'imp. 1 br. 5 p. p. in-4°.

190 Mémoire sur la suppression du Droit de subvention par doublement, de celui de Jauge & Courtage, & de plusieurs autres Droits d'aides, qui se perçoivent à la circulation. S. n. d'imp. 1 br. 6 p. in-4°.

191 Mémoire sur la réformation des Droits de Traite, l'abolition des Barrières intérieures, l'établissement d'un Tarif uniforme aux frontières, & la suppression de plusieurs Droits d'Aides nuisibles au commerce. S. n. d'imp. S. d. 1 br. 41 p. in-4°.

192 Mémoire sur les modifications nécessaires dans la jouissance des privilèges qui sont accordés à quelques provinces relativement à l'impôt sur le Tabac. S. n. d'imp. 1 br. 5 p. in-4°.

193 Extraict des registres du Conseil d'Estat. (Arrest du Conseil pour commettre à l'exercice des charges de commissaires-conservateurs des Tailles créées en chacune Parroisse). 4 octobre 1645. S. n. d'imp. 1 br. 3 p. in-1°

194 A son Excellence Mgr. le Ministre des finances. Les marchands et débitants de boissons de la ville de Laon, contre la Régie des droits réunis (1814). A *Laon*, de l'imp. de Marchant-Devillers. 1 br. 11 p. in-4°.

195 Rapport sur la sous-répartition de la Contribution foncière, fait par le Directeur des Contributions à MM. les Membres de la Commission Spéciale. (Signé : Le Directeur des Contributions : DE MALÉZIEU. *Lille*, imp. L. Danel. 1 broch. 20 pag. S. d.

196 Société départementale d'agriculture et d'industrie d'Ille-et-Vilaine. Rapport fait au nom de la Commission nommée à la séance du 2 avril 1859, pour l'examen de la question des céréales. *Rennes*, typ. Oberthur, 1859. 1 broch. de 10 pages.

A cette brochure est jointe une feuille volante renfermant un questionnaire relatif à l'enquête concernant la révision de la législation des céréales.

197 Corps législatif, session 1860. Discours prononcé par M. KOLB-BERNARD, député au Corps législatif dans la discussion du projet de loi concernant le tarif des sucres, des cafés, du cacao et du thé. Séance du 18 mai 1860. *Paris*, imp. Noblet, 1860. 1 broch. 45 pag. pet. in-8°.

198 Discours prononcé par M. le Comte DE KERGORLAY, député au Corps législatif, dans la discussion du projet de loi concernant le tarif des laines, des cotons et autres matières premières. Séance du 25 mai 1860. *Paris*, imp. du Corps législatif, H. Noblet, 1860. 1 pet. broch. de 30 pag.

COMMERCE. — NAVIGATION.

199 Histoire du Commerce et de la Navigation des Anciens. Par M. HUET, ancien évêque d'Avranches, sous-Précepteur de feu Monseigneur le Dauphin, & l'un des quarante de l'Académie Françoise. Troisième édition, revûë. A *Paris*, chez Antoine-Urbain Coustelier, 1727. Se vend à Bruxelles. Petit in-8°, 1 vol.

200 Histoire du Commerce et de la Navigation des peuples anciens & modernes. Ouvrage divisé en deux parties, dont la première contient l'Histoire politique du commerce des Anciens; & la seconde l'Histoire générale du commerce chez les Peuples modernes. Première partie. [par *Philippe-Auguste* DE SAINTE-FOIX, chevalier D'ARC, fils

naturel du Comte de Toulouse]. *Paris*, Desaint et
Saillant, 1758. In-12, 2 vol.

La seconde partie de l'ouvrage, indiquée au titre, n'a pas été imprimée.

201 Histoire du Commerce & de la Navigation des Egyptiens,
sous le règne des Ptolemées : Ouvrage qui a remporté
le prix de l'Académie royale des Inscriptions & Belles-
Lettres. Par M. [*Hubert-Pascal*] AMEILHON, censeur
royal & sous-bibliothécaire de la ville. *Paris,* Saillant,
1766. In-12, 1 vol,

202 Essai sur la Marine et sur le Commerce. Par M. D★★★★.
(*André-François* BOUREAU DES LANDES, de l'Académie
de Berlin, ci-devant commissaire général de la Marine).
A *Amsterdam,* chez François Changuion, 1743. In-12,
pièce de 252 pages.

203 Histoire du Commerce entre le Levant et l'Europe depuis
les croisades jusqu'à la fondation des colonies d'Amérique ; par *G.-B.* DEPPING, membre de la Société Royale
des Antiquaires de France. Ouvrage qui a été couronné
en 1828, par l'Académie royale des Inscriptions et Belles-
Lettres. *Paris,* [*Strasbourg* et *Londres* , Treuttel et
Würtz]. Imprimerie royale. M DCCC XXX. In-8°, 2 vol.

204 Mémoires sur le Commerce des Hollandois dans tous les
Etats et Empires du Monde où l'on montre quelle est leur
manière de le faire, son origine, leur grand progrès,
leurs possessions et gouvernement dans les Indes.
Comment ils se sont rendus maîtres de tout le commerce
de l'Europe. Quelles sont les marchandises convenables
au Trafic maritime, d'où ils les tirent, et les gains qu'ils y
font, ouvrage aussi curieux que nécessaire à tous les
négocians. *Amsterdam*, Emanuel du Villard, M DCC
XVII. 1 pet. vol. in-12, titre rouge et noir.

205 Sollicitation de Humbertus-Ioachim de Croese pour l'établissement de la Compagnie Générale de Commerce dans

le Pays-Bas Espagnol. *S. l.* n. date d'imp. In-4°, pièce de 11 pages.

206 La noblesse commerçante. Par M. l'abbé COYER. Nouvelle édition. A *Londres*, & se trouve à *Paris*, Duchesne, 1756. In-12.

Autre exemplaire du même ouvrage.

207 Le Commerce ennobli. (Par SERAS). A *Paris*, (*Bruxelles*), 1756. In-12, pièce de 42 pages.

208 Histoire du Système protecteur en France depuis le Ministère de Colbert jusqu'à la Révolution de 1848, suivie de pièces, mémoires et documents justificatifs, par M. *Pierre* CLÉMENT, auteur de l'Histoire de l'Administration de Colbert. *Paris*, lib. de Guillaumin et Cie, typ. Hennuyer, 1854, 1 vol. in-8°.

209 *Joh.* ANGELII WERDENHA GEN. Icc. De Rebvs Pvblicis Hanseaticis et earum nob. Confœderatione Tractatus specialis. *Lugdvni Batavorvm*, ex officinâ Joannis Maire, anno 1631. 1 vol. très pet. in-8°, tranches dorées, titre illustré.

Note manuscrite en tête du volume.

210 Mémoire couronné en réponse à cette question proposée par l'Académie royale de Bruxelles : « Quel a été l'état de la population, des fabriques et manufactures et du commerce dans les provinces des Pays-Bas pendant les XVe et XVIe siècles? », par *Fr.* baron de REIFFENBERG. *Bruxelles*, P. J. de Mat, imprimeur de l'Académie, 1822. In-4°, 1 vol.

211 Recherches sur la valeur des monnaies et sur le prix des grains, avant et après le concile de Francfort, [par N. F. DUPRÉ DE SAINT-MAUR]. A *Paris*, chez Nyon, Didot, Saugrain, M.DCC.LXII. In-12, 1 vol.

212 Des intérêts respectifs du Midi et du Nord de la France
dans les questions de Douanes, de l'importance relative
de l'industrie intérieure et du commerce extérieur, des
intérêts spéciaux du commerce et du système de protection pour l'industrie du pays, de l'avenir industriel du
royaume, par *C. J. A.* MATHIEU DE DOMBASLE, officier
de la Légion-d'Honneur. *Paris*, Huzard et Pourrat ;
Nancy, imp. Richard Durupt, 1834. 1 broch. 66 pag.,
pet. in-8°.

213 De l'avenir industriel de la France : un rayon de bon sens
sur quelques grandes questions d'économie politique, par
MATHIEU DE DOMBASLE, troisième édition avec des aug-
mentations nombreuses. *Paris*, Huzard, lib. ; *Nancy*,
Hæner, 1834. 1 broch. 82 p. pet. in-8°'

214 Privilèges commerciaux accordés à la République de
Venise par les princes de Crimée et les Empereurs Mon-
gols du Kiptchak. par *L.* de MAS LATRIE. *S. n. d'imp.
n. d.* 1 broch. 16 p.

215 Almanach du commerce de Paris, des départements de
la France et des principales villes du monde, de *J.* de LA
TYNNA, continué et mis dans un meilleur ordre par
S. BOTTIN, XXV° année 1822. *Paris*, au bureau de
l'almanach, imp. de J. Smith. 1 vol. in-8°.

216 Enquête commerciale. Documents complets contenant :
1° la circulaire du Ministre du Commerce ; 2° les réponses
des Chambres de Commerce, Conseils des Manufactures des villes de France ; 3° l'opinion présumée de ces
villes ; 4° les quatre-vingt-dix interrogatoires des principaux manufacturiers de France devant le Conseil supérieur du Commerce ; 5° le résumé de tous ces interrogatoires (N°s 7, 8, 9, 10, 11, 12, 13 de la Fracne Industrielle). *Paris*, bureaux de la France Industrielle, imp.
Baudouin, 1835. 1 vol. in-8°, texte à 2 colonnes.

217 Conférences populaires faites à l'asile impérial de Vincennes : la Voile, la Vapeur et l'Hélice, par *Émile*
LECLERT, Ingénieur des constructions navales. *Paris*,
lib. Hachette et Cie. *Saint-Germain*, imp. de Toinon,
1867. 1 pet. vol. 71 pag. in-12.

218 Du port de Dunkerque et de son avenir commercial, par
F. L. A. FERRIER. Se trouve chez Drouillard, imp. à
Dunkerque, 1838. 1 broch. 31 pag.
  Extrait de la *Dunkerquoise*, N^{os} des 7, 10, 14 et 17 mars 1838.

219 Canaux navigables, ou Développement des avantages qui
résulteraient de l'exécution de plusieurs projets en ce
genre pour la Picardie, l'Artois, la Bourgogne, la Champagne, la Bretagne et toute la France en général. Avec
l'examen de quelques-unes des raisons qui s'y opposent,
etc., par *Simon-Nicolas-Henri* LINGUET. A *Amsterdam*, et se trouve à *Paris* chez L. Cellot. M.DCC.LXIX.
In-12, 1 vol.

220 Nouvelle publication du traité du 27 Décembre 1691 entre
le Roy d'Espagne et ses alliés dans la guerre contre la
France et du Placcart du 29 du même mois pour empescher le commerce et passage de chevaux vers la France,
augmentés de plusieurs articles. Dans la même brochure
se trouve un feuillet imprimé contenant l'approbation de
l'évêque de Liège. A *Bruxelles*, chez Eugène-Henri
Fricx, imprimeur de Sa Majesté, 1693. 1 br. 22 p. in-4.

221 Articles convenus pour la facilité du commerce entre les
sujets du Roy très-chrétien et les sujets du Roy catholique,
dans le Pays-Bas Espagnol, arrêtez à Bruxelles le
15 mars 1703. *S. nom d'imp.*, s. d. 1 br. 8 pages
petit in-f°.

222 Traité de navigation et de commerce entre Sa Majesté Impériale et Catholique Charles VI, Empereur
des Romains, et Sa Majesté Royale Catholique Philippe V.

roy d'Espagne et des Indes, fait et signé à Vienne le
1ᵉʳ mai 1725. A *Bruxelles*, chez Eugène-Henri Fricx,
imprimeur de Sa Majesté Impériale et Catholique, 1725.
1 br. 17 p. in-4°, texte à 2 colonnes.

223 Copie des articles conclus au nom de Sa Majesté Impériale et Catholique par les Commissaires Impériaux
avec la régence de Tunis à l'intervention et médiation
des Commissaires Ottomans sur la libre navigation abs-
tractivement de tout commerce, à Tunis le 23 septembre
1725. A *Bruxelles*, chez Eugène-Henri Fricx, imprimeur
de Sa Majesté Impériale et Catholique, 1726. 1 br. 7
p. in-4°.

2 exemplaires.

224 Copie des articles conclus au nom de Sa Majesté Impériale et Catholique et de la Régence d'Alger par la médiation de la Porte Ottomane au sujet de la Navigation, à
Constantinople le 8 mars 1727. A *Bruxelles*, chez
Eugène-Henri Fricx, imprimeur de Sa Majesté Impériale
et Catholique, 1727. 1 br. 8 p. in-4°, texte à 2 colonnes.

225 Instruction générale pour les intéressés au Canal de Picardie. A *Lille*, de l'imp. de C. M. Cramé, imprimeur ordinaire du Roy, MDCCXXVIII. 1 br. 35 p. in-4°.

226 Convention préliminaire de commerce et de navigation
entre le Roy et le roy de Suède, signée à Versailles le
25 avril 1741. A *Paris*, de l'imprimerie royale, 1741.
1 br. 4 p. in-4°.

227 Traité des péages et plan d'administration de la navigation intérieure, par M. ALLEMAND, ancien conservateur
des forêts de l'isle de Corse. A *Paris*, chez Cellot et
Jombert le jeune, 1779. 1 vol. in-4°.

228 Mémoire sur la navigation intérieure, observations sur
l'opération particulière ordonnée par le Gouvernement

pour préparer l'opération générale, présentée ici sous tous ses rapports, par M. Allemand. A *Paris*, chez Prault, 1785. 1 br. 80 p. in-4°.

229 De la navigation intérieure du Département du Nord, et particulièrement du Canal de la Sensée, par M. *J.* Cordier, Ingénieur en chef des Ponts et Chaussées, membre de la Légion-d'Honneur. [*Lille*, imp. Reboux-Leroy, lib. Vanackère, et *Paris*, lib. Gœury, 1820]. In-4°, 1 vol. de 210 pp., chiffr., y compris tit., et 8 cartes. Envoi d'auteur signé.

230 De la navigation intérieure du Département du Nord et particulièrement des travaux du port de Dunkerque, par M. *J.* Cordier, Insp. divisionnaire des Ponts et Chaussées, chevalier de la Légion-d'Honneur. Tome second. *Paris*, chez Carilian-Gœury. *Lille*, Imp. de Reboux-Leroy, 1828. 1 vol. in-4°, 4 cartes.

Dans le volume on a joint une brochure intitulée : Précis historique et critique de l'administration des Wateringues, imp. Ve Focqueur-Debacker, à Bergues

231 De la navigation intérieure du Département du Nord et particulièrement des travaux du port de Dunkerque, par M. *J.* Cordier, Inspecteur divisionnaire des Ponts et Chaussées, chevalier de la Légion-d'Honneur. Tome premier. *Paris*, Carilian-Gœury; *Lille*, imp. Reboux-Leroy, 1828. 1 vol. in-4° renfermant 8 cartes.

232 Lettre de Carpeau et Cie consentant à augmenter les intérêts des dividendes des actions souscrites et à souscrire pour l'établissement d'une maison de commerce à Dunkerque, 1777. S. n. d'imp. 1 br. non pag. 3 p. in-4°.

233 Mémoire relativement à l'établissement de la maison de commerce à Dunkerque sous la raison de Carpeau de Maricourt et Compagnie, 1777. S. n. d'imp. 1 br. 8 p. in-4°.

234 Établissement d'une maison de commerce à Dunkerque. Prospectus et acte d'association. A *Paris*, chez P. G. Simon, imprimeur, 1777. 1 br. 22 p. in-f°.

235 Mémoires relatives à la discussion du privilège de la nouvelle compagnie des Indes. A *Amsterdam*, chez Demonville, imprimeur - libraire de l'Académie françoise, MDCCLXXXVII. 1 br. 140 p. in-4°.

236 Extrait du registre de la Chambre de Commerce de Lille. Séance du 5 février 1807. S. n. d'imp. 1 feuillet 2 p. in-f°.

Distribution de récompenses aux fabricants à la suite de l'Exposition.

237 Observations adressées par la Chambre de Commerce de Lille à Monsieur le Ministre du Commerce sur les tendances qui menacent le système de protection établi en faveur de l'Industrie Nationale. *Lille*, typ. Parvillez-Rousselle, *s. d.* 1 broch. 31 p. in-4°.

238 Mémoire sur le commerce des grains. S. n. d'imp. 1 br. 4 p. in-4°.

239 Observations sur le commerce des grains. A Lille, octobre 1817. S. nom d'imp. 1 br. p. in-4°.

2 exemplaires.

240 Mémoire des extracteurs et marchands de charbon de terre, entre Nord-Libre et Mons. Sans nom d'imp., *s. d.* 1 br. 36 p. in-8°.

241 Du sucre indigène, de la situation actuelle de cette industrie en France, de son avenir et du droit dont on propose de la charger, par MATHIEU DE DOMBASLE. *Paris,* Huzard, lib. *Nancy*, Imprimerie d'Hæner, 1835. 1 broch. 50 pag. pet. in-8°.

242 Question des sucres. Nouvelles considérations, par *C. J. A.* MATHIEU DE DOMBASLE. Deuxième édition, juillet 1839. *Nancy*, Imprimerie A. Paullet. 1 br. 23 pag.

243 Analyse de la question des sucres, par le Prince NAPO-
LÉON-LOUIS BONAPARTE. *Paris*, imp. V° Dondey-Dupré,
1842. 1 br. 120 pag. in-8°.

PHYSIQUE.

244 HERONIS ALEXANDRINI Spiritalium Liber, à *Federico* COM-
MANDINO Urbinate ex Græco in Latinum conversus. Huic
editioni accesserunt, *Jo.Bapt.* ALEOTTI, Quatuor Theore-
mata Spiritalia, ex Italico in Latinum conversa. *Amstelodami*, Apud Janssonio-Waesbergios, M.DC.LXXX.
In-4° car., 1 vol., couv. parch.

245 L'origine ancienne de la Physique nouvelle, où l'on voit
dans des entretiens par lettres, ce que la Physique nouvelle a de commun avec l'ancienne. Le degré de perfection de la Physique nouvelle sur l'ancienne. Les moyens
qui ont amené la Physique à cette perfection. Par le P.
[*Noël*] REGNAULT, de la Compagnie de Jésus. *Paris*,
Clousier, 1734. In-12, 3 vol.

246 Essai chronologique sur les hivers les plus rigoureux,
depuis 396 ans av. J.-C , jusqu'en 1820 inclusivement ;
suivi de quelques recherches sur les effets les plus réguliers de la foudre, depuis 1676, jusqu'en 1821 ; le tout
précédé d'un précis élémentaire sur l'hiver considéré
sous les rapports astronomique et météorologique ; avec
des notes sur les objets et sur les faits les plus curieux ;
des tableaux, des tables, etc., etc. Par G. P. [*Gabriel*
PEIGNOT]. *A Paris*, chez Antoine-Augustin Renouard ;
A Dijon, chez Victor Lagier : [*Châlon-sur-Saône*, imp.
Dejussieu], 1827. In-8°, 1 vol.

247 Cartes des déclinaisons et inclinaisons de l'aiguille ai-
mantée, rédigée d'après la table des observations magné-
tiques faites par les voyageurs depuis l'année 1775, plus
une carte magnétique des deux hémisphères. 1 atlas
composé de 8 cartes.

CHIMIE.

248 Dictionnaire de chimie, sur le plan de celui de Nicholson,
présentant les principes de cette science dans son état
actuel, et ses applications aux phénomènes de la nature,
à la médecine, à la minéralogie, à l'agriculture et aux
manufactures : Par *Andrew* URE, M. D., professeur de
l'Institution Andersonienne,... traduit de l'anglais sur
l'édition de 1821, par *J.* RIFFAULT, ex-régisseur des
poudres et salpêtres,... *Paris*, Leblanc,... 1822 [24].
In-8°, 4 vol.

249 Tractatus aliquot chemici singvlares, summum philoso-
phorum arcanum continentes. 1.) Liber de Principiis
naturæ, et artis chemicæ, incerti authoris. 2.) *Johannis*
BELYE, Angli, tractatulus novus, et alius *Bernardi*
Comitis TREVIRENSIS, [*Bernard* comte DE TRÈVES], ex
gallico versus. Cum fragmentis *Eduardi* KELLÆI, *H.*
AQUILÆ Thuringi & *Jos.* ISAACI Hollandi. 3.) Fratris
FERRARII, tractatus integer, hactenus fere suppressus, et
in principio et fine plus quam dimidia parte mutilatus.
4.) *Joannis* DAUSTENII, Angli, Rosarium. Opuscula partim
nondum in lucem producta, partim a mendis, lacunis,
et corruptione vindicata, et integritati restituta [edente
Sebaldo KÖHLERS]. *Geismariæ*, typis Salomonis Scha-
dewitz, 1647. In-8°, 1 vol.

250 Œuvres de *Bernard* PALISSY, revues sur les exemplaires
de la bibliothèque du Roi avec des notes par MM. FAUJAS
DE SAINT-FOND et GOBET. A *Paris*, chez Ruault, libr.,
1777. Un fort vol. in-4°.

251 Analyse des eaux minérales, qui se trouvent au Château
Royal de Marimont en Hainaut. Faite par les ordres et
sous les auspices de son Altesse Sérénissime Marie
Élisabeth... où on examine la nature et les preuves des
principaux principes qui caractérisent les eaux minérales

en général, en celles de Marimont en particulier... par *Servais August*. DE VILLERS, docteur régent et professeur royal en médecine dans l'Université de Louvain. *A Louvain*, chez Martin van Overbeke,... 1741. Pet. in 8°, 1 vol.

HISTOIRE NATURELLE.

252 Nouveau dictionnaire d'Histoire naturelle, appliquée aux Arts, à l'Agriculture, à l'Économie rurale et domestique, à la Médecine, etc., par une Société de naturalistes et d'agriculteurs. [BIOT, BOSC, CHAPTAL, DESMAREST, DU TOUR, HUZARD, LAMARCK, LATREILLE, LUCAS, OLIVIER, PALISOT de BEAUVOIS, PARMENTIER, PATRIN, RICHARD, SONNINI, THOUIN, TOLLARD, VIEILLOT. VIREY et YVART]. Nouvelle édition presqu'entièrement refondue et considérablement augmentée ; avec des figures tirées des trois règnes de la nature. De l'imprimerie d'Abel Lanoe. *A Paris*, chez Deterville, M DCCC XVI [-XIX]. In-8°, 36 vol.

253 Natvræ historia, prima in magni operis corpore pars, benedicto Aria Montano descriptore. Regi secul. Immortali et invisibili soli Deo Sac. *Antverpiæ*, Ex officina Plantiniana, Apud Ioannem Moretum. cIɔ. Iɔcɪ. In-4°. 1 vol. de 4 ff. non cotés, 525 pp. chiffr. et 1 feuillet au compas de Plantin, bois dans le texte.

254 Histoire naturelle, générale et particulière, avec la description du Cabinet du Roi. [par *Georges-Louis* LE CLERC, comte de BUFFON, *Louis-Jean-Marie* DAUBENTON, *Philibert* GUÉNEAU DE MONTBEILLARD, et *Bernard-Germain-Étienne* de LACÉPÈDE. *A Paris*, de l'imprimerie royale. M DCCX LIX [LXXXIX]. In-4°, 38 vol., nombreuses gravures. (La collection complète comprend 44 vol.).

Détail : 1° Histoire naturelle, 1749-67, 15 vol.; 2° Histoire naturelle (supplément), 1774-89, 7 vol.; 3° Oiseaux, 1770-83, 9 vol.; 4° Minéraux, 1783-88, 5 vol.; 5° Ovipares et serpents, 1788-89, 2 vol. (manquent : 6° Poissons, 1798-1803, 5 vol.; 7° Cétacés, 1804. 1 vol.).

255 Gemmarvm et Lapidum Historia Quam Olim edidit *Anselmus* BOETIUS DE BOOT Brugensis, Rudolphi II. Imperatoris Medicus. Nunc vero Recensuit, à mendis repurgavit, Commentariis, illustravit, et... auxit, *Adrianus* TOLL Lugd. Bat. M. D. *Lvgdvni Balavorum*, ex officina Joannis Maire cIɔ Iɔ c xxxvi. Pet. in-8°, 1 vol.

256 Histoire des Animaux d'ARISTOTE, avec la traduction françoise, par M. CAMUS, avocat au Parlement, censeur royal, etc. *A Paris*, chez la veuve Desaint, lib., M DCCL XXXIII. 2 vol. in-4°.

Le 2ᵉ volume renferme des notes sur l'histoire des Animaux d'Aristote.

257 ALBERTUS MAGNUS de Secretis Mulierum Item De Virtutibus Herbarum Lapidum et Animalium. [necnon *Michaelis* SCOTI Libellus de Secretis naturæ]. *Amstelodami*, Apud Henricum et Theod. Boom. A°. 1669. In-12, 1 vol. de 329 pp. chiffrées et index, tit. orné.

258 Botanographie Belgique, troisième édition, corrigée, augmentée et divisée en deux parties, par *François-Joseph* LESTIBOUDOIS. médecin, professeur de botanique et membre de la Société des amateurs des Sciences et Arts de la ville de Lille. Première [deuxième] partie. *A Lille*, chez Vanackere. [impr. H. Lemmens ; *Paris*, Buisson, Levrault et Schoell, Renouard ; *Bruxelles*, Lecharlier, Stapleaux ; *Gand*, Degoesin – Verhaeghe ; *Rouen*, Vallée frères ; *Liége*, Latour ; *Strasbourg*, Levrault frères]. Au XII de la République. Pet. in-4°, 2 vol.

259 Schwalbach und Seine Heilquellen. von Dʳ *H.* JENNER v. JENNEBERG, Herzoglich nassauischem Geheimerath.

Dritt vermehrte Ausgabe. *Darmstadt*, Verlag von Carl
Wilhelm Leske, 1834. 1 vol. broché, pet. in-12, 2 grav.
hors texte dont une en frontispice.

Schwalbach et ses eaux minérales.

260 Département du Pas-de-Calais. Sous-préfecture de St-Pol.
Eau minérale de la fontaine de la ville de St-Pol. *A
Arras*, imp. d'E. Boutry. 1 br., 10 p. in-8° (1843).

AGRICULTURE.

261 Scriptorvm Rei Rvsticæ vetervm Latinorvm Tomvs primvs
M. Porcivm Catonem et M. Terent. Varronem tenens
[secundvs L. Ivnivm Moderatvm Colvmellam ex librorum scriptorvm atqve editorvm fide et virorvm doctorvm
coniectvris correxit, atqve interpretvm omnivm collectis
et excerptis commentariis svisqve illvstravit *Io.* Gottlob
Schneider, Saxo. *Lipsiæ*, svmtibvs Casp. Fritsch
M DCCX CIIII. In-8°, 2 tom. en 2 part. chacun, en tout
4 vol., frontisp. gravé, rel. veau, tr. dor.

262 La théorie et la pratique du jardinage, où l'on traite à fond
des beaux jardins apellés (*sic*) communément les jardins
de plaisance et de propreté, composés de parterres, de
bosquets, de boulingrins, etc., contenant plusieurs plans
et dispositions générales de jardins : nouveaux desseins (*sic*) de parterres, de bosquets, de boulingrins,
labirinthes, salles, galeries, portiques & cabinets, de
treillages, terrasses, escaliers, fontaines, cascades, &
autres ornemens. Avec la manière de dresser un terrain,
d'inventer des desseins de planter & élever en peu de
tems tous les plants, de rechercher les eaux. [Par L. S.
A. I. D. A. [le sieur *Antoine-Joseph* Dezallier d'Ar-
genville]. Nouvelle édition. *A Paris*, chez Jean Mariette.
M DCC XIII. In-4°, 1 vol., planches gravées.

263 État de la forest de Cuise, dite de Compiegne, avec les carrefours qui sont dans ladite forest, faits pour donner les rendez-vous de chasse ; divisez par gardes & triages ; avec les noms des routes qui tombent dans lesdits carrefours, & celles qu'il faut suivre pour aller ausdits carrefours, en partant de la plaine de Compiegne, soit à cheval ou en calèche ; le tout marqué par la carte cy-jointe. *A Paris*, Jacques Collombat, 1736. In-12. Pièce de 30 pages, avec une carte gravée par N. Matis, en 1736.

La carte est indiquée dans Fontette T. I, n° 1487.

264 Annuaire du cultivateur, pour la troisième année de la République, présenté le 30 pluviôse de l'an IIe à la Convention nationale, qui en a décrété l'impression et l'envoi, pour servir aux écoles de la République ; par *G.* ROMME, représentant du peuple. Les citoyens qui ont concouru à ce travail, sont : CELS, VILMORIN, THOUIN, PARMENTIER, DUBOIS, DESFONTAINES, LAMARK, PRÉAUDAUX, LEFÈVRE, BOUTIER, CHABERT, FLANDRIN, GILBERT, DAUBENTON, RICHARD et MOLARD. *A Paris*, de l'Imprimerie Nationale des Lois. An IIIᵉ de la République. In-8°, 1 vol.

265 Guide du laboureur, par M. DE RAINNEVILLE. *Paris*, Bailly, 1836. In-12. — Pièce de 36 pages.

266 Hommage à la mémoire de feu M. Charles van Hulthem. Discours sur l'état ancien et moderne de l'agriculture et de la botanique dans les Pays-Bas, prononcé par M. *Charles* VAN HULTHEM, président de la Société royale d'agriculture et de botanique, lors de la distribution des prix, à l'époque du salon d'exposition de fleurs, le dimanche 29 juin 1817. Nouvelle édition. *Gand*, D. J. Vanderhaeghen, 1837. In-8°, 1 vol.

267 Question des bestiaux, rapport fait à la Société Royale des Sciences, de l'Agriculture et des Arts de Lille, par *Thém.* LESTIBOUDOIS, député du Nord. *Lille*, imp. L. Danel, 1841. 1 broch., 91 pag. pet. in-8°.

268 Quelques mots sur la nécessité d'une organisation pour l'agriculture de la France, 1842, par *Ch.* de LA CHAUVINIÈRE. *Paris*, imp. J.-B. Gros. Pet. broch., 63 pag., pet. in-8°.

269 **Des** remontes de l'armée et de leurs rapports avec l'agriculture, par M. DE TORCY, membre du Conseil général d'agriculture. Deuxième édition augmentée d'un examen des documens et brochures récemment publiés sur cette question. *Paris*, imp. Paul Dupont, 1842. 1 broch. de 91 pag. pet. in-8°.

270 Quelques mots sur l'Institut agronomique de Versailles et sur la détresse de l'agriculture, 1850 (observations lues à la tribune par M. de LA CHAUVINIÈRE au Congrès des délégués des Sociétés savantes, XVIᵉ session, du 10 au 16 mars 1850). *Versailles*, imp. Montalant-Boucleux. 19 pag.

271 Année 1859. Création de prairies naturelles sur les Domaines Impériaux pour servir de pivot à la méthode d'améliorations agricoles de M. GOTEZ. Documens divers. Imp. Pagnerre, 1859. 1 broch.. 23 pag.

272 Mémoire présenté à la Société nationale et centrale d'agriculture sur la culture et l'acclimatation en France du Psoralea esculenta (Piquotiane) et sur sa végétation aux prairies du territoire de l'Iowa (Amérique septentrionale), suivi de quelques réflexions concernant cette plante, par M. LAMARE-PICQUOT. *Paris*, imp. Pilloy frères, s. d. Pet. broch. de 7 pag.

MÉDECINE.

273 *Claudii* GALENI Pergameni, de Sanitate tvenda, Libri sex, *Thoma* LINACRO Anglo interprete : nvperrime ad exem-

plar Venetûm recogniti, & diuulgati. *Lvgdvni*, Apud
Guliel. Rouil. Sub scuto Veneto. 1559. Pet. in-8, 375 pp.
chiffrées et 20 ff. d'index.

274 Religio Medici. [auctore *Thoma* BROWNE, latine vero
Josepho MERRYWEATHER]. *Lugd. Balavorum.*Apud Franciscum Hackium. A". 1644. In-12, 1 vol. de 242 pp.
chiffrées et table, tit. orné.

275 Abrégé de l'anatomie du corps humain, où l'on donne une
description courte & exacte des parties qui les (*sic*)
composent, avec leurs usages. Par M. VERDIER, chirur-
gien-juré de Paris. Nouvelle édition revue & augmentée.
A Paris, et se trouve à *Bruxelles*, chez Dujardin.
M DCC LXXXII. In-8°, 2 tom. en 1 vol.

276 Essai sur la physiognomonie, destiné à faire connoître
l'homme & à le faire aimer, par *Jean-Gaspard* LAVATER,
citoyen de Zurich et ministre du St-Évangile. Première
[-troisième] partie. Imprimé à *La Haye*. [par Jacques
van Karnebeek, 1781-86]. Gr. in-4° à toutes marges,
3 vol. (manque le 4°), tr.-belles gravures.

277 Mémoire sur la gélatine des os, et son application à l'économie alimentaire, privée & publique, et principalement
à l'économie de l'homme malade et indigent ; par *Antoine-
Alexis* CADET-DE-VAUX, administrateur de l'hôpital
militaire de Paris. Imprimé & distribué par ordre du
Ministre de l'Intérieur. *Paris*, Marchand (1818). In-8°.
— Pièce de 99 pages.

278 Bref discovrs des admirables vertvs de l'or potable :
auquel sont traictez les principaux fondemens de la
médecine, l'origine & cause de toutes maladies, et
quels sont les médicamens plus propres à leur guérison,
& à la conservation de la santé humaine : composé par le
sieur (*Alexandre*) DE LA TOURRETTE, n'aguierres Président des généraux maistres des monnoyes de France.

Dedie au Roy Treschrestien. Avec une apologie de la tresvtile science d'Alchimie, tant contre ceux qui la blasment, qu'aussi contre les faulsaires, larrons & trompeurs qui en abusent par le mesme autheur. *Lyon*, P. Roussin, 1575. In-8°. Pièce de 47 pages. Le discours de l'or potable prend les 23 premières.

279 Petit traitté apologetique ov se defend l'Innocence contre la Calomnie portée trop inconsidérément dans une deposition criminelle. Le tout pour estre remonstré aux Juges. Par Maistre L. L. chirurgien. S. l. n. d. [*A Lille*, chez Toussaint Le Clercq, 1644],. Pet. in-12. Pièce de 32 pages.

Brochure de toute rareté et très curieuse. — Un nommé Philippe de la Haye reçut au front dans une dispute de cabaret, d'un nommé Ambroise Bigode, maître chirurgien, un coup qui lui ouvrit le crâne. Il fut soigné par L. L...., maître chirurgien, qui, sur le conseil de quelques docteurs en médecine, le trépana. Après quelques jours de traitement le patient mourut. Des confrères charitables prétendirent qu'il avait été tué par le trépan inducment et maladroitement appliqué. Cette opinion était soutenue par le docteur de Sailly & le chirurgien Regnault, assermentés à la ville, pour la *visitation* des corps de ceux qui mouraient de mort violente ou accidentelle. De là un procès criminel intenté à L. L...., l'exhumation faite à trois reprises du corps de Philippe de la Haye, des écrits pour ou contre, dont le *Petit traitté Apologetique* est le seul existant encore à notre connaissance. Nous ignorons quelle fut l'issue du procès, car les *Registres des causes criminelles* de l'année 1644 manquent aux Archives. Au *compte* de la ville pour 1644, il y a trois articles qui concernent cette affaire : fol. 358 recto, 358 verso & 433 verso. Dans ce dernier on lit : « et un qui at este deterre trois fois en la paroisse » de St-Saulueur a cause quon vouloit inculper le docteur et chirurgien quy » lauoyent pensé, pourquoy sest esmeu grand debat entre les docteurs et chirur- » giens. »

280 Recueil d'opuscules imprimés au XV° siècle.

1° ALBERTUS MAGNUS. Secreta mulierum et virorum. In-4°. S. l. n d. n. n. (*Paris*, André Bocard). (*Fol. 1 rect. titre :* Secreta mulierũ et virorum | ab Alberto magno composita. | *Suit la marque d'André Bocard* (1495-1531) (*Voir Silvestre N° 5*) (*Fol. 2 rect. sign. a² :*) (s) Cribit philosophus phórum prīceps quarto ethicoꝛ |

Homo est optimũ eo꣭ que sunt in mũdo etc. (*A la fin :*)
Finit tractatulus venerabilis Alberti magni. | In-4°, car.
got., longues lignes, 43 à la page.

2° ANDRELINUS (*Pub. Faustus*). De fugâ Balbi ex urbe
parisia. Carmen. In-4°. (*Paris*, Félix Baligault, 1494 ?)
(*Fol. 1 rect , titre :*) De fuga Balbi | ex vrbe parisia. |
Au-dessous, la marque de Félix Baligault (*Silvestre
N° 72*).(*Fol. 1 vers. :*) Publij fausti Andrelini foriliuiensis
clarissimi poetæ laurea- | ti ad Robertum guaginum diui
maturini parisiensis ministrum | maiorem | Epistola |
(*Fol. 6 vers. :*) Gaguinus fausto poetæ laureato salutem |
(*Au bas de la page :*).. Uale ex edibus nostris parisiacis
xvi septembris anno salu | tis. M.cccc. nonagesimo quarto.
| In-4°. Car. got., longues lignes. Voir Hain, N° 1095.

3° *Eneas* SILVIUS. De Remedio amoris. In-4°. *Paris*,
W. Hopyl. S. D. (*Fol. 1 rect. sign. a¹, ligne 5:*) Enee
Siluij poete Senẽsis : de remedio Amo- | ris opusculũ ad
Hippolitum Mediolañ Incipit (*Fol. 6 vers. :*) Impressũ
per vulcanũ hopyl In vico sci Jaco | bi ad intersigniũ sci
Georgij. xxij Julij. | In 4°. Car. got., longues lignes, 32
à la page.

4° Dialogus Senis & Juvenis de amore disputantium.
In-4°. *Paris,* Wolfgang Hopyl, S. D. (1492 ?). (*Fol. 1
rect. sign. a¹:*) Dialogus Senis et Juvenis de amore
di- | sputantium | incipit. (*Fol. 15 vers. ligne 20 :*) Uale
ex vrbe | Parisiana. Anno M. cccc. xcii. prima decebris |
Dialogus Senis et Juve | nis de Amore disputantiũ finis.
Parisii impressus per | vuolffgangum hopyl. | In-4°, car.
got., longues lignes, 31 à la page.

5° Compotus cum commento. In-4°. *Paris*, M. Lenoir,
S. D. (*Fol. 1 rect. titre : *) Compotus cum commento. |
*Suit une marque de M. Lenoir, variante de celle
reproduite par Silvestre sous le N° 59.* (*Fol. 2 rect.
sign. a²*.) Liber qui compotus inscribit' vna cũ figuris ꝗ
manibus ne | cessariis tam in suis locis ꝗ₃ in fine libri

positis incipit feliciter. | Impressus por Michaelem nig⥾
cōmo- | rantē supra pontē sancti Michaelis. | In-4°, car.
got. de deux grandeurs, longues lignes, 38 à la page,
figures sur bois.

     6° PERGER (*Bernard*). Grammatica nova. In-4°. *S. l.
n. d. n. n.* (*Fol. 1 rect. titre :*) Grammatica noua | (*Fol. 2,
sign. a², vers., ligne 19 :*) Introductorij ī artē grāmatices
incipit liber prim⁹ | (*Fol. 51 vers. :*) Artis grāmatice
introductoriū in octo pteforationis in ostruc- | tiones in
epl'as cōficiendas. fere ex Nicolai peroti grāmatici |
eruditissimi traditionibo a magistro Bernardo perger
transla | tum studiosissime. Finit feliciter vna cū tracta-
tulo quodā puti | li psodie ꝭ orti metro⥾ subseruienti.
In-4°. Car. got., longues lignes, 44 à la page. Voir
Hain, N° 12606*.

281 Traitement contre le ténia ou ver solitaire, pratiqué à
     Morat en Suisse, examiné & éprouvé à Paris, publié par
     ordre du Roi. *A Paris*, de l'imp. royale. M DCC LXXV.
     1 br. 30 p. in-4°.

282 Supériorité du traitement naturel surtout dans les mala-
     dies chroniques, telles que la gastrite, les affections ner-
     veuses, etc, ou véritable médication de ces maladies
     prouvée par des succès nombreux obtenus par *Louis-
     Victor* BÉNECH & par *Léon* SIRAND. Sixième édition
     contenant une nouvelle série de succès, etc. Chez les
     auteurs, rue de Bouloi, 10, imp. Baudouin, *s. d.* 1 broch.
     108 p. pet. in-12, texte à 2 colonnes.

283 Almanach général de médecine pour la ville de Paris,
     1849, par DOMANGE-HUBERT, vingt-unième année de publi-
     cation. *Paris*, Victor Masson, lib. ; imp. de Bonaven-
     ture et Ducessois. 1 vol. in-18.

284 Mémoire sur les inconvéniens de la suppression du cime-
     tière de l'Hôpital-Général de la ville de Lille et de

l'inhumation de ses morts dans le cimetière commun. A *Lille*, de l'imprimerie de B. Brovellio, rue des Manneliers, MDCCLXXIX. 1 br. 36 p in-4°.

MATHÉMATIQUES.

285 Élémens de géométrie, par M. Clairaut, des Académies des Sciences de France, d'Angleterre, de Prusse, de Russie, de Bologne et d'Upsal. A *Paris*, par la compagnie des libraires, M.DCC.LXV, in-8°. 1 vol. 14 pl. de figures à la fin.

286 Le Mécanicien anglais, ou description raisonnée de toutes les machines, mécaniques, découvertes nouvelles, inventions et perfectionnements appliqués jusqu'à ce jour aux manufactures et aux arts industriels, mis en ordre pour servir de manuel-pratique aux mécaniciens, artisans, entrepreneurs, etc., par Nicholson, ingénieur civil, traduit de l'anglais par M*** [Pierrugues], ingénieur, avec cent planches gravées par Lallemand. *Paris*, Baudouin, Houdaille [imp. de Fain], 1829. In-8°, 5 vol. dont 1 atlas.

287 Le Comparateur facile, à l'usage des citoyens peu familiarisés aux nouvelles mesures de la République française, présentant le moyen de transformer toutes les mesures anciennes en nouvelles, le tout sans autre préparation, sans autre travail, que de tenir un compas ouvert entre ses mains, et compter les transversales qui se trouvent entre ses deux pointes. Ouvrage indispensable aux juges, greffiers, notaires, et généralement tous ceux que le Gouvernement oblige de parler le langage des nouvelles mesures dans leurs actes, par le citoyen Aubry, géomètre. *Paris*, imp. de Pellier, an VI. In-8°, pièce de 28 pages.

ASTRONOMIE.

288 Calendarivm Romanvm novvm et Astronomia Aqvicinc-
tina. Cum nouâ, ac facili methodo inueniendi Charac-
teres omnes temporum : cuiusmodi sunt Motvs Solis,
Lunæ, Veneris, Mercvrii, et aliorvm Planetarvm in
Novilvniis, Plenilvniis, et Qvadratvris, Variæ temporum
Epochæ, Aureus numerus, Epacta, Litera Dominicalis,
Festa Mobilia, Indictiones, Concurrentes, et id genus
alia, idqve in perpetvvm, tam ante, qvam post Chris-
tvm natvm. Item Calcvlvs Eclipsivm Solis, et Lvnæ, ad
qvemlibet Meridianvm. Deniqve Arithmetica Astrono-
mica, cum Canone Sexagesimorvm, et Logarithmorvm.
Auctore D. *Ioanne* d'Espieres Sacræ Theol. Doctore, et
Monasterij Aquicinctini Magno Priore. *Dvaci*, typis Lav-
rentii Kellami, sub signo Agni Paschalis, anno 1657.
In-f°, 1 vol. de 1 ff. n. ch., 176 et 68, pp. chiff.

289 Calendrier perpétuel, ou recueil de XXXV calendriers,
précédé d'une table pour 2200 années, dont chacune ren-
voie par un n° à celui de ces 35 calendriers qui lui convient,
par *Alexandre* Jombert. De l'imprimerie de Didot l'aîné.
A *Paris*, chez Jombert jeune, M.DCC.LXXV. In-8°,
1 vol.

290 Prophéties perpétuelles très curieuses et très certaines de
Thomas-Joseph Moult, natif de Naples, astronome et
philosophe, traduites de l'italien en françois, qui auront
cours pour l'an 1269 et qui dureront jusqu'à la fin des
siècles. Fait à Saint-Denis en France, l'an de Notre-Sei-
gneur 1268, du règne de Louis IX, le quarante-deuxième.
A *Paris*, chez Prault père, M.DCC.XLI. In-12, 1 vol.

291 Lettre à M. L. A. D. C., docteur de Sorbonne. Où il est
prouvé par plusieurs raisons tirées de la philosophie et
de la théologie, que les comètes ne sont point le présage

d'aucun malheur, avec plusieurs **réflexions morales et** politiques et plusieurs observations historiques et la réfutation de quelques erreurs populaires [par *Pierre* BAYLE]. A *Cologne*, chez Pierre Marteau, 1612. In-12, 1 vol.

TRAVAUX PUBLICS.

292 Rapport au roi sur l'exécution, pendant l'année 1841, de la loi du 21 mai 1836 relative aux chemins vicinaux. *Paris*, imp. Paul Dupont et Cie , 1844. 1 broch. 46 pag. pet. in-8°.

293 Coup-d'œil sur les chemins de fer maritimes de la France, par M. *Auguste* DU PEYRAT, ancien ingénieur, membre de l'Institut des provinces, etc. *Roanne*, imp. Ferlay, 1863.

Du même auteur : Paris, Port de mer, ensemble 8 pages.

294 De la régénération de la rive gauche de la Seine, par *A*. HUSSON. Projet d'établissement d'une ligne de boulevards traversant les 10°, 11° et 12° arrondissements de Paris, de l'est à l'ouest, et reliant la rive gauche à la rive droite par sa double jonction avec les boulevards actuels, à la Bastille et à la Madeleine. *Paris*, imp. cent. de N. Chaix et Cie , 1856. 1 broch. de 15 pag.

295 Eaux de Paris. Lettre à un conseiller d'État pour servir de réponse aux adversaires des projets de la ville de Paris, par ROBINET, rapporteur de la commission d'enquête du département de la Seine. *Paris*, imp. et lib. Ve Bouchard-Huzard, 1862. 1 vol. in-8°.

296 Nouveau rapport sur le projet de tunnel des Tuileries pour le parcours des voitures et des piétons, présenté à S. M. l'Empereur, par *Léon* LESUEUR, typ. auteur du projet des immeubles de la rue de Rivoli. *Paris*, imp. du Corps législatif, 1862. 1 broch. de 8 pag. in-4°.

297 Ville de Saint-Malo. Projet d'un bassin à flot, au Grand-Bay. Imprimerie de H. Rottier, 1828. 1 br. 132 p. in-4°.

298 Exposé de la Chambre de Commerce de Saint-Malo sur les avantages généraux que présente le projet de bassin à flot, commun aux deux villes de Saint-Malo et de Saint-Servan. *Paris*, imp. Fain, 1836. 1 broch. de 16 pag. in-4°, avec une carte.

299 Mémoire concernant le curement projetté de la rivière de la Marque, et autres ouvrages, pour procurer le dessèchement des marais situés sur ses bords, pour les baillis, lieutenans et gens de loi des communautés de Templeuve, Ennevelin, Péronne et Fretin, demandeurs, par requête présentée à Monseigneur l'Intendant, dans le mois de novembre 1788. A *Lille*, de l'imprimerie de Léonard Danel. 1 br. 99 p. in-4°.

ART MILITAIRE.

300 *Sextus Iulius* FRONTINUS Vir consularis de re militari. *Flauius* VEGETIUS Vir Illustris de re militari. ÆLIANUS de instruendis aciebus. MODESTI libellus de uocabulis rei militaris. *Bononiœ*, apud Platonem de Benedictis, 1496. Pet. in-f° à 6 ff. par feuille, sauf les feuilles F F et N N qui n'en ont que 4 chacune, caract. rom., 5 vol de 98 ff., savoir :

F. 1, r° : titulus ; v° : Ad Magnificvm Senatorem Minvm Ro | scivm Philippi Beroaldi Epistola. | — *F. 2, r°* : Sexti Ivlii Frontini viri consularis | Strategematicon liber primvs | . — *F. 36, r°* : Flavii Vegetii Viri Illus. ad Valentianum | Augustum Epitoma institutorũ rei Militaris ex com | mentariis Catonis : Celsi : Traiani : Hadriani : et Frõtini liber primus. | [edente Io. Sulpitio Verulano]. — *F. 75, r°* : Æliani de

instruendis aciebus opus ad Diuum Hadrianū : a Theodo | ro
Thessalonicense latinum factum et Antonio Panormitæ Alphon |
si Regis præceptori dicatum. | — *F. 94, rº :* Modesti libellus
de vocabvlis rei mili | taris ad Tacitvm Avgvstvm. | — *F. 97,
vº, in fine :* Lavs Deo. De Arte Militari : Frontinum : Vegetium :
Ælianum et Modestū auctores penitus Diuinos q̃ castigatissime
impressit omni solertia. | Plato de Benedictis Bononiensis In
alma ciuitate Bononiæ Anno | salutis. M. cccc. lxxxxvi. Deci-
mosexto kalen. Februarias. — *F. 98, rº* : Registrvm.

301 *Flauius* VEGETIUS Vir illustris de re militari. *Sextus Ju-
lius* FRONTINUS Vir consularis de re militari. ÆLIANUS
de instruēdis aciebus. MODESTI Libellus de vocabulis
rei militaris. [*Nota typographica* I. P. Iehan Petit,]
Venundantur Parrisijs a Johãne paruo in vico sancti
Jacobi sub Lilio aureo, [1515]. In-8º car., tit. rouge et
noir, caract. gothiques, 1 vol. de 6 ff. non cotés, LXXII
ff. cotés et 22 ff. non cotés, le dernier, au vº, se termi-
nant sinsi : Lavs Deo. Pro Iohanne paruo librario vniversitatis Parisieñ. 8 junii. Anno 1515.

302 *Flaue* VEGECE RENE homme noble et illustre du fait de
guerre et fleur de cheualerie, quatre liures. *Septe Jule*
FRONTIN, homme consulaire, des Stratagemes, especes et
subtilitez de guerre, quatre liures. ÆLIAN de lordre
et instruction des batailles, vng liure. MODESTE des
vocables du fait de guerre, vng liure. Pareillement, cxx,
histoires concernans le fait de guerre ioinctes à Vegece.
Traduicts fidellement de latin en françois et collationnez
(par le polygraphe humble secretaire historien du
parc d'honneur) [*Nicolas* WOLKIER, de Bar-le-Duc] aux
liures anciens tant a ceulx de Bude que Beroalde et Bade.
Imprime a *Paris* par Chrestien Weckel, à lenseigne de
lescu de Basle, en la rue sainct Jaques, lan du salut des
chrestiens M.D.XXXVI. In-fº, 1 vol. caract. gothiques,
grav. sur bois, 6 ff. non cotés, cccxx pp. chiffr et 2 ff.
non cotés.

[*In eod. vol. :*] Messire *Frâçois* Petrarque des remedes de l'une ⨍ l'autre fortune : prospere ⨍ aduerse : nouuellement imprimé a Paris, [traduction de *Nicolas* Oresme]. On le vend a Paris rue Saint Jacques par honneste homme Pierre Cousin [1534]. In-f°, caract. gothiques, tit. rouge et noir à encadrem. gravé, grav. sur bois, 6 ff. non cotés et CLXXIII ff. cotés, imp. sur 2 col. *In fine legitur* : Cy finist le liure de François petracque (*sic*), Poete florentin des remedes de lune et lautre fortune prospere ⨍ aduerse, nouuellemēt trāslate de latin en frāçois. Imprimé a *Paris*, M.D.xxxiiii.

303 Traité de la guerre, ou politique militaire, par M. P. H. S. D. C. ⌊ *Paul* Hay, sieur du Chastelet]. Au Roy. A Amsterdam, chez Abraham Wolfganck. suyvant la copie imprimé (*sic*) à *Paris* [*s. d.*]. In-12, 1 vol.

304 La Milice Françoise redvite a l'ancien ordre et discipline militaire des légions, telle et comme la souloient observer les anciens François, à l'imitation des Romains et des Macedoniens, par Messire *Louys* de Montgommery, seigneur de Courbouson, avec une table des chapitres contenus en la présente Milice. A *Paris*, P. Le Franc, 1614. In-12, pièce de 200 pages.

305 Nouveaux mémoires sur le service journalier de l'infanterie, revûs, corrigés et augmentés, dédiés à Monseigneur le duc de Chartres, par Monsieur de Bombelles, lieutenant général. A *Paris*, chez la veuve Delatour, M.DCC.XLVI. In-12, 2 tom. en 1 vol.

306 Traité des légions (à l'exemple des Romains), ou mémoires sur l'infanterie, composés par M. le maréchal comte de Saxe, ouvrage posthume. (Par *Ant.* de Ricouart, comte d'Hérouville de Claye.) A *La Haye*, la Compagnie, 1753. In-12, pièce de 152 pages et deux tableaux.

307 Ordonnance du roi concernant es gouverneurs et lieutenans généraux des provinces, les gouverneurs et état-
(*sic*) majors des places et le service dans lesdites places,
du 25 juin 1750, avec la lettre du ministre de la guerre
[signée M. *P.* de VOVER (*sic*) D'ARGENSON], du 22 mars
1751, concernant le logement des gens de guerre. A
Paris, chez Prault père, M.DCC.LVII. Pet. in-12, 1 vol.

308 La conduite de Mars, nécessaire à tous ceux qui font profession des armes ou qui ont dessein de s'y engager,
autorisée d'exemples arrivés dans ces derniers temps,
avec des memoires contenant divers évenemens remar-
quables arrivés pendant la guerre d'Holande (*sic*). A
La Haye, chez Henri van Bulderen, M.DC.LXXXV.
In-12, 1 vol.

309 Instruction ou école du soldat [écu fleurdelysé]. A *Paris*,
M.DCC.LVII. Petit in-12, 1 vol.

310 L'administration de l'armée française, par le général
TROCHU, quatrième édition. *Paris*, Henri Plon, imp.-
éditeur, MDCCCLXX. 1 vol. pet. in-8°.

311 De l'armement de la France. *Sans nom d'imp. s. d.*
1 feuil. 2 p. in-4°.

312 Recherches sur le feu grégeois et sur l'introduction de la
poudre à canon en Europe, mémoire auquel l'Académie
des Inscriptions et Belles-Lettres a décerné une médaille
d'or le 25 septembre 1840, par *Ludovic* LALANNE,
ancien élève de l'École des Chartes, seconde édition,
corrigée et entièrement refondue. *Paris*, J. Corréard,
édit. ; *S.-Cloud*, Imp. de Belin-Mandar, 1845. 1 broch.
96 pag. in-4°.

SCIENCES OCCULTES.

313 Nicolai Remigii Sereniss. Dvcis Lotharingiæ a Consiliis
interioribvs, et in eivs ditione Lotharingica cognitoris
publici Dæmonolatreiæ (*sic*) Libri tres. Ex ivdiciis capita-
libvs nongentorum plus minus hominum, qui sortilegii
crimen intra annos quindecim in Lotharingia capite
luerunt. Levitici cap. XX. *Coloniæ Agrippinæ*, apud
Henricum Falckenburg, anno Iɔ.clɔ.xcvi (*sic*). Pet.
in-8°, 1 vol. — *In fine* : Coloniæ Agrippinæ, typis Lam-
berti Andreæ, M.D.XCVI.

314 Malleus maleficarum maleficas et earum heresim vt
phramea potentissima cōterens. [Auctore *Jacobo* SPREN-
GER, Ord. S. Dominici, Inquisitore Fidei, S. Theologiæ
Professore]. *Lugduni*, apud Joannem Marion, 1519.
Pet. in-8°,1 vol., tit. rouge et noir, caractères gothiques,
208 ff. non cotés.

> F^o 1 r° : titre et vignettes ; v^o : blanc. — *F*. 2 r° : Apolo-
> gia authoris in malleum maleficarum. — F^o 207 v° *in fine* :
> Sit laus deo exterminij heresis. Pax viuis : requies eterna
> defunctis. Amen. Impressus Lugduni per honestum virum
> Joannem marion. Anno domini M.ccccxix. Die vero xxij.
> mensis februarij. — F^o 208 r° : blanc ; v^o : *Nota typographica*
> lehan Marion.

315 De la démonomanie des sorciers. A Monseigneur M.Chres-
tofle de Thou, cheualier seigneur de Cœli, premier président en la cour de parlement et conseiller du roy en
son privé conseil, par *I*. BODIN Angevin. A *Paris*, chez
Jaques du Puys, libraire iuré, à la Samaritaine,
M.D.LXXX. 1 vol. in-4°.

316 Dæmoniaci, hoc est : de Obsessis a Spiritibvs Dæmonio-
rvm Hominibus, Liber vnvs. Avctore *Petro* THYRÆO; So-

cietatis Iesv, Doctore Theologo. *Lvgdvni*, apud Ioannem Pillehotte, M.DCIII. Pet. in-8°, 1 vol.

317 Flagellvm dæmonvm, exorcismos terribiles, potentissimos et efficaces remediaque probatissima ac doctrinam singularem in malignos spiritus excellendos, facturasque et maleficia fuganda de obsessis corporibus complectens; cum suis benedictionibus, et omnibus requisitis ad eorum expulsionem. Accessit postremo pars secunda, quæ *Fustis Dœmonum* inscribitur. Quibus Noui exorcismi, et alia nonnulla, quæ prius desiderabuntur superaddita fuerunt. Auctore R. P. F. *Hieronymo* MENGO, Vitellianensi, Ord. Minoris Regularis Observantiæ. *Placentiœ*, Jo. Bazachius, 1612. Pet. in-4°, 1 vol.

318 Disqvisitionvm Magicarvm Libri sex, in tres tomos partiti. Auctore *Martino* DELRIO Societa. Iesv Presbytero, Sacræ Theologiæ Doctore & in Academia Grætiensi SS. Professore, nvnc secvndis cvris avctior. *Lvgdvni*, apud Io. Pillehotte, M.DCIIII. In 4°, 3 tom. en 1 vol., tit. à encadr. gravé, rel. parchemin.

319 Commentarivs, de præcipvis Divinationvm Generibvs, in qvo a Prophetiis, avthoritate diuina traditis, et a Physicis coniecturis, discernuntur artes et imposturæ Diabolicæ, atque obseruationes natæ ex superstitione, et cum hac coniunctæ. Recognitus vltimo, et auctus, ab authore ipso, *Casparo* PEUCERO D. *Francofvrli*, typis Wechelianis apud Claudium Marnium & hæredes Ioan. Aubrii, M.DCVII. Pet. in-8°, 1 vol.

320 Le Monde enchanté, dans lequel on examine ...la doctrine à l'égard des esprits....divisé en quatre livres, par *Balthasar* BEKKER, docteur en théologie et pasteur à Amsterdam, traduit de l'Hollandais. A *Amsterdam*, chez Pierre Rotterdam, libraire sur le Vygendam, 1694. In-12, 3 vol. (L'ouvrage complet est en 4 vol.; manquent le 4ᵉ et le titre du 1ᵉʳ.

321 Le Comte de Gabalis, ou entretiens sur les Sciences
    Secrètes, nouvelle édition, augmentée des Génies assistans
    et des Gnomes irréconciliables , par l'abbé [DE MONT-
    FAUCON] DE VILLARS.*Londres*, Vaillant, 1742. In-12, 2 vol.

322 Recueil de dissertations anciennes et nouvelles sur les
    apparitions, les visions et les songes, avec une préface
    historique, par M. l'abbé [*Nicolas*] LENGLET-DUFRES-
    NOY. *Paris*, Leloup, 1751. In-12, 2 tom. en 4 vol.

323 Des sciences occultes, ou essai sur la magie, les prodiges
    et les miracles, par *Eusèbe* SALVERTE. *Paris*, Sédillot,
    imp. C. Thuau, MDCCCXIX. In-8°, 2 vol.

324 Dissertation sur les maléfices et les sorciers, selon les
    principes de la théologie et de la physique, ou l'on exa-
    mine en particulier l'état de la fille de Tourcoing, [par
    DE VALMONT]. A *Tourcoing*, 1752. Réimpression sur
    l'original à deux cents exemplaires. *Lille*, Leleu, 1862.
    In-18, 1 vol. tit. rouge et noir encadré.

    In eodem volumine : Études sur les possessions en
    général et sur celle de Loudun en particulier, par l'abbé
    LERICHE , prêtre du diocèse de Poitiers, précédées d'une
    lettre adressée à l'auteur, par le *T. R. P.* VENTURA DE
    RAULICA , examinateur des évêques. *Paris*, Henri Plon ,
    1859. In-18.

325 Réponse à l'histoire des oracles, de M. de FONTENELLE,
    de l'Académie françoise, dans laquelle on réfute le sys-
    tème de M. Van-Dale sur les auteurs des oracles du
    Paganisme, sur la cause et le temps de leur silence ; et
    où l'on établit le sentiment des Pères de l'Église sur le
    même sujet. [Par le P. *Jean-François* BALTUS, de la
    Compagnie de Jésus]. *Strasbourg*, Doulssecker, 1707.
    In-12, 1 vol.

326 Curiositez inouyes sur la sculpture talismanique des Per-
    sans ; horoscope des patriarches et lecture des estoilles,

par *Jacques* Gaffarel. *Paris*, 1629 ou 1637 ou 1650.
Pet. in-8°, 1 vol.

L'exemplaire est en mauvais état ; il y manque les deux planches signalées par Brunet ; le titre, qui manque également, a dû être relevé dans Brunet.

327 Prophetia Anglicana & Romana hoc est, Merlini Ambrosii Britanni, ex Incvbo olim, ante annos mille ducentos in Anglia nati Vaticinia, à Galfredo Monumetensi latinè conscripta, vnà cum septem libris explanationvm in eamdem prophetiam, excellentiss. sui temporis oratoris, polyhistoris & theologi, Alani de Insvlis, Addita svnt Vaticinia et prædictiones Ioachimi Abbatis Calabri, opvs nvnc primvm pvblici ivris factum. *Francofvrti,* typis Ioannis Spiessii sumptibus Ioannis Iacobi Porssii, MDC VIII. Pet. in-8°, 1 vol.

328 Vera ac memorabilis historia de tribvs energvmenis in partibvs Belgii, et qvibvsdam aliis magiæ complicibvs. De fine Mundi. Antichristo. Abominationibus, et misticis Sabbathorum. De vocatione Magorum et Magarum in genere, et in particulari. *Scilicet* Magdalenæ de Palvd. Lodoici Gavfridy. Mariæ de Sains. Simonæ Dovrlet. Cvm tribvs appendicibvs. 1. De Mirabilibus huius operis. 2. De conformitate ipsius ad Scripturas, Patres, nationes communes fidelium et non fidelium. 3. De potestate ecclesiastica super dæmones, locutione dæmonum, attentione eis adhibenda, notis criticis ad discernendum sub exorcismo verum a falso. E rememorabilibus Nicolai de Montmorenci Comitis Destarre, primarii præfecti ærarii Archiducum in Belgio, etc. & reuerendi admodum P. F. Sebastiani Michaelis, inquisitoris fidei,, & primi reformatoris ordinis Prædicatorum in regno Galliæ, & P. F. Francisci Domptii, sacræ Theologiæ Magistri, edita in lucem diligentia *Ioannis* le Normant, Domini de Chiremont, etc. *Lvletiæ Parisiorvm*, apud Nic. Bvon, 1623. In-8°, 1 vol.

Curieux ouvrage relatif aux exorcismes pratiqués sur des religieuses du couvent des Brigittines à Lille.

329 Histoire prodigieuse et lamentable de Jean Fauste, grand magicien, avec son testament, et sa vie épouventable, [par *Georges-Rodolphe* WIDMANN, trad. par *Pierre-Victor* PALMA-CAYET]. *A Cologne*, chez les héritiers de Pierre Marteau, M D CC XII. Pet. in-12, 1 vol.

330 Histoire de Nicole de Vervins d'après les historiens contemporains et témoins oculaires, ou le triomphe du Saint-Sacrement sur le Démon à Laon en 1566. Par l'abbé *J.* ROGER, directeur du séminaire de Notre-Dame de Liesse, ouvrage accompagné de deux brefs des souverains pontifes saint Pie V et Grégoire XIII relatifs à la publication de ce miracle, précédé d'une lettre de M. le chevalier GOUGENOT DES MOUSSEAUX, et orné du *facsimile* d'une grande gravure représentant les exorcismes de Nicole de Vervins. *Paris*, Henri Plon, 1863. In-8°, 1 vol.

331 De la sorcellerie et de la justice criminelle à Valenciennes (XVIe et XVIIe siècles), par *Th.* LOUÏSE, membre correspondant de l'Institut historique. *Valenciennes*, typographie et lithographie de Ed. Prignet, 1861. In-8°, 1 vol. de III-XIX-214 pp., pl. 1 f. de tit., 1 f. de tab. et 6 grav.

332 Olim. Procès des sorcières en Belgique sous Philippe II et le gouvernement des archiducs, tirés d'actes judiciaires et de documents inédits par *J.-B.* CANNAERT, ancien conseiller à la cour supérieure de Bruxelles. *Gand*, imprimerie C. Annoot Braeckman, édit., 1847. 1 vol. petit in-4°, 1 gravure en frontispice.

333 Effroyable histoire arrivée cette année 1583 dans la ville et hors la ville de Hambourg, où l'on a pris quarante-trois esprits ou sorcières, ce qu'elles ont avoué avoir fait, les premières révélations des crimes, jugées le 20 mai et brûlées. Imprimé pour servir d'exemple à tout le monde par Jean Grunsblatt, greffier à Hambourg, M D LXXXIII. *A Hambourg*, Jacob. Balhora, imp., 6 pag.

ARTS ET MÉTIERS. — TYPOGRAPHIE. — INDUSTRIE.

334 Secrets concernant les arts et métiers. Nouvelle édition, revûë, corrigée et considérablement augmentée. *A Bruxelles,* par la Compagnie, M DCC LV. Avec permission. In-12, 2 vol.

335 De l'industrie françoise, par M. le comte Chaptal, ancien Ministre de l'Intérieur, membre de l'Académie royale des Sciences de l'Institut. *A Paris,* chez Antoine-Augustin Renouard, [imp. Crapelet], M DCCC XIX. In-8°, 2 tom. en 1 vol.

336 Lettres sur l'industrie par *Aug.* Caron à M. Jean Casse, manufacturier à Lille. *Paris,* typog. Gaittet et Cⁱᵉ, 1856. 1 broch. de 16 pag.

337 Le mécanisme du flûteur automate présenté à Messieurs de l'Académie royale des Sciences par M. Vaucanson, auteur de cette machine. *A Paris,* chez Jacques Guérin, imprimeur-libraire, et se vend dans la sale de dite figures automates. M DCC XXXVIII. 1 br. 22 p. in-4°.

338 Art de faire éclore et d'élever en toute saison des oiseaux domestiques de toutes espèces, soit par le moyen de la chaleur du fumier, soit par le moyen de celle du feu ordinaire, par M. de Reaumur, de l'Académie royale des Sciences, etc. A *Paris,* de l'Imprimerie royale, M DCC XLIX. In-12, 2 vol., pl. gravées.

339 Plume de voyage, ou description d'une plume nouvelle, adressée au citoyen Ginguené, de l'Institut national, par *David* Leroy, l'un de ses collègues. *Paris,* H. J. Jansen, 25 nivôse an V. In-8°. Pièce de 8 pages.

340 Des colonies sucrières et des sucreries indigènes, par M. *Thém.* Lestiboudois. Mémoire lu à la Société royale

des Sciences de Lille et inséré dans le recueil des travaux de cette Société. *Lille*, imp. L. Danel, 1839. 1 broch. 168 pag. in-8°.

341 Observations théoriques et pratiques sur l'industrie de la soie faites à la Magnanerie expérimentale de Sainte-Tulle, par MM. GUÉRIN-MÉNEVILLE et E. ROBERT, extrait d'un mémoire lu à l'Académie des sciences dans les séances du 24 octobre et du 7 novembre 1853, à la Société impériale et centrale d'Agriculture. *Paris*, typ. Simon Raçon et Cie. Broch. 15 pag.

(Extrait de la *Revue et Magasin de Zoologie*, n° 11, 1853).

342 Exposition universelle de 1855. Rapport sur les vins, les alcools, les eaux-de-vie, les bières et les cidres, et sur les appareils culinaires, par M. FOUCHÉ-LEPELLETIER, membre du Corps législatif et du Conseil municipal de Paris. *Paris*, Imp. impériale, M DCCC LVI. 1 broch. pet. in-f° 24 pag., texte à 2 colonnes.

Hommage signé d'auteur sur la couverture.

343 Essai sur la typographie, par M. *Ambroise* FIRMIN-DIDOT. Extrait du tome XXVI de l'Encyclopédie moderne. *Paris*, typ. Firmin-Didot, 1855. 1 broch. pet. in-8°, texte à 2 colonnes, plus 4 planches.

344 Catalogue du 1er janvier 1779 : contenant les noms, surnoms & demeures des cinquante barbiers, perruquiers, baigneurs, étuvistes de cette ville, forts et banlieues de Lille, suivant le rang de réception. De l'imprimerie de B. Brovellio. 1 feuillet.

PHILOSOPHIE DES BEAUX-ARTS. — HISTOIRE DES ARTS.

345 Histoire de l'art chez les anciens, par M. WINCKELMANN ; traduite de l'allemand par M. HUBER. Nouvelle édition,

revue et corrigée [par KRUTOFFER et l'abbé *G.* LE
BLOND]. *A Paris*, chez Barrois l'aîné, Savoye, M DCC
LXXXIX. In-8°, 3 vol., 27 pl. gravées à la fin du 3ᵉ.

346 Cours sur l'histoire des arts en France, fait à l'Athénée
de Paris, dans le courant de l'an 1810, par *Alexandre.*
LENOIR , administrateur du musée impérial des monuments français, etc. *A Paris*, 1810. In-8°, 1 vol.

347 Les beaux-arts réduits à un même principe, [par l'abbé
Charles BATTEUX]. *Paris,* Durand, 1746. In-12, 1 vol.,
fig. d'Eisen gravées par Lafosse.

348 Du Laocoon, ou des limites respectives de la poésie et de
la peinture : traduit de l'allemand de *G.-E.* LESSING, par
Charles VANDERBOURG. [Avec un supplément au Laocoon, tiré des papiers posthumes de l'auteur, et une
reproduction du groupe]. *A Paris*, chez Antoine-Augustin Renouard, [Impr. Ch. Crapelet], an X, 1802.
In-8, 1 vol.

349 Périclès. De l'influence des beaux arts sur la félicité
publique, par *Charles* d'ALBERG, associé étranger de
l'Institut de France. Nouvelle édition, revue et corrigée
par l'auteur. *Paris*, librairie de A.-G. Debray, 1807.
In-12, 1 vol.

350 Analyse de la beauté, destinée à fixer les idées vagues
qu'on a du goût ; traduite de l'anglais de *Guillaume* HO-
GARTH [Hoadley et Morell, par *Henri* JANSEN] ; précédée
de la vie de ce peintre, et suivie d'une notice chronologique, historique et critique de tous ses ouvrages de
peinture et de gravure, avec deux grandes planches. *A
Paris*, chez Arthus-Bertrand, [Levrault, Schœll et Cⁱᵉ],
1806 [-1805]. In-8°, 2 vol.

PÉINTURE. — SCULPTURE. — GRAVURE. — ARCHITECTURE. —
ARTS DIVERS.

351 Essai sur l'histoire de la peinture en Italie depuis les
temps les plus anciens jusqu'à nos jours, par M. le comte
Grégoire ORLOFF. *A Paris* Galerie de Bossange père &
à Londres, chez Martin Bossange et Cie ; imp. Crapelet,
1823. 1 vol. in-8° (deux tomes en un volume).

352 Histoire de la peinture en Italie, depuis la renaissance des
beaux-arts, jusques vers la fin du XVIIIe siècle, par
l'abbé LANZI ; traduite de l'italien sur la 3e édition, par
Mme *Armande* DIEUDÉ. *A Paris,* [imp. Firmin Didot],
chez H. Seguin, Dufart, 1824. In-8°, 5 vol.

353 Le peintre amateur et curieux, ou description générale
des tableaux des plus habiles maîtres, qui font l'orne-
ment des églises, couvents, abbayes, prieurés & cabinets
particuliers dans l'étendue des Pays-Bas autrichiens.
Ouvrage très utile, par *G.-P.* MENSAERT, peintre. *A
Bruxelles,* chez P. de Bast, 1763. Pet. in-8°, 2 tom. en
1 vol.

354 Descriptions de divers ouvrages de peinture faits pour le
Roy, [par *André* FÉLIBIEN]. *A Paris,* chez Sébastien
Mabre-Cramoisy, M DC LXXI. Pet. in-12, 1 vol.

355 Galerie du musée Napoléon, publiée par FILHOL, graveur,
et rédigée par LAVALLÉE (*Joseph*), secrétaire perpétuel
de la Société phylotechnique, des Académies de Dijon &
de Nancy, dédiée a S. M. l'Empereur Napoléon Ier.
Paris, chez Filhol, grav. édit., imp. Gillé fils, an XII,
1804-1815, 9 volumes grand in-8° numérotés de 1 à 10
(manque le tome VIII), rel. mar. bleu, tranches dorées,
texte & gravures.

356 Galeries historiques du Palais de Versailles. *Paris,*

Imp. Royale. M. DCCC. XXXIX - M. DCCC. XLVIII. 9 volumes in-8°.

Tome Ier Peinture. Tableaux historiques, de Pharamond au règne de Louis XIV. — *Tome II*. Peinture. Tableaux historiques. Règne de Louis XIV. — *Tome III*. Règnes de Louis XV et de Louis XVI ; Révolution française, jusqu'au commencement de l'année 1796. — *Tome IV*. Depuis la Campagne d'Italie, en 1796, jusqu'à la Campagne d'Autriche, en 1809. — *Tome V*. Depuis la Campagne d'Autriche, en 1809 jusqu'en 1840. — *Tome VI, 1re partie*. Tables de bronze de la galerie des Batailles et Armoiries de la salle des Croisades. — *Tome VI, 2me partie*. Armoiries des salles des Croisades. — *Tome VIII*. Peinture, deuxième partie, Portraits. — *Tome IX*. Peinture, quatrième partie, Portraits.

357 Explication des tableaux de la Galerie de Versailles, par CHARPENTIER, de l'Académie Française. A *Paris*, de l'Imprimerie de François Muguet, M DC LXXXIV. In-4°, 1 vol. de 79 pp., rel. maroquin grenat aux armes royales.

[*Même vol.*] Description de la Grotte de Versailles, [par *André* FÉLIBIEN. A *Paris*, chez Sébastien Mabre-Cramoisy, M DC LXXII, in-4° 40 pp.

358 Œuvre de FLAXMAN. Recueil de ses compositions gravées par RÉVEIL, avec analyse de la Divine Comédie du Dante et notice sur Flaxman. Sujets divers [tirés de la Divine Comédie, d'Hésiode, d'Homère et d'Eschyle]. *Paris*, Réveil, Audot, 1836. Pet. in-fol. obl.. 2 vol.

359 L'Alfabeto della Morte di Hans Holbein, Attorniato di fregii incisi in legno, ed accompagnato di sentenze latine e di quartine del XVI° secolo, scelte da *Anatole de* MONTAIGLON. *Parigi*, presso Edwin Tross, M DCCC LVI. Stampa dai fratelli Firmin Didot. 1 pet. vol. non paginé, titre illustré, texte encadré.

360 Notice historique sur le tableau représentant l'entrée de Henri IV dans Paris, par M. GÉRARD, membre de

l'Institut, avec gravure. *Paris*, Delannoy, libraire. Imp. de Fain, 1817. 1 br., 7 p. pet. in-8°.

361 Tableau exposé au Musée Napoléon, représentant le sacre de LL. Majestés impériales et royales, peint par M. DAVID, premier peintre de S. M. A *Paris*, de l'imp. de Gauthier, 1808, 1 br., 8 p. petit in-8°.

362 Musée provisoire de la commune de Lille. Notice des tableaux des écoles italienne, flamande et française. A *Lille*, de l'imprimerie de L. Jacqué fils, 1808, 1 br., 27 p. in-12.

363 Explication des peintures, sculptures, gravures, dessins, et des objets du produit des arts et de l'industrie, exposés dans le salon d'architecture de l'École secondaire communale de Lille, par les peintres, sculpteurs, artistes et amateurs de la même commune. A *Lille*, de l'imprimerie de L. Jacqué fils, 1 br., 15 p. in-8°, 1808.

364 Explication des ouvrages de peinture, sculpture, gravure, lithographie et architecture des artistes vivants, exposés aux Menus-Plaisirs, le 15 mai 1853. *Paris*, Vinchon fils, imp., 1853. 1 pet. vol. in-12, broché.

365 Explication des ouvrages de peinture, sculpture, gravure, lithographie et architecture des artistes vivants, exposés au palais des Champs-Élysées, le 1er mai 1863. *Paris*, Charles de Mourgues frères, imp., 1863. 1 vol. broché, in-12.

366 Discours prononcé à l'ouverture de l'Académie de dessein, établie par Messieurs du Magistrat de la ville de Lille, le 17 février 1755. Se vend à *Lille*, chez la veuve A. Panckoucke, libraire, & P. S. Lalau, imprimeur, près de l'Hôtel de Ville. 1 br., 8 p. in-4°.

367 Amoris divini emblemata stvdio et ære *Othonis* VÆNI concinnata. *Antwerpiæ*, ex officinâ Plantiniana, Balthas. Moreti. MDCLX. 1 vol. pet. in-4°, avec gravures hors texte.

368 Description historique et chronologique des Monumens de sculpture réunis au Musée des Monumens français, par *Alexandre* LENOIR, administrateur de ce musée, suivie d'une Dissertation sur la barbe et les costumes de chaque siècle, et d'un Traité de la Peinture sur verre. Huitième édition, de l'imprimerie d'Hacquart. A *Paris*, chez l'auteur, Laurent Guyot, Levrault, Tezari, à *Augsbourg*. Janvier 1806. In-8°, 1 vol.

369 Statue de Jean de Bologne, exécutée par M. Louis Potier. Rapport de M. CAHIER, Conseiller à la Cour Royale. *Douai*, Adam d'Aubers, imprimeur. Août 1844, 1 br., 6 p. in-8°.

370 Traité des pierres gravées [et Recueil des pierres gravées du Cabinet du Roi], par *P. J.* MARIETTE. A *Paris*, de l'imprimerie de l'auteur, M. DCC. L. In-f°, 2 vol , frontisp. gravé et nombreuses gravures, rel. veau , filets or, tr. dor.

371 Description des principales pierres gravées du Cabinet de S. A. S. Monseigneur le Duc d'Orléans, premier prince du sang, [par les abbés GÉRAUD DE LA CHAU et *Gaspard* MICHEL, dit LE BLOND. A *Paris*, chez Pissot, M. DCC. LXXX [-LXXXIV]. In-f°, 2 vol., frontisp. gravé, nombreuses gravures, rel. veau marbré, filets or, tr. dor.

372 Pierres antiques gravées, sur lesquelles les graveurs ont mis leurs noms. Dessinées & gravées en cuivre sur les originaux ou d'après les empreintes, par *Bernard* PICART. Tirées des principaux Cabinets de l'Europe, expliquées par M. *Philippe de* STOSCH, Conseiller de S. M. le Roi de Pologne, et traduites en Français par M. de LIMIERS, de l'Académie de Bologne, A *Amsterdam*, chez Bernard Picart, le Romain, M. DCC. XXIV. In-f° 1 vol. de 3 ff. de tit. et dédicace, XXI-97 pp. chiffr. et 70 pl. gravées numérotées, tit. rouge et noir, tr. belles gravures, suivies

de : Pierres antiques gravées, tirées des principaux cabinets de la France, [par *Élisabeth-Sophie* CHERON. *S. l. n d.*] In-f°, 41 pl. gravées numérotées.

373 Cabinet de pierres antiques gravées, ou collection choisie de 216 bagues et de 682 pierres égyptiennes, étrusques, grecques, romaines, parthiques, gauloises, &c., tirées du cabinet de GORLÉE & autres célèbres cabinets de l'Europe. Tome Ier : Bagues antiques. Tome II : Pierres antiques. *Paris*, chez Lamy, lib. M DCC LXXVIII. Deux tomes en un vol. in-4°, deux gravures en frontispice, titre noir & rouge. Portrait de Gorlée et 282 planches gravées.

374 Recueil de 17 gravures concernant l'Histoire du Diacre Paris (sans texte).

375 Rabelais et l'architecture de la Renaissance. Restitution de l'abbaye de Thélème, par *Ch.* LENORMANT, Membre de l'Institut, avec deux planches. A *Paris*, chez J. Crozet, lib., imp. de Crapelet, 1840. 1 broch. in-8°, 35 pages.

376 La châsse de Sainte Ursule, gravée au trait par *Charles* ONGHÉNA, d'après *Jean* MEMLING, avec texte par *Octave* DELEPIERRE & *Auguste* VOISIN. Dédié à la Reine des Belges. *Bruxelles*, Société des Beaux-Arts, 1841. 1 vol. in-4°, frontispice et 12 planches.

377 M. VITRVVII *Pollionis* de Architectvra Libri decem, cvm Commentariis *Danielis* BARBARI. electi Patriarchæ Aqvileiensis : mvltis ædificiorvm, horologiorvm, et machinarvm descriptionibvs, & figuris, unà cum indicibus copiosis, auctis & illustratis. *Venetiis*, Apud Franciscum Franciscium Senensem, & Ioan. Crugher, Germanum. M. D. LXVII. In-f°, 1 vol. de 10 ff. non cotés et 375 pp. chiffr., couvert. parchemin.

378 Bibliothèque Nationale. Histoire de l'architecture en Belgique, par *A. G. B.* SCHAYES. *Bruxelles*, A. Jamar, éditeur [s. d., *Anvers*, impr. J. E. Buschmann]. In-12, 4 tom. en 2 vol., frontisp. et grav.

379 Manière de rendre toutes sortes d'édifices incombustibles, ou traité de la construction des voûtes faites avec des briques & du plâtre, dites voûtes plates, et d'un toit de briques, sans charpente, appelé comble briqueté. De l'invention de M. le comte d'ESPÉE, chevalier de l'ordre royal et militaire de St. Louis. Avec les plans gravés en taille-douce. *Paris*, Duchesne, 1754. In-12, 1 vol.

380 Colonne de la place Vendôme. 4 pages de texte et 38 planches dessinées et gravées par *Ambroise* TARDIEU. *Paris*, imp. Belin.

381 Notice sur la cathédrale d'Angoulême, par *J. F. Eusèbe* CASTAIGNE, bibliothécaire de la ville. *Angoulême*, imp. Lacombe et Cⁱⁿ, 1834. 1 broch. pet. in-8°, 25 pages & 4 planches.

382 Description de l'église Saint-Martin, de Doullens, par D. b, e, l. 1823. Imp. de Caron-Duquenne, 1 br., 12 p. in-12.

383 Œuvre de la restauration de l'église Saint-Euverte, Orléans. *Paris*, imp. Adrien Le Clerc, 1865. 1 pet. broch., 8 pag.

384 Prospectus d'une souscription autorisée par le Gouvernement, pour la réédification, à Orléans, d'un monument en l'honneur de Jeanne d'Arc, libératrice de la France, envahie par les Anglais, sous le règne de Charles VII. A *Orléans*, chez Jacob l'aîné. 1 br., 7 p. in-4°.

385 Description de la colonne de Juillet. *Paris*, chez Gauthier, libraire, imp. de Cosse et G. Laguionie. 1 br., 12 pages in-12.

386 Description sommaire du Chasteau de Versailles, [par *J.-F.* FÉLIBIEN, historiographe des bâtiments du Roi.] A *Paris*, en la boutique de Charles Savreux, chez Guillaume Desprez, M. DC. LXXIV. Pet. in-8°, 1 vol.

387 L'intérieur de l'église de Saint-Sébald. Imp. de Guillaume Tummel, 1 feuillet in-8°.

388 Description d'une tapisserie, rare & curieuse, faite à Bruges, représentant, sous des formes allégoriques, le mariage du roi de France Charles VIII, avec la princesse Anne de Bretagne. Par M. le chevalier *Alexandre* LENOIR, administrateur des monuments de l'église royale de Saint-Denis, &c. *Paris*, Hacquart, 1819, in-8°. Pièce de 29 pages, avec une gravure coloriée de la tapisserie.

MUSIQUE.

389 Les Harmonistes du XIV° siècle, par *E.* DE COUSSEMAKER, correspondant de l'Institut, membre correspondant de l'Académie Impériale de Vienne. M DCCC LXIX. *Lille*, imp. Lefebvre-Ducrocq, 1 brochure, 16 pages in-4°.

390 Rapport sur les Écoles populaires de chant, par M. *Ed.* GACHET, vice-président de l'Association Lilloise. S. n. d'imp., s. d. 1 br., 8 p.

BELLES-LETTRES.

GRAMMAIRE GÉNÉRALE.

1 *Ambrosii* CALEPINI. Dictionarivm, qvanta maxima fide ac diligentia accvrate emendatum, & tot recèns factis accessionibus locupletatum, vt iam Thesavrvm lingvæ Latinæ quilibet polliceri sibi audeat. Adiectæ sunt Latinis dictionibus Hebræeæ, Græcæ, Gallicæ, Italicæ, Germanicæ, Hispanicæ, atque Anglicæ ; item Notæ, quibus longæ, aut breues syllabæ dignoscantur. Præter alia omnia, quæ in hunc vsque diem fuerunt addita, præcipuè à Ioanne PASSERATIO, olim in principe Academia Parisiensi Eloquentiæ Professore Regio, Accesserunt etiam insignes loquendi modi, lectiores etymologiæ, Deinde magna sylva nominum, Pro operis coronide adiectum est Supplementum ex Glossis Isidori. Adornatum a R. P. *Ioanne Lvdovico* DE LA CERDA, Societatis Iesv. Editio novissima. *Lvgdvni*, Sumptibus Hæred. Petri Prost, Philippi Borde & Lavrentii Arnavd, M. DC. XXVII [*sic*, 1647]. Gr. in-f°, 2 forts vol., titre rouge et noir.

2 *J.-A.* COMENII. Janua linguarum reserata, cum græca versione *Theodori* SIMONII, Holsati, innumeris in locis emendata a *Stephano* CURCELLÆO : qui etiam Gallicam novam adjunxit. *Amstelodami*, Dan. Elzevier, 1665. In-12, 1 vol.

3 Grammaire générale ou résumé de toutes les grammaires françaises, présentant la solution analytique, raisonnée et logique de toutes les questions grammaticales anciennes et

modernes, par *Napoléon* Landais. Deuxième édition. *Paris*, Didier, lib.-édit., imp. A. Everat et Cie, 1839. 1 vol. in-4°.

Grammaire générale et raisonnée de Port-Royal, par Arnault et Lancelot ; précédée d'un Essai sur l'Origine et les Progrès de la Langue françoise, par M. Petitot, inspecteur-général de l'Université impériale ; et suivie du Commentaire de M. Duclos, auquel on a ajouté des Notes. Seconde édition. A *Paris*, chez Bossange et Masson, 1810. In-8°, 1 vol.

5 Traité de la Formation méchanique des Langues et des Principes physiques de l'étymologie. [Par le Président de Brosses]. A *Paris*, chez Saillant, M. DCC. LXV. In-12, 2 vol.

6 Dictionnaire comique, satyrique, critique, burlesque, libre et proverbial, avec une explication trés-fidéle de toutes les maniéres de parler burlesques, comiques, libres, satyriques, critiques & proverbiales, qui peuvent se rencontrer dans les meilleurs auteurs, tant anciens que modernes, le tout pour faciliter aux Etrangers, & aux François mêmes, l'intelligence de toutes sortes de livres, par *Philibert-Joseph* Le Roux. Nouvelle édition. A *Lyon*, chez les héritiers de Beringos Fratres, M. DCC. XXXV. In-8°, 1 vol., titre rouge et noir.

LANGUE HÉBRAÏQUE. — LANGUE GRECQUE.
LANGUE LATINE.

7 *Johannis* Buxtorfii. Thesaurus grammaticus Linguæ Sanctæ Hebrææ, duobus libris methodice propositus, quorum prior Vocum singularum naturam et proprietates : alter Vocum conjunctarum rationem et elegantium.... explicat. Adjecta Prosodiá metrica, sive pœseos Hebræorum dilu-

cida translatio : Lectionis Hebræo - Germanicæ usus et exercitatio.... Recognita a Johanne Buxtorfio filio. *Basileæ*, Decker, 1663. In-12, 1 vol.

8 *Johannis* BUXTORFI. Lexicon Hebraicum & Chaldaicum : Complectens omnes voces, tam primas quam Derivatas, quæ in Sacris Bibliis, Hebræâ & ex parte Chaldæâ linguâ scriptis, extant : Interpretationis fide, Exemplorum biblicorum copiâ, Locorum plurimorum difficilium ex variis Hebræorum Commentariis explicatione, auctum et illustratum. Accessit Lexicon breve Rabbinico-Philosophicum, communiora Vocabula continens, quæ in Commentariis passim occurrunt. Editio undecima. *Basileæ*, Sumpt. Joh. Philippi Richteri Hæred, anno MDCCX. Pet. in-8º, 1 vol.

9 Grammaire hébraïque à l'usage des écoles de Sorbonne; avec laquelle on peut apprendre les principes de l'hébreu, sans le secours d'aucun maître, par M. l'Abbé LADVOCAT, docteur, bibliothécaire & professeur de la chaire d'Orléans, en Sorbonne. Nouvelle édition. A *Paris*, chez Méquignon l'aîné, M. DCC. LXXXIX. Pet. in-4º, 1 vol.

10 [Halicôth 'òlam 'im meboua haggemara, *i.e.* les Chemins de l'Éternité, avec l'introduction à la Gemara] sive Clavis Talmvdica, Complectens Formulas, loca Dialectica & Rhetorica priscorum Judæorum. Latinè reddita per Constantinvm l'Emperevr ab Oppyck, S.T. D. & Controversiarum Judaicarum Professorem in Academia Lugdunensi. Cum Indicibus accuratissimis, & Dissertatione, qua operis usus, utilitasque ostenduntur. *Lvgdvni Batavorvm*, Ex Officina Elseviriorum, anno CIƆ IƆC XXXIV. In-4º car., 1 vol. de 20 ff. prélim., 232 pp. chiffr. et 12 ff. d'index et errata, types hébreux de toute beauté, titre rouge et noir, couv. parchem.

11 Thesaurus, Græcæ Linguæ, In Epitomen, sive Compendium, redactus; Et Alphabetice, Secundum Constantini Methodum, et Schrevelii, Reseratus : Concinnatus, & Adornatus,

Studio & Industria, *Gulielmi* ROBERTSON. — Cujus Operâ, præter omnia Vocabula, in prioribus Schrevelianis Editionibus eorumque permulta pleniùs Explicata : Octoginta, circiter, Græcorum Vocabulorum, millia, ultimæ, à D. *Hill*, Editioni, sunt Addita, Inserta, vel Adjecta. *Cantabrigiæ*, Excudebat Joannes Hayes, Impensis Georgii Sawbridge. *Londini*, anno dom. 1676. In-4°, 1 fort vol.

12 *Valerivs* PROBVS. Grammaticvs celeberrimus de Literis Romanorum interpretandis/ deq3 Romanorum ciuium/ eorūq3 magistratuu3 nominibus/ pronominibus/ cognominibus Abbreuiaturis item/ literisq3 singularibus in iure ciuili/ legibus/ plebiscitis/ actionibus/ ædictis (*sic*) perpetuis/ ponderibus/ numeris/ aliisq3 quibusdam scitu dignissimis. Vniuersa & singula per F. Nauseam Blancicampianū eximium Iurisconsultum docte & exacte recognita. [*In fine legitur* :] Excusum est hoc egregium opusculum Venetiis per Laurētium Lorium Portesiēsem. Anno salutiferæ ĩcarnationis (*sic*), M.D.XXIII. Mēse octob. Pet. in-4°, 20 ff. non cotés.

13 Glossarium ad Scriptores mediæ et infimæ Latinitatis, Auctore *Carolo* DUFRESNE, Domino DU CANGE, Regi à Consiliis, Franciæ apud Ambianos Quæstore. Editio nova locupletior et auctior, opera et studio Monachorum Ordinis S. Benedicti è Congregatione S. Mauri. *Parisiis*, Sub Oliva Caroli Osmont, M.DCC.XXXIII [-XXXVI]. In-fol., 6 vol., front. gravé, portr. de Du Cange, titres rouges et noirs.

14 Glossarium novum ad Scriptores medii ævi, cum Latinos tum Gallicos ; seu Supplementum ad auctiorem Glossarii Cangiani editionem. Subditæ sunt, ordine alphabetico, Voces Gallicæ usu aut significatu obsoletæ, quæ in Glossario et Supplemento explicantur. Accedunt varii Indices, Præcipuè Rerum extra ordinem alphabeticum positarum, vel quas ibi delitescere non autumaret Lector, Atque Auctorum Operumve emendatorum. His demum adiuncta

est Cangii Dissertatio de inferioris ævi aut imperii Numis-
matibus, Collegit & digessit *D. P.* CARPENTIER, O. S. B.
Præpositus S. Onesimi Doncheriensis. *Parisiis*, apud
Le Breton, Saillant, Desaint, M. DCC. LXVI. In-fol.,
4 vol.

15 Lexicon manuale ad Scriptores mediæ et infimæ Latinitatis, ex Glossariis *Caroli* DUFRESNE *D.* DUCANGII, *D. P.*
CARPENTARII, Adelungii, et aliorum, in compendium accuratissime redactum ; ou Recueil de mots de la basse lati-
nité, dressé par *W.-H.* MAIGNE D'ARNIS, publié par
M. l'abbé MIGNE, éditeur de la Bibliothèque universelle du
Clergé. S'imprime et se vend chez J.-P. Migne. *Paris*,
1858. Gr. in-8°, 1 vol.

16 *Lavrentii* VALLÆ de Lingvæ Latinæ elegantia libri sex, in
compendium non minus luculentum quam breve contracti.
Altera editio. Accessit ad calcem Farrago sordidorum
verborum *Cornelii* CROCI ; et, Coronidis vice, *Antonii*
MANCINELLI de Varia constructione thesaurus. *Lovanii*,
Gravius, 1566. In-12, 1 vol.

17 Synonymes latins et leurs différentes significations, avec
des exemples tirés des meilleurs auteurs ; à l'imitation des
Synonymes françois de M. l'abbé Girard ; par M. GARDIN
DUMESNIL, professeur émérite de rhétorique. Seconde
édition. A *Paris,* chez Nyon le jeune, M.DCC.LXXXVIII.
In-8°, 1 vol.

18 Les Rudimens de *Simon* VEREPÉE, ou livre premier de la
grammaire latine à l'usage des commençans. Nouvelle
édition avec des retranchemens, additions & changemens
convenables pour apprendre à bien décliner, conjuguer &
composer en latin. Par J. F. D. R. C. D. S. P., etc. A
Tournay, chez la Vᵉ D. Varlé, 1750. In-12, 1 vol.

L'auteur est probablement un chanoine de St-Pierre de Lille, peut-être
J.-F. Renaud, vicaire-général de Tournai.

LANGUE FRANÇAISE.

19 Dictionnaire universel contenant generalement tous les mots françois tant vieux que modernes, & les termes de toutes les sciences et des arts, sçavoir la Philosophie, Logique & Physique ; la Medecine ou Anatomie : Patho- logie, Terapeutique, Chirurgie, Pharmacopée, Chymie, Botanique ou l'Histoire naturelle des Plantes & celle des Animaux, Mineraux, Metaux & Pierreries, & les noms des Drogues artificielles ; la Jurisprudence civile & cano- nique, féodale & municipale, & sur tout celle des Ordon- nances : les Mathematiques, la Geometrie, l'Arithmetique & l'Algebre ; la Trigonometrie, Geodesie ou l'Arpentage, & les Sections coniques ; l'Astronomie, l'Astrologie, la Gnomonique, la Geographie ; la musique, tant en theorie qu'en pratique, les Instrumens à vent & à cordes ; l'Optique, Catoptrique, Dioptrique & Perspective ; l'Archi- tecture civile & militaire, la Pyrotechnie, Tactique & Sta- tique : les Arts, la Rhetorique, la Poësie, la Grammaire, la Peinture, Sculpture, &c., la Marine, le Manege, l'Art de faire des armes, le Blason, la Venerie, Fauconnerie, la Pesche, l'Agriculture ou Maison Rustique, & la plus-part des Arts mechaniques ; les Etymologies des mots & l'Ori- gine de plusieurs Proverbes. Le tout extraits des plus excellens auteurs anciens & modernes. Recueilli & com- pilé par feu Messire *Antoine* FURETIERE, abbé de Chalivoy, de l'Académie Françoise. A *La Haye*, et à *Rotterdam*, chez Arnout & Reinier Leers, 1690. In-fol., 3 vol., portr. de l'auteur.

20 Nouveau Dictionnaire universel des Arts et des Sciences, françois, latin et anglois, contenant la signification des mots de ces trois langues et des termes propres de chaque état et profession, avec l'explication de tout ce que renfer- ment les arts et les sciences, sçavoir : [*etc.*] Traduit de l'anglois de *Thomas* DYCHE [par le R. P. *Esprit* PEZENAS

et l'abbé *J.-F.* FÉRAUD]. A *Avignon*, chez François Girard
[chez la Vve de Fr. Girard], et se vend à *Paris* chez
Guillyn, M. DCC. LIII [-LVI]. In-4°, 2 vol.

21 Examen critique des Dictionnaires de la langue françoise,
ou Recherches grammaticales et littéraires sur l'ortho-
graphe, l'acception, la définition et l'étymologie des mots,
par *Charles* NODIER, bibliothécaire du roi à l'Arsenal.
Deuxième édition. *Paris*, Delangle frères [impr.
G. Doyen], M. DCCC. XXIX. In-8°, 1 vol.

22 Mémoire sur la nécessité d'un glossaire général de l'ancienne langue française, par *J. B. B.* ROQUEFORT, de
l'Académie celtique de Paris, de la Société des Sciences
et Arts de Grenoble. *Paris*, imp. Sajou, 1811. Extrait du
Magasin encyclopédique (avril 1811) : Broch. de 39 pages
pet. in-8°.

23. Remarqves svr la langve françoise vtiles à cevx **qvi**
vevlent bien parler et bien escrire (par M. de VAUGELAS).
Paris, chez Vve Iean Camvsat & Pierre le Petit, imp. &
lib. ordinaire du Roy, M. DC. XLVII. 1 vol. in-4° avec
gravure en frontispice.

Deux pages de la dédicace sont manuscrites.

24 Récréations philologiques ou Recueil de notes pour servir
à l'histoire des mots de la langue française, par *F.* GÉNIN.
Paris, Chamerot [impr. L. Martinet], 1856 [-1857]. In-12,
1 vol.

25 Dictionnaire raisonné des Onomatopées françoises, par
Charles NODIER, bibliothécaire du roi à l'Arsenal. Seconde
édition. *Paris*, Delangle frères [impr. G. Doyen], M.DCCC.
XXVIII. In-8°, 1 vol.

26 Dictionnaire de Rimes dans un nouvel ordre, où se trouvent : I. Les mots et le genre des noms ; II. Un abrégé de
la versification ; III. Des remarques sur le nombre des
sillabes de quelques mots difficiles, par [*Pierre*] RICHELET.
Paris, Fl. & P. Delaulne, 1692. In-12, 1 vol.

27 Dictionnaire de Rimes dans un nouvel ordre, par *P.* Richelet. Nouvelle édition, augmentée d'un grand nombre de
mots françois & de tous les mots latins par M. D. F.
[du Fresne, prêtre du diocèse de Lyon]. *Paris,* Vᵉ Delaulne, 1739. In-12, 1 vol.

28 Synonymes françois, leurs différentes significations & le
choix qu'il en faut faire pour parler avec justesse, par
M. l'abbé Girard, S.I.D.R. et Traité de la Prosodie françoise, par M. l'abbé d'Olivet. Nouvelle édition. A *Amsterdam* chez J. Wetstein, M.DCC.LXVI, In-12, 1 vol.

29 Synonymes françois, leurs différentes significations et le
choix qu'il en faut faire pour parler avec justesse, par
M. l'abbé Girard, de l'Académie Françoise. Nouvelle
édition, considérablement augmentée, mise dans un nouvel
ordre & enrichie de notes, par M. Beauzée, suivie de la
Prosodie françoise, édition de 1767, & des Essais de grammaire, par M. l'abbé d'Olivet, A *Rouen,* chez le (*sic sur
le titre du t. I*ᵉʳ) Veuve de Pierre Dumesnil, M.DCC.
LXXXIX. In-12, 2 vol.

30 Dictionnaire des Proverbes françois et des façons de parler
comiques, burlesques et familières, etc., avec l'explication
et les étymologies les plus avérées, P.J.P.D.L.N.D.L.E.F.
[par *Joseph* Panckoucke, docteur libraire natif de Lille
en Flandre]. A *Paris,* M.DCC.XLIX. Pet. in-8°, 1 vol.

31 *Frédéric* Diez. Introduction à la grammaire des langues
romanes, traduite de l'allemand par *Gaston* Paris. *Paris,*
[impr. Jouaust], librairie A. Franck ; *Leipzig,* A. Franck,
Albert L. Herold, successeur, 1863, In-8°, 1 vol.

32. Elnonensia. Monuments de la langue romane et de la langue
tudesque du IXᵉ siècle, contenus dans un manuscrit
de l'abbaye de St-Amand, conservé à la bibliothèque
publique de Valenciennes, découvert par Hoffmann de
Fallersleben, et publiés avec une traduction et des remarques par *J.-F.* Willems. Seconde édition. *Gand,* chez
F. et E. Gyselynck, 1845. Gr. in-8°, 1 vol.

33 Grammaire françoise-celtique ou françoise-bretonne qui contient tout ce qui est nécessaire pour apprendre par les règles la langue celtique ou bretonne, par le P. F. *Gregoire* DE ROSTRENEN, prêtre & prédicateur capucin. Première édition. A *Rennes*, J. Vatar, 1738. In-12, 1 vol.

34 Dictionnaire rouchi-français, par *G. A. I.* HÉCART, de la Société royale des Antiquaires de France (3ᵉ édition). *Valenciennes* [imp. Prignet], chez Lemaître ; *Paris*, chez J. A. Mercklein, Chamerot, Ledentu], 1834. In-8º, 1 vol.

35 Glossaire étymologique et comparatif du patois picard, ancien et moderne, précédé de Recherches philologiques et littéraires sur ce dialecte, par l'abbé *Jules* CORBLET. (Ouvrage couronné par la Société des Antiquaires de Picardie, dans la séance publique du 19 août 1849.) *Paris*, Dumoulin, V. Didron, Techener. [*Amiens*, impr. Duval et Herment, extr. du tome XI des Mémoires de la Société des Antiquaires de Picardie], 1851. In-8º, 1 vol.

36 Tableau historique et littéraire de la langue parlée dans le Midi de la France et connue sous le nom de Langue Romano-Provençale, par M. MARY-LAFON, ouvrage couronné par l'Institut. *Paris*, chez Maffre-Capin, 1842. In-12, 1 vol., impr. par Béthune et Plon.

37 Lettre sur le patois à M. L. Debuire du Buc, auteur de chansons patoises, par *Louis* VERMESSE, auteur du vocabulaire du patois lillois. *Lille*, chez les principaux libraires; imp. Béhague, 1862. Br. de 16 pages.

LANGUE ESPAGNOLE. — LANGUE ITALIENNE.

38 Tesoro de las dos Lengvas Española y Francesa, de *Cæsar* OUDIN, interprete del Rey de Francia ; corregido y aumentado de infinidad de omissiones, Adiciones, y Vocablos ; con sus Generos, y un Vocabulario de Xerigonça, y de las

principales Ciudades, Villas, Reynos, Comarcas, Provincias, y Rios del Mundo : Nvevamente enriqvecido de mvchos Vocablos, Frasis, Proverbios , ó Sentencias, sacadas del Tesoro de Covarrvvias y tambien del mismo vocabulario de Ciudades &c. en Romance, al fin de este primer Volumen. En *Leon de Francia*, a costa de Migvel Mayer, M.DC.LXXV. In-8°, 2 vol., titre rouge et noir.

T. Ier : Espagnol-Français. — T. II (même titre en français) : Français-Espagnol.

39 Vocabolario portatile per agevolare la lettura degli Autori Italiani ed in specie di Dante [con Lettere del signor *Francesco* REDI appartenenti a cose di Lingua]. *Parigi*, M.DCC.LXVIII, appresso Marcello Prault. In-12, 1 vol., titre orné.

40 Grammaire italienne mise & expliquée en françois, par *Cesar* OVDIN, interprète du Roy ès langues germanique, italienne & espagnole, revue, corrigée & augmentée en cette dernière édition, outre un traité de l'accent italien, par *Antoine* OVDIN, interprète desdites langues. *Paris*, de Luynes, 1670. In-12, 1 vol.

41 *Octavii* FERRARII. Origines Lingvæ Italicæ. *Patavii*. M DC LXXVI, typis Petri Mariæ Frambotti Bibliopolæ. Svperiorvm permissv. In-fol., 1 vol.

42 Saggio di Lingua Etrusca e di altre antiche d'Italia per servire alla storia de' popoli, delle lingue e delle belle arti dell' Ab. *Luigi* LANZI, Regio Antiquario dell' I. e R. Galleria di Firenze. Edizione seconda. *Firenze*, dalla tipografia di Attilio Tofani, 1824 [-25]. In-8°, 3 vol.

43 Tesoretto della Lingua Toscana, ossia la Trinuzia, commedia del Firenzuola ; opera corredata di note gramaticali, analitiche, e letterarie ; e d'una scelta de' più vaghi modi del parlar toscano ; Da *G.* BIAGIOLI. In *Parigi* [dai torchi di Dondey-Dupré] Appresso l'autore, Fayolle, 1816. In-8°, 1 vol.

LANGUE ALLEMANDE. — LANGUE ANGLAISE. —
LANGUE FLAMANDE.

44 *Joann.-Amos* Comenii. Orbis Pictus. Die Welt in Bildern, in zwey und achtzig Abschnitte zum Gebrauche der kleinsten studirenden Jugend in den Kaiserl. königl. Staaten zusammengezogen. *Wien*, gedruckt bey Johann Thomas Edlen von Trattnern, 1792. Pet. in 8°, 1 vol.

45 A Dictionary of the English Language : in which the words are deduced from their originals, and illustrated in their different significations by examples from the best writers, to which are prefixed, a History of the Language, and an English Grammar. By *Samuel* Johnson, Ll. D. *London*, printed for Thomas Tegg, Richard Griffin and Co. *Glasgow*; and John Cumming, *Dublin*, 1831. In-4°, 2 vol., portr. de l'auteur.

46 Alphabet irlandais, précédé d'une notice historique, littéraire et typographique, par *J.-J.* Marcel, directeur de l'Imprimerie de la République. A *Paris*, de l'Imprimerie de la République, nivose an XII. In-8°, 1 vol., belle impression, papier fort à grandes marges.

47 Le nouveau dictionnaire flamand-français, ou recueil des mots et locutions d'un usage journalier d'expressions particulières à la langue française et de phrases qui aident à éviter les flandricismes, suivi de règles et d'exercices sur l'emploi de l'article, sur les verbes et sur l'arrangement des mots ; à l'usage des enfants dont la langue maternelle est le flamand ; première édition, augmentée de tableaux et modèles d'analyse française par *L. D.* Boone. A *Bergues*, Léonard Boone, lib. ; *Lille*, imp. Blocquel, s. d. 1 pet. vol. in-18.

PRÉCEPTES DE LITTÉRATURE. — RHÉTORIQUE.

48 *Josephi* JUVENCII (Societatis Jesu), Ratio discendi & docendi. *Parisiis*, A. Delalain, 1809. In-12, 1 vol.

49 Traité du choix et de la méthode des études [suivi d'un discours sur Platon], par Mᵉ *Clavde* FLEVRY, prêtre, abbé du Loc-dieu, cy devant précepteur de Messeigneurs les princes de Conty. A *Paris,* chez Pierre Aubouin, Pierre Emery et Charles Clousier, M. DC. LXXXVI. In-12, 1 vol., titre rouge et noir.

50 Essai sur l'étude des Belles-Lettres [par l'abbé *Edme* MALLET, professeur de théologie au collége de Navarre]. A *Paris*, chez Louis-Étienne Ganeau, M. DCC. XLVII. In-8°, 1 vol.

51 Les Flevrs morales et epigrammatiqves tant des anciens qve des nouueaux autheurs. Dédié a Monseigneur le Dauphin. [Par LE BACHELIER, c-à-d. *Thomas* GUYOT]. A *Paris*, chez la veuve de Clavde Thibovst, M. DC. LXIX. In-12, 1 vol.

52 Traité de la Construction oratoire. Par M. l'Abbé BATTEUX, de l'Académie françoise, & de celle des Inscriptions & Belles-Lettres. A *Paris*, chez Saillant & Nyon, veuve Desaint, M. DCC. LXXIV. In-12, 1 vol.

53 Essai sur l'éloquence de la chaire, éloges, panégyriques, discours, par le cardinal *J. Sifrein* MAURY. Nouvelle édition, revue, corrigée et augmentée de l'éloge de Charles V, roi de France, du panégyrique de Saint Vincent de Paul, etc. ; précédée d'un essai sur la vie et les ouvrages du cardinal Maury, et ornée d'un portrait et d'un fac-simile de son écriture. A *Paris,* chez Aucher-Éloy et Cⁱᵉ, [impr. H. Fournier] M DCCC XXVII. In-8°, 3 vol.

54 Maximes sur le Ministère de la chaire ; & discours académiques. Par feu le R. P. [*Jean*] GACHIÉS, prêtre de l'Oratoire, & membre de l'académie de Soissons. *Paris*, la
Vᵉ Estienne, 1739. In-12, 1 vol.

55 *Francisci* VAVASSORIS, e Societate Iesu, de Lvdicra dictione.
liber. In quo tota iocandi ratio ex veterum scriptis
æstimatur. EIUSDEM Antibarbarvs, seu de vi & usu
quorundam verborum Latinorum. Accedunt *Ioannis*
Ludovici BALZACII Epistolæ Selectæ ut & nonnullæ
[*Ægidii*] MENAGII ad MALIABECCUM, DATIUM, CHIMEN-
TELLUM, CULTELLINUM, horumque responsiones. Recensuit
variisque notis illustravit *Iohannes Erardvs* KAPPIVS...
Lipsiæ, Martinus, 1722. In-8°, 1 vol.

56 APHTHONII Progymnasmata, a *Rodolpho* AGRICOLA partim,
partim à *Johanne Maria* CATANÆO, Latinitate donata. Cum
scholiis *R.* LORICHII, & accessione nova variationum,
quibus fabulæ & Chreiæ tractandæ sunt. In Juventutis
studiosæ usum editione novissima, & emendatissima
adornatum opus. *Vesaliæ*, Apud Andream ab Hoogen-
huysen, cIↄ Iↄ c Lxx. Pet. in-12, 1 vol.

57 Rhetorum Collegii Porcensis inclytæ Academiæ Lova-
niensis Orationes, In tres Partes secundum tria causarum
seu Orationum genera distributa sub *Nicolao* VERNULÆO
Collegii Porcensis, & publico Eloquentiæ Professore
Accessit Orationum sacrarum Volumen singulare in Festa
Deiparæ Virginis & aliquorum Divorum. *Antverpiæ*,
Typis Reneri Sleghers, M. DC. LXXI. Pet. in-8°, 1 vol.

58 *Dionysius* LONGINVS de Svblimitate ex recensione *Zachariæ*
PEARCII Animadversiones interpretum excerpsit svas et
novam versionem adiecit *Sam. Fr.* NATHAN-MORVS Philos.
Professor Lips. *Lipsiæ*, Svmt. Hered. Weidmann. et
Reichii CIↄ IↄCC LXVIII. In-8°, 1 vol.

59 *M. Fabii* QUINTILIANI, Institutionum oratoriarum libri

duodecim. Ad usum scholarum accommodati, recisis quæ minus necessaria visa sunt, et brevibus notis illustratis a *Carolo* ROLLIN, antiquo Rectore Universitatis Parisiensis. *Parisiis,* I. Estienne, 1715. In-12, 2 vol.

60 *M. T.* CICERONIS Liber de Claris Oratoribus, qui dicitur Brutus. Ad. M. Brutum Orator. Ad. C. Trebatium Topica. Oratoriæ Partitiones. Liber de Optimo Genere Oratorum. cum interpretatione ac notis, quas in Usum Serenissimi Delphini Edidit *Jacobus* PROUST, è Societate Jesu. Cum Indice Copioso. *Oxonii,* e typographeo Clarendoniano, An. Dom. M DCC XVI. Impensis Stephani Fletcher Bibliopolæ. Pet. in-4°, 1 vol., portr. de Cicéron.

———

ÉLOQUENCE. — ORATEURS.

61 Opere d'ISOCRATE, recate dal greco nel toscano idioma, e con annotazioni illustrate dal *Sig.* DOTT. G. M. Labanticon Una nuova Orazione del medesimo Isocrate non più stampata. In *Parigi*, pé torchj del sig. Pietro Didot il maggiore. M DCCC XVI. In-8°, 2 vol.

———

ORAISONS ET ÉLOGES FUNÈBRES.

62 Oraison funèbre de Monseigneur le baron Louis Belmas, évêque de Cambrai, par M. *C.* WICART, *Lille*, chez Vanackère, Imp. 1841. 1 br. 37 p. in-8°.

63 Oraison funèbre de très-haut très-puissant seigneur Mgr. Eugène-Roland-Joseph Blondel, chevalier, seigneur, etc, Premier président du Parlement de Flandres, prononcée dans l'église collégiale de Saint-Pierre à Douay, le 23 décembre 1767, par le P. *Emmanuel* CORSY. A *Douay,* chez Jac. Franc. Willerval, Imp. du Roi. 1 br. 22 p. in-4°.

64 Oraison funèbre de très-haut et très-puissant seigneur Messire Henry Louys de Crevant, marquis d'Humières, colonel du régiment d'Humières, fils unique de Monseigneur d'Humières, mareschal de France, général des armées du Roy, gouverneur général de Lille, & de toute la Flandre françoise, prononcée à l'abbaye de Marquette proche la ville de Lille, le 2 Juin 1684 par le R. P. Dom *Jean-Philippe* LOUME, religieux bernardin, bachelier en théologie de la Faculté de Paris, directeur des dames religieuses de l'abbaye des Prêtz à Douay. A *Lille,* chez François Fiévet, à la Bible royale, sur le pont de Fin M. DC. LXXXIV. 1 br. 26 p. in-4°.

65 Oraison funèbre de Monseigneur le Dauphin, prêchée le 22 Janvier 1766, dans l'Eglise des religieuses capucines de Paris par le R. P. *Fidèle* DE PAU, capucin de la Province d'Aquitaine. A *Paris,* chez Vente, libraire, M DCC LXVI. De l'imp. de Quillau. 1 br. 21 p. in-4°.

66 Oraison funebre de S. E. Monseigneur le Cardinal de Fleury, ministre d'État, etc. Prononcée au service fait par ordre du Roi, dans l'Eglise de Paris, le 25 mai, 1743. Par le R. P. [*Charles* FREY] DE NEUVILLE, de la Compagnie de Jésus. *Paris,* J. B. Coignard, 1743. In 12, pièce de 107 pages.

Cette oraison funèbre donna lieu à de nombreuses critiques, auxquelles l'auteur répondit plusieurs fois. Les principales sont mentionnées au T. 1 de la *Biblioth. des écriv. de la Comp. de Jésus*, des frères de Backer.

67 Panegyrique de St-Augustin, mis en contraste avec les Philosophes du siècle : & oraison funebre de Henri IV, prononcée dans l'église où son cœur est déposé, par F. M. H. P. (*François-Marie* HERVÉ, prêtre), des académies littéraires de Munich & de Rome, docteur en théologie, & aumônier honoraire de S. A. S. E. M. le prince Clement de Saxe, électeur de Trèves. *Bruxelles,* de Boubers, 1770. In-8°, pièce de 66 pages.

68 Oraison fvnebre svr le trespas et inhvmation de tres
illvstre et excellent Seignevr, Messire Emanvel de
Lalaing, marqvis de Renty, Baron de Montigny, seignevr
de Chierves (*sic*), de Condé & cheualier de l'ordre du
Toyson d'or, admiral et capitaine general de la mer,
gouverneur capitaine general, & grand bailly de Haynault.
General d'infanterie walonne, chief & capitaine d'vne
bande d'hommes d'armes des ordonnances du Roy, &
prononcée en l'église collégiale de nostre dame de Condet,
le XIXe jour de décembre M. D. LXXXX. Par maistre
François BUISSERET, doyen et chanoine de l'église
métropolitaine, vicaire general de monseigneur le Reverendissime & illustrissime archevesque & duc de Cambray.
A *Mons*, Ch. Michel, 1591. In-8°, pièce de 33 fol. non
chiffrés.

Après le discours de Fr. Buisseret, qui fut archevêque de Cambrai en 1614,
on trouve la *complainte svr le trespas du svsdict seignevr Emanuel de Lalaing,
Marquis de Renty* etc. par *Jean* DU MAISNY, abbé de Crespin, et l'*Épitaphe du
mesme seignevr, par Monsieur Michel* D'ESNE seigneur DE BETHENCOVRT.

69 Éloge funèbre de Messire Claude Léger, curé de S. André-
des-Arcs, prononcé en l'église de cette paroisse, le 17
Août 1781 par messire *J. B. Ch. M.* De BEAUVAIS,
évêque de Senez. A *Paris*, de l'imp. de Didot l'aîné,
M DCC LXXXI. 1 br. 44 p. in-4°.

70 Paroles prononcées sur la tombe de M. le Docteur Le Glay,
président de la Commission historique par *E.* DE COUSSE-
MAKER, Vice-Président. *Lille*, Imp. L. Danel. *s. d.* 1 broch.
4 pag.

71 Oraison funèbre de très-haut, très-puissant, très-excellent,
très-chrestien prince, Louis de Bourbon quatorzième du
nom Roy de France et de Navarre, prononcée dans
l'église collégiale de St-Pierre de Lille, le 31 Octobre
1715. Par Monsieur l'Abbé FOSSARD, archidiacre de
l'église d'Évreux, & prédicateur du Roy. A *Lille*, chez
François Malte, imprimeur de Messieurs du Magistrat,

au Bon Pasteur, près l'Hôtel-de-Ville, M D CCXV. 1 br. 52 p. in-4°.

72 Oraison funèbre de Louis XIV par Monsieur l'abbé Fossard, à *Lille*, chez François Malte, M DCC XV. 1 br. 36 p. in-4°. Incomplet.

73 Oraison funèbre de très-haute, très-puissante et très excellente princesse Marie, princesse de Pologne, reine de France et de Navarre. Prononcée à St-Denis, le 11 du mois d'Août 1768 par Messire *Jean-George* LE FRANC DE POMPIGNAN, évêque du Puy. A *Paris*, de l'imp. de Guil. Desprez, M DCC LXVIII. 1 br. 42 p. in-4°.

74 Oraison funèbre de très-haute, très-puissante, et très-illustre princesse, Geneviève-Armande--Elisabeth de Rohan-Guéméné, abbesse de Marquette, près de Lille en Flandres. Prononcée en l'église de ladite abbaye le 22 décembre 1766. Par le P. *Emmanuel* CORSY. A *Lille*, de l'Imprimerie de P. Brovellio, rue des Manneliers, M DCC LXVII. 1 br. 35 p. in-4°.

POÉSIE GRECQUE.

75 Les poesies d'ANACREON et de SAPHO, traduites en François, avec des remarques, par Madame DACIER. Nouvelle édition, augmentée des notes latines de Mr. LE FÉVRE, & de la traduction en vers François de Mr. DE LA FOSSE. A *Amsterdam*, chez la veuve de Paul Marret, M D CCXVI. In-8°, 1 vol., tit. rouge et noir.

76 L'expédition des Argonautes ou la conquête de la Toison d'or, poème en quatre chants par APPOLLONIUS DE RHODES traduit pour la première fois du grec en Français par *J. J. A.* CAUSSIN, Professeur au Collège de France. 2ᵉ édition, *Paris*, chez Moutardier, imp. lib., an X. 1801. 1 vol. in-8°.

77 Le PINDARE Thébain, tradvction de Grec en François meslée de vers et de prose. Auec les figures qui représentent les principales fables des Odes Olympiqves, Pythiqves, Nomeaqves et Isthmiqves, par le sievr DE LAGAUSIE. A *Paris*, Jean Lacqvehay, 1626. In-8°, 1 vol. Faux-titre gravé.

78 Les Olympiques de PINDARE, traduites en françois, avec des remarques historiques. [par *L. F.* de POZZI]. A *Paris*, chez Guérin et Delatour. A *Lyon*, chez Aimé Delaroche. M. DCC. LIV. Avec Privilege du Roi. In-12, 1 vol., tit. rouge et noir.

79 Les Odes Pythiques de PINDARE, traduites avec des remarques, Par M. CHABANON, de l'Académie Royale des Inscriptions et Belles-Lettres. A *Paris,* chez Lacombe, [imp. Michel Lambert] M. DCC. LXXII. In-8°, 1 vol.

80 Essai sur Pindare. — Nouvelle traduction de quelques odes de PINDARE, avec une analyse raisonnée & des notes historiques, poetiques & grammaticales. Précédé d'un discours sur ce poete & sur la vraie manière de le traduire; par M. [*Jean-François*] VAUVILLIERS, professeur royal pour la langue grecque. On y a joint les discours prononcés par l'auteur & par feu M. son père [*Jean* VAUVILLIERS] pour leur réception au Collège Royal. *Paris,* Laporte, 1776. In-12. 1 vol.

Ce volume a été donné en prix à M. Denys-Charles de Godefroy, étudiant en Rhétorique, au Collège de la rue Notre-Dame des Champs, le 29 mars 1812.

81 Interpretatio Eidylliorum THEOCRITI, dictata in Academia Wittenbergensi a *Vito* WINSEMIO. Adiecta sunt et scholia quibus loca difficiliora explicantur. *Francofurti*, Brubachius (*Basileæ*, Oporinus). In-12, 1 vol.

In eodem volumine : APOLLONII RHODII, Argonavticorum libri quatuor, nunc primum latinitate donati, atque in lucem editi *Joanne* HARTVNGO interprete. *Basileæ*, Oporinus, 1550.

AUTEURS LATINS.

82 Collectio Pisaurensis omnium Poematum, Carminum, Fragmentorum Latinorum, sive ad christianos, sive ad ethnicos, sive ad certos, sive ad incertos Poetas, a prima Latinæ Linguæ Ætate Ad sextum usque Christianum Seculum & Longobardorum in Italiam Adventum pertinens, Ab omnium Poetarum Libris, Collectionibus, Lapidibus, Codicibus exscripta. Pisauri M DCC LXVI. Ex Amatina Chalcographia. Publica Auctoritate. In-4°, 6 vol., imp. sur 2 colonnes.

In his voluminibus continentur :

T. I. — Ethnici Poetæ majores, vid. : PLAUTUS, TERENTIUS, LUCRETIUS, CATULLUS, VIRGILIUS.

T. II. — Ethnici Poetæ majores, vid. : HORATIUS, TIBULLUS, PROPERTIUS, OVIDIUS, SENECA.

T. III. — Ethnici Poetæ majores, vid. : LUCANUS, SILIUS ITALICUS, STATIUS, VALERIUS FLACCUS, JUVENALIS, MARTIALIS, CLAUDIANUS.

T. IV. — Ethnici Poetæ minores, vid. : CICERO, VALERIUS, CATO, PEDO ALBINOVANUS, SABINUS. GRATIUS FALISCUS, CORNELIUS SEVERUS. MANILIUS, GERMANICUS CÆSAR, PHÆDRUS, COLUMELLA, PETRONIUS, PERSIUS, SULPITIA, TERENTIANUS MAURUS, PALLADIUS, SERENUS, NEMESIANUS, CALPURNIUS, AVIENUS, RUTILIUS, NUMATIANUS, MAXIMIANUS ; tum varia incertorum carmina ; tum poetæ minimi, scilicet fragmenta LIVII ANDRONICI, ENNII, NÆVII, PACUVII, CÆCILII, LUCILII, AFRANII, TRABEÆ, LABERII, PUB. SYRI, VARRONIS, CÆSARIS, MÆCENATIS, AUGUSTI, VARI, MACRI, ASINII GALLI, PLINII, APULEII, SYMMACHI, permultorumque aliorum.

T. V. — Christiani Poetæ, vid. : TERTULLIANUS, COMMODIANUS, S. CYPRIANUS, LACTANTIUS, PORPHYRIUS, VICTORINUS, HILARIUS PICT., S. DAMASUS. AUSONIUS, S. AMBROSIUS, SEVERUS ENDELECHIUS, PROBA, FALTONIA, PRUDENTIUS, S. PAULLINUS,

Nol. Sedulius, Claud. Victor, Tiro Aquitanus, Mamertus
Claudianus.

T. VI. — Christiani Poetæ, vid. : Paullinus, Pellœus,
Paullinus Petrocorius, Sidonius Apollinaris, Martianus,
Capella, Rusticus Helpidius, S. Orientius, Magnus Felix
Ennodius, Avitus, Boethius, Arator, Dragontius, Corippus,
Venantius, Fortunatus, denique Anthologia Christiana sive
. varia incertorum carmina.

83 Viridarium Illustrium Poetarum cum ipsorum côcordantijs
in Alphabetica tabula accuratissime côtentis. [edidit
Octavianus de Florovantis *Mirandulensis.* sive, excerpta
è Virgilii, Ovidii, Horatii, Juvenalis, Persii, Lucani,
Senecæ, Boetii, Plauti, Terentii, Lucretii, Martialis,
Syllii (Silii) Italicii, Statii, Valerii Flacci, Manilii,
Catulli, Propertii, Tibulli, Claudiani et Ausonii operibus fragmenta. — *Lugduni*, apud Gilbertum de Villiers,
1512. In-8° car., 1 vol. de 51 ff. non chiffrés et CLXXVIII
ff. chiffr., caract. romains.

Les 51 ff. non cotés comprennent le titre, la dédicace, les
éloges, la table des auteurs, et une longue table de concor-
dances, qui commence au f° 5. — *F° numerato I, r°, legitur :*
Virgilius. Viridarium Illustrium PoetaR/ (*sic*) Editum par
Reuerendum Patrem Dñm Octauianū De Florouantis Miran
dulensem Diui Augustini Canonicū Regularem : nec nō Diuini
verbi præconem Celeberrimū Eœliciter (*sic*) Incipit. — *F°
CLXXVIII, r° :* Explicit Viridarium Illustrium Poctarum
Lugduni accuratissime impressum per Gilbertum de Villiers.
Anno Salutis Christiane. M. D. XII. Die. xij Ianuarij Re-
gistrum.

84 Poetæ Latini Minores, ex editione *Petri* Burmannii fideliter expressi. [*Silicet*, 1.— Gratii Falisci, Cynegeticon ;
— 2. Marci Aurelii Olympii Nemesiani, poetæ carthaginiensis, Cynegeticon et Bucolicon ; — 3. Titi Cal-
purnii Siculi, Bucolicon ; — 4. Claudii Rutilii Numa-
tiani Galli, viri clarissimi, Iter ; — 5. Quinti Sereni

Samonici, de Medicina, præcepta saluberrima : — 6. Vindiciani, sive Marcelli, de Medicina, carmen ; — 7. Quinti Rhemnii Fannii Palæmonis, sive Prisciani, de Ponderibus et mensuris ; — 8. Sulpiciæ, satyra de corrupto statu Reipublicæ]. *Glasguæ*, R. & A. Foulis, 1752. In-12. 1 vol.

85 Les Nuits Attiques d'Aulu-Gelle, traduites en français, avec le texte en regard, et accompagnées de remarques, par *Victor* Verger. Deuxième édition, augmentée d'une table des matières. *Paris*, Brunot-Labbe, [impr. Veuve Thuau] 1830. In-8°, 3 vol.

86 Œuvres complettes de Claudien, traduites en françois pour la premiere fois, [par *S.* Delatour]. Avec des notes mythologiques, historiques, et le texte latin. A *Paris*, chez A. J. Dugour et Durand, Floréal an VI. In-8°, 2 vol.

87 *Petri* Rodellii e Societate Jesu , Horatius ad Serenissimum Galliarum Delphinum. *Tolosæ* Apud Guill. Ludovicum Colomerium. & Ieronymum Posuel, Typographos Regios. M. DC. LXXXIII. In-8°, 1 vol.

88 *C. Ivlii* Hygini Avgvsti liberti Fabvlarvm Liber, ad omnivm poetarvm lectionem miré necessarius, & nunc denuò excursus. Eivsdem Poeticon Astronomicon Libri quatuor. Quibus accesserunt similis argumenti, Palæphati de fabulosis narrationibus, Liber I. F. Fvlgentii Placiadis episcopi Carthaginiensis Mythologiarum Libri III. Eivsdem de uocum antiquarum interpretatione, Liber I. Phvrnvti De natura deorum, siue poeticarum fabularum allegorijs, speculatio. Albrici philosophi de Deorum imaginibus Liber. Arati φαινομένων fragmentum , Germanico Cæsare interprete. Eivsdem Phænomena græcè, cum interpretatione latina. Procli de sphæra libellus, Græcè & Latinè. *Basileae*, per Ioannem Heruagium, Anno 1549. Mense Martio. In-f°, 1 vol. de 4 ff. non cotés. 261 pp. chiffrées et 12 ff. de table.

89 Satires de Juvénal, traduites par *J.* Dusaulx. Quatrième
édition, revue, corrigée et augmentée de l'éloge historique de Dusaulx, par Villeterque, membre associé de
l'Institut National. De l'Imprimerie Crapelet à *Paris*,
chez Merlin libraire, an XI, 1803. 2 vol. in-8°, le 1ᵉʳ vol.
contient le portrait de Dusaulx en frontispice.

90 *D. Junii* Juvenalis & *Auli* Persii *Flacci* Satyræ Cum
veteris scholiastæ & variorum commentariis. Editio nova.
Qua quid præstitum sit, præfatio ad Lectorem docebit.
Amstelædami, Apud Henricum Wettstenium. cIↄ Iↄc
Lxxxiv. Pet. in-8°, 1 vol., tit. rouge et noir.

91 *M. Annœi* Lvcani Pharsalia, sive de Bello civili Cæsaris
et Pompeji Lib. X. Additæ sunt in fine *Hvgonis* Grotii
Notæ Ex binis antehac editis junctæ, auctæ, correctæ. Et
Thomœ Farnabii in margine, etc. *Amsterodami*, Apud
Ioannem Blaeuw. A° cIↄ Iↄc xliii. Pet. in-12, 1 vol, tit.
orné.

92 *M. Annœus* Lucanus de Bello Civili, cum *Hug.* Grotii,
Farnabii notis integris & Variorum selectis. Accurante
Corn. Schrevelio. *Lugd. Batavorum*, Apud Franciscum
Hackium. A° 1658. In-8°, 1 vol., frontisp. gravé.

93 Lucrece, [de la Nature des Choses] traduction nouvelle,
avec des notes, par M. L* G**. [La Grange, revue par
J. A. Naigeon.] A *Paris*, chez Bleuet, M. DCC. LXVIII.
In-8°, 2 vol. frontisp. gravé, rel. veau, tr. dor.

94 Lucrèce, de la Nature des Choses. traduit en vers français,
par de Pongerville ; nouvelle édition, corrigée, avec un
discours préliminaire, la vie de Lucrèce et des notes.
ornée de deux gravures d'après Devéria. *Paris*, Dondey-
Dupré père et fils, 1828. In-12, 2 vol.

95 *Marci* Manilii Astronomicon Libri quinque ; accessere
Marci Tullii Ciceronis Aratæa, Cum interpretatione
gallica et notis. Edente *Al. G.* Pingré, Sanctæ Genovefæ

Canonico & Bibliothecæ Præfectæ (*sic*), le t. II porte
Præfecto). *Parisiis*, Via et Ædibus Serpentinis. M.DCC.
LXXXVI. In-8°, 2 vol.

96 *P.* Ovidii *Nasonis* Metamorphoseon Libri XV expurgati
Interpretatione, Notis, et Appendice de Diis & Heroïbus
Poëticis illustravit *Josephus* Juvencius Editio nova
ab auctore aucta et emendata. *Rothomagi*, ex typographia
privilegio distincta M DCC LXXX. 1 vol. in-12.

97 Vie d'Ovide contenant des notions historiques et littéraires
sur le siècle d'Auguste par M. *G. T.* Villenave, membre
de plusieurs sociétés littéraires. A *Paris*, chez F. Gay,
édit. des métamorphoses.

 In eodem volumine : Auctorum latinorum collectio :
Publius Ovidius *Naso* recensuit et emendavit *F.G.*Pottier
volumen primum (in quo continentur). *1°* Heroides. *2°*
*A.*Sabini Epistolæ tres, tribus epistolis Ovidii respondentes.
3° Amorum (tres libri). *4°* de arte amandi (tres libri)
Excudebat *Firminus* Didot.

 (*In eodem quoque volumine*)*:* La Philomèle poème latin
attribué à *Albus* Ovidius *Juventinus* publiée avec de
nouvelles leçons et des notes critiques par *Charles*
Nodier. *Paris*, Delangle frères, édit.; imp. G. Doyen,
M DCCC XXIX, titre noir & rouge. Le tout en un volume
petit in-4°.

98 [Œuvres posthumes de Boileau] Satires de Perse et de
Juvénal expliquées, traduites et commentées par Boileau,
publiées, d'après le manuscrit autographe, par *L.* Par-
relle. A *Paris*, chez Lefèvre, 1827. In-12, 2 tom. en 1
vol., imp. par Lachevardière fils.

99 Satires de Perse, traduites en français par Sélis ; nouvelle
édition, revue et augmentée de notes et observations par
N.-L. Achaintre. *Paris*, Dalibon, [imp. L.-T. Cellot]
M. DCCC. XXII. In-8°, 1 vol., médaillon de Perse.

100 Recueil de traductions en vers françois, contenant le
poëme de Pétrone, deux épîtres d'Ovide, et le *Pervi-*
gilium Veneris, avec des remarques, par M. le Président
Bouhier, de l'Académie Françoise. A *Paris*, par la Compagnie des Libraires, M.DCC.XXXVIII. In-12, 1 vol.

101 *C.* Sollii Apollinaris Sidonii Arvernorum Episcopi Opera.
Recognita, & Notis illustrata a *Jacobo* Sirmondo Societatis Jesu Presbytero, edita anno M. CD. XIV [*sic*, 1614]
[nunc vero a Jac. de la Baune. *Parisiis*, typogr. regia,
1696]. In-fol., 1 vol. paginé de 465 à 800, non compris
les ff. prélim. et l'index, partie du t. Ier des Œuvres complètes du P. J. Sirmond.

102 Œuvres de *C.* Sollius Apollinaris Sidonius, traduites en
français avec le texte en regard et des notes, par *J.-F.*
Grégoire et *F.-Z.* Collombet. A *Lyon*, chez M. P. Rusand ; A *Paris,* chez Poussielgue-Rusand, 1836. In-8°,
3 vol.

103 *Publii Papinii* Statii. Sylvarum Lib. V. Thebaidos
Lib. XII. Achilleidos Lib. II. Notis Selectissimis in Sylvarum libros Domitii, Morelli, Bernartii, Gevartii,
Crucei, Barthii, *Joh. Frid.* Gronovii Diatribe. In Thebaidos præterea *Placidi* Lactantii, Bernartii, &c. Quibus in Achilleides accedunt Maturantii, Britannici,
Accuratissime illustrati a *Johanne* Veenhusen. *Lugd.*
Batav. , Ex Officina Hackiana, A° 1671. 1 fort vol. in-8°,
front. gravé.

104 Argonautique de Valérius Flaccus, ou la conquête de la
Toison d'or, poëme traduit en vers français par M^{r}. *Adol-*
phe Dureau de Lamalle. A *Paris*, chez Michaud frères,
imp.-libr., M. DCCC. XI. In-8°, 3 vol.

105 Publii Virgilii Maronis Opera, ex recensione *Augustini*
Camynadi. *Parisiis*, Joannes Phiippus Alemannus, 1505.
In-8°, 1 vol.

Descriptio bibliographica. Fol. 1° recto: Augustinus Camynadus studiosæ Iuuentuti S. P. En adolescentes optimi Vergilius ille omnis doctrinæ parens denuo p me exactissima cura emaculatus, cū summa veteris orthographiæ observatiõe insup annotatiunculis tanq stellulis illustratus : ut iam immanibus illis glossematis non magnopere sit opus Valete : et Iohannis philippi Allemanni industriam adiuuate : Adiuuabitis autem : si Maronem euolare gestientem in officina non sinetis herere. = *Sub hac inscriptione, insigne typographicum J. P. Alemanni imprimitur. Ultimo folio recto, legenda est Augustini* Camynadi *epistola quædam dedicatoria* Nicolas Benserado, *juris utriusque prudentissimo. Eodem folio verso, Concludiṭur opus sequentibus verbis :* P. Vergilii Maronis opera iterū Augustini Camynadi exactissima cura castigata argumentis et annotamentis paulo frequentioribus illustrata, ac magistri Iohannis Philippi Alemanni diligentissimi formulatoris, impendio atq3 industria, nuperrime nitidissimis excussa characteribus : Parrhysiis in uico diui Marcelli ad signum adorandæ Trinitatis in eiusdem officina ubi et venalia reperientur. Anno ab Orbe redempto Millesimo quingentesimo-quinto : Pridie nonas Apriles.

Brunet , *Manuel du libraire*, T. V, col. 1278, dit : « Heyne cite cette édition, que nous regardons comme fort rare, mais que nous n'avons pas vue. »

106 L'Eneide di Virgilio del Commendatore *Annibal* Caro. Col Priuilegio di N. S. & della Ser.ᵐᵃ Sig.ʳⁱᵃ di Venetia. In *Venetia*, Appresso Bernardo Giunti, & fratelli. M. D. LXXXI. In-8°, 1 vol. de 4 ff. non cotés, 556 pp. chiffr. et 2 ff. d'errata.

107 *P.* Virgilii Maronis. Opera interpretatione et notis illustravit *Carolus* Ruæus Soc. Jesu. Jussu Christianissimi Regis, ad usum Serenissimi Delphini. Secunda editio. *Parisiis*, Apud Simonem Benard, M.DC.LXXXII. In-4°, 1 vol., front. gravé.

POÉSIE LATINE MODERNE.

108 Poetæ Ecclesiastici. — [I] *Aurelii* PRUDENTII *Clementis*
V. C. Opera omnia. — [II] *Venantii Honorii* FORTU-
NATI, Pictaviensis Episcopi, Opera. — [III] *Q. S. Flo-
rentis* TERTULLIANI, CYPRIANI, *M.* VICTORIS, JUVENCI,
HILARII, VICTORINI, TYPHERNI, DAMASI, ZOVENZONII,
AMBROSII, PAULINI, et *Probæ* FALCONIÆ, Opera. — [IV]
Caii Cœlii SEDULII, BELISARII, LIBERII, HONORII, AVITI,
PROSPERI, ARATORIS, LACTANTII et DRACONTII Opera.
Cameraci, Sumptibus et Typis A. F. Hurez, M. DCCC.
XXI.-M. DCCC. XXVI. In-12, 4 vol.

109 Rvræmvnda illvstrata a Rhetoribvs Gymnasii Societatis
Iesv Rvræmund. [Scilicet a: *Joanne* TALEN, *Henrico*
BEUMERO, *Petro* WEYNGANT, *Jo.* HEYSTERO, *Carolo*
BOSCHIO, *Matthiæ* MAROYEN, *Christophoro* HILSBACH &
Nicolao CLOSSE]. *Lovanii*, J. Christoph. Flavius, 1613.
In-12. — Pièce de 83 pages.

110 Epigrammatum delectus ex omnibus tum veteribus, tum
recentioribus Poetis accurate decerptus [a *Claudio* LAN-
CELOT]. Cum Dissertatione de Vera Pulchritudine &
Adumbrata [a *Petro* NICOLE]. Adjectæ sunt elegantes
sententiæ ex antiquis Poetis parce sed severiore judicio
selectæ. Cum brevioribus Sententiis seu Proverbiis ex
Auctoribus Græcis & Latinis. Quibus in hac septima
editione Subjungitur Alterius Delectus Specimen [a *Ph.*
FOWKE, medicinæ doctore] ex nuperis maxime poetis, ab
electoribus prætermissis. In usum *Scholæ Etonensis*.
Londini, G. Innis, 1711. In-8°, 1 vol.

111 Œuvres poétiques d'ADAM DE St-VICTOR, précédées d'un
essai sur sa vie et ses ouvrages. Première édition complète. Par *Léon* GAUTIER, ancien élève de l'École des

Chartes, archiviste du département de la Haute-Marne,
etc. *Paris*, Lanier, Cosnard et Cie, 1858-1859. In-12,
2 vol.

112 Anticlavdiani singvlari festivitate, lepore et elegantia
Poetæ libri IX. Non credibili doctrina ordine et breuitate
complectentes τὴν κυκλοπαίδειαν universam, et humanas
divinasque res omnes in quibus quiuis homo non omnino
ἄμουσος occupari, meditarique debet, quasque quemlibet
non prorsus ἄθεου quadantenus saltem scire, aut certe per
omnia admirari et suspicere oportet [auctore ALANO
DE INSULIS]. *Venetiis*, Combeis svmptibus, 1582. In-32,
1 vol.

113 Anticlavdiani singvlari festivitate, Lepore & elegantia
Poetæ Libri IX. [Auctore ALANO DE INSULIS]. *Même édition qu'au N° précédent.*

114 Mvsa Catholica Maronis, sive Catechismvs Maroniano
Carmine expressvs à R. P. *Ægidio* BAVARIO, Societatis
Iesv, Iubileario. In gratiam Iuuentutis Poëticæ artis stu-
diosæ. Editio secvnda. *Insvlis*, Ex Officinâ Nicolai de
Rache, sub Bibliis aureis, 1662. Pet. in-8°, 1 vol.

Gilles Bavière était lillois.

115 *Bernardi* BAVHVSII è Societate Iesv Epigrammatvm selec-
torvm libri V. *Antverpiæ*, ex officina Plantiniana, apud
Viduam & Filios Io. Moreti, M. DC. XVI. Pet. in-12,
1 vol.

116 L'Art du Mariage, poème latin de *J.* CATS, grand-pension-
naire de Hollande, avec le commentaire de LIDIUS, traduits en français, avec le texte en regard [par *Charles*
BARROIS]. A *Paris*, chez Barrois l'aîné, 1830. In-12,
1 vol.

117 *Iani* DETRÆI Insulensis Medici Poemata emendata nunc
primum & alterâ parte aucta. Indicem singulorum infe-

riores indicant paginæ. Editio secvnda. *Insvlis Flan-
drorvm*, Typis Nicolai de Rache, anno CIƆ IƆC XLVIII.
In-8°, 8 ff. non cotés et 119 pp. chiffr., titre rouge et
noir, 1 vol.

118 Reinardus Vulpes. [Reinhart Fuchs] Carmen epicum
seculis IX et XII conscriptum. Ad fidem codd. mss.
edidit et annotationibus illustravit *Franciscus Josephus*
Mone. Editio princeps. *Sluttgardiæ* et *Tubinguæ*,
Prostat in bibliopolio J. G. Cottæ, 1832 [*le même titre
répété en allemand vis-à-vis*]. In-8°, 1 vol.

119 Poemata *Francisci* Hæmi Insvlani ad Reuerēdum patrem
D. Ioannem Loævm Præpositum Euersamensem. Iam
primùm in lucem edita. *Antverpiæ*, Ex officina Christoph Plantini M.D.LXXVIII. Tr. pet. in-8°, 1 vol. de
298 pp. chiffr. et 1 f., titre orné.

120 Pia desideria. Authore *Hermanno* Hvgone Societ. Jesu.
Editio 4. 1629-1668. *Antverpiæ*, apud Lvcam de Potter,
M.DC.LXVIII, et apud Henricum Aertffens MDCXXIX.
1 pet. vol., titre gravé, gravures hors texte, ornements.

121 Pia desideria. Authore *Hermanno* Hvgone Societ. Jesu.
Même édition.

122 Lusus Poetici Allegorici, sive Elegiæ oblectandis animis,
et moribus informandis accommodatæ, auctore *P. Petro
Justo* Sautel, Societatis Jesu. *Parisiis*, Typis Josephi
Barbou, MDCCLIV. In-12, 1 vol.

   In eodem volumine : *Gabrielis* Madeleneti Carminum
Libellus, nova editio auctior. In-12.

123 Sarcotis. Carmen. Auctore *Jacobo* Masenio, S. J. Editio
altera cura & studio *J.* Dinouart. *Coloniæ-Agrippinæ*,
& *Parisiis*, Barbou, 1757. In-12, 1 vol.

124 Herois Lynenburgica sive Carminum Lynenburgensium
Heroico olim genere Conscriptorum libri IV. Autore

Guil. Mechovio, Professore quondam Lynenburgensi. Cum figuris. *Hagœ-Comitis*, apud Nicolaum Wilt, MD. C.XCVIII. Pet. in-8°, 1 vol., titre rouge et noir.

125 Anti-Lucretius, sive de Deo & Natura, libri novem. Eminentissimi S. R. E. Cardinalis *Melchioris* DE POLIGNAC, opus posthumum; Illustriss. Abbatis *Caroli* D'ORLÉANS DE ROTHELIN cura & studio editioni mandatum. *Parisiis*, Le Mercier, 1749. Pet. in-12, 2 tom. en 1 vol.

126 Epigrammatum *Ioan.* OWENI Cambro BritannI Oxoniensis Editio Postrema, correctissima, & posthumis quibusdam adaucta. *Amstelodami*, apud Ioannem Ianssonium, A°. 1662. Tr. pet. in-12, caract. microscop., titre orné et portrait, 212 pp. chiffr. (la dernière cotée à tort 216), 1 vol.

127 Imperatores Turcici, libellus de vita, progressv & rebus gestis principum gentis Mahumeticæ, elegio carmine conscriptus, a *Davide* PEIFERO, lipsico. *Basileœ*, J. Oporinus. In-12, 71 pages; *à la 51ᵉ*: Ad R.R. & II Sanct Romani imperii Electores, reliquosque inclitos in Consilio Augustensi Germanorum principes Lod. Heliani carmen exhortatorium.

128 *Caroli* RUÆI [*Charles* DE LA RUE] e Societate Jesu, Carminum libri quatuor. Editio quinta. *Lutetiœ Parisiorum*, Vid. Simonis Bernard, 1688. In-12, 1 vol.

129 Villartio, liberata Victoria, castigata fortuna, ode, canebat Lutetiæ Parisiorum *Natalis Stephanus* SANADON, e S. J. VIII. Cal. novemb. 1712. (*Parisiis*), J. Collombat (1712). In-12. Pièce de 8 pages.

130 *Natalis Stephani* SANADONIS e Societate Jesu Carminum libri quatuor. Nova editio auctior & emendatior. *Parisiis*, Typis Josephi Barbou, M.DCC.LIV. Pet. in-8°, 1 vol.

131 Hymni sacri et novi, auctore SANTOLIO *Victorino*. Editio novissima. In quâ Hymni omnes, quos Autor usque ad

mortem concinuerat, reperiuntur. *Parisiis*, apud Dionysium Thierry, M. DC. XCVIII. Cum privilegio Regis.
In-12, 1 vol.

132 *Joannis Baptistæ* Santolii, victorini, Operum omnium
editio tertia. In qua reliqua opera nondum conjunctim
edita reperiuntur. *Parisiis*, Billot, 1729. In-12.

C'est la plus complète édition des œuvres de Santeul. Les plus importantes
pièces sont accompagnées de traductions françaises en vers, par des poètes
inconnus ; quelques-unes sont néanmoins signées de *P.* Corneille.

133 *Jacobi*, sive *Actii Synceri* Sannazarii, Neapolitani, viri
patricii, poemata ex antiquis editionibus accuratissime
descripta. Accessit ejusdem Vita, *Jo. Antonio* Vulpio
auctore, Item *Gabrielis* Altilii et *Honorati* Fascitelli,
Carmina nonnulla. *Patavii*, CIƆ IƆCC XIX, excudebat
Josephus Cominus. In-4°, 1 vol., portr. de Sannazar.

134 *Jacobi* Wallii [Van de Walle, de Courtrai], e Societate
Iesv, Poematvm libri novem. Editio altera. *Antverpiæ*,
ex Officina Plantiniana Balthasaris Moreti, 1657. In-12,
1 vol.

135 Lavrus bello, lavrea pace Totius Orbis Terrarum consensu
delata Lvdovico magno Franciæ et Navarræ regi, Gallo-
belgicæ principi, M DC LXXVIII, s. n. d'impr. Br. non
paginée de 6 pp. in-4°.

En vers.

136 Ecclesia Mechliniensis applaudit eminentissimo ac reve-
rendissimo domino archiepiscopo suo D. Thomæ Philippo
de Alsatiâ tituli S^tæ Balbinæ, S^tæ Rom. eccl. presbytero
cardinali, primati belgii & & qui recurrentem Anniver-
sarium consecrationis diem expletumque feliciter ponti-
ficalis ministerii annum XXVI^um Cum Jubilo celebrans,
Deo VIXIt, GregI profUIt CLerI nostrI eXeMpLar fUIt.
(1742), s. n. d'impr. Br. non pag. de 4 pp. in-fol.

En vers.

POÉSIE FRANÇAISE AVANT 1600.

137 Les cent histoires de Troyes par (CHRISTINE DE PISAN), 1522. Philippe Lenoir, imp. Br. in-8°, imprimée en caractères gothiques, gravures sur bois dans le texte.

138 La Chevalerie Ogier de Danemarche par RAIMBERT DE PARIS, poëme du XII° siècle, publié pour la première fois d'après le Ms. de Marmoutier et le Ms. 2729 de la Bibliothèque du Roi [par *Jean-Baptiste-Joseph* BARROIS, de Lille, littérateur et bibliographe]. *Paris*, Techener, 1842. In-4° à toutes marges, 1 vol., n° 91 du tirage à 99 (et non 19, comme le porte le *Dict. des Anon.*) exemplaires de ce format, CIII-557 pp. et 4 pp. vélin fac-simile du ms.

Don de l'auteur à M. de Godefroy.

139 Chronique métrique de CHASTELAIN et de MOLINET, avec des notices sur ces auteurs et des remarques sur le texte corrigé par le Baron de REIFFENBERG. *Bruxelles*, J.-M. Lacrosse, lib.-édit., 1836. 1 vol. in-8°, gravure en frontispice.

140 La dance aux aveugles, par *Pierre* MICHAUT, et autres poésies du XV° siècle. Extraites de la Bibliothèque des Ducs de Bourgogne. [Editée par *Albert* DOUXFILS]. *Lille*, André-Joseph Panchoucke, lib., 1748. Pet. in-8°, 1 vol.

Les autres pièces contenues dans ce volume sont : 1. Complainte sur la mort de la comtesse de Charolois, par *Pierre* MICHAUT. — 2. Autre complainte sur le même sujet, par *le même*. — 3. Le Testament de maistre *Pierre* DE NESSON. — 5. Le Miroir des Dames, par BOUTON. — 6. Le Petit Traittiet du malheur de France.— 7. La Confession de la belle fille.— 8. Ballades.— 9. La Louenge des Dames. — 10. Devote Oraison a Nostre Dame pour garder l'honneur des Dames. — 11. Débat de lomme mondain et du religieux.

141 [Les anciens Poètes de la France]. Doon de Maience, chanson de geste, publiée pour la première fois d'après les manuscrits de Montpellier et de Paris, par M. *A*. PEY. A *Paris*, chez F. Vieweg, Maison A. Franck, MDCCCLIX. Pet. in-8°, 1 vol.

142 Fabliaux ou Contes du XIIe et du XIIIe siècle, traduits ou extraits d'après divers manuscrits du tems ; avec des Notes historiques & critiques, & les imitations qui ont été faites de ces contes, depuis leur origine jusqu'à nos jours [par *P.-J.-B.* LE GRAND D'AUSSY]. A *Paris*, chez Eugene Onfroy [*le dernier vol.*, *intitulé* Contes dévots, Fables et Romans anciens, pour servir de suite aux Fabliaux, par M. Le Grand, à *Paris*, chez l'auteur, et à *Mastricht*, chez Dufour], M. DCC. LXXIX [-LXXXI]. In-8°, 4 vol.

143 Fabliaux et Contes des Poetes françois des XII, XIII, XIV & XVes (*sic*) siécles, tirés des meilleurs auteurs |par *Etienne* de BARBAZAN]. A *Paris*, chez Vincent, M DCC LVI. In-12, 3 vol., les deux derniers à *Amsterdam*, chez Arkstée et Merkus.

44 Fragment d'un poëme en vers romans sur Boece, imprimé en entier pour la première fois d'après le manuscrit du XIe siècle qui se trouvait à l'abbaye de Fleury ou Saint-Benoît-sur-Loire, publié avec des notes et une traduction interlinéaire, par M. RAYNOUARD, membre de l'Institut royal de France, secrétaire perpétuel de l'Académie Française. A *Paris*, de l'imprimerie de Firmin Didot, 1817. In-8°, 1 vol. de 47 pp. avec fac-simile.

145 Même ouvrage, même édition.

146 Le roman en vers de très excellent et noble homme Girart de Rossillon, jadis duc de Bourgoigne, publié pour la première fois d'après les manuscrits de Paris, de Sens & de Troyes, avec de nombreuses notes philologiques et neuf dessins dont six chromolithographies, suivi de l'histoire des premiers temps féodaux, par MIGNARD. *Paris*, J. Techener ; *Dijon*, Antoine Maitre, lib. ; *Dijon*, imp. Loireau Feuchot, 1858. 1 vol. in-8°.

Ouvrage tiré seulement à 500 exemplaires dont 50 sur papier de Hollande et dessins sur Chine.

147 L'Histoire du Châtelain de Coucy et de la Dame de Fayel
[par *Jacques* SAQUESPRÉ ? ou *Jean* CERLAIN ?], publiée
d'après le manuscrit de la Bibliothèque du Roi, et mise
en françois par *G. A.* CRAPELET, imprimeur. A *Paris*,
[libr. J. Renouard], de l'imprimerie de Crapelet, M DCCC
XXIX. Tr. gr. in-8°, 1 vol., pap. vélin avec fig. et 2 fac-
simile.

148 Les Lunettes des Princes. Ensemble plusieurs additions &
ballades par noble hōme *Iehan* MESCHINOT, escuyer, de
nouueau composees. & se vendent au premier pillier
de la grand Salle du Pallays, par Galliot du Pré,
M.D.XXVIII. *A la fin :* Cy finissent les lunettes des
princes qui ont esté de nouueau reueues et corrigees. Et
ont este imprimees ce xx. Iour doctobre Par maistre
pierrere (*sic*) Vidoue Libraire Iure de *Paris.* Pour
hōneste personne Galliot du Pre, aussy libraire iure.
Aiāt sa boutique au premier pillier de la grand salle du
Palays, M.D.XXVIII. 1 vol. pet. in-12 de 96 fol.

149 Les Noels Bourguignons de *Bernard* de LA MONNOYE
(Gui-Barôzai) de l'Académie Française, publiés pour la
première fois avec une traduction littérale en regard du
texte patois. Précédés d'une Notice sur La Monnoye et
de l'histoire des Noëls en Bourgogne et suivis d'un glossaire alphabétique par *F.* FERTIAULT. *Paris*, Lavigne,
1842. In-12, 1 vol.

150 Les Œvvres de M. *Gvillavme* COQVILLART, en son viuant
official de Reims. Nouuellement reueues & corrigées. A
Lyon, par Benoist Rigavd, 1579. Tr. pet. in-8°, 1 vol. de
256 pp.

151 Œuvres de *Clement* MAROT, Valet de Chambre de
François I Roy de France. Revue sur plusieurs manuscrits & sur plus de quarante éditions ; & augmentées
tant de diverses poésies véritables, que de celles qu'on
lui a faussement attribuées : avec les ouvrages de *Jean*

Marot, son père, ceux de *Michel* Marot, son fils & les Pièces du Différend de *Clément* avec *François* Sagon : accompagnée d'une préface historique & d'observations critiques [par *Nicolas* Lenglet Dufresnoy, qui, dans la dédicace au Comte de Hoym, se cache sous le pseudonyme du Chevalier de Gordon de Percel]. *La Haye,* Gosse et Neaulme, 1731, In-12, 6 vol.

152 Les premières Œuvres poetiques chrestiennes et spirituelles de Olenix du Mont-sacré [*Nicolas* de Montreux], gentil-homme du Maine, diuisées en sonnets en forme d'oraison, en plaintes chrestiennes, & sonnets moravlx. A *Rouen*, chez Thomas Mallard, [*s. d.*, 1587]. In-12, 1 vol. de 4 ff. non cotés et 92 ff. cotés.

153 Poëmes inédits de Froissart, La Court de May, dittier amoureux offert à la Reine d'Angleterre, notice par M. Kervyn de Lettenhove. S. n. d'imp. Broch. de 26 pages.

Extrait du tome XXIV n° 3 des bulletins de l'Académie Royale de Belgique.

154 Les Poésies du Duc *Charles* d'Orléans, publiées sur le Manuscrit de la Bibliothèque de Grenoble, conféré avec ceux de Paris et de Londres, et accompagné d'une préface historique, de notes et d'éclaircissements littéraires, par *Aimé* Champollion-Figeac (de la Bibliothèque royale), chevalier des Ordres des SS. Maurice et Lazare de Sardaigne et de St. Stanislas de Russie. *Paris*, J. Belin-Leprieur, 1842. In-18, 1 vol.

155 Poésies de Marie de France, poète anglo-normand du XIIIᵉ siècle, ou recueil de lais, fables et autres productions de cette femme célèbre ; publiées d'après les manuscrits de France et d'Angleterre, avec une notice sur la vie et les ouvrages de Marie ; la traduction de ses lais en regard du texte, avec des notes, des commentaires, des observations sur les usages et coutumes des François et

des Anglois dans les XII⁰ et XIII⁰ siècles, par *B.* de Ro-
QUEFORT. A *Paris*, chez Chasseriau [imp. Firmin Didot],
1820. In-8⁰, 2 vol.

156 Les regretz de Picardie et de Tournay a. xxix. coupletz.
— *Au dessous de ce titre, une gravure sur bois repré-*
sentant l'empereur auprès d'une tente, faisant un
geste de désespoir les deux bras levés et à ses pieds son
sceptre tombé. A la fin :

LACTEUR.

En cest instant ie mesueillay
Et tous les motz que entenduz ieuz
Legierement escripre allay
Et par ce clerement cogneuz
Que lau mil cinq cens vingt et deux
En haulte et basse picardie
Requerant trois monstres hideux
Le hault dieu du ciel les maudie.

Finis,

Deux gravures sur bois occupent le recto et le verso du
huitième et dernier feuillet. Pet. in-8⁰ goth. de 8 ff. en
deux cahiers de 4 ff. signés *A* et *B*.

L'exemplaire de ce petit poème décrit dans le *Manuel du Libraire* diffère du
nôtre qui ne porte pas au titre l'écu de France , marque typographique de Jean
Treperel.

157 Serventois et sottes chansons couronnées à Valenciennes,
tirées des manuscrits de la Bibliothèque du Roi, suivies
d'une pièce inédite de Mᵐᵉ DESHOULIÈRES. [Le tout publié
par *Gabriel-Antoine-Joseph* HÉCART]. *Valenciennes,*
impr. de J.-A. Prignet fils, 1827. Pet. in-4⁰, xxiij-72 pp.,
outre faux-tit. et tit. Envoi d'auteur signé à M. de Godefroy.

158 Serventois et sottes chansons couronnés à Valenciennes,
tirés des manuscrits de la Bibliothèque du Roi. Seconde
édition. A *Valenciennes*, impr. A. Prignet, 1833. 1 vol.
pet. in-4⁰, texte encadré d'un filet.

159 Svr la Miracvlevse liberté de Monseignevr le Dvc de Gvyse. Sonnets. Dediez a Madame la Duchesse de Guyse sa mere. Par vn gendarme. A *Paris*, G. Bichon, 1591. In-12. — Pièce de 7 pages.

Arrêté à Blois le jour de l'assassinat de son père Henri, Charles de Lorraine, quatrième duc de Guyse, fut transféré au château de Tours et y demeura prisonnier jusqu'à son évasion, le 15 août 1591.

160 Les Tournois de Chauvenci donnés vers la fin du treizième siècle, décrits par *Jacques* BRÉTEX, 1285, annotés par feu *Philibert* DELMOTTE, bibliothécaire de la ville de Mons, et publiés par *H.* DELMOTTE, son fils, bibliothécaire, conservateur des Archives de l'État, à Mons. Imprimerie de A. Prignet, à *Valenciennes*, 1835. In-8°, 1 vol. de 165 pp., 1 f. blanc, 28 pp. et 1 f. d'errata, le texte du poème en caractères gothiques, front. gravé, titre orné, rouge, noir et bleu.

161 Les triũphes de Cãbray :

> Cy sont mis au plus pres du vray
> Pour ungne ioieuse nouuelle
> Les haulx triumphes de cambrai
> A traictier cette paix nouuelle
> Cœurs vertueux qui desirez scauoir
> Entendre et voir : lisiez ce contenu
> En ce faisãt vous porrez percheuoir
> Tout ce que il est en cambray aduenu
> Le hault estat et train que on a tenu
> A fabricquer ceste paix noble et haulte
> Mais se aulcũ le a mieux q nous retenu
> Nous suplions de moderer la faulte.

A la fin : Imprime a amiens par pierre grolin pour iacques fourment demourant a cambray a la requeste de plusieurs notables persõnages demourãt au dict lieu (1529). Pet. in-8°, goth. de 16 ff., en quatre cahiers de 4 ff., le premier et le dernier sans signature et les deux autres signés respectivement *B* et *C*.

Récit des fêtes et réjouissances qui ont eu lieu à Cambrai, du 2 juillet au 15 août 1529, à l'occasion de la *Paix des Dames*.

162 Les Trouvères cambrésiens, mémoire qui a partagé le prix
d'histoire décerné par la Société d'émulation de Cambrai,
dans sa séance publique du 16 août 1833. Par M. *Arthur*
DINAUX, de la Société royale des Antiquaires de France.
Seconde édition. *Valenciennes*, impr. de A. Prignet,
CIƆ IƆ CCC XXXIV. (Extrait des Archives du Nord,
tome III). In-8°, 1 vol. de 98 pp., y compris faux-titre et
titre, impression sur papier rose, texte encadré et titre
de chap. en bleu, prodrome en or, titre rouge, noir et
bleu, encadré.

163 [Trouvères, Jongleurs et Ménestrels du Nord de la France
et du Midi de la Belgique, II]. Les Trouvères de la
Flandre et du Tournaisis, par M. *Arthur* DINAUX, pré-
sident de la Société d'Agriculture, des Sciences et des
Arts de Valenciennes, etc. A *Paris*, chez Téchener, et à
Valenciennes, au Bureau des *Archives du Nord* [impr.
A. Prignet], 1839. In-8°, 1 vol. de viii-374 pp., texte
encadré.

164 [Trouvères, Jongleurs et Ménestrels du Nord de la France
et du Midi de la Belgique, III.] Les Trouvères Artésiens,
par M. *Arthur* DINAUX, de la Société royale des Antiquaires de France, etc., etc. A *Paris*, chez Téchener, et
à *Valenciennes*, au Bureau des *Archives du Nord* [impr.
A. Prignet], 1843. In-8°, 1 vol. de vii-483 pp., y compris
faux-titre et titre, texte encadré, tiré à 250 exemplaires
seulement, tous sur vélin.

165 [Trouvères, Jongleurs et Ménestrels du Nord de la France
et du Midi de la Belgique, IV.] Les Trouvères Braban-
çons, Hainuyers, Liégeois et Namurois, par M. *Arthur*
DINAUX, correspondant de l'Institut impérial. A *Bruxelles*,
chez F. Heussner, 1863. In-8°, 1 vol. tiré à 400 exempl.

166 [Bibliothèque gauloise.] Vaux-de-Vire d'*Olivier* BASSELIN
et de *Jean* LE HOUX, suivis d'un choix d'anciens vaux-
de-vire et d'anciennes chansons normandes, avec une

notice préliminaire et des notes philologiques. Nouvelle édition revue et publiée par *P. L.* Jacob, bibliophile [*P.* Lacroix]. *Paris*, 1858. Pet. in-8°, 1 vol.

167 Recueil de chants historiques français depuis le XII⁰ jusqu'au XVIII⁰ siècle. Avec des notices et une introduction par [*Adrien-Jean-Victor*] Leroux de Lincy, ancien élève pensionnaire à l'École des Chartes. *Paris*, Gosselin, 1841. In-12, 2 vol.

Le Recueil s'arrête à la fin du XVI⁰ siècle.

168 [Recueil factice, en 1 vol., de trois ouvrages d'*Edward* Le Glay, savoir :]

1. Fragments d'épopées romanes du XII⁰ siècle, traduits et annotés par *Edward* Le Glay. *Paris*, Téchener [impr. L. Lefort, à *Lille*], 1838. In-8°, 160 pp., y compris titre, faux-titre et table, tiré à 325 exemplaires, envoi signé d'auteur.

2. Complainte ou Élégie romane, sur la mort d'Enguerrand de Créqui, évêque de Cambrai, publiée et annotée par *Edward* Le Glay. Imprimée à 60 exemplaires. *Paris*, Téchener [impr. Lesne-Daloin, à *Cambrai*], M D CCC XXXIV. 18 pp. chiffr., non signées, encadrées, y compris titre.

3. Chronique rimée des troubles de Flandre à la fin du XIV⁰ siècle, suivie de documents inédits relatifs à ces troubles, publiée d'après un manuscrit de la bibliothèque de M. Ducas, à Lille, par *Edward* Le Glay. *Lille*, imprimerie et lithographie de J. Ducrocq, rue des Suaires, 6, 1842. Pet. in-4° de 153 pp. chiffr., y compris faux-titre et titre, plus un fac-simile de ms. à vignette dorée et coloriée, tiré à 125 exemplaires.

POÉSIES DEPUIS 1600.

169 L'Académie Bocagère du Valmuse, poeme, 1789, par M. B** de N** (BENOIST DE NEUFLIEU), L. C. au C. R. du G. (lieutenant-colonel au corps royal du Génie). Au Montparnasse, chez les Neuf-Sœurs. Br. in-8° de 32 pages.

Voir au sujet de l'Académie bocagère du Valmuse, les « *Sociétés Badines* » d'Arthur Dinaux.

170 A M. Rom..... (Romainville, comédien de la troupe de Lille), Conseil (en vers). *S. n. d'imp. s. d.*, 1 f.

171 L'Allée de la Seringue ou les noyers. Poème herosatyrique en quatre chants, par Monsieur D*** (*Eustache* LE NOBLE). A *Francheville*, chez Eugène Alethophile, M. DC XC. Petite broch. in-12 de 48 pages.

172 Les Allinges, poème. *Annecy*, imp. de Ch. Burdet, 1873. Petite broch. de 16 pages.

173 Almanach des Muses, 1765 [-1788]. A *Paris*, chez Delalain, libraire, M. DCC. LXIX [-1788]. In-12, 18 vol., manquent les années 1775, 1777, 1779, 1780, 1785 et 1787.

174 Almanach des Muses, pour l'an troisième [et quatrième] de la République Française, 1795 [*et* 1796] (vieux style). A *Paris*, chez Louis, an III [*et* IV] de la République française. In-12, 2 vol.

175 Au Roy (poème). *S. l.*, 1747, in 8°. — Pièce de 6 pages.

176 Av Roy, svr les bons svccès de son sacre. *S. n. d'imp.*, *s. d.*, Br. de 2 pages in-4°.— *A la suite* : Svr le forcement des lignes d'Arras. Épigramme. 2 p. in-4°.

En vers.

177 Aux Mânes de Voltaire, par M. de XIMENÈS. A *Paris*, chez J. Chaumerot, libraire, au Palais-Royal, n° 188,

1807. [De l'imprimerie d'A. Egron, rue des Noyers].
In-8° de 8 pp., y compris titre.

178 Les braves de Lille à tous les braves de France, chant de
départ (mars 1815). A *Lille*, chez L. Danel, imprimeur du
roi, *s. d.* 1 f.

179 Le chansonnier des amis du roi et des Bourbons. A *Paris*,
chez les marchands de nouveautés, mai 1815. 1 vol. de
91 pp. in-12.

180 Les Chansons spiritvelles, ov Recreations d'esprit, avx
amatevrs de vertv, et de chaste poesie, composees par le
R. P. *Adrien* LE BRVN, de la Compagnie de Iesvs. En
ceste troisiesme edition augmentées de quelques autres,
de diuers Autheurs. A *Dovay*, de l'imprimerie de Baltazar
Bellere, l'an 1607. In-12, 366 pp. chiffr. et table, manquent les pp. 361-364 et les 2 derniers feuillets.

181 Le Conseil de Momus et la Revüe de son Regiment, poëme
calotin [par Bosc DU BOUCHET]. *S. l. n. d.*, (*Paris*, 1730).
In-8°, 1 vol. de iv-237 pp., front. gravé.

182 La convalescence du Roy, poésie. *S. nom d'imp.*, *s. d.*
Br. de 4 pages in-4°.

183 Couplets chantés à la fête donnée à Son Altesse Royale
Monseigneur le duc d'Angoulême, par la ville de Lille,
dans la salle du Concert, le 5 décembre 1818. *S. nom
d'imp.* Pièce de 1 page in-4°.

184 Courte épître à M. Gilbert, auteur de très-longues satyres,
par M. SARROT. A *Amsterdam*, 1778. In-8°. — Pièce de
8 pages.

185 De l'Amitié, poeme satirique contre les faux amis [par
l'abbé de VILLIERS]. Seconde édition. A *Paris*, chez
Jacques Collombat, M. DC. XCII. In-8°, 1 vol. de l'impr.
d'Ant. Lambin, 1692, suivi de l'Art de Prêcher, a un

Abbé, par M. l'Abbé de V*** [Villiers]. Dix-septième édition, revûë & corrigée sur une copie de l'auteur, 1692. [*S. l. n. n.*] In-8°.

186 Comte LAFOND. Dorothée, vierge et martyre, tragédie suivie du Magicien, drame de CALDERON, traduit de l'espagnol pour la première fois. *Paris*, Bray et Retaux, libr.-édit., M DCCC LXXIII. 1 vol. in-8° avec gravure en frontispice. (Imprimerie de Soye et fils à Paris).

187 Les Eidgnots, ou Genève sauvée en 1526, poème dramatique national en trois époques, Pécolat — Berthelier — Besançon Hugues, ouvrage exactement conforme à l'histoire, accompagné de notes explicatives, de documents relatifs aux mœurs du temps et de notices biographiques sur les principaux fondateurs de l'indépendance de Genève, par *A.-P.-J.* PICTET DE SERGY. *Genève*, Ch. Gruaz, imp.-édit., 1850. Br. de 76 pages in-8°.

Pécolat seul existe dans notre exemplaire.

188 Épître à Voltaire, par M. DE CHÉNIER, de l'Institut national. Quatrième édition. *Paris*, Didot Jeune, 1806, in-8°. — Pièce de 22 pages.

189 Epitre du sieur Rabot, maître d'école, sur les victoires du Roi (par PIRON?) A *Mons*, chez Gaspard Migeot, imp., 1745. Br. de 4 pages in-8°.

190 L'Esventail satyrique. *S. l. (Paris)*, 1626, in-12. — Pièce de 16 pages.

C'est une pièce dans le genre de celles qui forment le *Parnasse satyrique*, recueil attribué à *Théophile* DE VIAU.

191 Le Faut-Mourir & les excuses inutiles qu'on apporte à cette nécessité. Le tout en vers burlesques, par Mᵉ *Jacques* JACQUES, chanoine crée de l'Eglise metropolitaine d'Ambrun. *Rouen*, L. Cabut, 1675. Pet. in-12, 2 part. en 1 vol.

192 La Flandre gemissante, ou les campagnes des ans 1674.
75. et 76. à *Lille*, chez Charles Prevôt, marchand libraire
tenant sa boutique dans la Bourse, M.DC.LXXVI. Avec
permission. — *Fol. 3 :* La Flandre gemissante, première
partie, ou Campagne de l'an M.DC.LXXIV. *Fol. 10 :*
Fin de la première partie. *Au-dessous, l'écu de France
couronné et entouré du collier de l'ordre St Michel.*
Page 10 : La Flandre gémissante, seconde partie, ou
Campagne de l'an M.DC.LXXV. *Page 21 :* Élégie.
Page 24 : Fin de la seconde partie. *Au dessous, la permission d'imprimer accordée à Charles Prevôt par
Michel Le Pelletier, intendant, le 19 nov. 1675. — A
la suite, avec une pagination nouvelle :* La Campagne
royale de l'an M.DC.LXXVI, ou la troisième partie de la
Flandre gémissante. A *Lille*, chez Charles Prevôt, à la
Bourse du côté de la grande Place en entrant à main
droite, M.DC.LXXVI. Avec Permission. *Page 10 :* Fin
de la troisième partie. *Page 11 :* Permission d'imprimer
(*la même que plus haut*). — *A la suite, avec une pagination différente :* Plainte de Rome à l'Espagne. A *Lille*,
chez Charles Prevôt, M.DC.LXXVI. *Page 8 :* Elégie.
Page 12 : Fin. — Pièce composée en tout de 48 pages
pet. in-12.

Ces poésies sont du poète lillois *Pierre* HENRY.

193 Même ouvrage, même auteur.

194 La fourbe découverte & le trompeur trompé. Romance
par M. l'Abbé de B..., précepteur des enfants de M. le
Duc de V... Dédié aux amateurs de la Liberté. A *Phileu-
therie*, chez Fréderic Eutrapele, 1706. Pet. in-12. —
Pièce de 143 pages.

195 La Grenadière Lilloise, couplets qui devaient être chantés
hier à la Fête offerte à S. A. R. Mgr le duc de Berry,
par la 1re légion de la garde nationale de Lille. Chez
Blocquel, imprimeur de S. A. R. Mgr le duc de Berry,
à *Lille*. 1 f. 2 pages in-4°.

196 La Grotte des Fables, par M. LE NOBLE. A *Paris*, chez
Martin Jouvenel & George Jouvenel, M. DC.XCVI. Pet.
in-8°, 2 vol. contenant en tout 14 fables, chacune avec
pagination à part, sous un titre spécial reproduisant le
titre principal ci-dessus, et accompagnée d'une gravure
sur cuivre.

197 Impromptu en pot-pourri, chanté le 18 janvier, au théâtre,
par M. SAINT-PREUX à M. le Comte de Muyssart, nouveau
maire de la ville de Lille. *S. nom d'imp., s. d.* Broch. de
2 pages in-8°.

198 Lettre de consolation à Monsieur de Montal, sur la Levée
du Siège de Charleroy (en vers). *S. nom d'imp., s. d.*
Br. de 4 pages in-4°.

199 Metamorphoses d'Ovide, en rondeaux [par *Isaac* DE BEN-
SERADE] imprimez et enrichis de figures [gravées par
Sébastien Le Clerc] par ordre de Sa Majesté, et dediez à
Monseigneur le Dauphin. A *Paris*, de l'Imprimerie
royale, M.DC.LXXVI. In-4°, 1 vol., front. gravé.

200 Minorque conquise, poëme héroïque, en quatre chants
[par *Pierre-Nicolas* BRUNET]. A *Genève*, et se trouve à
Paris, chez la Veuve Delormel & Fils, M. D. CC. LVI.
In-8°, 1 vol. de xii-84 pp., non compris faux-titre et titre.

201 Miscellanées, par *L. T.* SEMET, Bibliothécaire de Lille.
Lille, imp. Lefebvre-Ducrocq, 1851. 1 broch., 76 pag. &
la table, pet. in-8°.

202 Mon apologie, précédée du Dix-huitième siècle. Satires par
M. GILBERT. Quatrième édit. revue & de nouveau corrigée. A *Amsterdam*, 1778, in-8°. Pièce de 36 pages.

203 Ode à la Nation. A *Londres* & se trouve à *Paris* chez
les marchands de Nouveautés, 1787, in-4°. Pièce de
15 pages.
A la louange de M. de Calonne.

204 Ouverture (Vers faits pour M° de Rohan, abbesse de Marquette, qui est venue aux Ursulines à une comédie). 1743. *S. nom d'imp.* 1 br. non pag., 4 p. in-4°.

205 Ode sur la conquête des Pays-Bas et sur les Évènements de la campagne de 1746, y comprise la Bataille d'Anss, donnée le 11 octobre 1746. A *Lille*, la veuve Danel et Fils, Imprimeurs-Libraires sur la Grand'Place & Hennion, rue de la Grande-Chaussée, 1746. In-12. Pièce de 8 pages.

206 Ode présentée & lue à Son Altesse Monseigneur, Monseigneur Guillaume Florentin, Prince du Saint-Empire Romain, de Salm-Salm, Wild & Rhingrave, Duc d'Hoogstraten, &c. &c., Évêque de Tournay, &c &c., à son entrée à Lille, le 20 mai 1777, par le *P. A.* Scrive, Religieux Augustin de ladite ville. A *Lille*, chez L. Danel, 1777. 1 br., 8 p. in-8°.

207 Même ouvrage, même édition.

208 Ode présentée au Roi à l'occasion de l'Assemblée des Notables, par *J. D.* Bezassier, chanoine régulier de la Congrégation de France, à l'abbaye de St. Loup de Troyes, en Champagne. A *Paris*, 1787. In-12. Pièce de 14 pages.

209 Opuscules poëtiques et philologiques de M. Feutry [de Lille]. A *la Haye*, et se trouve à *Paris*, chez Delalain, 1771. In-8°, 1 vol.

210 Paraphrase svr le Livre de Job, en vers françois; par Dom Gatien de Morillon, Religieux Benedictin de la Congrégation de Saint Maur. A *Paris*, chez Lovis Billaine, M. DC. LXVIII. Pet. in-8°, 1 vol.

211 Paraphrase svr le livre de l'Ecclesiaste, en vers françois, par Dom *Gatien* de Morillon, Religieux Benedictin de la Congregation de Saint Maur. A *Paris*, chez Lovis Billaine, M. DC. LXX. In-12. 1 vol.

212 Plainte de Rome à l'Espagne. A *Lille*, de l'imprimerie de Balthazar le Francq, vis-à-vis le Chevalier-Verd (rue de la Clef), s. d. (1676). In-12. Pièce de 7 pages.

Par le poète lillois *Pierre* HENRY.

Cette Élégie se trouve aussi à la suite de la *Flandre gémissante*, imprimée la même année 1676, par Charles Prevôt (voir n° 192).

213 Poeme contenant la tradition de l'Eglise sur le très-saint Sacrement de l'Eucharistie, par M. LE MAISTRE DE SACY. A *Paris*, chez Guillaume Desprez, M. DC. XCV. In-12, 1 vol.

214 Le Poëme de Rome, par le comte LAFOND, Amor mihi Roma, Roma mihi amor. *Paris*, Victor Palmé, [impr. T. de Soye et fils], *Rome*, le chevalier Melandri, *Bruxelles*, librairie Vromant, M. DCCC. LXXIV. In-8°, 1 vol., portrait de la Csse Mathilde en frontisp.

215 Poësies de M. *P.* DEZOTEUX, cordonnier à Desvres. *Boulogne*, imprimerie de Leroy-Berger, 1811. In-12, 1 vol. (A *Paris*, chez C.-C. Letellier; à *Boulogne*, chez Leroy-Berger, et à *Desvres*, chez l'auteur).

216 Poësies de MALHERBE, ornées de son portrait et d'un fac-simile de son écriture, nouvelle édition, dédiée à la ville de Caen. *Paris*, J.-J. Blaise, lib. Imp. P. Didot. M. DCCC. XXII. 1 vol. pet. in-8° (manque le fac-simile).

217 Poësies diverses du roi de Prusse [FRÉDÉRIC-LE-GRAND], pub. par *J.-B.* DE BOYER D'ARGENS et *L.* DE BEAUSOBRE] A *Berlin*, chez C.-F. Voss; à *Gross-Glogau*, chez Haude & Spenner, M. DCC. LX. In-12, 2 vol.

218 Poësies héroïques, morales et satyriques, par Monsieur DE SANLEC, avec Quelques Épigrammes, Sonnets, Madrigaux, etc., du même autheur. A *Amsterdam*, chez Henry Desbordes, dans le Kalver-Straat, près le Dam, M. D. CC. 1 br., 104 p. in-8°.

219 Poesies sur la Constitution Unigenitus, recueillies par le Chevalier de G...., Officier du Régiment de Champagne, Congruit & Veritati ridere, quia lætans. Tert. adv. Val. Cap. 6. A *Villefranche*, chez Philalete Belhumeur. M. DCC. XXIV. In-8°, 2 vol., tit. rouge et noir, frontispices gravés.

220 Même ouvrage, même édition, exemplaire plus complet, on y trouve, entre autres, la gravure du jeu de la Constitution, t. II, p. 85.

221 Le Pot-Pourri, Épître à qui on voudra (par *C.-J.* DORAT); suivie d'une autre Épître, par l'auteur de Zélis au bain (le marquis MASSON DE PEZAY). *Genève & Paris*, S. Jorry, 1764. In-8°, 2 estampes & 4 vignettes & culs-de-lampe d'Eisen, gravés par Lemire & de Longueil.

222 La Pvcelle ov la France delivree, poëme heroïque [en douze chants], par M. CHAPELAIN [avec figures de Bosse]. A *Paris*, chez Avgvstin Covrbé [de l'impr. de Iean Roger], M. DC. LVI. In-f°, 1 vol., frontisp. gravé, gravure sur cuivre en tète de chaque chant.

223 Première Juvénale. *Sans nom d'imp.*, *s. d.*, 1 br., 4 pages in-4°.

224 Recueil de chansons patriotiques. Dédié aux Belges. Nouvelle édition, corrigée & augmentée. A la Liberté. *S. l. n. d.* (*Bruxelles*, 1790). Petit in-12, pièce de 102 pages, 8 pages liminaires, & à la fin le calendrier : 12 pages non foliotées.

Les feuillets liminaires contiennent le *Récit abrégé de la conquête de la ville de Bruxelles par ses habitants* (du jeudi 10 décembre 1789, jusqu'au vendredi 18, jour auquel Van der Noot « fit son entrée dans la ville au son de toutes les » cloches, au bruit d'une artillerie nombreuse & aux acclamations d'un peuple » immense, qui combloit de bénédictions son illustre libérateur. »)

225 Recueil de Pièces choisies sur les Conquêtes & la convalescence du Roy. Présenté à Sa Majesté par DAVID l'aîné,

libraire, rue St. Jacques, à la Plume-d'Or. *Paris*, imp.
J.-B. Coignard, 1745. In-12, 1 vol., grav. de Cochin.

226 Recueil de plusieurs pièces d'éloquence & de poësie,
présentées à l'Académie des Jeux Floraux, pour les Prix
de l'année 1710 [1711 & suivantes jusqu'à 1749 inclusi-
vement]. *Toulouse*, Cl. Gilles Le Camus, 1710-1749.
In-12, 24 volumes.

227 Les Rimes redovblees de Monsieur [*Charles* COYPEAU
sieur] D'ASSOVCY. *Paris*, C. Nego, 1671. Petit in-12,
1 vol.

228. Rome à Paris, poème en quatre chants, par BARTHÉLEMY
& MÉRY, auteurs de la Villéliade. etc., etc. *Paris*,
Amb. Dupont & Cie, lib., 1827. Imp. Tastu. 1 vol. broché
pet. in-8°.

229 *Ægidivs* PETIT, Sacerdos, Liberalivm Stvdiorvm, et Philosophiæ Doctor ac Magister Academiæ Dvacensis : Secta-
tor S. Dionysii Areopagitæ. Moribvs Antiqvis : Lavdemvs
viros gloriosos & parentes in generatione suâ. Eccli. 44,
A *Dovay*, de l'imprimerie de la vefue Pierre Telv,
M. DC. XXX. V. Pet. in-8° de 9 ff. non cotés, y compris
titre et 23 pp. chiffrées dont la 1ʳᵉ manque.

Issu d'une ancienne famille lilloise et prétendant descendre de la famille de
S. Thomas Becket, le prêtre Gilles Petit vivait encore en 1640.

230 Satyres et Œuvres diverses de M. BOILEAU-DESPRÉAUX,
avec les passages des Poètes latins, imités par l'auteur,
et augmentées de plusieurs pièces qui n'ont point encore
paru ; Avec les Poésies du Père SANLECQUE. Nouvelle
édition. A *Amsterdam*, aux dépens de la Compagnie.
M. DCC. LXXIII. In-12, 1 vol.

231 Satyres et autres Œuvres de [*Mathurin*] REGNIER,
accompagnées de remarques historiques [de *Claude*
BROSSETTE]. Nouvelle édition considérablement augmentée. A *Londres*, chez Jacob Tonson, libraire.

M. DCC. XXXIII. Gr. in-4° carré, à toutes marges, 1 vol., frontisp. gravé, tit. rouge et noir, encadrement en bordure rouge à chaque page, culs-de-lampe.

232 La Semaine burlesque d'Amsterdam. Description de la ville d'Amsterdam en vers burlesques. Selon la visite des six jours d'une semaine. Par *Pierre* LE JOLLE. A *Amsterdam*, chez Pierre le Curieux, 1766, pet. in-12, 1 vol.

Les derniers feuillets manquent.

233 Le siège de Bergopzoom, poème. A *Bruxelles* & se vend à *Lille*, chez la veuve Danel & fils, imprimeurs-libraires sur la Grand'Place, 1747, in-8°. Pièce de 34 pages.

La dédicace à « Monseigneur le Maréchal Comte de Lovendal » est datée de Bruxelles le 1er octobre 1747 & signée de C***.

234. Les Simples. Histoire véritable, allégorique & remarquable du dix-huitième siècle, Chanson. Les Trois Frères, Fable. *S. l. n. d.* (1789) in-8°. Pièce de 4 pages.

235 Stances à la capitale de la Flandre Wallonne, par M. FEUTRY, in-8°. Pièce d'une page.

Trois exemplaires.

236 Sur la conquête de Port-Mahon, par M. GAZON-DOURAIGNÉ. A Compiègne, de l'imp. de Louis Bertrand, M. DCC. LVI. 1 br. 7 p. in-4°.

En vers.

237 Traité de l'origine des Jeux Floraux de Toulouse; Lettres-Patentes du Roy, portant le rétablissement des Jeux Floraux en une Académie de Belles-Lettres; Brevet du Roy, qui porte confirmation des Chancelier, Mainteneurs & Maîtres des Jeux Floraux, & nomination de nouveaux Mainteneurs; Statuts pour les Jeux Floraux. (Par *Simon* DE LA LOUBÈRE). *Toulouse*, Le Camus, 1715, in-12, 1 vol.

238 Le Verger, poème, par M. DE FONTANES. *Paris*, Prault, 1788. In-8°, pièce de 60 pages.

239 Vers à M. de la Bédoyère, sur son procez. *S. nom d'imp.*, *s. d.* 1 br., 3 p. in-4°.

240 Vers présentés à Monsieur Moreau de Séchelle, Conseiller d'État, Intendant en Flandres, à l'occasion de sa fête. *S. nom d'imp.*, *s. d.* 1 br. non pag., 4 p. in-4°.

241 Vers présentés à la très vertueuse Dame Marie-Antoinette Franco, très digne Prieure du couvent de Werwick, au jour de son Jubilé de Religion, le 24 septembre 1753. A *Lille*, de l'imprimerie de P. S. Lalau, place de Rihour, *s. d.* (1753). In-8°. Pièce de 7 pages non foliotées.

242 Vers sur la bataille de Fontenoy, par P... (par PIRON). *S. n. d'imp.*, *s. d.*, 1 br., 4 p. in-8°. A la suite : 1° Discours au Roi, par M**, Officier du Régiment de Dauphin, 4 p. in-8° ; 2° Chanson par M. L. de la T., sur l'air : Lisette est faite pour Colin, ou sur l'air de Joconde. 16 p. in-8°.

POÉSIE ÉTRANGÈRE.

243 Histoire de Roland l'Amoureux, comprenant ses faits d'armes & amours : avec un bien-dire et fictions très élégantes, rauissant les cœurs d'un chacun, et les inuitant à la lecture d'iceux discours. Mise en François de l'Italien du Seigneur *Matthieu-Marie* BAYARD, comte DE SCANDIEN [*Matteo-Maria* BOJARDO, conte DI SCANDIANO]. par M. *Iaques* VINCENT, [du Crest-Arnaud en Dauphiné]. Deuxième édition, expurgee des fautes qui sont passées aux précédentes éditions. A *Lyon*, Pierre Rigaud, 1608. In-8°, 1 vol.

244 Nimfale (*sic*) Fiesolano nel quale si contiene l'innamora mento di Affrico e Mensola, Poemetto in ottava rima di

Gioanni Boccaccio, ridotto a vera lezione. *Londra* e si trova a *Parigi*, presso Molini, 1778. Pet. in-4°, 1 vol. de IV-160 pp., outre le tit. encadré et gravé.

245 Rime di *Michelagnolo* Buonarroti il Vecchio, col comento *di G.* Biagioli. *Parigi*, presso L'Editore, in via Rameau, 8. Dai Torchi di Dondey-Duprè Padre & Figlio. M. DCCC. XXI. 1 vol. pet. in-8°.

246 Rime di *Michelagnolo* Buonarotti il Vecchio con una Lezione di Benedetto Varchi e due di Mario Guiducci sopra di esse. In *Firenze*, Appresso Domenico Maria Manni. M. DCC. XXVI. Con Licenza de' Superiori. In-8°, 1 vol.

247 Ricciardetto [poema] di *Niccolo* Carteromaco [Fortiguerra]. In *Parigi*. A spese di Francesco Pitteri Libraio Viniziano. CIƆ IƆCC XXXVIII. Gr. in-8° carré, portr. de l'auteur, tit. orné d'une gravure, et gravures en têtes de chants, 1 vol.

248 Il Ricciardetto di *Niccolo* Carteromaco [Forteguerri]. *Firenze*, Tipographia all' insegna di Dante, 1828. In-12, 1 vol., frontispice gravé.

249 Omaggio poetico di *Antonio* di Gennaro, duca di Belforte. [alla Maestà di Maria Giuseppa, Archiduchessa d'Austria, con annotazioni di Carlo Vespasiano] In *Parigi*, Dalla Stamperia di Michele Lambert, M. DCC. LXVIII. In-8°, 1 vol. de xx-xvi-103 pp.

250 Scherzi Poetici e Pittorici [da *Giovanne Gherardo* Rossi, Direttore della R. Academia delle Belle Arti di Portogallo in Roma. *Parma*, nella stamperia reale di Carlo Bodoni, 1795]. Gr. in-4° à toutes marges, frontisp. gravé et 40 grav. au trait exécutées par Rosaspina d'après les planches de J. Tekeira.

251 Favole Esopiane, in versi, di *Luigi* GRILLO. *Parigi*, Presso l'autore, Molini, Bailli, M. DCC. LXXXIX. Pet. in-12, 1 vol. imp. par Didot l'aîné.

252 La Jérusalem Délivrée, traduite en vers français par *P. L. M.* BAOUR-LORMIAN, [précédée d'une notice sur LE TASSE, par *J.- A.* BUCHON, et accompagnée de notes, par *Aug.* TROGNON. *Paris*, Delaunay, de l'imprimerie de Didot le jeune, 1819. In-8°, 3 vol., portrait du Tasse et gravures.

253 Per la Sacra coronazione di S. M. Carlo X di Francia e di Navarra rè cristianissimo nel di 29 maggio 1825. *Roma*, per Philippo E Nicola de Romanis M DCCC XXV. Une broch. in-4°, 20 p.

Parole del Sig. *Cavaliere Natalo* MONGARDI.

254 Le Rime di *Francesco* PETRARCA. *Parigi*, appresso Marcello Prault, 1768. In-12, 2 vol.

Titre gravé par Aveline sur un dessin de Moreau. A la fin du second volume on trouve la Bibliographie des principales éditions de Pétrarque.

255 Vita e Poesie di *Messer Cino da* PISTOIA. Novella edizione rivista ed accrescinta dall' autore abate Sebastiano Ciampi. *Pisa*, presso Niccolo Capurro M DCCC XIII. In-8°, 1 vol., portr. de Cino.

256 L'Italia liberata dai *Goti*, Poema eroico di *Gio. Giorgio* TRISSINO. *Londra*, 1779. Si vende in *Livorno*, Presso Gio, Tom°. Mari e Comp. In-12, 3 vol., beau titre gravé.

257 La Morte d'Abelle, Poema tedesco del *Sig.* GESSNER; tradotto *Dal Sig. Abate* MUGNOZZI, Romano, Professore di Lingua Italiana in Parigi. Dedicato all' Illustrissima Signora Contessa de Choiseul-Meuse. In *Parigi*, Si vende da Alessandro Jombert, M. DCC. LXXXII. In-12, 1 vol.

THÉATRE GREC ET LATIN.

258 Le théâtre des Grecs , par le *P.* Brumoy. Seconde éditioʟ complète, revue, corrigée et augmentée de la traduction d'un choix de fragmens des poëtes grecs, tragiques et comiques, par M. Raoul-Rochette, membre de l'Institut de France , Académie des Inscriptions et Belles-Lettres, etc., etc. A *Paris*, chez Mme Ve Cussac, [impr. Ve Cussac , *puis* C. J. Trouvé], M. DCCC. XX. [-1825]. in-8°, 16 volumes ornés de gravures, savoir :

T. Ier — Discours sur le Théâtre des Grecs, sur l'origine de la tragédie, sur le parallèle des théâtres, sur l'objet et l'art de la tragédie grecque, etc. — Eschyle : *Prométhée enchaîné , les sept Chefs au siége de Thèbes.*

T. II. — Eschyle : *Les Perses, Agamemnon, les Coéphores* (*sic*), *es Euménides, les Suppliantes.*

T. III. — Sophocle : *Ajax furieux, Électre , Œdipe* (roi).

T. IV. — Sophocle : *Œdipe à Colone , Philoctète, les Trachiniennes, Hercule au mont Œta.*

T. V. — Sophocle : *Antigone.* — Euripide : *Hécube, Oreste.*

T. VI. — Euripide : *Les Phéniciennes , Médée.*

T. VII. — Euripide : *Hippolyte, Alceste, Andromaque.*

T. VIII. — Euripide : *Les Suppliantes, Iphigénie en Aulide, Iphigénie en Tauride.*

T. IX. — Euripide : *Rhésus, les Bacchantes, les Héraclides.*

T. X. — Euripide : *Hélène, Ion , Hercule furieux.*

T. XI. — Euripide : *Électre,* fragments de *Danaé* et de *l'Hippolyte voilé, le Cyclope.*

T. XII. — Aristophane : *Les Acharniens, les Chevaliers, les Nuées.*

T. XIII. — Aristophane : *Les Nuées, les Guêpes, la Paix*

T. **XIV.** — ARISTOPHANE : *Les Oiseaux*, *les Thermophories*, *Lysistrata.*

T. **XV.** — ARISTOPHANE : *Les Grenouilles*, *les Harangueuses*, *Plutus.*

T. **XVI.** — MÉNANDRE, PHILÉMON, ÉPICHARME, ALEXIS, DIPHILE, ANTIPHANE, TIMOCLÈS, EURIPIDE : fragments.

259 Théâtre complet des Latins, par *J.-B.* LEVÉE, ancien professeur de rhétorique et de littérature, etc., et par feu l'abbé LE MONNIER, augmentée de Dissertations, etc., par MM. *Amaury* DUVAL, de l'Académie des Inscriptions, et *Alexandre* DUVAL, de l'Académie française. A *Paris*, chez A. Chasseriau, [H. Nicolle, Treuttel et Wurtz, Rey et Gravier, Arthus Bertrand, Pélicier, Brissot-Thivars ; impr. P.-F. Dupont; *Strasbourg*, Levrault; *bruxelles*, De Mat.] 1820 [-1823]. in-8°, 15 tom. en 12 vol., savoir :

T. I. — PLAUTE : *Amphitruo*, *Asinaria.*

T. II. — PLAUTE : *Aulularia*, *Captivi.*

T. III. — PLAUTE : *Curculio*, *Casina*, *Cistellaria.*

T. IV. — PLAUTE : *Epidicus*, *Bacchides.*

T. V. — PLAUTE : *Menœchmi*, *Mercator.*

T. VI. — PLAUTE : *Miles gloriosus*, *Mostellaria*, *Persa.*

T. VII. — PLAUTE : *Pseudolus*, *Pœnulus*, *Stichus.*

T. VIII. — PLAUTE : *Rudens*, *Trinummus*, *Truculentus.*

T. IX. — TÉRENCE : *Andria*, *Eunuchus.*

T. X. — TÉRENCE : *Heautontimorumenos*, *Adelphi.*

T. XI. — TÉRENCE : *Hecyra*, *Phormio.*

T. XII. — SÉNÈQUE : *Hercules furens*, *Thyestes*, *Hippolytus.*

T. XIII. — SÉNÈQUE : *Phœnissæ*, *Œdipus*, *Troades*, *Medea.*

T. XIV. — SÉNÈQUE : *Agamemnon*, *Hercules Œtæus*, *Octavia.*

T. XV. — *Livius* ANDRONICUS, ENNIUS, NÉVIUS, ACCIUS, AFRANIUS, CÉCILIUS, LABÉRIUS, PACUVIUS, POMPONIUS, TURPILIUS, PLAUTE : Fragments.

260 *L. & M. Annæi* Senecæ Tragœdiæ , Cum Notis *Thom.* Farnabii. *Amstelodami*, Apud Joannem Janssonium , Anno CIƆ IƆ C XLIII. pet. in-12, 1 vol.

261 *Idem opus, ejusdem editionis.*

262 Sophoclis, Tragœdiæ septem. Exhibet *Joannes-Mauricius* Suerius du Plan, Presbyter Rivensis. *Parisiis*, Ex Typographiâ P. Fr. Didot junioris , M. DCC. LXXXVII. In-18 , 2 tom. en 1 vol.

263 Josephus fratres agnoscens. Tragœdia, acta ludis solennibus in Regio Ludovici Magni Collegio apud Patres Societatis Jesu. Auctore *Gabriele Francisco* le Jay, ejusdem Societatis Sacerdote. *Parisiis*, Apud Viduam Simonis Benard , M. DC. XCV. In-12, 1 vol.

264 Théatre de Hrotsvitha, religieuse allemande du Xᵉ siècle, traduit pour la première fois en français , avec le texte latin revu sur le manuscrit de Munich , précédé d'une introduction et suivi de notes par *Charles* Magnin , membre de l'Académie des Inscriptions et Belles-Lettres. A *Paris*, [imp. Crapelet] , chez Benjamin Duprat, 1845. In-8°, 1 vol.

THÉATRE FRANÇAIS.

265 Essais historiques sur l'origine et les progrès de l'art dramatique en France, ouvrage qui sert d'introduction aux auteurs dramatiques , et prépare à la lecture de leurs ouvrages. *Paris*, chez Belin et chez Valade, Lib. & Imp. 1791. 2 vol. in-12, tranche dorée.

L'auteur de cet ouvrage est *Jean* Baudrais.

266 Bibliothèque du théâtre françois depuis son origine; contenant un extrait de tous les ouvrages composés pour ce

théâtre, depuis les mystères jusqu'aux pièces de Pierre Corneille, une liste chronologique de celles composées depuis cette dernière époque jusqu'à présent. [Attribué généralement à *Louis-César* DE LA BAUME LE BLAN, duc DE LA VALLIÈRE, mais en réalité, rédigé & compilé sous sa direction par l'abbé *Pierre-Jean* BOUDOT, *Jean* CAPPE-RONNIER, *François-Louis-Claude* MARIN et *Jean-Joseph* RIVE, bibliothécaire du duc]. *Dresde* [*Paris*, Bauche], M. Groell, 1768. In-12, 3 vol.

267 Théâtre Français au moyen-âge, [Mystère des Vierges sages et des Vierges folles, la Résurrection du Sauveur, Jeux d'*Adam* DE LA HALLE et de *Jean* BODEL, Miracles de Nostre-Dame, etc.], publié d'après les manuscrits de la Bibliothèque du Roi, par MM. *L.-J.-N.* MONMERQUÉ et *Francisque* MICHEL (XIᵉ-XIVᵉ siècles). *Paris*, Firmin Didot frères, M DCCC XLII. Gr. in-8° à 2 col., 1 vol.

268 Conaxa, ou les Gendres dupés, comédie, représentée dans le Collége de la Compagnie de Jésus, pour la distri-bution des Prix fondés par Messieurs les nobles Bourgeois de la ville de Rennes, le 22 août, à une heure après midi (vers 1710). Imprimé et collationné sur le manuscrit de la Bibliothèque Impériale. A *Paris*, chez Michaud frères, de l'imprimerie de L. G. Michaud. M. DCCC. XII. In-8°, 1 vol.

269 Le Conspirateur confondu, ou la Patrie sauvée, pièce nationale en trois actes & en prose, par M. (*J. Cori-sandre*) MITTIÉ fils, de la Société des Amis de la Consti-tution de Paris. A *Lille*, chez Deperne, libraire, rue Neuve, N° 175, 1793. In-8°. Pièce de 24 pages.

270 Esther, tragédie tirée de l'Escriture sainte, par RACINE. *Paris*, chez Claude Barbin, au Palais, sur le perron de la Stᵉ Chapelle. M. DC. LXXXIX. 1 vol. in-4°, gravure en frontispice de Sébastien Leclerc, édition princeps.

271 La femme docteur ou la théologie tombée en quenouille,
comédie par le P. *Guillaume-Hyacinthe* BOUGEANT, de
la Comp. de Jésus. Seconde édition, revue, corrigée &
augmentée de différentes pièces de poésie. A *Liége*, chez
la veuve Procureur, au Vieux Marché, 1731. In-12. Pièce
de 162 pages & 36 pour les différentes pièces de poésie
faites au sujet de la Constitution Unigenitus.

Cette pièce eut en peu de temps vingt-cinq éditions. La première est de 1730.

272 Les festes nocturnes du cours, comédie en 1 acte, par
Florent-Carton DANCOURT. *Paris*, Pierre Ribou, de
l'imprimerie de Lamesle, 1714. In-12 (édition originale),
pièce de 55 pages.

273 L'Heureuse Naissance ou le Triple Mariage, Divertisse-
ment en vaudevilles & en un acte, au sujet de la naissance de Mgr le Dauphin. A *Lille*, chez H. Lemmens,
imprimeur des spectacles, rue Neuve, 1782. In-8°. Pièce
de 28 pages.

274 Les Leçons de Thalie, ou les tableaux des divers ridicules
que la Comédie présente : Portraits, caractères, critique
des mœurs, maximes de conduite propres à la Société,
[par *Pons-Augustin* ALLETZ]. A *Paris*, chez Nyon fils,
Guillyn, M. DCC. LI. In-12, 2 vol.

275 Le Général Custine à Spire, fait historique en deux actes,
à grand spectacle, mêlé de chants & de danses, par les
citoyens D.... D.... Représenté sur le théâtre de l'Ambigu
Comique, pour la première fois, dans le mois de novembre 1792, l'an premier de la République française.
Paris, Limodin, 1792. In-8°, pièce de 28 pages.

276 Plaute ou la Comédie latine, comédie en trois actes et en
vers. Représentée pour la première fois par les comédiens
du Théâtre Français, le mercredi 20 janvier 1808 ; par
Népomucène-Louis LEMERCIER. *Paris*, Collin, impr. de
Didot Jeune, 1808. In-8°, pièce de 136 pages.

277 La Présomption punie, comédie traduite de l'allemand, du baron de ***. Représentée pour la première fois sur le théâtre du prince de *** le 2 février 1743. A *Prague*, chez Frederick Gretz et se trouve à *la Haye*, chez Laurent Berkoske le Fils, dans le Vlaeme-Straat au Nieuwe-Straat. M DCC XLIII. 1 br., 64 p. in-4°.

278 Le Procez du Chat, ou le Savetier arbitre. En un acte mêlé de vaudevilles. Par Messieurs D... T... (*Toussaint-Gaspar* TACONET). Représenté pour la première fois sur le Grand Théâtre des Boulevards, le 14 mai 1767. *Paris*, Langlois, imprimerie de Lambert, 1767. In-8°, pièce de 28 pages.

279 Sganarelle, ov le Cocv imaginaire, comédie [de *J.-B. Poquelin* DE MOLIÈRE]. Avec les argvments de chaque scène. A *Paris*, chez Gvillavme de Lvyne, Libraire-Iuré, M. DC. LXV. In-12, 6 ff. non cotés et 59 pp. chiffrées.

280 Le Souper des Jacobins, comédie en un acte, en vers, représentée pour la première fois, à Paris, sur le théâtre de la rue St.-Martin, ci-devant de Molière, le 25 ventôse, an 3ᵉ de la République. Par *Armand* CHARLEMAGNE. *Paris*, Marchand, an III. In-8°, pièce de 32 pages.

281 La vie et passion de Monseigneur Sainct Didier, martir et évesque de Lengres, jouée en ladicte cité l'an mil cccc iiiˣˣ et deux, composée par vénérable et scientifique personne *Maistre Guillaume* FLAMANG, chanoine de Lengres, publiée pour la première fois, d'après le manuscrit unique de la Bibliothèque de Chaumont, avec une introduction par *J.* CARNANDET, bibliothécaire de Chaumont. *Paris*, lib. Techener; *Chaumont*, imp. C. Cavaniol, 1855. 1 vol. in-8°.

282 Zacharie, fils de Joïada, tragédie dédiée à Messeigneurs, Messeigneurs les rewart, mayeur, eschevins, conseil et huit-hommes de la ville de Lille, par la libéralité desquels les prix seront distribuez, représentée par les Ecoliers

du Collège de la Compagnie de Jésus, à Lille, le 3 de septembre 1740, à une heure & demie après midy, pour les Dames seulement, & le 5 pour les Messieurs, à la même heure. A *Lille,* chez Jean-Baptiste de Moitemont, imprimeur ordinaire de Son Excellence Monseigneur l'Évêque de Tournay, rue Neuve. 1 br. non paginée, 8 p. in 4º.

283 Recueil des Opera, des Balets (*sic*) & des plus belles pièces en musique, qui ont été représentées depuis dix ou douze-ans (*sic*) jusques à présent, devant Sa Majesté très-chrétienne. Suivant la copie de Paris. A *Amsterdam,* chez Abraham Wolfgang [*à partir du tome III*, chez Henri Schelte]. 1690. [à M. DCC. XII.] In - 12, 10 vol., savoir : tom. I à VIII, et X, XI, caractères elzéviriens, gravures sur bois, chaque pièce avec titre et pagination spéciaux.

Cette collection se décompose comme suit :

T. Iᵉʳ — 1. Les Fêtes de l'Amour et de Bacchus (QUINAULT). 2. Psyché (*Th.* CORNEILLE et FONTENELLE). 3. Cadmus et Hermione (QUINAULT). 4. Alceste (QUINAULT). 5. Thésée (QUINAULT.} 6. Atys (QUINAULT).

T. II. — Isis (QUINAULT). 2. Bellérophon (*Th.* CORNEILLE et FONTENELLE). 3. Proserpine (QUINAULT). 4. Le Triomphe de l'Amour (BENSERADE et QUINAULT|. 5. Persée (QUINAULT. 6. Phaëton (QUINAULT).

T III. — 1. Amadis (QUINAULT). 2. Roland (QUINAULT). 3. Armide (QUINAULT). 4. Le Temple de la Paix (QUINAULT). 5. Ballet de la Jeunesse. 6. Acis et Galatée (CAMPISTRON). 7. Achille et Polixène (CAMPISTRON).

T. IV. — 1. Zéphire et Flore (DUBOULLAY). 2. Le Palais de Flore. 3. Thétis et Pelée (FONTENELLE). 4. Orphée (DUBOUL-LAY. 5. Enée et Lavinie (FONTENELLE). 6. Coronis (CHAPUZEAU DE BAUGÉ). 7. Astrée (LA FONTAINE).

T. V. — 1. Alcide (CAMPISTRON). 2. Didon (Mᵐᵉ GILLOT DE SAINCTONGE). 3. Médée (*Th.* CORNEILLE). 4. Circé (Mᵐᵉ GILLOT

DE SAINCTONGE). 5. Céphale et Procris (DUCHÉ). 6. Téagène et Cariclée (*sic*) (DUCHÉ). 7. Jason (*J.-B.* ROUSSEAU).

T. VI. — 1. Les Amours de Momus (DUCHÉ). 2. Les Saisons (PIC). 3. Aricie (PIC). 4. L'Europe galante (LAMOTTE-HOUDART). 5. Ballet de Villeneuve-St.-George (BANZY). 6. Ariane et Bachus (*sic*) (SAINT-JEAN). 7. La Naissance de Vénus (PIC).

T. VII. — 1. Méduse (BOYER). 2. Vénus et Adonis (*J.-B.* ROUSSEAU). 3. Issé (LAMOTTE-HOUDART). 4. Le Triomphe de la Raison sur l'Amour. 5. Apollon et Daphné. 6. Intermèdes de Mirtil et Mélicerte. 7. Le Carnaval (REGNARD). 8. Amadis de Grèce (LAMOTTE-HOUDART). 9. Le Carnaval de Venise, terminé par Orphée aux Enfers (REGNARD).

T. VIII. — 1. Marthésie (LAMOTTE-HOUDART). 2. Les Fêtes galantes (DUCHÉ). 3. Le Triomphe des Arts (LAMOTTE-HOUDART). 4. Hésione (DANCHET), 5. Aréthuse (DANCHET). 6. Scylla (DUCHÉ). 7. Omphale (LAMOTTE-HOUDART).

T. X. — 1. Tancrède (DANCHET). 2. Ulysse (GUICHARD). 3. Iphigénie en Tauride (DANCHET et DUCHÉ). 4. Télémaque (DANCHET). 5. Alcine (DANCHET). 6. Philomèle (ROY). 7. Alcione (*sic*) (LAMOTTE-HOUDART). 8. Cassandre (LAGRANGE-CHANCEL).

T. XI. — 1. Polixène et Pirrhus (*sic*) (LASERRE). 2. Brada-mante (ROY). 3. Hippodamie (ROY). 4. Sémélé (LAMOTTE-HOUDART). 5. Méléagre (JOLLY). 6. Diomède (LASERRE). 7. Les Fêtes Vénitiennes (DANCHET). 8. Manto la Fée (MENESSON).

Nota. — Dans le catalogue de la bibl. de Soleinne, N° 3303, la collection n'est indiquée qu'en 9 vol. 1690-1705.

284 Recueil de tragédies de divers auteurs, à savoir :

I. Saint Evstache, tragédie [de *P.* BELLO], in-12, 72 pp., sans titre.

II. Saint Genest, tragédie [de *J.* ROTROU], in-12, 76 pp. sans titre.

III. Les Amovrs de Diane et d'Endimion, tragédie, par Monsieur GILBERT, Secrétaire des Commandements

de la Reine de Suede. Imprimée à *Roven*, et se vend
à *Paris*, chez Gvillavme de Lvyne, M. DC. LXI. In-12,
78 pp.

IV. Antigone, tragédie, par M. PADER D'ASSEZAN.
A *Paris*, chez Guillaume Cavelier, M. DC. LXXXVII.
In-12, 78 pp.

V. Regulus, tragédie, par M. PRADON. A *Paris*,
chez Thomas Guillain, M. DC. LXXXVIII. In-12, 14
et 78 pp.

VI. Bajazet, tragédie, par M. RACINE. Et se vend pour
l'Autheur, à *Paris*, chez Pierre Le Monnier. M. DC.
LXXII. In-12, 8 et 99 pp.

––––––––

THÉATRE ÉTRANGER.

285 Chefs-d'œuvre des Théâtres étrangers, allemand, anglais,
chinois, danois, espagnol, hollandais, indien, italien,
polonais, portugais, russe, suédois, traduits en français
par Messieurs AIGNAN, ANDRIEUX, membres de l'Académie Française ; le baron DE BARANTE, BERR, CAMPENON,
membre de l'Académie Française ; *Benjamin* CONSTANT,
CHATELAIN, COHEN, DENIS, ESMÉNARD, GUIZARD, GUIZOT,
LABEAUMELLE, MALTE-BRUN, MÉNÉCHET, lecteur du roi ;
MERVILLE, *Charles* NODIER, PICHOT, *Abel* RÉMUSAT,
membre de l'Institut ; *Charles* DE RÉMUSAT, le comte DE
SAINTE-AULAIRE, le baron DE STAEL, TROGNON, VILLE-
MAIN, membre de l'Académie Française. A *Paris*, chez
Ladvocat, M. DCCC. XXII [-XXIII]. In-8°, 25 vol.,
savoir :

Théâtre Espagnol : LOPE DE VEGA, 2 vol.; CALDERON,
2 vol.; MORATIN, 1 vol.; *Torrès* NAHARRO, *Cervantes* SAAVEDRA,
GUILLEM DE CASTRO, 1 vol.

Théâtre Italien : GOLDONI, 1 vol.; *V.* MONTI, *U.* FOSCOLO,

PINDEMONTE , *Silvio* PELLICO , *A.* MANZONI , 1 vol.; GIRAUD , DE ROSSI , NOTA, FEDERICI , 1 vol.

Théâtre Portugais : GOMÈS , PIMENTA DE AGUIAR , JOZÉ , 1 vol.

Théâtre Anglais : TOBIN , SHERIDAN , CUMBERLAND , 1 vol.; ROWE , OTWAY , DODSLEY , 1 vol.; *John* HOME, *Isaac* BICHERS-TAFF, BEAUMONT et FLETCHER , BURGOYNE , 1 vol.; THOMSON, OTWAY , GOLDSMITH , 1 vol.; BEN JOHNSON , WYCHERLEY , FARQUHAR , 1 vol.

Théâtre Allemand : GŒTHE , 3 vol.; KOTZBUE , 1 vol.; LESSING , 1 vol.; WERNER , MULLNER , 1 vol.

Théâtre Hollandais : HUOFT, VONDEL , LANGENDYK, 1 vol.

Théâtre Suédois : LÉOPOLD , GYLLENBERG , LINDEGREN , 1 vol.

Théâtre Russe : OZEROF, FON-VIZINE , KRILOF, SKAKOFSKOÏ, 1 vol.

Théâtre Polonais : FÉLINSKI , WENZYK , NIEMCOWITZ , OGINSKY, MOWINSKY, KOCHANOWSKY, 1 vol.

Malgré le titre général, cette collection ne comprend rien du théâtre danois ni du théâtre chinois. Pour le théâtre indien, voir le N° suivant.

286 Chefs-d'œuvre du Théâtre Indien. [Le Chariot d'enfant, par SOUDRAKA ; le Héros et la Nymphe, par KALIDÂSA ; le Mariage par surprise , par BHAVABHOÛTI ; Suite de l'Histoire de Râma, par le même ; l'Anneau du Ministre, VISÀKHADATTA ; le Collier, par SRÎ - HARCHA ; plus, un appendice contenant l'analyse de divers autres drames , traduits de l'original sanscrit en anglais , par M. *H. H.* WILSON , Secrétaire de la Société Asiatique du Bengale , etc., et de l'anglais en français , par M. *A.* LANGLOIS, Membre de la Société Asiatique , accompagnés de notes et d'éclaircissements. *Paris*, Librairie orientale [et imprimerie] de Dondey-Dupré père et fils, M. DCCC. XXVIII. In-8°, 2 vol.

287 Canace , tragedia di *Messer Sperone* SPERONI, nobile

Padovano [Nota editoris]. Pet. in-8°, 1 vol., imp. par Vincent Busdrago, de *Lucques*, en 1550.

F° 1, *recto* : Givditio sopra la Tragedia di Canace & Macareo con molte utili considerationi circa l'arte Tragica, et di altri poemi con la Tragedia appresso ; *verso* : Al Magnifico M. Gio. Bat. Geraldi Secretario dell' illustriss. Duca di Ferrara. *F° 55* : Canace Tragedia [*etc. ut supra*]. *F° 95 verso* : [*Nota typographica*]. In Lucca per Vincentio Busdrago a di. 4 di Maggio. MDL.

288 La Merope, Tragedia del *Marchese Scipione* MAFFEI VERONESE. *Verona*, della stamperia Giulari, M. DCC. XCVI. In-4° car. à grandes marges, caract. elzévir., 1 vol. de 113 pp. outre titre et avertissement.

ROMANS.

289 De l'Usage des Romans, Où l'on fait voir leur utilité & leurs différens caractères : avec une Bibliothèque des Romans accompagnée de Remarques critiques sur leur choix et leurs Éditions. Par M. le *C.* GORDON DE PERCEL. [L'abbé LENGLET DU FRESNOY]. A *Amsterdam.* M. DCC. XXXIV. In-12, 2 vol., tit. rouge et noir.

290 Le qvatriéme [cincqviéme, sixiesme] Livre d'Amadis de Gavle : Mis en François par le Seigneur des Essars *Nicolas* de HERBERAY, Commissaire ordinaire de l'artillerie du Roy, & Lieutenant en icelle, es païs & gouvernement de Picardie, de Monsieur de Brissac,.... Acverdo Olvido. Scrvtamini. En *Anvers*, par Guillaume Sylvius, imprimeur du Roy. L'an M. D. LXXIII. In-8°, 3 tom. en 1 vol., imp. sur 2 col., tit. encadrés, bois dans le texte, savoir :

L. IV : 4 ff. non cotés et 74 ff. cotés
» V : 4 » » » » 159 pp. chiffrées.
» VI : 4 » » » » 172 » »

291 *Jo.* Barclaii Argenis, Nunc primum illustrata. *Lugd.*
Batav. et *Roterod.* Ex Officina Hackiana. Anno 1664.
Archambrotus et Theopompus sive Argenidis secunda &
tertia pars, Ubi de institutione principis. *Lugd. Batav.*
et *Roterod.* Ex Officina Hackiana. Anno 1669. In-8°, 2
vol., tit. ornés, portr. de l'auteur.

292 L'Argenis de *Iean* Barclay. De la Traduction Nouuelle
de M. C. [*Pierre* Marcassus, Gimontois.] Dedie av
Roy. A *Rouen*, chez Adrian Ovyn, M. DC. XXXII.
Pet. in-8°, 1 vol.

L'édition de Rouen est en 2 vol.; mais l'exemplaire dont s'agit ne va que
jusqu'à la page 368, à la suite de laquelle on a relié les pages 375 à 1065 (fin),
d'une autre édition postérieure.

293 Euphormionis Lusinini, sive *Jo.* Barclaii, Satyricon,
Nunc primum in Sex partes dispertitum, & Notis illus-
tratum, cum Clavi. Accessit Conspiratio Anglicana.
Lugd. Batavorum, Ex Officina Hackiana. A° M. DC.
LXXIV. In-8°, 1 vol., frontisp. gravé.

294 Histoire maccaronique de *Merlin* Coccaie, prototype de
Rabelais, ou est traicté les ruses de Cingar, les *tours* de
Boccal, les adventures de Leonard, les forces de Fra-
casse, les enchantemens de Gelfore et Pandrague et les
rencontres heureuses de Balde [par *Théophile* Folengo],
avec des notes et une notice par *G.* Brunet, de Bordeaux,
nouvelle édition revue et corrigée sur l'édition de 1606
par *P.-L.* Jacob, bibliophile [*Paul* Lacroix]. *Paris*,
[impr. Simon Raçon] Adolphe Delahays, 1859. Pet. in-8°,
1 vol. de la *Bibliothèque Gauloise*.

295 Hypnerotomachie ov Discours du Songe de Poliphile,
déduisant comme amour le combat, à l'occasion de Polia,
soubz la fiction de quoy l'aucteur monstrant que toutes
choses terrestres ne sont que uanité, traicte de plusieurs
matières profitables et dignes de mémoire. Nouuellement
traduict de langage Italien en François. *Paris*, pour

Iaques Keruer, aux deux Cochetz, rue S. Iaques. M. D. XLVI. 1 vol. in-4°, avec dessins et gravures dans le texte et hors texte. Nombreux dessins à la plume et notes marginales manuscrites.

L'auteur de cet ouvrage paraît être *Fois* COLONNA.

296 Hypnerotomachie ov Discours du songe de Poliphile, déduisant comme amour le combat, à l'occasion de Polia, soubz la fiction de quoy l'aucteur, monstrant que toutes choses terrestres ne sont que vanité, traicte de plusieurs matières profitables, et dignes de mémoire. Nouvellement traduict de langage Italien en François. *Paris*, pour Iaques Keruer, à la Licorne, rue St Iaques. M D LXI. 1 vol. in-4° avec figures dans le texte et hors texte.

Édition pareille à celle de M D XLVI; elle ne contient en plus qu'un petit avertissement de *J.* GOHORY.

297 Songe de Poliphile, [par *D. Francesco* COLONNA]. Traduction libre de l'italien, par *J. G.* LEGRAND, Architecte des Monuments publics. A *Paris*, de l'imprimerie de P. Didot l'ainé. An XIII-M. DCCC.IV. In-12, 2 tomes en 1 vol.

298 Delphinie. A *Kiansi*, 1758. In-12, pièce de 52 pages.

299 Quelques extraits du Roman d'Abladanc, publiés par M. *H.* DUSEVEL, membre de la Société des Antiquaires de France. *Amiens*, Typog. Lenoel-Herouart, 1858, 1 broch. de 16 pag.

300 Agiatis, par M. l'abbé DUVAL-PYRAU, Conseiller de la Cour de Son Altesse Sérénissime Monseigneur le Landgrave & Prince de Hesse-Hombourg, et membre de plusieurs académies & sociétés littéraires. *Yverdon*, imp. de la Société Litt. & Typogr. M. DCC. LXXVIII. 1 vol. in-8°.

301 Robinson Crusoëus [auctore *Daniele* DEFOE] Ex imitatione operis germanicè scripti ab *Henrico* CAMPE. Latinè

vertit *F. J.* Goffaux, humaniorum litterarum Professor
in Lycæo imperiali. *Parisiis*, apud autorem, 1810. In-12,
1 vol., gravures.

302 Le Livre de Baudoyn, Conte de Flandre ; suivi de fragments du Roman de Trasignyes. Publié par MM. *C. P.*
Serrure, professeur, et *A.* Voisin, bibliothécaire à
l'Université de Gand. *Bruxelles*, chez Berthot et Péri-
chon, imprimerie A. Cauvin, 1836. 1 vol. in-8°,
gravures.

303 Bélisaire. Par M. [*Jean-François*] Marmontel, de l'Académie Française. Nouvelle édition augmentée. *Lausanne*, Grasset. In-12, 1 vol.

304 Histoire de don Ranucio d'Aletez, Histoire véritable [par
l'abbé *Charles-Gabriel* Porée]. A *Venise*, chez Antonio
Pasquinetti. M. DCC. XL. In-12, 2 vol., titre rouge
et noir.

305 Le Rabelais moderne, ou les Œuvres de Maître *François*
Rabelais, docteur en médecine, mises à la portée de la
plûpart des Lecteurs, avec des Eclaircissements historiques, pour l'intelligence des allégories contenuës dans
le Gargantua, & dans le Pantagruel, [par l'abbé *F.-M.*
de Marsy]. A *Amsterdam*, [*Paris*] chez Jean Frederic
Bernard. M. DCC. LII. In-12, 3 vol.

Nota. — L'ouvrage complet est en 8 volumes. Les cinq derniers manquent à cet
exemplaire.

Une note de M. de Godefroy, inscrite sur la feuille de garde, attribue cet
ouvrage à l'abbé G. L. Pérau. J'ignore sur quelle autorité se fonde cette attribution, contredite par les bibliographies.

306 Œuvres de Rabelais, édition *variorum*, augmentée de
pièces inédites, des Songes drolatiques de Pantagruel,
ouvrage posthume, avec l'explication en regard ; des
remarques de Le Duchat, de Bernier, de Le Motteux,
de l'abbé de Marsy, de Voltaire, de Ginguené, etc.; et
d'un nouveau commentaire historique et philologique

par ESMANGART et *Éloi* JOHANNEAU, membres de la Société Royale des Antiquaires. A *Paris*, chez Dalibon, [impr. J. Didot l'aîné, *puis* C. Doyen]. M. DCCC. XXIII. In-8°, 9 vol., nombreuses gravures hors texte.

307 Relation d'un voyage du Pôle arctique au Pôle antarctique par le centre du Monde, avec la description de ce périlleux passage et des choses merveilleuses & étonnantes qu'on a découvertes dans le Pôle antarctique. Avec figures. A *Amsterdam*, Étienne Lucas, Lib., M. DCC. XXIII. 1 pet. vol. in-8°, titre noir & rouge.

308 Le Roman du Renard, traduit pour la première fois d'après un texte flamand du XII° siècle, édité par *J.-F.* WILLEMS; augmenté d'une analyse de ce qu'ont écrit, au sujet des Romans français du Renard, LEGRAND D'AUSSY, ROBERT, RAYNOUARD, SAINT-MARC-GIRARDIN, *Prosper* MARCHAND, etc., par *Octave* DELEPIERRE, avocat, archiviste de la province de la Flandre-Occidentale. *Bruxelles*, Société Belge de Librairie, etc. Hauman, Cattoir et Comp., 1867. In-8°, 1 vol., nombr. grav. hors texte.

CRITIQUE LITTÉRAIRE.

309 *Adriani* TURNEBI Regij philosophiæ græcæ professoris Adversariorvm, Tomus primus duodecim libros continens. Cum Indice copiosissimo. Ad Clarissimum & Amplissimum virum Michaëlem Hospitalem Franciæ Cancellarium. *Parisiis*, ex officina Gabriëlis Buonij, in clauso Brunello, sub signo D. Claudij, 1564. In-4°, 1 vol.

310 Animadversiones in Vindicias Kempenses a R. P... [TESTELETTE] Canonico regulari Congregationis Gallicanæ adversùs R. P. Franciscum Delfau Monachum ac Presb. Cong. S. Mauri novissime editas. [auct. *J.* MABILLON, ejusd. Cong.] *Parisiis*, Apud Ludovicum Billaine, M. DC. LXXVII. Pet. in-8°, 1 vol. de 62 pp.

311 *Christiani* GRYPHII, Rectoris olim apud Vratislauienses
Magdalenæi Apparatvs sive Dissertatio isagogica de
Scriptoribvs Historiam Secvli XVII illustrantibus. *Lipsiæ*, apvd Thomam Fritsch, M. DCC. X. Pet. in-8°,
1 vol.

312 Commentatio historico-literaria de Cognominibvs Ervdi-
torvm qvæ ex diversis scriptoribvs collegit, collecta in
ordinem et classes digessit, digesta collatis inter se variis
doctorvm opinionibvs svisqve observatis illvstravit *Io.
Tob.* HAGELGANS Cob. Franc. *Regiomonti Franconvm*
impensis Guilielmi Tobiæ Fischeri, A. R. S. cIɔ Iɔcc xx.
In-4°, 1 vol., tit. rouge et noir.

313 *Dionysii* GOTHOFREDI I. C. in L. Annæi Senecæ Philosophi
opera, Coniectvrarvm et Variarvm Lectionum Libri V,
Loci commvnes sev libri Aureorum. Nomenclator sive
Commentarius selectarum dictionum. *Basileæ*, per
Evsebivm Episcopivm. Anno M. D. XC. In-8°, 1 vol.

314 MACROBII *Ambrosii Avrelii Theodosii*, Viri Consvlaris, &
illustris, In Somnium Scipionis, Lib. II. Saturnaliorum,
Lib. VII. Ex uarijs, ac uetustissimis codicibus recogniti,
& aucti. *Lvgdvni*, apvd Seb. Gryphium. 1550. Pet. in-8°,
1 vol.

315 *Michaelis* LILIENTHALII, Regiæ Societatis Berolinensis
Scientiarum & Artium Socii, de Machiavellismo literario,
Sive De perversis quorundam in Republica Literaria
inclarescendi artibus Dissertatio historico-moralis. *Regiomonti & Lipsiæ*, Sumtibus Henrici Boye, Anno cIɔ Iɔcc
xiii. Pet. in-8°, 1 vol., tit. rouge et noir.

316 Vindiciæ veterum Scriptorum, contra *J.* HARDUINUM.
S. J. P. Additæ sunt Viri eruditi Observationes Chrono-
logicæ in Prolusionem & Historiam Veteris Testamenti.
[Auctore *M.* VEYSSIÈRE de LA CROZE.]. *Roterodami*,
Typis Regneri Leers, M. DCC. VIII. In-12, 1 vol.

317 Abailard et Héloïse, avec un aperçu du XIIe siècle comparé sous tous les rapports avec le siècle actuel, et une vue de Paris tel qu'il étoit alors, par *F. C.* TURLOT, de la Bibliothèque du Roi. *Paris*, chez Janet et Cotelle, [imp. Jules Didot l'aîné], M. DCCC. XXII. In-8°, 1 vol., portr. d'Héloïse.

318 Annales littéraires ou Choix chronologique des principaux articles de littérature insérés par M. DUSSAULT, dans le journal des Débats, recueillis et publiés par l'auteur des Mémoires historiques sur Louis XVII. [*J.* ECKARD]. De l'imprimerie d'A. Clo. A *Paris*, chez Maradan, [*puis* Grimbert] Lenormant, M. DCCC. XVIII [-XXIV]. In-8°, 5 vol.

319 Antidote, *s. l.* (*Pétersbourg*), 1770, in-8°.

Après ce titre, le volume commence ainsi : Antidote ou Examen du mauvais livre superbement imprimé, intitulé : *Voyage en Sibérie fait par ordre du Roi en 1761....*, par M. l'abbé Chappe d'Auteroche... — Cette réfutation de l'ouvrage de Chappe est attribuée par les uns à CATHERINE II ; par les autres, à la comtesse DASCHKOFF & *André-Pétrovitz* SCHOUWALOFF. Auguis donne pour collaborateur de la comtesse Daschkoff le sculpteur FALCONNET.

320 L'Anti-Gilbertine, ou lettres sur le Dix-huitième siècle, suivie d'une Épître de M. de Voltaire, & de la Réponse de son Ombre, par M. D***, auteur des L. A *Berne* & se trouve à *Paris*, Valleyre l'aîné, 1778. In-8°, pièce de 40 pages.

321 Calidasa ou la Poésie Sanscrite dans les raffinements de sa culture, par *Félix* NÈVE, Professeur à la Faculté des lettres de Louvain. *Paris*, Benjamin Duprat, Lib. Imp. Ve Goupy et Cie, 1864. Une broch., 48 pag. in-8°.

322 Critique generale de l'Histoire du Calvinisme de M. Maimbourg, [par *Pierre* BAYLE]. Seconde Edition. Revûë & beaucoup augmentée. [*la Sphère*]. A *Ville-Franche*, [*Rotterdam*], chez Pierre le Blanc, M. DC. LXXXIII.

Pet. in-12 , 1 vol. de 14 feuillets non cotés et 407 pages chiffrées.

L'ouvrage s'arrête à la lettre XXI. Il manque donc les six dernières lettres, qui forment le second volume.

323 Critique generale de l'Histoire du Calvinisme de M. Maimbourg, [par *Pierre* BAYLE] [*la Sphère*]. A *Ville-Franche*, chez Pierre le Blanc, M. DC. LXXXII. In-12, 1 vol.

324 Nouvelles Lettres de l'Auteur de la Critique generale de l'Histoire du Calvinisme de M' Maimbourg. [*Pierre* BAYLE]. Première partie. Tom. I. [*la Sphère*]. A *Ville-Franche*, chez Pierre le Blanc, M. DC. LXXXV. Pet. in-12, 1 vol., l'ouvrage complet en comprend 4.

325 Dante Alighieri ou la Poésie amoureuse, par *E.-J.* DELÉCLUZE. Vie de Dante Alighieri. La vie nouvelle. Correspondances poétiques des Fidèles d'amour. Poésie amoureuse avant Dante (Amak , Azz - Eddin - Elmocadessi , Comte de Poitiers , Saint François d'Assise, l'Empereur Frédéric II , Pierre de Vignes , Guido Orlandi , Guido Cavalcanti, Barberino, etc., etc. *Paris* , Adolphe Delahays, [imp. Pommeret et Moreau, et *Coulommiers*, imp. A. Moussin], 1854. In-12, 1 vol.

326 De la charlatanerie des savans : par Monsieur [*Jean-Burchard*] MENKEN , avec des Remarques critiques de différens Auteurs. Traduit en François. [Par DURAND, fils du Pasteur de Nimègue]. *La Haye* , J. Van Duren , 1721. In-12, 1 vol.

327 Éloge de N. Boileau-Despréaux. Discours qui a remporté le Prix d'Éloquence proposé par la classe de la langue & la littérature françoises de l'Institut national, et décerné dans la séance publique du 5 nivôse an XIII. Par *L.-S.* AUGER. *Paris* , Colnet, an XIII - 1805. In-8°, pièce de 58 pages.

328 Essais de critique. I. Sur les écrits de M. ROLLIN. II. Sur
les Traductions d'HÉRODOTE [et particulièrement sur la
Traduction française de DU RYER et la Traduction angloise
de LITTLEBURY]. III. Sur le Dictionnaire géographique &
critique de M. BRUZEN DE LA MARTINIÈRE. [Par l'abbé
François BELENGER, docteur de Sorbonne]. *Amsterdam*,
l'Honoré & fils, 1740. In-12, 1 vol.

329 Essai sur les écrits politiques de Christine de Pisan, suivi
d'une notice littéraire et de pièces inédites, par *Raimond*
THOMASSY. *Paris*, Debécourt, Lib. Édit.; Maulde et
Renou, Imp. 1838. 1 vol. in-8°.

330 Études Littéraires par M. *C.-A.-N.* MAIGNIEN, régent de
rhétorique au collége de Cambrai. *Paris*, chez Jules
Renouard, [*Cambrai*, imp. Vve Hurez], 1837. In-8°, 1 vol.,
envoi d'auteur signé.

331 Examen d'un écrit intitulé, les Ruines, ou Méditations sur
les Révolutions des Empires, par M. VOLNEY, Député à
l'Assemblée Nationale de France de 1789, ou Traité sur
l'Egalité, la Liberté & la prétendue Souveraineté du
Peuple dans les Monarchies, avec une dissertation sur
Joseph, Historien Juif. Par M. JOUVIN D. P. R. C. D. S. M.
D. C. A *Londres*, De l'Imprimerie de Ph. Le Boussonnier. Se vend chez l'Auteur, & chez les autres Libraires
François, 1799. In-12, 1 vol.

332 Histoire de Roméo Montecchi et de Juliette Cappelletti,
[de Luigi du Porto, précédée de Lettres critiques de
Filippo SCOLARI, et du poème de CLIZIA, noble véronaise,
et] suivie de nouvelles traduites de l'italien [de BANDELLO,
FIORENTINO, *Giraldi* CINTHIO], par le baron [*André-
Laurent*] de GUENIFEY. *Paris*, [impr. et] librairie de
H. Fournier, 1836. In-8°, 1 vol.

333 Jugemens des Savans sur les principaux Ouvrages des
Auteurs, par *Adrien* BAILLET, Revûs, corrigez & augmentez par M^r de LA MONNOYE. Nouvelle Édition. [*Les*

vol. 14 et 15 intitulés : Anti-Baillet ou Critique du Livre de Mr Baillet, intitulé Jugemens des Savans, par M^r ME-NAGE. Nouvelle Édition augmentée : I. des Observations de M^r DE LA MONNOYE sur l'Anti-Baillet ; II. des Réflexions sur les Jugemens des Savans ; III. des Réflexions sur la Vie de Descartes. *Les vol. 16 et 17, intitulés :* Jugemens des Savans, sur les Auteurs qui ont traité de la Rhétorique, avec un précis de la doctrine de ces Auteurs. Par M. GIBERT, ancien Recteur de l'Vniversité]. A *Amsterdam,* aux dépens de la Compagnie, M. DCC. XXV. In-12, 8 tom., chacun en 2 parties, sauf le tome II, qui est en 3 parties, chaque partie formant un volume, en tout 17 vol., tit. rouge et noir.

334 Lettres sur les Confessions de J. J. Rousseau. Par M. GIN-GUENÉ. A *Paris*, chez Barois l'Aîné, 1791. In-8°, 1 vol.

335 Myrdhinn ou l'enchanteur Merlin, son histoire, ses œuvres, son influence, par le vicomte HERSART de LA VILLEMAR-QUÉ, membre de l'Institut, nouvelle édition. *Paris*, Librairie Académique Didier et Cie, [impr. Simon Raçon], 1862. In-12, 1 vol.

336 Nouveaux Mémoires d'Histoire, de Critique et de Littérature. Par M. l'Abbé D'ARTIGNY. A *Paris*, chez Debure l'aîné, M. DCC. XLIX [-LVI]. In-12, 7 vol.

337 Problèmes proposés à résoudre au Marquis de V... [Villette?] ou Lettres du Duc de *** au Marquis de V... sur des Matières d'Histoire, de Grammaire, de Littérature, de Religion, etc., relativement aux divers ouvrages de M. de Voltaire. A *Liege*, chez P. A. Painsmay, M. DCC. LXXIV. Pet. in-8°, 1 vol.

338 Recherches critiques sur l'âge et l'origine des traductions latines d'Aristote, et sur des commentaires grecs ou arabes employés par les docteurs scholastiques; Ouvrage couronné par l'Académie des Inscriptions et Belles-Lettres ; par M. JOURDAIN, Secrétaire-Adjoint de l'École

spéciale des Langues Orientales vivantes. *Paris*, [impr. Rougeron] Fantin Delaunay, [*Turin*, *Milan*, *Florence*, *Naples*, *Londres*, *Vienne*, etc.], 1819. In-8°, 1 vol., portr. d'Aristote.

339 Recherches historiques et critiques sur le véritable auteur du livre de l'Imitation de Jésus-Christ; Examen des droits de Thomas a Kempis, de Gersen et de Gerson, avec une réponse aux derniers adversaires de Thomas a Kempis, suivi de Documents inédits; par *J.-B.* MALOU, professeur de théologie et bibliothécaire à l'Université catholique de Louvain. Seconde édition. *Louvain*, [imp. Vanlinthout et Vandenzande] chez Fonteyn. A *Paris*, Lecoffre et Duprat. A *Bonn*, Marcus; à *Bois-le-Duc*, Verhœven, 1849. In-8°, 1 vol.

340 Réflexions sur un imprimé intitulé : La Bataille de Fontenoy, poeme : Par M. D. *** G. I (*Jean* DROMGOLD ou DRUMGOLD, Irlandais). Dédiées à M. de Voltaire, Historiographe de France. Première édition, considérablement retranchée. (*Paris*), 1745. In-8°. Pièce de 28 pages.

341 Revue critique des Journaux publiés à Paris depuis la Révolution de Février jusqu'à la fin de Décembre, par WALLON. Extrait du Bulletin de Censure, examen critique et mensuel de toutes les productions de la librairie française, revue indispensable comme Avertissement aux familles contre les erreurs de l'époque, paraissant en 2 feuilles gr. in-8° compactes, du 25 au 30 de chaque mois. Prime offerte aux nouveaux abonnés du Bulletin de Censure pour 1849. Imp. Pillet fils, à *Paris*, 1849. 1 vol., texte à 2 colonnes.

341*bis* Bulletin de censure : 7ᵉ année : Nᵒˢ 1 à 12, janvier à décembre 1849. — 8ᵉ année : Nᵒˢ 1 à 12, janvier à décembre 1850.

Manquent le Nᵒ 3 (mars) et la moitié du Nᵒ 12 (décembre) de la 8ᵉ année.

342 Les Romans de la Table Ronde et les Contes des anciens Bretons, par le vicomte HERSART DE LA VILLEMARQUÉ, membre de l'Institut, troisième édition. *Paris*, à la librairie académique Didier et Cⁱᵉ, 1860. In-12, 1 vol.

343 Les Romans du Renard, examinés, analysés et comparés, d'après les textes manuscrits les plus anciens, les publications latines, flamandes, allemandes et françaises; Précédés de renseignements généraux et accompagnés de notes et d'éclaircissements philologiques et littéraires; par *M. A.* ROTHE, Professeur à l'Académie royale de Soroe (Danemarck). *Paris,* chez J. Techener, [impr. Maulde et Renou], 1845. In-8°, 1 vol.

344 Les sentiments de Marianne sur la Tragédie en général & sur Maximien [tragédie en 5 actes de *Pierre-Claude* NIVELLE DE LA CHAUSSÉE, représentée en 1738, sur un sujet déjà traité par Corneille] en particulier. Avec le Triomphe de Terpsicore. A *Paris*, chez Prault père, Quay de Gévres, au Paradis, 1738. In-12. Pièce de 27 pages.

345 La Telemacomanie, ou la Censure et Critique du Roman intitulé *Les Avantures de Telemaque Fils d'Ulysse*, ou suite du quatrième Livre de l'Odyssée d'Homère, [par l'abbé *P. V.* FAYDIT]. A *Eleuterople*, chez Pierre Philalethe, M. DCC. In-12, 1 vol.

346 Ulysse-Homère, ou du véritable auteur de l'Iliade et de l'Odyssée, par *Constantin* KOLIADES, Professeur dans l'Université Ionienne. A *Paris,* chez de Bure frères, [impr. Crapelet]. M. D. CCC. XXIX. Tr. gr. in-f°, 1 vol. av. portr. d'auteur, cartes et gravures hors texte.

347 Véland le forgeron. Dissertation sur une tradition du moyen-âge, avec les textes hollandais, anglo-saxons, anglais, allemands et français-romans qui la concernent, par *G. B.* DEPPING, membre des Sociétés des Anti-

quaires de France, de Danemark et d'Écosse, et *Francisque* MICHEL. *Paris*, typog. Firmin Didot frères,
M. DCCC. XXXIII. 1 broch., 97 pages in-8°.

ÉPISTOLAIRES.

348 *Dominici* BAUDI [Dom. Baudier, de Lille] V. Cl. Epistolarvm Centuriæ tres; Lacunis aliquot suppletis. Accedunt
ejusdem Orationes. Editio auctior et castigatior. *Lugduni
Batavorvm*, Excudebat Georgius van der Marse. cIↃ Iↄc
XXXVI. Pet. in-8°, 1 vol. de 24, 887 et 8 pp.

349 *Isaaci* CASAUBONI Epistolæ, insertis ad easdem Respon-
sionibus, quotquot hactenus reperiri potuerunt, secundum
seriem temporis accuratè digestæ. Accedunt huic tertiæ
editioni, præter trecentas ineditas Epistolas, Isaaci Casauboni Vita; ejusdem Dedicationes, Præfationes, Prolegomena, Poemata, Fragmentum de Libertate Ecclesiastica. Item, *Merici* CASAUBONI, I. F. Epistolæ,
Dedicationes, Præfationes, Prolegomena, et Tractatus
quidam rariores. Curante *Theodoro* JANSON, *ab Almelo-
veen. Roterodami*, typis Casparis Fritsch et Michaelis
Böhm, M. DCC. IX. Gr. in-f°, 1 fort vol., tit. rouge
et noir.

350 *Desiderii* ERASMI Roterodami Epistolæ plvribus, qvam
CCCC XXV, ab Erasmo, avt ad Erasmvm scriptis avc-
tiores, ordine temporvm nvnc primvm dispositæ, mvlto
qvam vmqvam antea emendatiores, Et præstantium aliquot virorum, ad quos scriptæ sunt, imaginibus ornatæ.
Accesserunt accuratiores indices. *Lvgdvni Batavorvm*,
Curâ & impensis Petri van der Aa, M DCC VI. Gr. in-f°,
2 vol., tit. rouge et noir, gravures sur cuivre hors texte.

351 Epistolæ aliqvot gravivm virorvm, ex Vrbe ad Germaniæ
Principes quosdam, et alios Primarios viros scriptæ, de

gestis Pij V. Pontificis Maximi, quorum lectio haud me-
diocrem adferet pijs omnibus & iucunditatem & vtilitatem.
Coloniæ, Apud Geruuinum Calenium & hæredes Iohannis
Quentelij. Anno Domini M. D. LXVII. Pet. in-8°, 1 vol.

In eodem volumine : Oraison funebre, prononcee en
l'Eglise Nostre Dame de Paris, aux funerailles de messire
Anne de Montmorency, pair & Conestable de France :
Par M. *Arn.* SORBIN, P. de Monteig, & Recteur de
Saincte Foy. A *Paris*, chez Guillaume Chaudiere, 1567.
Tr. pet. in-4° de 4 feuilles.

352 *Jo.* FRONTONIS [FRONTEAU] C. R. Academiæ Paris. Cancel-
larii Epistolæ selectæ, ad ser. et em. Principem Card.
Bullionium Magnum Franciæ Eleemosynarium. *Leodii
Eburonum*, Apud Guillielmum Henricum Streel, S. C. S.
Typographum, 1674. Superiorum Permissu. In-12, 1 vol.

353 Epistolæ GERBERTI primo Remorvm, dein Ravennatvm
archiepiscopi, posteà Romani Pontificis Sylvestri secvndi.
Quibus accessit decretvm electionis ejvs, anno Domini
998. Epistolæ JOANNES SARESBERIENSIS, episcopi Carnotensis, ab anno 1154 vsquè ad 1180, Epistolæ STEPHANI,
primò beati Evvrcii Avreliæ ad Ligerim præfecti, posteà
S. Genovefæ Parisiis abbatis, tandem Tornacensis episcopi, ab anno 1159 vsquè ad 1196. Nvnc primvm in lvcem
editæ è bibliotheca Papiris Massoni, Foresii, in Senatu
Parisiensi advocati. Auspiciis Antistitvm et cleri galliæ.
Parisiis, apud Franciscum Salis, M. DC. XI. 1 vol. in-4.

354 Correspondance littéraire, philosophique et critique,
adressée à un souverain d'Allemagne, depuis 1753 jusqu'en 1769, par le baron de GRIMM et par DIDEROT.
Paris, Longchamps, F. Buisson, 1813. In-8°, 6 vol.

355 Correspondance littéraire, philosophique et critique,
adressée à un souverain d'Allemagne, depuis 1770 jusqu'en 1782, par le baron de GRIMM et par DIDEROT.
Seconde Édition, revue et corrigée. A *Paris*, chez
F. Buisson, [impr. Mame] 1812. In-8°, 5 vol.

356 Correspondance littéraire, philosophique et critique, adressée à un souverain d'Allemagne, pendant une partie des années 1775-1776, et pendant les années 1782 à 1790 inclusivement, par le baron de GRIMM et par DIDEROT. *Paris*, F. Buisson, [impr. J.-L. Chauson, *puis* Marne], 1813. In-8°, 5 vol.

357 Supplément à la correspondance littéraire de MM. Grimm et Diderot; contenant : 1° les Opuscules de GRIMM ; 2° treize lettres de GRIMM à Frédéric II, Roi de Prusse ; 3° Plusieurs morceaux de la Correspondance de GRIMM qui manquent aux 16 volumes ; 4° des Remarques sur les 16 volumes, par *Ant. Alex.* BARBIER, Bibliothécaire de S. M. l'Empereur et Roi, et de son Conseil d'État. A *Paris*, chez Potey, Buisson, Delaunay, [imp. Lefebvre], 1814. In-8°, 1 vol.

358 Sanctæ HILDEGARDIS, Abbatissæ in Monte S. Roberti apvd Naam flvvivm, prope Bingam, Sanctissimæ virginis & prophetissæ, Epistolarvm Liber : Continens varias Epistolas summorum Pontificum, Imperatorum, Patriarcharum, Archiepiscoporum, Episcoporum, Ducum, Principum, & Magnatum ad S. Hildegardim, & eiusdem sanctas ad easdem responsiones : Item eiusdem S. Hildegardis alia quædam, Ad confirmandam & stabiliendam Catholicam nostram fidem apprimè vtilia : Nunc primùm in lucem edita. *Coloniæ*, apud Hæredes Iohannis Quentel & Geruuinum Calenium, Anno M. D. LXVI. In-4° car., 1 vol., couvert. parchemin.

359 HINCMARI Rhemensis Archiepiscopi, ante annos L. svpra DCC. in Galliis celeberrimi Epistolæ ex Ms. membranaceo Cod. Bibliothecæ Nob. et Cathedralis Ecclesiæ Spirensis descriptæ, & nunc primum excusæ, cum coniectvris, notisque brevibus *Joannis* BVSÆI *Noviomagi* Societ. Iesv. Accessere hæc coætaneorvm scripta. THEODULPHI *Aurelianensis* Episcopi epistolæ ad Parochos. Constitutiones CAROLI MAGNI à LOTHARIO Nepote collectæ

cum notis Viti Amerpachij. Vita S. Wigberchti Fritzlar,
Confessoris, authore Lvpo. Vita S. Roberti Confessoris
Bingionum Dvcis, auctore S. Hildegardi (*sic*). *Mogvntiæ*,
Typis Ioannis Albini, anno cIɔ Iɔ DCII [*sic*, 1602]. In-4
car., 1 vol., tit. rouge et noir.

360 Epistolarum obscurorum virorum ad Dom. M. Ortuinum
Gratium, volumina omnia ex tam multis libris congluti-
nata, quod unus pinguis cocus per decem annos oves,
boves, sues, grues, passeres, anseres, &c., coquere,
vel aliquis fumosus calefactor centum magna hypocausta
per vigenti annos ab eis calefacere posset [Per *Udalri-
cum* de Hutten]. Accesserunt huic editioni tractatus
rarissimi, cum figuris œneis. *Francofurti*, J. A. Raspe,
1758. In-12, 2 tom. en 1 vol.

Satire dirigée contre Gratius (Graes), recteur du Collége à Cologne.

361 Ivonis Episcopi Carnotensis Epistolæ Collatione multorum
manuscriptorum codicum restitutæ, auctæ & emendatæ.
In illas observationum liber non anteà editus. Eivsdem
Ivonis Chronicon de Regibus Francorum. *Parisiis*, ex
Officina Nivelliana, M. DC. X. In-8°, 1 vol., tit. rouge
et noir.

362 Litteræ Iaponicæ A. R. P. Provinciali Societatis Iesv in
Iapone, ad R. admodvm P. Clavdivm Aqvaviva Præpo-
sitvm generalem eiusdem Societatis nuperrimè transmis-
sæ. In quibus nouem Iaponum pro fide Catholica inte-
remptorum, res præclarè gestæ, & mors preciosa
continentur. Vertit ex Italico Romæ impresso in Latinum sermonem P. *Petrvs* Halloix Sac. Soc. Iesv. *Dvaci*,
Typis Baltazaris Belleri. Anno M. DC. XII. Pet. in-12,
1 vol. de 136 pp.

363 *Hvberti* Langveti Epistolæ ad Joachimvm Camerarivm
patrem et filivm editæ quondam a Lvdovico Camerario
nepote, nunc recusæ et quibusdam epistolis ad Avgvstvm
Sax. Electorem auctæ [studio *Friderici-Benedicti* Carp-

 zôvii, qui huic editioni præfationem primæ editionis a *Ludovico-Joachimo* Camerario concinnatam adjunxit]. *Lipsiæ* & *Francofurti*, M. G. Wiedmanni, 1685. In-12, 1 vol.

364 Opus Epistolarum *Petri Martyris* Anglerii Mediolanensis, Protonotarii Apostolici, Prioris Archiepiscopatus Granatensis, atque à Consiliis Rerum Indicarum Hispanicis, tanta cura excusum, ut præter styli venustatem quoque fungi possit vice Luminis Historiæ superiorum temporum. Cui accesserunt Epistolæ *Ferdinandi* de Pulgar Cœtanei Latinæ pariter atque Hispanicæ cum Tractatu Hispanico de Viris Castellæ Illustribus. Editio Postrema. *Amstelodami*, Apud Danielem Elzevirium, cIɔ Iɔc LXX. In fol., 2 col., 1 vol.

Les lettres de Pulgar sont traduites en latin par *Julien* Magon.

365 *Dionysii* Petavii Avrelianensis e societ. Iesu Orationes. *Lvteliæ Parisiorvm*, S. Cramoisy, 1653. In-8°, 1 vol.
In eodem volumine : *Dionysii* Petavii Epistolarum libri III. *Parisiis*, S. Cramoisy, 1652.

366 Les Lettres de Pline le Jeune, [traduites par Le Maistre de Sacy]. Nouvelle édition, revûë & corrigée. A *Paris*, par la Compagnie des Libraires. M. DCC. XXI. Avec privilege du Roy. In-12, 3 vol.

367 *ErycI* Puteani Bamelrodi Historiographi Regii, Professoris, Consiliarii, &c. Epistolarum Apparatus posthumus in centurias septem distributus, Operâ & Industriâ *Xysti Antonii* Milseri Authoris generi. *Lovanii*, Typis Andreæ Bouveti. Anno cIɔ Iɔc. Lxii. Pet. in-8°, 3 vol.

368 R. Patris F. *Hieronymi* Savonarolæ Ferrariensis, Ordinis Prædicatorum, Concionatoris Eximii, virique Apostolici, Epistolæ spirituales et asceticæ. Miram vitæ sanctitatem & simplicitatem, Fidei & Religionis zelum, Charitatisque fervorem redolentes & spirantes. Nunc primum collectæ, & ex Ethrusca Authoris vernacula

Lingua Latine redditæ. Per *Fr. Jacobum* QUETIF, Paris. Ord. Præd. *Parisiis*, Sumptibus Ludovici Billaine, M. DC. LXXIV. In-12, 1 vol.

369 *Jacobi* SADOLETI, Episcopi Carpentoracti, S. R. E. Cardinalis, Epistolarum libri sexdecim. *Ejusdem* ad Paulum Sadoletum Epistolarum liber unus. Vita ejusdem Auctoris per *Antonium* FLOREBELLUM. *Coloniæ*, Apud heredes A. Birckmanni, 1554. In-8°, 1 vol.

370 Epistolæ S. BONIFACI Martyris primi Mogvntini archiepiscopi germanorvm Apostoli ; Plvrivmque pontificvm, regum & aliorum, nunc primum è Cæsaree maiestatis Viennensi Bibliothecâ luce, notisque donatæ per *Nicolavm* SCRARIVM Societatis Iesu, Presbyterum SS. Theol. Doct. *Mogvntiæ*, e typ. Balthasaris Lippij, anno M DC V. 1 vol. in-4°, titre encadré.

371 Viri Consultissimi quem Cultissimum vocat Gaspar Scioppius de stil. hist. p. 124. *Andreæ* ALCIATI Jurisconsulti Mediolanensis contra Vitam Monasticam ad Collegam olim suum, qui transierat ad Franciscanos, Bernardum Mattium Epistola. Accedit Sylloge epistolarum GIPHANII, VULCANII, TYCHONIS BRAHE, SCRIVERII, PONTANI, VOSSII, SIBRANDI SICCAMÆ, GRONOVII, BOXHORNII, Aliorumque virorum Clarissimorum, quæ variam doctrinam continent. Accedunt alia adhuc quædam, ut & Vetera aliquot Testamenta, Seculo XIII. & initio sequentis scripta. Primus omnia in lucem protulit, adjectis passim notis, *Antonius* MATTHÆUS, Juris in Illustri Academia Lugd. Bat. Antecessor. *Lugd. Batav.* Apud Fredericum Haaring, 1695. In-8°, 1 vol. car., tit. rouge et noir.

372 Magistri STEPHANI, Abbatis S. Genovefæ Parisiensis, tum Episcopi Tornacensis Epistolæ, Quę auctiores, emendatiores, & Notis illustratæ denuò prodeunt, Studio *R. P. Clavdii dv* MOLINET, Canonici Regularis Congr. Gall. *Lutetiæ Parisiorum*, Sumptibus Antonii Dezallier, M. DC. LXXXII. In-8°, 1 vol.

373 Correspondance de Fénelon, archevêque de Cambrai,
    publiée pour la première fois sur les manuscrits origi-
    naux et la plupart inédits, par l'abbé Caron. *Paris*,
    Ferra jeune, A. Le Clerc et Cie, 1827 [-1829]. In-8°,
    11 vol.

    I. Correspondance avec le duc de Bourgogne. — II. Idem,
    corresp. de famille, lettres diverses. — III-IV. Lettres diverses.
    — V. Lettres sur l'archevêché de Cambrai, lettres spirituelles.
    — VI. Lettres spirituelles. — VII-X. Correspondance sur
    l'affaire du quiétisme. — XI. Idem, testament de Fénelon,
    principales vertus de Fénelon, par un ecclésiastique, lettre de
    l'abbé Galet, éloge de Fénelon par de Boze et Dacier, la
    tolérance de Fénelon par M. de Boulogne; table générale, etc.

374 Lettres et Opuscules inédits de Fénelon, archevêque de
    Cambrai, complément de ses *Œuvres* et de sa *Corres-
    pondance*. *Paris*, librairie et imprimerie d'Adrien
    Le Clerc et Cie, 1850. In-8°, 1 vol.

375 Correspondance inédite et secrète du Docteur *B.* Franklin,
    Ministre plénipotentiaire des États-Unis d'Amérique, près
    la cour de France, depuis l'année 1753 jusqu'en 1790 ;
    offrant, en trois parties *complètes* et bien distinctes,
    1° les mémoires de sa vie privée ; 2° les causes premières
    de la révolution d'Amérique ; 3° l'histoire des diverses
    négociations entre l'Angleterre, la France et les États-
    Unis, publiée, pour la première fois, en France, avec des
    notes, additions, etc. *Paris*, Janet père [impr. A. Égron,
    puis Cordier], M. DCCC. XVII. In-8°, 2 vol., portr. de
    Franklin et fac-similé de son écriture.

376 Les Epistres dorees et discovrs salvtaires de Don *Antoine*
    de Gvevare, evesque de Mondonedo, Prescheur et Cro-
    niqueur de l'Empereur Charles cinquiesme. Traduict
    d'espagnol en françois par le Seigneur de Guterry,
    docteur en médecine. Ensemble la reuolte que les Espai-
    gnolz firent contre leur ieune Prince l'an 1520 et l'issue

d'icelle. Auec un Traicté des Trauaux et Priuileges des Galeres, le tout *du mesme Autheur*. Traduict nouuellement d'italien [de Don *Alphonse* D'ULLOA], en françois [par *Antoine* DUPINET, Sr de Noroy]. *Paris*, Abel L'Angelier, 1579. In-8°, 1 vol.

377 Les Lettres d'*Estienne* PASQVIER, Conseiller & Aduocat general du Roy à Paris. Contenant plusieurs belles matières & discours sur les affaires d'Estat de France, & touchant les guerres ciuiles. A *Paris*, chez Lavrent Sonnivs, ruë S. Iacques, au Coq, & Compas d'Or, M.DC.XIX. In-8°, 2 vol.

378 Lettres choisies de feu Mr *Guy* PATIN, docteur en médecine de la Faculté de Paris, & professeur au Collège royal. Dans lesquelles sont contenues plusieurs particularitez historiques sur la vie & la mort des Sçavans de ce siècle, sur leurs écrits & plusieurs autres choses curieuses depuis l'an 1645, jusqu'en 1672. Augmentées de plus de trois cens lettres dans cette dernière édition & divisée en trois volumes. *La Haye*, Van Bulderen, 1707. In-12, 3 vol.

379 Lettres de SAINT BERNARD, abbé de Clairvaux, docteur et dernier père de l'Église ; traduites en français sur l'édition des Bénédictins de 1690, enrichies de Notes historiques et critiques, par M. l'Abbé P.*** [*Jean-Marie* PEYRONNET], prêtre du diocèse de Lyon. *Lyon*, F. Guyot, 1838. In-8°, 3 vol.

380 Correspondances politiques et critiques par Monsieur de *St* QUENAIN. A *Amsterdam*, chez W. Van Welbergen et P. H. Charlois, M.DCC.XLI. 1 vol. in-4°.

381 Les amusements de l'amitié rendus utiles & intéressans Recueil de lettres écrites de la Cour vers la fin du règne de Louis XIV [par l'abbé DE VARENNES]. A *Amsterdam*, chez François l'Honoré [*Paris*, Langlois], 1729. In-12, 1 vol.

382 Del Primo Libro de le Lettere di M. *Pietro* ARETINO. In
   Parigi, appresso Matteo il Maestro (Mathieu le Maistre),
   1609. In-8°, 3 vol.

   Il y a six livres. Le titre varie à chaque livre. Le second est dédié « au tres-
   sacré Roi d'Angleterre » ; le troisième « au Magnanime Seigneur Cosme de
   Médicis, Prince de bonne volonté » ; le quatrième « au Magnanime Seigneur Jean
   Charles Affætati, gentilhomme sans pareil » ; le cinquième, dans lequel il se
   qualifie d'homme libre « à la suprême bonté du Magnanime Seigneur Baudouin
   di Monte » ; le sixième, enfin « à Hercule d'Este, duc de Ferrare ».

383 Lettere del Cardinal[*Guido*]BENTIVOGLIO, con note gram-
   maticali e filologiche di *G.* BIAGIOLI, autore della Nuova
   grammatica italiana elementare e ragionata, approvata
   dal Instituto di Francia. *Parigi*, P. Didot l'aîné, 1807.
   In-12, 2 part. en 1 vol.

384 Lettere del cardinal BENTIVOGLIO con note gramaticali e
   analitiche di *G.* BIAGIOLI, autore della Gramatica italiana
   elementare e ragionata. Edizione seconda. *Parigi*,
   appresso G. Biagioli [dai torchi di Dondey-Dupré], 1819.
   In-12, 1 vol.

385 Lettres du Cardinal BENTIVOGLIO sur diverses matieres de
   Politique & autres importants sujets, écrites aux premiers Princes de l'Europe, & à plusieurs personnes con-
   siderables par leur sçavoir & par leurs emplois, traduites
   en francois (*sic*), avec l'italien à côté ; par le Sieur
   de VENERONI, maître des langues italienne & françoise, à
   Paris. A *Bruxelles*, chez les Freres t'Serstevens, M.
   DCC.IX. In-12, 1 vol., titre rouge et noir, front. gravé.

386 Vltime lettere di *Iacopo* ORTIS, tratte dagli autographi.
   Parigi, Teofilo Barrois, 1824. In-18, 1 vol.

   Dans le même volume : Alcuni capitoli del *Viaggio
   sentimentale di Yorick* (di *Daniele* STERNE) estratti de
   la Traduzione italiana di *Didimo* CHIERICO, publicata in
   Pisa, l'anno 1813.

387 Ultime lettere di Jacopo Ortis. *Italia*, 1802. In-8°, 1 vol.

388 Lettere dettate dal Cardin. [*Pietro*] *Sforza* PALLAVICINO, di gloriosa memoria. Raccolte e dedicate alla Santità di N. Sig. Papa Clemente nono, da *Giambattista* GALLI PAVARELLI, Cremonese. In *Roma*, per Angelo Bernabo, 1668. In-12, 1 vol.

POLYGRAPHIE. — ŒUVRES COMPLÈTES.

389 Avctores latinæ lingvæ in vnvm redacti corpvs : Qvorvm Avctorvm Veterum & Neotericorum Elenchum sequens pagina docebit Adiectis Notis *Dionysii* GOTHOFREDI I. C. Vna cum indice generali in omnes auctores. Editio postrema : emendatior et nonnullis auctior. *Genevæ*, apud Petrum & Iacobum Choüet. MDCXXII. 1 vol. in-8°.

390 *Samuelis* BOCHARTI. Opera omnia, hoc est Phaleg, Canaan, et Hierozoicon. Quibus accessere Variæ Dissertationes, hactenus fere omnes ineditæ, in quibus multa Philologica, Geographica, Chronologica, Historica, etc., eruditissimè exponuntur. Præmittitur Vita Cl. Autoris à *Stephano* MORINO litteris mandata, cum variorum ejus Operum recensione ; imò & Paradisi Terrestris ad ejus mentem delineatione. Succedunt varii Indices ; passim insertæ sunt Tabulæ Geographicæ. Editio tertia : In qua... studium posuerunt *Johannes* LEUSDEN, Ling. Sanct. in Acad. Traject. Prof. et *Petrus de* VILLEMANDY, V. D. M. & Collegii Theol. Gallo-Belg. Lugd. Regens. *Lugduni Batavorum*, apud Cornelium Boutesteyn, & Jordanum Luchtmans. *Trajecti ad Rhenum*, apud Guilielmum van de Water, M. DC. LXXXXII. In-fol., 2 vol.

391 *M. Tullii* CICERONIS. Opera omnia : cum Grvteri & selectis variorum notis & indicibus locupletissimis accurante *C.* SCHREVELIO. *Amstelodami*, apud Ludovicum & Danielem Elzevirios. *Lugd. Batavorum*, apud Fran-

ciscum Hackium, A° 1661. Tomes I et III (*manque le second volume*). 2 vol. in-4°, tranches dorées, avec front. au 1ᵉʳ vol.

Cette édition est fort estimée pour sa belle exécution et les variantes qu'elle contient.

392 Œuvres complètes de l'Empereur JULIEN, traduction nouvelle accompagnée de sommaires, notes, éclaircissements, table analytique des matières, index alphabétique et précédée d'une étude sur Julien, par *Eugène* TALBOT, doct. ès-lettres, professeur de rhétorique au Collège Rollin. *Paris*, lib.-éd. H. Plon, 1863. 1 vol. in-8°, gravure en frontispice.

393 Œuvres de LUCIEN, traduites du grec [par BELIN DE BALLU], avec des Remarques historiques et critiques sur le texte de cet Auteur, et la collation de six Manuscrits de la Bibliothèque du Roi. A *Paris*, chez Jean-François Bastien, M.DCC.LXXXIX. In-8°, 6 vol.

394 *Sancti Georgii Florentii* GREGORII. Episcopi Turonensis Opera omnia Necnon *Fredegarii* Scholastici Epitome et Chronicum cum suis continuatoribus et aliis antiquis monumentis. Ad codices manuscriptos & veteres editiones collata, emendata, & aucta, atque notis & observationibus illustrata, opera & studio Domini *Theoderici* RUINART presbyteri & monachi Benedictini è Congregatione sancti Mauri. *Luteciæ-Parisiorum*, excudebat Franciscus Muguet, MDCXCIX. In-fol., 1 vol.

395 *Iacobi* SADOLETI Card. et Episcopi Carpentoractensis viri disertissimi, Opera quæ existant omnia : ad Eloqventiam, Philosophiam, ac Theologiam pertinentia, nvnc primvm e variis Bibliothecis simul edita & aucta. Ad hæc *Antonii* FLOREBELLI Mutinensis Orationes III. *Mogvntiæ*, Ex Officina Typographica Balthasari Lippij, Sumptibus Ionæ Rhodii, Anno Domini M.DCVII. In-8°, 1 fort vol., portr de l'auteur.

396 SULPITII SEVERI, Opera omnia quæ extant. *Amstelodami*, Ex officina Elzeviriana, 1656. Pet. in-12, 1 vol., titre gravé.

397 Œuvres complètes du Cardinal de BERNIS de l'Académie Française. *Paris*, Fuchs, lib., imp. Lottin, 1797-98. 3 vol. in-4°.

398 Œuvres complètes de *Pierre de* BOURDEILLE, seigneur de BRANTÔME, publiées d'après les manuscrits, avec variantes et fragments inédits pour la Société de l'Histoire de France, par *Ludovic* LALANNE. A *Paris*, chez Mme V° Jules Renouard [*puis* H. Loones, successeur], imp. Ch. Lahure, M DCCC LXIV [-LXXV]. In-8°, 8 vol.

    T. Ier. Grands Capitaines estrangers. — T. II. Grands Capitaines estrangers. Grands Capitaines François. — T. III-IV. Grands Capitaines François. — T. V. Grands Capitaines François. Couronnels François. — T. VI. Couronnels François. Discours sur les Duels.— T. VII. Rodomontades Espaignoles. Sermons Espaignols. M. de la Noue. Retraictes de guerre. Des Dames. — T. VIII. Des Dames. Appendice.

399 Œuvres complètes de CHAMFORT, l'un des quarante de l'Académie Françoise ; seconde édition, revue, corrigée, précédée d'une Notice sur sa vie et augmentée de son Discours sur *l'Influence du Génie des grands Écrivains sur l'Esprit de leur Siècle*, etc., etc. Imprimerie de Fain et compagnie. A *Paris*, chez Colnet et Fain [Debray, Mongie, Delaunay, Bossange, A. Bertrand, Treuttel et Wurtz], M. DCCC. VIII. In-8°, 2 vol.

400 Mélanges de Philosophie, d'Histoire et de Littérature, par M. *Ch.-M.* de FÉLETZ, de l'Académie Française. *Paris*, Grimbert [*puis* Grimbert et Dorez], impr. Casimir, 1828 [-1830]. In-8°, 6 vol.

    T. Ier. Philosophie. — T. II. Belles-Lettres : poésie. — T. III. Belles-Lettres : prose.— T. IV. Histoire, Mémoires. — T. V. Mémoires particuliers, Correspondance, **Voyages**. — T. VI. **Romans, Polygraphie.**

401 Œuvres de Fontenelle. Des Académies Françoise, des Sciences, des Belles-Lettres, de Londres, de Nancy, de Berlin et de Rome. Nouvelle édition, augmentée de plusieurs pièces relatives à l'Auteur, mise pour la première fois par ordre des matières et plus correcte que toutes les précédentes. A *Paris*, chez Jean-François Bastien [et Jean Servière], M. DCC. XC [-XCII]. In-8°, 8 vol., avec portrait, rel. veau, tranches dorées.

T. I. — Pièces diverses en prose et en vers ; Dialogues des Morts.

T. II. — Entretiens sur la Pluralité des Mondes ; Théorie des Tourbillons Cartésiens ; Histoire des Oracles.

T. III. — Histoire du Théâtre français, Vie de Corneille ; divers essais de poétique ; Tragédies, *savoir* : Psyché, Bellérophon, Thétis et Pélée, Énée et Lavinie, Brutus, Idalie.

T. IV.— Comédies, *savoir* : Macate, le Tyran, Abdolonyme, le Testament, Henriette, Lysianasse, La Comète, Pygmalion.

T. V.— Discours sur l'Églogue ; Églogues ; pièces diverses en prose et en vers.

T. VI. — Préfaces, Discours et Éloges Académiques.

T. VII. — Éloges Académiques.

T. VIII. — Histoire de Romieu de Provence ; Doutes sur le Système physique des Causes occasionnelles ; Lettres galantes et particulières.

402 Œuvres de *F.-B.* Hoffman précédées d'une notice sur sa vie : 1° *Critique*, 7 vol.; 2° *Mélanges*, 1 vol.; 3° *Théâtre*. 2 vol. *Paris*, Lavigne, Ducollet, imp. Dupuy, 1834. 10 vol. in-8° (le 1er vol. du théâtre contient le portrait de l'auteur en frontispice).

403 Œuvres complètes de *Michel* L'Hospital, chancelier de France, ornées de portraits et de vues dessinées et gravées par A. Tardieu, et précédées d'un essai sur sa vie et ses ouvrages par *P. J. S.* Duffey, de l'Yonne. A *Paris*, chez A. Boulland [et Ambroise Tardieu, impr. Firmin Didot], 1824 [-1825]. In-8°, 3 vol.

404 Œuvres inédites de *Michel* L'HOSPITAL, chancelier de
France, ornées de portraits et de vues dessinés et gravés
par A. Tardieu, suivies d'un tableau de la législation
française au seizième siècle, et accompagnées de notes
historiques, par *P. J. S.* DUFEY, avocat. A *Paris*, chez
A. Boulland [et Ambroise Tardieu, impr. Firmin Didot],
1825. In-8°, 2 tom. en 1 vol.

405 Œuvres complètes de M. PALISSOT, nouvelle édition,
revue, corrigée et augmentée. A *Paris*, chez Léopold
Collin, M.DCCC.IX. In-8°, 6 vol., savoir :

T. I : Mémoires sur la Vie de l'auteur ; Théâtre (*Ninus II,
les Tuteurs, le Barbier de Bagdad, le Cercle, les Philosophes,* et
documents divers, mémoires, correspondance avec Voltaire,
relatifs à cette dernière pièce.

T. II : Théâtre (*le Satyrique, les Courtisanes, Clerval et
Cléon*) ; la Dunciade ; Pièces fugitives.

T. III : Histoire des premiers siècles de Rome et divers
Mélanges.

T. IV : Mémoires sur la Littérature.

T. V : Mémoires sur la Littérature.

T. VI : Génie de Voltaire apprécié dans tous ses ouvrages.

406 Œuvres complettes de *P.* POIVRE, Intendant des Isles de
France et de Bourbon, correspondant de l'académie des
sciences etc.; précédées de sa vie et accompagnées de
notes. A *Paris*, chez Fuchs, 1797. In-8°, 1 vol. de l'impr.
de J. Salles à *Riom.*

407 Œuvres complètes de *J. J.* RAEPSAET, revues, corrigées et
considérablement augmentées par l'auteur, suivies de ses
Œuvres posthumes [et précédées d'une Notice nécrolo-
gique et historique sur Raepsaet]. Chez Leroux, libraire
à *Mons, Gand, Bruxelles* et *Liége.* [*Gand*, impr.
C. Annoot-Braeckman], 1838 [-1840]. In-8°, 6 vol., portr.
de l'auteur.

408 Œuvres de Monsieur de Tourreil, de l'Academie royale
des Inscriptions et Belles-Lettres, et l'un des quarante de
l'Academie Françoise. A *Paris*, chez Michel Brunet,
M.DCC.XXI. In-12, 4 vol., titre rouge et noir.

409 Œuvres de M^r l'abbé [*César* Vichard] de Saint-Réal.
Nouvelle édition. *La Haye*, les Frères Vaillant, 1732.
In-12, 5 vol.

Au quatrième volume, page 267, il y a un magnifique portrait d'Hortense
Mancini, duchesse de Mazarin, gravé par D. Coster. — Dans le même volume,
page 134, M. le marquis de Godefroy-Ménilglaise a inséré une lettre inédite de
St-Réal à Colbert au sujet de la Conjuration de Venise, transcrite de sa main dans
les *Mélanges de Clérembaut*, n° 468, page 101.

410 Les Œuvres de Monsieur de Voiture , contenant ses
Lettres & ses Poësies, avec l'Histoire d'Alcidalis & de
Zelide. Nouvelle édition; augmentée de la Conclusion de
l'Histoire d'Alcidalis & de Zelide, & de plusieurs autres
Pieces. A *Paris*, chez Claude Robustel, M.DCCXXIX.
In-12, 2 vol., titre rouge et noir.

411 Opere del Conte Algarotti, Cavaliere dell' Ordine del
Merito, e Ciamberlano di S. M. il Re di Prussia. Dulces
ante omnia musæ. *Cremona*, per Lorenzo Manini [Regio
Stampatore], MDCCLXXVIII [-LXXXIV]. In-8°, 10 vol.

I. Vita d'Algarotti, il Congresso di Citera. — II. Dialoghi.
— III. Saggi sopra l'Accademia, sopra l'Architettura, sopra la
Musica, Enea in Troja, Iphigénie en Aulide. — IV. Saggi
sopra la Lingua Francese, sopra la Rima, sopra il Commercio,
sopra l'Imperio de gl' Incas, sopra Orazio, ecc. — V. Lettere e
Discorsi.— VI. Viaggi ; Lettere sulla traduzione dell' Eneide.
— VII. Lettere sopra la Pittura , l'Architettura , ecc. —
VIII. Pensieri diversi. — IX. Lettere varie, Epistole. —
X. Opere inedite.

412 Opere di Monsignor Giovanni della Casa seconda edizione
veneta accresciuta e riordinata. [da *Marco* Forcellini,
con una Vita di G. della Casa per *G.-B.* Casotti]. In

Venezia, appresso Angiolo Pasinelli, MDCCLII. In-4°, 3 vol., portr. de l'auteur.

T. I : Rime e Versi Latini. — T. II ; Lettere. — T. III : Prose Latine e Toscane.

ŒUVRES CHOISIES. — ŒUVRES DIVERSES.

413 Fvlberti Carnotensis, episcopi antiqvissimi, opera Varia. Ex M. S. Cod. Biblioth. Reg. Colleg. Nauarræ, & Clarissimor. Virorum D. Petavii Senat. Reg. & N. Fabri. Quæ tam ad refutandas hereses huius temporis, quam ad Gallorum hist. pertinent. Quibus adjicitur Episcop. Carnot. Cathalogus. Cum Notis & Indice... per M. *Carolvm* de Villiers, Doct. Th. Parisiensem... *Parisiis,* Blazivs, 1608. In-8°, 1 vol.

414 Selecta *Marci Tullii* Ciceronis Opera, notis illustrata et in quatuor partes distributa pars secunda ad usum Tertianorum. *Lugduni ,* ex typis Rusand 1809. 1 pet. vol. in-18.

415 Histoires diverses d'Élien, traduites du grec, avec des remarques [par *Bon* Dacier]. A *Paris,* chez Moutard, M. DCC. LXXII. In-8°, 1 vol.

416 *Iacobi* Gothofredi I C. Opvscvla varia ; ivridica, politica, historica critica, qvæ ab avthore, dvm in vivis erat, edita, deinde ab eodem recognita & aucta, nvnc denvo post eivs obitvm in vnum collecta, locupletiora ac emendatiora prodeunt. *Genevæ,* Sumpt. Ioannis Antonij & Samuelis de Tournes , M. DC. LIV. In-4°, 1 vol., titre rouge et noir.

417 *Ioannis* Harduini e societate Iesu presbyteri Opera Selecta tum quæ jam pridem Parisiis edita nunc emendatiora et multo auctiora prodeunt, tum quæ nunc primum edita.

Indicem omnium præfatio exhibebit. *Amstelodami,* apud
Ioan. Ludovicum de Lorme sub signo Libertatis, MDCCIX.
1 vol. gr. in-4°, texte à 2 colonnes, tranches rouges, grav.
en médaillon dans le titre.

418 *Joannis Petri* LUDEWIG J C j j. S. Regiæ Maiestatis Consiliarii intimi et in regimine dvcali Magdebvrgico, ivris ac
historiarvm Professoris Opuscula Miscella. I. Ivris
pvblici, cvm vniversalis, tvm Germanici Imperii. II. Fev-
dalis, cvm Imperii, tum provinciarvm Germaniæ. III. Pri-
vati civilis, cvm Germanici, tvm Romani. IV. Historiæ,
cvm civilis tvm litterariæ. V. Philosophica. VI. Ivris
Canonici et Ecclesiastici in S. R. I. VII. Differentiarvm
Ivris Romani et Germanici. Mvltvm desiderata, ab avctore
plvribvs accessionibus avcta et ivnctim edita. *Halæ
Magdebvrgicæ*, impensis Novi Bibliopolii cIɔ Iɔ cc xx.
In-fol. à 2 col., frontisp. gravé, portr. de l'auteur, titre
rouge et noir.

419 *Petri* PITHŒI. Opera sacra, ivridica, historica, miscel-
lanea. *Parisiis,* ex Officina Nivelliana, apud Sebastianvm
Cramoisy, M. DC. IX. In-4°, 1 fort vol., titre rouge et
noir.

420 Nobiliss. *Virginis Annæ Mariæ* a SCHURMAN Opuscula
Hebræa, Græca, Latina, Gallica : Prosaica & Metrica.
Editio secunda, auctior & emendatior. *Lvgd. Batavor.,*
ex Officinâ Elseviriorum, cIɔ Iɔ cI. Pet. in-8°, 1 vol.,
titre rouge et noir.

421 ΘΕΟΦΥΛΑΚΤΟΣ. *Theophylacti* SIMOCATTÆ. Quæstiones
physicas et Epistolas ad codd. recensuit versione Kime-
donciana et notis instruxit *Jo. Franc.* BOISSONADE.
Parisiis, apud J. Albert Mercklein [excudebant Firmin
Didot fratres], MD CCC XXXV. In-8°, 1 vol.

422 Les Œuvres de *I.* SLEIDAN qvi concernent les histoires
qv'il a escrites assavoir, III Livres de ses Commentaires

des Qvatre principaux Empires du monde. XXVI Livres
des histoires de la Religion et de la Répvblique de nostre
temps. II Remonstrances pleines d'histoires, l'Vne aux
Estats de l'Empire, l'avtre à l'Empereur Charles V.
IIII Volumes de Frossart historien, abbregez d'un singu-
lier artifice par Sleidan, avec quelques prefaces sur
l'histoire de Ph. de Commines. Le discours de l'estat du
Royaume et des maisons illustres de France est adiousté
sur la fin. Avec les tables des matières principales contenues en chacun desdits livres. *Genève*, Eustache
Vignon, 1574. 1 vol. in-fol.

423 *Dan.* WYTTENBACHII. Opuscula varii argumenti, oratoria,
historica, critica, nunc primum conjunctim edita.*Lugduni
Batavorum*, apud S. et J. Luchtmans. *Amstelodami*,
apud P. den Hengst et fil., M DCCC XXI. In-8°, 2 vol.

424 Œuvres philosophiques, morales et politiques de *François*
BACON, baron de Vérulam, vicomte de Saint-Alban, lord
chancelier d'Angleterre, avec une notice biographique
par *J. A. C.* BUCHON. *Paris*, A. Desrez [impr. E. Duver-
ger], M DCCC XXXVI. In-4° à 2 col., 1 vol.

425 Œuvres diverses de *J. J.* BARTHÉLEMY; augmentées de
l'Essai sur la Vie de J. J. Barthélemy, par NIVERNOIS;
deux volumes ornés de planches, édition de Firmin Didot,
format, caractères et papier du *Voyage d'Anacharsis*,
imprimé par le même. *Paris*, Dabo jeune, 1828. In-8°,
2 tom. en 1 vol.

426 Monumenti di varia Letteratura tratti dai manoscritti di
Monsignor *Lodovico* BECCADELLI, arcivescovo di Ragusa.
In *Bologna*, nell' Instituto delle Scienze [e per le stampe
di S. Tommaso d'Aquino], MDCCXCVII [-MDCCCIV].
Gr. in-4°, 3 vol., portr. de l'auteur.

427 Œuvres diverses du S' D**. [M. de BLAINVILLE ?] A *Paris*
[*Amsterdam*], M.DCC.XIII. Pet. in-8°, 1 vol.

428 Fragments et Souvenirs par *Victor* Cousin, troisième
édition, considérablement augmentée. *Paris*, Didier
& Cie, lib.-édit. *Paris*, imp. Claye, 1857. 1 vol. in-8°.

429 Vers latins et anglois, par le Chevalier Croft : 1° Vers
écrits en Danemark, quand l'abbé Delille, traducteur de
Virgile et auteur des « Jardins , l'Homme des Champs »,
etc., passoit en Angleterre, après le long hiver de 1798-
99 ; 2° Epitaphe du Chevalier Abercromby, tué en Égypte
et enterré à Malte. Pour l'église de Saint-Paul à Londres ;
3° Epitaphe du Lieutenant Warren, fils unique du chevalier Warren, ambassadeur d'Angleterre (1803) à Saint-
Pétersbourg. Pour l'église de Saint-Paul, à Londres ;
4° Vers, écrits à Lille, avant la déclaration de guerre,
pour célébrer l'entrée du Premier Consul en cette ville,
dont la Citadelle est le chef- d'œuvre de Vauban.
Ensemble 1 br. de 3 pages in-fol. 5° Bonaparte Insulas
adit, anno C. MD CCCIII reipub. Gal. XI. Signé : *Herbert*
Croft, baronettus. 1 f. in-4°.

430 Œuvres morales et galantes de Duclos, de l'Académie
Française, suivies de son Voyage en Italie. A *Paris*,
chez Des Essarts, de l'imprimerie de Delance, l'an V,
1797. In-8°, 4 vol., avec portrait.

431 Œuvres posthumes de Girodet-Trioson, peintre d'histoire ;
suivies de sa correspondance ; précédées d'une notice
historique, et mises en ordre par *P. A.* Coupin. *Paris*,
Jules Renouard [impr. Paul Renouard], M DCCC XXIX.
Gr. in-8°, 2 vol., dos orné, gravures.

T. Ier : Notice ; le Peintre, poème en six chants ; Veillées,
fragments.—T. II : Héro et Léandre, poème traduit de Musée ;
imitations d'Anacréon ; imitations de divers poètes grecs et
latins ; Considérations sur le Génie particulier à la peinture et
à la poésie ; Dissertation sur la Grâce ; de l'Originalité dans les
arts du dessin ; Allégories ; Rapport à l'Académie des beaux
arts ; Correspondance.

432 Collection des Écrits politiques, littéraires et dramatiques
de Gustave III, roi de Suède ; suivie de sa Correspondance [publiée par Dechaux]. A *Stockholm*, imprimée
chez Charles Delén, 1803 [-1805]. In-8°, 5 tom. en 3 vol.

433 Mélanges politiques et philosophiques extraits des Mémoires et de la Correspondance de *Thomas* Jefferson,
précédés d'un essai sur les principes de l'école améri-
caine et d'une traduction de la constitution des États-
Unis, avec un commentaire tiré, pour la plus grande
partie, de l'ouvrage publié, sur cette constitution, par
William Rawle, Ll.D.; par *L.-P.* Conseil. *Paris*, Paulin
[imp. H. Fournier], MDCCC XXXIII. In-8°, 2 vol.

434 Œuvres posthumes de *F.* Lamennais, publiées selon le
vœu de l'auteur par *E. D.* Forgues. Correspondance.
Paris, Paulin et Le Chevalier [impr. J. Claye], 1859.
In-8°, 2 vol. (la collection complète des *Œuvres posthumes* comprend 5 vol.).

435 Œuvres de Louis XIV [publiées par le général comte de
Grimoard]. A *Paris*, chez Treuttel et Würtz [impr. Cra-
pelet], et à *Strasbourg*, même maison de commerce,
1806. In-8°, 6 vol., avec portraits et fac-similés, savoir :

T. I-II : Mémoires historiques et politiques. — T. III-IV :
Mémoires et pièces militaires.— T. V-VI: Lettres particulières,
opuscules littéraires, pièces historiques.

436 Ouvrages posthumes de D. *Jean* Mabillon et de D.*Thierri*
Ruinart, Benedictins de la Congregation de Saint-Maur
[à savoir : Recueil des petits Écrits, Lettres, Histoire de
quelques contestations littéraires, Vie d'Urbin II, Voyage
d'Alsace et de Lorraine, etc., publiés] Par D. *Vincent*
Thuillier, Benedictin de la même Congrégation. A
Paris, chez François Babuty, Jean-François Josse &
Jombert le jeune, MDCCXXIV. In-4°, 3 vol.

437 MAUCROIX. Œuvres diverses publiées par *Louis* PARIS sur le manuscrit de la Bibliothèque de Reims. *Paris*, chez l'éditeur et chez J. Techener [impr. Wittersheim, et à *Reims*, chez Brassart-Binet], 1854. In-12, 2 tom. en 1 vol.

438 Mes Fragmens. A *Londres*, 1758. In-12. — Pièce de 128 pages.

La dédicace à M^e *** est signée : le C**** de L....

439 Œuvres de RABAUT-SAINT-ÉTIENNE , précédées d'une notice sur sa vie, par M. COLLIN DE PLANCY. Édition ornée d'un Portrait. *Paris*, chez Laisné frères [Rapilly, Boquet, Delaforest, Ponthieu, P. Dupont, imp. Gaultier-Laguionie], 1826. In-8°, 2 vol.

440 Opuscules de feu M. ROLLIN, ancien Recteur de l'Université de Paris ; contenant diverses Lettres qu'il a écrites ou reçues, ses Harangues, Discours, Complimens, Mandemens, etc., et ses Poésies ; avec son Eloge historique par M. de BOZE, et des Notes sur cet Eloge. A *Paris*, chez les Freres Estienne, M.DCC.LXXI. In-12, 2 vol.

441 Œuvres de [*Claude-Carloman* de] RULHIÈRE, de l'Académie Française. *Paris*, Ménard et Desenne fils [impr. Cellot], 1819. In-8°, 6 vol., portrait de l'auteur.

    T. I-IV : Histoire de l'Anarchie de Pologne. — T. V : Éclaircissements historiques sur la révocation de l'édit de Nantes, avec une table analytique et raisonnée par *P.-R.* AUGUIS. — T. VI : autres œuvres posthumes.

442 Œuvres de Monsieur SCARRON. Nouvelle édition , revue, corrigée & augmentée de l'Histoire de sa Vie & de ses Ouvrages, d'un Discours sur le Style Burlesque, & de quantité de Pièces omises dans les éditions précédentes. A *Amsterdam*, chez J. Wetstein, MDCCLII. In-12, 7 vol., titre rouge et noir.

443 Œuvres diverses de Mr. de SEGRAIS. A *Amsterdam*, chez François Changuion, M.DCC.XXIII. In-8°, 2 tom. en 1 vol., titre rouge et noir, portrait.

> T. Ier : Mémoires anecdotes. — T. II : Eglogues, l'Amour guéri, la Princesse de Paphlagonie, l'Isle imaginaire.

COLLECTIONS D'ŒUVRES DE DIVERS AUTEURS.
MÉLANGES. — ANAS.

444 Mélanges de littérature, d'histoire et de philosophie. Nouvelle édition, revue, corrigée et augmentée très considérablement par l'Auteur [*Jean Le Rond* D'ALEMBERT]. A *Amsterdam*, chez Zacharie Chatelain & fils. M.DCC. LIX [-LXVII]. In-12, 5 vol., titre rouge et noir.

445 Memoires historiques, politiques, critiques et littéraires, par AMELOT DE LA HOUSSAIE. Ouvrage imprimé sur le propre Manuscrit de l'Auteur. A *La Haye*, chez Pierre de Hondt, M.DCCXXXVII. In-12, 3 vol., titre rouge et noir.

446 Amusemens philosophiques et litteraires de deux Amis [le comte DE TURPIN et *J.* CASTILHON]. A *Paris*, chez Prault l'aîné, M DCC LIV. In-12, 1 vol.

447 Variétés Littéraires, ou Recueil de Pièces, tant originales que traduites, concernant la Philosophie, la Littérature et les Arts [par TURGOT (trad. de MAC-PHERSON), LE ROY, l'abbé MORELLET, Mme NECKER, et autres, recueillies et publiées par l'abbé *Fr.* ARNAUD et SUARD]. Nouvelle édition. A *Paris*, de l'imprimerie de Xhrouet, et chez Déterville, an XIII, 1804. In-8°, 4 vol.

448 Nouveaux mémoires d'histoire, de critique et de littérature, par M. l'abbé d'ARTIGNY. Tome second. A *Paris*, chez Debure, MDCCXLIX. 1 vol. in-12.

449 Mélanges philosophiques et littéraires, par M. AUGER,
    secrétaire perpétuel de l'Académie Françoise. A *Paris*
    [impr. de J. Pinard], chez Ladvocat, 1828. In-8°, 2 vol.

450 Apresdinees et propos de table contre l'excez av boire, et
    av manger povr vivre longvement, sainement et saincte-
    ment, dialogisez entre vn prince & sept scauants person-
    nages : vn theologien, canoniste, ivrisconsvlte, politiqve,
    medecin, philosophe moral, et historien. Par le P. *An-
    thoine* de BALINGHEM de la Compagnie de Iesvs. [*Nota*]
    I H S. A *Lille*, de l'imprimerie de Pierre de Rache, à la
    Bible d'or, l'an 1615. Auec l'ermission des Superieurs.
    In-8°, 14 ff. non cotés de titre, dédicace, approbation et
    table, et 588 pp. chiffr., 1 vol.

451 Tableaux de genre et d'histoire, peints par différens
    maitres, ou Morceaux inédits sur la Régence, la jeunesse
    de Louis XV, et le règne de Louis XVI ; recueillis
    et publiés par *F.* BARRIÈRE [contenant, entre autres, des
    lettres inédites de DIDEROT sur la postérité, et une lettre
    secrète de MIRABEAU au roi]. *Paris*, Ponthieu et Cie,
    [impr. Crapelet]. *Leipzig*. Ponthieu, Michelsen et Cie,
    1828. In-8°, 1 vol.

452 Gli Asolani di M. *Pietro* BEMBO. *Venezia*, da Sabbio, 1530.
    In-8° car., 1 vol. de 108 ff. non cotés, le dernier blanc,
    sans titre.

     F° 1 : *r°*, *blanc ; v°*, Edition seconda. — *F°* 2 : *r°*, De gliaso-
    lani *(sic)* di M. Pietro Bembo neqvali si ragiona d'amore primo
    libre [*etc.*]. — *F°* 107: *v°*, Stampati in Vinegia per Giouanan-
    tonio *(sic)* et i Fratelli da Sabbio. MDXXX.

     [*Même vol.*] : Le Rime di M. Pietro Bembo. *Venezia*,
    da Sabbio, 1530. In-8° car., 52 ff. non cotés, sans titre.

     F° 1, r° et v° : vacat.— *F° 2 : r°*, vacat ; *v°*, Rime di M. Pietro
    Bembo. *F° 52, r°, in fine:* S tampate *(sic)* in Vinegia per
    Maestro Giouan Antonio et Fratelli da Sabbio. Nell' anno M.
    D.XXX.

453 Traditions tératologiques ou Récits de l'antiquité et du moyen age en Occident sur quelques points de la fable du merveilleux et de l'histoire naturelle, publiés d'après plusieurs manuscrits inédits grecs, latins, et en vieux français, par *Jules* BERGER DE XIVREY. *Paris*, à l'Imprimerie Royale, M DCCC XXXVI. In-8°, 1 vol.

454 Curiosités de la Littérature, traduction de l'anglais par M. *T. P.* BERTIN, sur la cinquième édition. *Paris*, Joseph Chaumerot, libraire, M.DCCC.X. 2 vol. in-8°.

455 Variétés historiques, physiques & littéraires, ou Recherches d'un sçavant [*Antoine-Gaspar* BOUCHER D'ARGIS?] Contenant plusieurs pièces curieuses & intéressantes. *Paris*, Nyon, 1752. In-12. Le tome Ier ayant deux parties, 4 vol.

« Ce recueil n'offre que des extraits du *Mercure* et autres ouvrages périodiques. » Il y faudrait une table alphabétique. Un catalogue de libraire l'attribue à » l'avocat Antoine-Gaspar Boucher d'Argis, auteur de très nombreux écrits ; mais » ni la Biographie de Michaud, ni Barbier, ne confirment cette attribution. » (Note de M. de Godefroy-Ménilglaise).

456 Les Souvenirs de M. le Comte de CAYLUS, de l'académie des inscriptions et belles-lettres, imprimés sur ses originaux inédits, pour faire suite aux Souvenirs de Madame de Caylus sa mère, avec des Lettres, également inédites, de cette Comtesse à son Fils ; précédés d'une Notice historique sur la vie et les ouvrages de cet Académicien. A *Paris*, Chimot, an XIII-1805. In-8°, 1 vol.

457 Bibliothèque de Société, contenant des Mélanges intéressans de Littérature et de Morale : une Elite de Bons Mots, d'Anecdotes, de traits d'Humanité ; un Choix d'Observations & Jeux de Physique ; quelques Causes & Procès peu connus ; des Poësies dans tous les genres ; des Contes en prose, puisés dans les meilleures sources ; enfin, des Divertissemens de Société [recueil commencé par *S.-R.-N.* CHAMFORT, continué et publié par *L.-Th.* HÉRISSANT]. A *Londres*, et se trouve à *Paris*, chez Delalain, M.DCC.LXXI. Pet. in-12, 4 vol.

458 Conférences et lectures par M. *Augustin* COCHIN, membre
de l'Institut. Deuxième édition. Conférences américaines.
Conférences anglaises. Conférences françaises. *Paris*,
Didier et Cie, imp. Simon Raçon et Cie, 1871. 1 vol.
in-18.

459 Les Soirées Littéraires, ou Mélanges de Traductions nouvelles des plus beaux morceaux de l'Antiquité ; de Pièces
instructives et amusantes, Françaises et étrangères, qui
sont tombées dans l'oubli ; de Productions, soit en vers,
soit en prose, qui paraissent pour la première fois en
public ; d'Anecdotes sur les Auteurs et sur leurs écrits
etc. etc. etc. [par l'abbé *Jean-Marie-Louis* COUPÉ]. A
Paris [de l'imprimerie de Honnert, chez Marin et Lenoir,
libraires], M. DCC. XCV, An IV [-VIII] de la République. In-8°, 20 tom. en 10 vol. à 4 tom. par année.

460 Mémoires bibliographiques et littéraires. Les anciennes
Bibliothèques de Lyon, l'Arbre de la reconnoissance, le
Tombeau de Brignais, l'Histoire des Manuscrits, les
Bains romains de Bar-sur-Aube, le passage d'*Annibal*
des Gaules en Italie, l'Ecriture et le Papier chinois,
l'*Y-king*, l'Augurat et le Pontificat d'Auguste, la Sépulture de Canon, les Tombelles de Champagne, une *Olle*
de Ceylan, le Repas des morts et le Monument de Villette,
le Papillon, symbole égyptien, la Mosaïque de Lyon, le
culte de *Mars* dans les Gaules, le séjour de *César* et de
Labiénus dans la même contrée, un Temple de Druides,
les Sacrifices sanglans, *Manuscriptiana,* les Médailles
satyriques, les Antiquités de Feurs, la Justification de
Médée, les Figures Panthées, et l'Histoire abrégée
de l'Imprimerie ; par *Ant. Fr.* DELANDINE, Correspondant
de l'Institut, Bibliothécaire de Lyon, etc. *Paris*, chez
Renouard, Maradan, Louis, Lenormand, et à *Lyon*
[impr. Fr. Mistral], chez les principaux libraires. [*S. d.*].
In-8°, 1 vol.

461 Recueil de différentes pièces, par M. [*Xavier-Joseph*] Deslaviers, ancien Conseiller François au Conseil-Supérieur de l'Isle de Corse. Nouvelle édition. A *Bastia*, chez Battini, imprimeur du Conseil-Supérieur. A *Paris*, chez C.-I.-C. Durand, rue du Foin, 1777. In-8°.

> *Sous ce titre sont repris :* 1. La Bienfaisance sur le Trône. Éloge historique de Stanislas I, Roi de Pologne, Grand-Duc de Lithuanie, Duc de Lorraine et de Bar, dédié à la feue Reine.— 2. Éloge historique de Marie Leszczynski, Princesse de Pologne, Reine de France & de Navarre, Dédié à Madame Marie-Adélaïde de France. — 3. Discours prononcé à l'installation du Conseil Supérieur de l'Isle de Corse, le 24 décembre 1768, par M. Deslaviers, ancien Conseiller François dudit Conseil, y faisant les fonctions d'Avocat, Procureur-Général du Roi.

462 Recueil de diverses Pieces sur la Philosophie, la Religion Naturelle, l'Histoire, les Mathematiques, &c., par Messieurs Leibniz, Clarke, Newton [.I. Collins] & autres Auteurs célèbres. [publiées par *P.* Desmaiseaux]. Troisième édition. A *Lausanne*, chez Marc-Mic. Bousquet, M DCCLIX. In-12, 2 vol., titre rouge et noir.

463 Continuation des Memoires de Litterature et d'Histoire. Nouvelle édition, revûë et corrigée | par le R. P. Desmolets et l'abbé *Cl. J.* Goujet |. A *Paris*, chez Simart, M.DCC.XXX. In-12, 9 tom. en 18 vol. (L'ouvrage complet comprend 11 tomes).

464 Étrennes de Mnémosyne, ou Recueil d'Epigrammes, et de Contes en vers. 1789. A *Paris*, chez Knapen et Fils, libr.-imprimeurs. In-12, 1 vol.

465 Histoire de Tancrede de Rohan [par le P. *Henri* Griffet, S. J.]. Avec quelques autres Pieces concernant l'Histoire de France & l'Histoire Romaine. A *Liege*, chez J. F. Bassompierre, M.DCC.LXVII. In-12, 1 vol.

466 Ephémérides de *P. J.* GROSLEY, Membre de plusieurs Académies ; Ouvrage historique mis dans un nouvel ordre, corrigé sur les Manuscrits de l'Auteur, et augmenté de plusieurs morceaux inédits, avec un Précis de sa vie et de ses écrits, et des Notes ; par *L. M.* PATRIS-DEBREUIL, éditeur. A *Paris*, chez Durand, et Brunot-Labbe, 1811. In-12, 2 vol.

467 Mémoires de l'Académie des Sciences, Inscriptions, Belles-Lettres, Beaux-Arts, &c. Nouvellement établie à Troyes en Champagne. [Par *P.-J.* GROSLEY, *André* LEFÈVRE, DAVID, &c.]. *Troyes*, chez le libraire de l'Académie, & *Paris*, Duchesne, 1756. Pet. in-8°, 2 tom. en 1 vol.

Recueil de facéties et de pièces scatologiques.

468 Amusemens des eaux d'Aix-la-Chapelle. Ouvrage utile à ceux qui vont y prendre les Bains, ou qui sont dans l'usage de ses Eaux. Enrichi de tailles-douces, qui représentent les Vues & Perspectives de cette Ville, par l'Auteur des Amusemens des eaux de Spa. [*C. L.* de POELLNITZ, ou HECQUET le fils]. A *Amsterdam*, chez Pierre Mortier, M.DCC.XXXVI. In-12, 3 vol., titre rouge et noir.

469 *Christophori-Augusti* HEUMANNI Pœcile , sive Epistolæ miscellaneæ, ad litteratissimos ævi nostri viros. Accedit appendix exhibens dissertationes argumenti rarioris. *Halæ*, Renger, 1722-1732. In-8°, 3 vol.

470 Lectures variées, ou Bigarrures littéraires [par *Barthélemi* IMBERT]. A *Paris*, chez J.-Fr. Bastien, M. DCC. LXXXIII. In-8°, 2 tom. en 1 vol.

471 L'Hermite de la Chaussée d'Antin, ou Observations sur les mœurs et les usages français au commencement du XIXe siècle, par M. DE JOUY. Huitième édition, ornée de gravures et vignettes. A *Paris*, chez Pillet ainé, 1815 [-1817]. In-12, 5 vol.

472 Mélanges historiques recueillis et commentés par M***
[*J.* DE LA BRUNE, ministre protestant]. *Amsterdam*,
Le Cène, 1718. In-12, 1 vol.

Le titre, qui manque dans cet exemplaire, a été relevé dans le *Dictionnaire des
Anonymes*.

473 Anecdotes des Républiques [Génoise, Corse, Vénitienne,
Maltaise, Helvétique, etc., par *J.-Fr.* de LA CROIX]. A
Paris, chez Vincent, M. DCC. LXXI. Pet. in-8°, 3 part.
en 1 vol.

Manque le 2ᵉ volume qui contient les Anecdotes Belgiques, Hollandoises,
Savoisiennes, Hongroises et Bohêmes.

474 Recueil de Pieces choisies tant en prose qu'en vers ;
rassemblées en deux volumes. [Par *B.* DE LA MONNOYE].
Première partie contenant : I. Voyage de Bachaumont &
la Chapelle (*sic*). II. Lettre de RACINE à l'Auteur des
Heresies imaginaires, & des deux Visionnaires. III. Poësies
du Chevalier d'ACCILLY. IV. Avis à Ménage sur son
Eglogue intitulée Christine. V. Traduction du commencement de Lucrece en Vers François par HESNAULT.
VI. La Satire des Satires par BOURSAULT. Seconde partie
contenant : I. Poëme de la Madelène, par le Pere *Pierre*
de S. Louïs, Carme. II. Le Louïs d'or, par ISARN. III. Relation des Campagnes de Rocroi & de Fribourg. IV. Les
Visionnaires, comédie de DESMARETS. A *la Haye*, chez
Van Lom, Pierre Gosse, & Albers, M.DCC.XIV. Pet.
in-8°, 2 vol., titre rouge et noir.

475 Recueil d'Épitaphes sérieuses, badines, satiriques & burlesques, de la plupart de ceux qui, dans tous les tems,
ont acquis quelque célébrité par leurs vertus, ou qui se
sont rendus fameux soit par leurs vices, soit par leurs
ridicules. Le tout enrichi de Notes & d'Anecdotes historiques ; ouvrage moins triste qu'on ne pense. Par M.D.L.P.
[P. A. DE LA PLACE]. A *Bruxelles* [*Paris*, Barrois l'aîné],
M.DCC.LXXXII. In-12, 3 vol.

476 Bibliothèque militaire, historique & politique. [Par *Béat-Fidèle-Antoine-Jean-Dominique Baron* DE LA TOUR-CHATILLON DE ZURLAUBEN]. *Paris*, Vincent, 1760. In-12, 3 vol.

Pièces comprises dans ce recueil. — T. I : 1. Le Général d'armée, par ONOSANDER, ouvrage traduit du grec, par M. le Baron DE ZUR-LAUBEN. — 2. Campagne de Louis, Prince de Condé, en 1674. — 3. Cours du Rhin. Lieux où l'Empereur peut passer ce fleuve : moyens de s'y opposer.— 4. Explication de tous les cols et passages du Dauphiné, versants en Savoye et en Piemont, et de tous ceux qui sont dans le Dauphiné versants dans les différentes vallées.

T. II : 1. Mémoire de M. le Baron DE ZUR-LAUBEN sur Arnaul de Cervole ou Cervolle dit l'Archiprêtre, chevalier, chambellan du Roi de France Charles V, capitaine-général des Routiers. — 2. Abrégé de la Vie d'Enguerrand VII du nom, sire de Coucy, avec un détail de son expédition en Alsace & en Suisse (1375 & 1376).

T. III : 1. Lettre de Charles, duc de Savoye à Marguerite d'Autriche, le 28 mars 1505. — 2. Lettre de Maximilien, empereur, à Marguerite d'Autriche, au sujet de la bataille de Marignan, le 7 octobre 1515. — 3. Autre lettre du même à la même, 1 decembre 1515. — 4. Moyens de maintenir les Cantons Suisses au service du roi, au désavantage de ses ennemis, par M. DE LIMOGES. — 5. Advis de *Henri* duc DE ROHAN, sur le subjet des divisions d'Hollande, en l'an 1618. — 6. Discours politique de *Henri*, duc DE ROHAN, composé pendant son séjour à Venise. — 7. Nouvelles anecdotes de la Vie de Henri duc de Rohan (par *Benjamin* PRIOLO). — 8. Discours de (*François-Charles* DE VINTIMILLE) Comte DU LUC, ambassadeur du roi à la diète du Corps Helvetique, pour ranimer l'ancienne union des Cantons. — 9. Relation de la bataille de Staffarde, 1690 (Par M. DE SURBECK, colonel d'un régiment suisse de son nom).— 10. Description de la bataille d'Almanza, le 25 avril 1707, avec un plan (par *Claude-François* BIDAL, marquis D'ASFELD).

477 Desseins de professions nobles et pvbliqves, contenans plusieurs Traités divers & rares : Avec l'histoire de la Maison de Bovrbon. Jadis dédiez av fev roy Henri IIII et maintenant au Très-Chrétien & Très-puissant Roy de France et de Navarre Lovis XIII. Avtrefois proposés an (sic) forme de Leçons Paternelles, pour Avis & Conseils des Chemins du Monde. Par *Antoine* de LAVAL, Géographe du Roy, Capitaine de son Parc & Château lés Moulins en Bourbonnois. A son fils. De nouveau reveu, corrigé et augmenté des Problemes Politiques, avec une Table bien particulière pour tout le cors de l'œuvre. Édition seconde. *Paris*, Vve Abel l'Angellier, 1612. 1 vol. in-4°, portr. et armoiries, plus deux gravures.

478 Opuscules de M. A. LEGLAY : 1° Association Lilloise. Discours d'introduction aux Conférences sur l'histoire du Nord de la France prononcé en séance générale, le 28 Mars 1838, par M. le Docteur Le Glay. *Lille*, imp. Vanackère fils. 8 pages. 2° Discours de M. le Docteur Le Glay, président, séance du 23 février 1842. *Lille*, imp. Danel, 1842. 11 pages. 3° De l'arsin et de l'abattis de maison dans le nord de la France, par M. Le Glay. Seconde édition, revue et augmentée. *Lille*, imp. L. Danel, 1842. 35 pages. 4° Lettre sur Gualtercourt ou Wahiercourt, ancien village du Cambrésis. *Cambrai*, imp. Lesne-Daloin. 1833. 7 pages. 5° Notice sur le village d'Esne, en Cambrésis, par le D^r Le Glay, suivie des chartes ou lois octroyées à cette commune et à celle de Walincourt. *Cambrai*, imp. Lesne-Daloin, 1835. 28 pages. 6° Jeanne la Folle et sa plus jeune fille, fragment historique extrait d'un ouvrage inédit intitulé : La mère et les sœurs de Charles-Quint, par M. Le Glay. *Lille*, imp. Lefebvre-Ducrocq, s. d. 8 pages. 7° Notice sur J. B. Carpentier, historiographe du Cambrésis, suivie d'une lettre inédite de cet écrivain et de l'examen critique de l'un des diplômes qu'il a publiés, par M. Le Glay. *Valenciennes*, imp. Prignet, 1833. 16 pages. 8° Notice sur Charles Wal-

mesley, Évêque de Rama, Bénédictin du Prieuré Anglais
de Saint-Grégoire à Douai, par M. Le Glay. *Lille*, imp.
L. Danel, *s. d.* 6 pages. 9° Discours prononcé par le
Docteur Le Glay, le 23 Juillet 1835, aux exercices publics
des Élèves sourds-muets de l'Institution établie à Lille sous
la direction de M. Massieu, élève de l'abbé Sicard.
Seconde édition, revue et augmentée de l'alphabet manuel
des Sourds-Muets. *Lille*, imp. Vanackère fils, lib., 1835.
14 pages. 10° Autre discours prononcé le 28 Août 1836.
Vanackère fils, imp. 1836. 8 pages. 11° Discours prononcé
à la distribution des prix de l'Institution des Sourds-Muets
et des Aveugles, à Lille, le 22 Août 1843. 4 pages.
12° Recherches sur les premiers actes publics rédigés en
français, par le Docteur Le Glay, archiviste du département du Nord. Seconde édition. *Lille*, imp. L. Danel,
1837. 24 pages, 1 fac-simile. 13° Notice sur l'époque de
l'introduction de la langue française dans les actes publics
au moyen-âge, par *B. C.* Dumortier. *Bruxelles*, Hayez,
imp., 1843. 47 pages, 3 planches. (Le tout en 1 vol.)

479 Analectes historiques, ou documents inédits, pour l'histoire
des faits, des mœurs et de la littérature, recueillis et
annotés par le docteur Le Glay.

Dans le même volume : Nouveaux Analectes ou documents inédits pour servir à l'histoire des faits, des mœurs,
et de la littérature, recueillis et annotés par M. Le Glay.
Paris, Techener, imp. L. Danel à *Lille*, 1838-1852. 1 vol.
in-8°, avec planches et fac-simile.

480 Philosophie d'Amovr de M. Léon, Hebrev [autrement,
R. Juda, fils d'Isaac Abarbanel, savant rabbin], traduicte
d'Italien en Francoys, par le Seigneur du Parc [*Denys*
Sauvage], champenois. A *Lyon*, chez Guil. Rouille, 1551.
In-12, 1 vol., titre gravé.

481 Mémoires et mélanges historiques et littéraires par le
Prince de Ligne, ornés de son portrait et d'un fac-simile

de son écriture. *Paris*, Amb. Dupont et C^{le}, lib.; imp.
Pochard, 1827-1828 ; *puis* A. J. Denain, lib., imp. Tastu,
1829. Ensemble 5 vol. pet. in-8°.

482 Singularités historiques et littéraires contenant plusieurs
recherches, découvertes & éclaircissement [*sic*] sur un
grand nombre de difficultés de l'Histoire ancienne & moderne. Ouvrage historique et critique [par dom *Jean*
LIRON, Bénédictin de la congrégation de S. Maur]. A
Paris, chez Didot, M. DCCXXXVIII [-XL]. In-12, 4 vol.

483 Amusemens des Eaux de Schwalsbach (*sic*), des Bains de
Wisbaden et de Schlangenbad. Avec deux Relations
curieuses : l'une de la Nouvelle Jerusalem ; et l'autre
d'une partie de la Tartarie indépendante [par *P.-J.* DE
LA PIMPIE-SOLIGNAC ou *D.-F.* DE MERVEILLEUX]. Avec des
Figures en taille-douce. Nouvelle édition. A *Liege,* chez
Everard Kints, MDCCXXXIX. In-8°, 1 vol., titre rouge
et noir.

484 Amusemens des Bains de Bade en Suisse, de Schintznach
et de Pfeffers. Avec la description, & la comparaison de
leurs Eaux avec celles des Bains de Schwalbach & autres
de l'Empire. Le tout accompagné d'Histoires & d'Anecdotes Curieuses. Ouvrage aussi utile que récréatif,
enrichi des (*sic*) tailles-douces [par *D.-F.* DE MERVEILLEUX].
A *Londres,* chez Samuel Harding, MDCCXXXIX. 1 vol.,
titre rouge et noir.

485 Mélanges de Littérature étrangère. [Par *A.-L.* MILLIN
DE GRANDMAISON]. A *Paris*, chez Gogué et Née de la
Rochelle, libraires, M.DCC.LXXXV-VI. In-12, 6 tomes
en 3 vol., imp. à *Orléans*, chez Couret de Villeneuve,
1787.

486 Lettres et Pièces rares ou inédites [émanées de divers
personnages, tels que LOUIS XI, CHARLES-QUINT, MARIE
STUART, HENRI III, HENRI IV, CASAUBON, CHRISTINE DE

Suède. Descartes, Fouquet, Colbert, Scarron, La Fontaine, Voltaire, Montesquieu, Malesherbes, etc., etc.], publiées et accompagnées d'introductions et de notes par M. Matter, Inspecteur général des Bibliothèques. *Paris*, librairie d'Amyot [impr. Crapelet], 1846. In-8°, 1 vol.

487 Fleurs Monastiques, Souvenirs, Etudes et Pélerinages, par *Maxime* de Mont-Rond, ancien élève de l'Ecole des Chartes, Archiviste Paléographe. *Paris*, H. Vrayet de Surcy, lib.-édit., imp. Bailly, Divry et Cie, MDCCCLX. 1 vol. in-8°.

488 Mélanges tirés d'une petite bibliothèque, ou Variétés littéraires et philosophiques ; par *Charles* Nodier, Bibliothécaire du Roi à l'Arsenal. A *Paris*, chez Crapelet, imprimeur-éditeur [et Roret, libraire], M DCCC XXIX. In-8°, 1 vol.

489 Mélanges historiques, critiques, de physique, de littérature et de poésie. Par M. le Marquis d'Orbessan, Président à Mortier du Parlement de Toulouse. A *Paris*, chez Merlin, M.DCC.LXVIII. In-8°, 2 vol.

490 Amusemens philologiques, ou Variétés en tous genres ; seconde édition, revue, corrigée et augmentée. Par *G.-P.* Philomneste, A. B. A. V. [par Peignot]. A *Dijon*, chez Victor Lagier [imp. Frantin, et *Paris*, chez Renouard], M. DCCC. XXIV. In-8°, 1 vol.

491 Mélanges historiques et littéraires par M. [*Matthieu-Lambert*] Polain, conservateur des Archives de la Province de Liége. *Liége*, Jeunehomme, 1839. In-12, 1 vol.

492 Recueil factice, en 9 volumes, de pièces de toutes sortes, sur divers sujets, savoir :

[T. I]. 1. Lettres de S. *Charles* Borromée, Archevêque de Milan, Cardinal de Ste. Praxede, données au public pour la première fois. L'original Italien est à la suite de la traduction. A *Venise*, chez Pierre Bassaglia, M. DCC. LXII. In-12, 192 pp. chiffrées.

2. Exercice sur l'Histoire Sainte, depuis la Création du Monde jusqu'à Jesus-Christ. La Sphère, et une partie de la Géographie universelle, les 3 premiers livres de Phèdre, avec les Fables de la Fontaine qui y ont rapport. La première Partie du Selectæ è veteri Testamento Historiæ. Répondra Jacques-François Carvoisin d'Achy, Pensionnaire, étudiant en Sixième, sur les Demandes suivantes. Ouvrira l'Exercice César-Marie Phœbus de Tvlaru de Chalmasel, Pensionnaire, étudiant dans la même classe. Le *mardy 15* [ms.] du mois de May 1736, à trois heures après midy [*cette ligne biffée et remplacée* ms. *par*] *à deux heures et demie précises* au collège d'Harcourt. In-8°, 24 pp., imp. par Langlois.

3. Jubilé universel de N. S. Pere Clement, par la Providence divine Pape XI du nom, afin d'implorer le secours divin au commencement de son Pontificat, pour le gouvernement salutaire de la sainte Eglise Catholique. Avec le Mandement de son Eminence Monseigneur le Cardinal de Noailles, Archevesque de Paris [28 avril 1701]. A *Paris*, par les Imprimeurs de son Eminence, chez François Muguet et Louis Josse, M. DCCI. Pet. in-4°, 16 pp. chif.

4. Catechisme par demandes et réponses, distribué à deux Enfants de la paroisse de Saint-Jacques de la ville de Douay, par le R. P. BESSON, Prêtre de l'Oratoire, pour le Dimanche gras 7 Février 1717, avec des Notes contre le poison qui y est contenu. 4 ff. non cotés, sans feuille de titre, violente attaque contre l'enseignement du P. Besson.

5. Les Miracles futurs de M. l'Evesque d'Utrech (*sic*) proposez par souscriptions. [*S. l. n. d*] 20 pp. chiffrées.

6. Lettre de M^r l'Evêque d'Apt [*J.-I. de* PERESTA DE COLONGNE, le 21 déc. 1716] a S. A. R. Monseigneur le Duc d'Orléans, Regent du Royaume. 8 pp. chiffrées, sans feuille de titre ni indication de lieu.

7. Avis du P. Quesnel, avec sa signature manuscrite, daté du 18 mars 1717, par lequel il désavoue une prétendue lettre à l'évêque de Beauvais, précédé d'un Avertissement non signé, en tout VIII pp. sans titre.

8. Ethica Amoris R. P. Henrici a Sancto Ignatio Adversùs aberrationes & imposturas pseudo-amici correctoris Vindicata, Per R. D. Q. B. S. T. L. L. [*S. l. n. d.*] In-12, 24 pp. chif., sans feuille de titre.

9. Lettre a Monsieur le Cardinal de Noailles pour lui demander des éclaircissements sur son nouveau Mandement. [*S. l. n. d.*] In-12, 19 pp. chiffr. sans feuille de titre.

10. Lettre de M. *Louis* de Cicé, nommé par le S. Siege à l'Evéché de Sabula, et au Vicariat Apostolique de Siam, du Japon, &c., aux RR. PP. Jesuites sur les idolatries et sur les superstitions de la Chine. [*S. l. n. d.*] In-12, 70 pp. chiffrées, la fin manque.

11. Apologia Z. B. van Espen J. U. D. & Profess. qua se vindicat a Palinodia, & Bullæ Clementis VIII. Capitali corruptione quas in Epistola Familiari ipsi impingit Ex. P. Desirant S. T. D. [*S. l. n. d.*] Pet. in-4°, 32 pp. chiffrées.

12. Instruction en forme de catechisme au sujet de la bulle Unigenitus. L'Eglise doit être répandue par toute la terre, & la Secte de (Quesnel) est renfermée dans un coin de la France... L'Eglise a cette marque très certaine, qu'elle ne peut être cachée ; elle est connue de toutes les Nations, & la Secte de (Quesnel) est inconnue à plusieurs Nations ; elle n'est donc pas l'Eglise. Aug. Ep. 32. 93. [*S. l. n. d.*] In-12, 59 pp. chiffrées.

13. Biblioteque Jesuitique ou Catalogue des ouvrages composez nouvellement par les Jesuites à l'usage de l'Eglise, ou par quelques personnes pieuses, à l'usage de la Société. Avec de courtes Notes sur les endroits difficiles. [*S. l. n. n.*] M DCC XVI. In-12, 50 pp. chiffrées, la fin manque.

COLLECTIONS. — MÉLANGES. — ANAS.   259

14. Eloge de la Barbe, ou le Curé exilé au château de
Versailles, histoire mise en Vers par .... A *Douay*,
chez Thery, marchand Libraire, vis-à-vis l'Eglise Saint-
Jacques. M. DCC. LI. In-12, 23 pp. chiffrées.

[T. II]. 1. Elemens d'Astronomie et de Geographie à
l'usage des negotians, par *A. J.* PANCKOUCKE. Les Cieux
instruisent la Terre. Rouss. Od. II. A Lille, chez Jean-
Baptiste Brovellio, ruë des Malades, à la Sorbonne.
M. DCC. XXXIX. Se vend chez l'Auteur, ruë des Fossés.
In-12, tit. et IV-84 pp. chiffrées (cette partie ne contient
que l'astronomie).

2. Tables Historiques, qui sont ou cronologiques (*sic*)
ou généalogiques, et qu'on a destinées à doner (*sic*) une
conoissance (*sic*) métodique (*sic*) & générale de l'Histoire
de la Monarchie Fransoise (*sic*). [*S. l. n. d.*] In-8°, 3 pp.
sans chiffres, puis 13, 11, 12, 19, 20, 18, 16 et 16 pp.
chiffrées.

3. Le Tableau des Calamités ou Description exacte et
fidèle de l'extinction de Lisbonne, par les Tremblements
de terre, l'Incendie & la cruë excessive des Eaux, par
un Spectateur de ce Désastre, [*G.* RAPIN]. Avec la Relation la plus éxacte de ce qui s'est passé à Cadix le 1er novembre 1755, où l'Auteur a été depuis : y joint quel-
qu'autres (*sic*) particularités, relatives au même sujet, &
une Idée Physique sur la nature des Tremblemens. Aux
Dépens de l'Auteur. [*S. l.*] M. D. CC. LVI. Les Exemplaires seront signés et paraphés, *sign. ms.* G. Rapin
infra. In-12, 75 pp. chiffrées, outre titre.

4. L'Europe pacifiée par l'equité de la Reine de Hon-
grie, ou Distribution legale de la Succession d'Autriche,
Par M. *Albert* VAN HEUSSEN, Seigneur de Zeverghem &
d'Ottersem, Conseiller - Pensionnaire de la Ville de
Gand. A *Bruxelles*, chez François Foppens, Libraire,
M. DCC. XLV. In-12, 2 ff. non cotés et 180 pp. chiffrées.

5. Essai sur l'Homme, par M. POPE. Traduit de l'Anglois en François, par M. D. S. [*M.* DE SILHOUETTE]. The

proper study of mankind is Man. M. DCC. XXXVI.
[s. l.] In-12, xxx-109 pp. chiffrées.

[T. III]. 1. Recueil de Pièces dans lesquelles sont
etablies la Distinction, l'Etendue & les Bornes des deux
Puissances Ecclésiastique & Temporelle, conformément
à la Doctrine enseignée dans les IV articles de la Déclaration de l'Assemblée générale du Clergé de France de
1682. [S. l. n. n.] M. DCC. LIII. In-12, xvi-127 pp.
chiffrées.

2. Recueil de Pièces concernant les affaires présentes
du Clergé de France, avec des Remarques préliminaires
sur chacune. Londres, 1750. In-12, 2 ff. non cotés et
211 pp. chiffrées.

3. Relation de ce qui s'est passé dans une assemblée
tenue au bas du Parnasse pour la reforme des belles-
lettres, ouvrage curieux, et composé de Pièces raportées
(sic) selon la Methode des Beaux Esprits de ce tems, [par
l'abbé Antoine GACHET D'ARTIGNY. A La Haye, chez
Pierre Paupie. M. DCC. XXXIX. In-12, 12 ff. non cotés
et 185 pp. chiffrées, tit. rouge et noir.

[T. IV]. 1. Requête et Apologie pour l'Abbé Curel
Parisot, dit Platel, ci-devant P. Norbert, Capucin, au
Chapitre général de tout l'Ordre des Capucins, assemblé
à Rome au mois de mai 1761; dressée par lui-même &
par lui envoyée de Lisbonne au mois d'Avril de la même
année. Traduite du latin. [S. l. n. d.]. In-12, 88 pp. chiffrées, sans feuille de titre.

2. Reponse aux Observations generales publiees
contre le livre intitulé, Dissertation historique et critique
sur l'Origine & l'Ancienneté de l'Abbaye de S.-Bertin,
&c., par un Religieux de l'Abbaye de Saint-Bertin. [D.
Cléty et D. Lemerault]. [S. l. n. n.]. M. DCC. XXXVIII.
In-12, 53 pp. chiffrées.

3. Avis charitable [relatif à Marie-Hélène Vincre, de
Roubaix]. A Liege, chez la Veuve de Jacques Sincerf,
M. DCC. XLIX. In-8°, 83 pp. chiffrées.

4. Amusement philosophique sur le langage des bestes, [par *Guillaume-Hyacinthe* BOUGEANT, jésuite]. A *Paris*, chez Gissey, Bordelet, Ganeau, M. DCC. XXXIX. In-12, 157 pp. chiffrées et 5 sans chiffres.

5. Supplement à l'histoire de Lille, avec des Notes critiques, & justifications sur la même Histoire, où l'on y voit des Pieces interressantes (*sic*), comme la suite des Gouverneurs, corrigée & augmentée, Epitaphes, Compagnies Bourgeoises, Privileges & Usages particuliers, les Hommes illustres & leurs Ouvrages, [par THIROUX]. A *Lille* : Chez Charles-Louis Prevost, Imprimeur aux Armes de la Ville, ruë de la Grande-Chaussée. Avec permission du Roy [*s. d.*]. In-12, 36 pp. chiffrées.

6. Le Magistrat charitable [*s. l. n. d.*]. In-12, 1 ff. non coté et 19 pp. chiffrées, sans feuille de titre.

7. Eclaircissement donné à Monseigneur le Duc du Maine, sur Les honneurs que les Chinois rendent à Confucius & aux Morts. [*S. l. n. d.*]. In-12, 2 ff. non cotés et 106 pp. chiffrées.

[T. V]. 1. Remontrances du Parlement au Roi, du 9 Avril 1753. De schismate extinguendo. M. DCC. LIII. [*S. l. n. n.*]. In-12, 164 pp. chiffrées.

2. Sur la Destruction des Jesuites en France. Par un Auteur désintéressé. [*Jean Le Rond* D'ALEMBERT]. Incorruptam fidem professis, Nec amore quisquam, & sine odio dicendus est. [*S. l. n. n.*] M. DCC. LXV. In-12, 235 pp. chiffrées.

3. Journaux des Guérisons opérées aux Eaux & Boues Minérales de St.-Amand en 1767 & 1768, [par DESMILLE-VILLE]. A *Valenciennes*, chez la veuve J. B. G. Henry, Imprimeur du Roi. Avec Approbation, [*s. d.*, 1769]. In-12, 73 pp. chiffrées.

(Malgré le titre, cette partie ne comprend que l'année 1768).

[T. VI]. 1. Les vertuz et proprietez de l'eau de baume,

faite a l'abbaye de Marquette près de Lille, et la manière de s'en servir. [*S. l. n. d.*] 2 feuillets non cotés.

2. Sancto Brunoni Carthusianorum Institutori Hymnus. [auctore SANTOLIO, necnon Solitudo sancta, ad Armand. J. Burillerium antiquæ disciplinæ instauratorem, incerto auctore]. 8 pp. chiffrées, sans feuille de titre.

3. Pratique de Penitence contre l'ignorance volontaire. [*S. l. n. d.*] 4 pp. chiffrées.

4. Dedicaces et Carmesses des Villes et Chastelenie de Lille, [*etc.*]. *Lille*, Pourchez, 1729.

5. Particularitez et Antiquitez de la Ville de Lille, Revuës, corrigées et augmentées. 12 pp. chiffrées, annexées à l'ouvrage précédent.

6. Petit dictionnaire historique et géographique de la Châtelenie de Lille, [etc.]. *Lille*, Vroye, 1733.

7. Instruction de Monseigneur *J. Joseph* LANGUET, Evêque de Soissons, [du 25 déc. 1718]. Où il montre quel est le parti le plus sûr dans la Contestation présente. Au sujet de la Constitution Unigenitus, adressée à Madame. *** [*la Sphère*]. [*S. l. n. n.*] M. DCC. XIX. In-12, tit. et 22 pp. chiffrées.

8. Instrumentum appellationis a constitutione Unigenitus Clementis, Pp. XI, ad Concilium generale futurum, Per IV. Illustrissimos Galliæ Episcopos interpositæ in Comitiis sacræ Facultatis Parisiensis, quæ & ipsa Appellationi adhæsit? [*S. l. n. d. bas du titre arraché*]. In-12, 27 pp. chiffrées.

9. Sanctissimi D. nostri Domini Clementis divina providentia Papæ XI. Suspensio Privilegiorum à Sede Apostolica concessorum Facultati Sacræ Theologiæ Parisien. ad sanctitatis Suæ, & ejusdem Sedis beneplacitum. Juxta Exemplar impressum *Romæ*, M. D. C. C. XVI. Typis Reverendæ Cameræ Apostolicæ. 12 pp. chiffrées.

10. Mandement de Monseigneur l'Evêque de Boulogne, condamné par N. S. P. le Pape Clément XI. Avec une

Lettre qui, en découvrant à ce Prelat le poison de son Mandement, pourra servir de préservatif à ses oüailles & à celles des Evêques ses voisins. [*la Sphère*].[*S. l. n. n.*]. M. DCC. XV. Pet. in-4º, 24 pp. chiffrées.

11. Le B. [Bâillon, par l'abbé CONSTANTIN. Aux auteurs des Lettres pour et contre les immunités du Clergé.] [*S. l. n. n.*] M. D. CC. L. In-8º, tit. et 14 pp. chiffrées.

12. La Voix du Chrétien et de l'Evêque, [par BEAU-VAIS].[*S. l. n. d.*, 1750]. 12 pages chiffrées, sans feuille de titre.

13. La Voix du Sage et du Peuple, [par AROUET DE VOLTAIRE]. [*S. l. n. d.*, 1750]. 12 pp. chiffrées, sans feuille de titre.

14. La Voix du Prêtre, [par l'abbé CONSTANTIN]. A resistentibus dexteræ tuæ custodi me. Psalm. 16. Vers. 9. A *Utrecht*, chez Chrysostome Misan-Mitre, à la Vérité. M. DCC. L. In-12, 48 pp. chiffrées.

15. Mémoires pour servir à l'histoire des Immunités de l'Eglise, ou les Conférences Ecclésiastiques de Madame de **, Ou, si l'on veut encore, la Voix de la Femme. [*S. l. n. n.*] 1750. In-12, 23 pp. chiffrées.

16. État présent des Possessions de Sa Majesté Britannique en Allemagne, par lequel on peut prendre une exacte connoissance de leur Géographie ancienne & moderne, & de leur Histoire Naturelle, Civile & Militaire. Traduit de l'Anglois [par l'abbé *Ignace* DE LA VILLE. A *Francfort*. Et se vend à *Bruxelles*, chez Van den Berghen, à *Paris*, chez Duchesnes. A *Lille*, chez Panckoucke. M. DCC. LX. In-12, XXII-52 pp. chiffrées et 2 ff. non cotés.

17. Prima pars Articulorum Doctrinæ Sacræ Facultatis Theologiæ Parisiensis. *Parisiis*, Apud Joannem-Baptistam Delespine, M. DCC. XVII. In-8º, 29 pp. chiffrées.

18. Secunda pars. Articulorum Sacrae Facultatis. De Sacramentis. *S. l. n. d.* [*Parisiis*, 1718]. In-8º, 22 p. chiffrées, sans feuille de titre, la date à la fin.

19. Les Constitutions des FF. Mineurs Capucins de Saint François. Approuvées et Confirmées par nôtre S. Pere le Pape Urbain VIII. Suivant la Copie imprimée, à Paris. A *Lille*, chez Charles Le Blon, Imprimeur ruë de la Clef, au Nom de Jesus. M. DCC. VII. In-8°, 32 pp. chiffrées, manque la fin.

[T. VII]. 1. Requête envoyée à Monseigneur l'Evêque de Tournay, et presentée à Messieurs ses Grands Vicaires avec l'extrait des propositions que le Perè Lorthioir, Jesuite, a enseignées dans le Séminaire Episcopal dont un grand nombre d'Ecclesiastiques demande la condamnation. A *Cologne*, chez l'Esperance. M. DCC. XII. In-12, xix-71 pp. chiffrées.

2. Lettre à Monseigneur l'Evêque de Tournai, écrite par un ancien Curé du Diocese, [pour se plaindre de la conduite que les jésuites ont tenue depuis qu'ils sont en possession du séminaire]. [*S. l. n. n.*] M DCC X. In-12, 28 pp. chiffrées.

3. Lettre à Monseigneur l'Evêque de Tournai, par laquelle on lui dénonce la doctrine pernicieuse que les Jesuites enseignent dans son Séminaire. [*S. l. n. n.*] M DCC IX. In-12, 117 pp. chiffrées.

4. Seconde Lettre à Monseigneur l'Eveque de Tournai, par laquelle on lui dénonce une seconde fois la doctrine pernicieuse que les Jesuites ont enseignée dans son Seminaire, pour servir de réponse à la Plainte du R. Pere Philippe de la Compagnie de Jesus, Superieur du même Seminaire. [*S. l. n. n.*] M DCC X. In-12, 207 pp. chiffrées et table.

[T. VIII]. 1. La Constitution Unigenitus, avec des remarques, où l'on fait voir l'opposition de la doctrine des Jesuites, à celle des Saints Peres contenue dans les Propositions du Pere Quesnel, [par l'abbé GUDVER, curé de St-Pierre-le-Vieil, diocèse de Laon]. [*S. l. n. n.*] M. DCC. XXXIX. In-12, titre et xxiii-280 pp. chiffrées.

2. Priere d'un Malade, qui demande à Dieu sa guérison par l'intercession du B. François De Paris. [*S. l. n. d.*]. Pet. in-4°, VIII pp. chiffrées, sans feuille de titre.

3. Acte d'appel interjetté le 1 Mars 1717, par Nosseigneurs les Evêques de Mirepoix, de Senez, de Montpellier & de Boulogne, au futur Concile General, de la Constitution qui commence ainsi, *Unigenitus Dei Filius*; [*etc.*] [*S. l. n. d., Paris,* 1717]. In-12, 19 pp. chiffrées, sans feuille de titre.

4. Response au R. P. H. Thomiste triomphant, Theologien de l'Ordre de S. Dominique, par un Ecolier de Theologie de la Compagnie de Jesus. [*S. l. n. d.*, vendu à *Lille*]. In-8°, 36 pp. chiffrées, sans feuille de titre.

5. Maximes sur le Jansenisme et sur la Calomnie, [par *Guy* DE SÈVE DE ROCHECHOUART, évêque d'Arras]. A *Arras*, chez Urbain-Cesar Duchamp, Impr. de Monseigneur l'Evêque d'Arras, aux Armes de France [*s. d.*, 1717]. Pet. in-4°, 30 pp. chiffrées.

6. Lettre du Pere QUESNEL à M. Guy Drapier, Curé de S. Sauveur de Beauvais [15 janvier 1715, suivie de l'extrait d'une autre lettre du 22 fév. 1715. *S. l. n. d.*] 4 pp. chiffrées respectivement 121-124 et signées F.

7. Lettre du Pere QUESNEL à Monseigneur le Cardinal de Rohan, du 10 Décembre 1716. Pet. in-4°, 8 pp. chiffrées, sans feuille de titre.

8. Oratio ab amplissimo Rectore M. *Joanne-Gabriele* PETIT DEMONTEMPUIS, Baccalaureo Theologo, Socio Sorbonico, Habita In Comitiis generalibus Universitatis die 22 Junii anni 1716, suffragiis verò quatuor Nationum in Comitiis apud Mathurinenses die 23, ejusdem mensis habitis, jussa describi in Commentariis. [Précédée d'un avertissement en français et suivie d'une lettre de M. l'abbé d'Asfeld du 26 mars 1714]. [*S. l. n. d.*]. In-12, 5 ff. non cotés, 19 pp. chiffrées et 1 feuillet d'errata.

9. Pièces curieuses au sujet de quelques mandemens

publiés à l'occasion de la nouvelle Constitution de nostre St. Pere le Pape. Du 8 Septembre 1713. [*S. l.*] M.D.CC. XIV. In-8°, 15 pp. chiffrées.

10. Lettre à Monseigneur l'Archevesque de Tours. [*S. l. n. d.*] Pet. in-4°, 8 pp. chiffrées, sans feuille de titre.

11. Les Dispositions interieures d'un veritable Catholique, au sujet de la Constitution. A *Paris*, M.DCC.XIV. In-12, 14 pp. chiffrées.

12. Suite des Ecrits sur les matieres du temps. [*S. l. n. d.*] M. DCC. XIV. In-8", 15 pp. chiffrées.

13. Dénonciation d'un livre intitulé Manuel Chretien pour toutes sortes de Personnes, &c. Par un Pere de l'Oratoire, [le P. Cordier]. A *Bruxelles*, chez E. H. Fricx, 1696 & 1702. Addressée à Messieurs les Vicaires Generaux du Diocese de Tournay, en l'absence de Monseigneur l'Evêque. [*S. l.*] M. DCC. XV. In-8°, 27 pp. chiffrées.

14. Lettre de l'Eglise de Geneve à la Sorbonne. Illustres Deffenseurs du plus pur Jansenisme, [*etc.*, satire en vers, *s. l. n. d.*] 4 pp. chiffrées, sans feuille de titre.

15. Lettre ecrite à son Eminence Monseigneur le Cardinal de Noailles, Archevesque de Paris, par le Chapitre de l'Eglise Metropolitaine de S. Gatien de Tours, le 31 Janvier 1717. 12 pp. chiffrées, sans feuille de titre.

16. Lettre du R. P. Pouget, Prêtre de l'Oratoire, Docteur en Sorbonne, Abbé de Chambon, écrite à S. E. Monseigneur le Cardinal de Noailles, le 27 Mars 1714. 12 pp. chiffrées, sans feuille de titre.

[T.IX]. 1. De par le Roy. Nicolas-Joseph Duchasteau, seigneur Deleville, &c., Conseiller du Roy, Maître particulier des Eaux et Forêts de Flandres en deça des Rivieres de l'Escaut, de Scarpe & du Lys, Terres d'Empire & franche y enclavées. [Ordonnance sur le tirage des tourbes, Lille, 13 avril 1726]. In-12, 24 pp. chiffrées, sans feuille de titre.

2. Catalogvs metricvs Episcoporvm, et Archiepiscoporvm Cameracensivm. Ad Illvstriss^{mvm} Dominvm D. Franciscvm Van der Bvrch Dignitate LXXIX. Laudemus Viros gloriosos & Parentes nostros in generatione suâ. Ecclesiast. 44. *Montibvs*, Typis Ioannis Havart, in plateâ Nintianâ, propè Minimos. 1636. In-8°, 15 pp. chiffrées.

3. Patronvs Scriptorvm, et Amanvensivm; Seu Tractatvs *Ioannis* GERSONIS S. Theol. Doct. Christianissimi Cancellarii Parisiensis, De laude Scriptorum, sine Librariorum ; id est eorum. qui bonis Libris solâ transcriptione multiplicandis student, ad Fratres Cælestinos, & Carthusienses, Emendatvs nouissimè, etiàm post nouissimam edit, Parisiensem, & Notis auctus, Studio, F. *Philipi* BOSQVIERI Caesarimontani, Minoritæ Obs. Prou. Flandriæ. Editio secunda priore correctior. *Montibvs Hannoniæ*, Ex Officinâ Ioannis Havart, 1633. In-8°, 45 pp. chiffrées et 3 sans chiffres (manquent les pp. 17 à 32).

4. Catéchisme en vers, dédié à Monseigneur le Dauphin. Dans lequel les vérités Chrêtiennes sont expliquées d'une manière si intelligible & si exacte, que toutes sortes de personnes s'en pourront servir utilement. Avec des Prières sur les sujets les plus importans. Par Monsieur d'Heauville, Abbé de Chantemerle. A *Beauvais*, chez Michel Courtois, 1704. In-12, 2 ff. non cotés et 135 pp. chiffrées.

5. Instructions secretes des Jesuites. Suivant l'original. A *Cologne*, chèz (*sic*) Ignace le Sincere. M.DCC.IV. Pet. in-4°, 64 pp. chiffrées.

6. Interrogatoire du Pere de La Motte, Jesuite, pardevant Monsieur de Dourmesnil, Conseiller du Parlement de Roüen, Commissaire Rapporteur du Procès de ce Pere [14 nov. 1715. *S. l. n. d.*]. In-12, 3 ff. non cotés et 18 pp. chiffrées.

7. Requeste du Pere de La Motte de la Compagnie de Jesus, presentée à Nosseigneurs de la Cour de parlement à Rouen. M. DCC. XVI. In-12, 24 pp. chiffrées.

8. Maximes sur le Jansenisme [*etc.*, *ut supra*], N° 5 du tome VIII].

9. Instruction de Monseigneur *J. Joseph* LANGUET [*etc. ut supra*, N° 7 du tome VI].

10. Instruction familière du signe de la Croix. [*Paris*, Pierre Trichard, *s. d.*]. 12 pp. chiffrées, sans feuille de titre.

11. Lettre de Monsieur **** à un Docteur de ses Amis, [au sujet de l'ordonnance de M. le Vicaire général du 15 nov. 1698. [*S. l. n. d.*]. In-8°, 16 pp. chiffrées, sans feuille de titre.

12. Très-humbles et très-respectueuses Remontrances des Curés de la Ville & Faux bourgs d'Auxerre [2 août 1755. S. l. n. d.] In-12, 45 pp. chiffrées.

13. Ode à la Paix, par le S. R** [*J. B.* ROUSSEAU], suivie d'une Ode nouvelle de M. Rousseau, livre IV, ode IX, à Monsieur le Comte de Lannoy, Gouverneur de Bruxelles, et de l'Epître X, du même, à M. L. Racine. *Bruxelles*, 1737. In-16, 30 pp. chiffrées, sans feuille de titre.

14. La manière et façon, dont les esclaves chrétiens sont traitez à Alger et le long des Côtes de Barbarie. Tirées du 3ᵉ tom. de la Description de l'Univers, dediée au Roy par *Allain* MANNESSON MALLET. A *Lille*, chez Jean-Baptiste de Moitemont, Imprimeur ordinaire de Son Excellence Monseigneur l'Evêque de Tournay, ruë Neuve, 1740. In-8°, 15 pp. chiffrées, avec un bois au v° du titre.

15. Idée véridique du Révérend Pere Gabriel de Malagrida, Jesuite italien, Exécuté à Lisbonne, par sentence de l'Inquisition. Extrait de deux Lettres, l'une écrite de Séville, le 14 Octobre 1761, l'autre de Madrid, le 17

Novembre 1761. A *Liege*, chez Syzimme, M. DCC. LXII.
Pet. in-4°, 8 pp. chiffrées.

16. Remontrances au Parlement [sur l'arrêt du 8 mai
1761]. Avec des Notes, & ornees de Figures. Au Para-
guay. De l'Imprimerie Royale de Nicolas Ier. M.DCC.LXI.
Les Constitutions des Jesuites, remises en Parlement.
Par le P. MONTIGNY, le 18 Avril 1761. Voilà, Messieurs,
nos Saintes Loix. Convainquez vous enfin vous même
que notre Monarque suprême peut seul oter la vie
au (*sic*) Roys. Const. p. 5. Edit. 1757. In-12, 31 pp.
chiffrées.

17. Remerciement de la France au Parlement [au
sujet de la proscription des Jesuites]. [*S. l. n. d.*, 1761].
12 pp. chiffrées, sans feuille de titre.

493 Recueil de plusieurs pièces d'eloquence et de poësie présentées à l'Académie Françoise pour les Prix de 1687,
donnez le jour de S. Louis de la mesme année, avec
plusieurs autres Discours qui y ont esté prononcez, [par
l'abbé DE CHOISY, M. DE BERGERET, FONTENELLE, l'abbé
RAGUENET, *L. D.* CLERVILLE, Mlle. DES HOULIÈRES,
QUINAULT, PELLISSON, l'abbé FLÉCHIER, l'abbé HUET, et
autres]. A *Paris*, en la Boutique de Pierre le Petit,
chez Jean Villette le Fils, M. DC. LXXXVII. 1 vol.
in-12.

494 Recœuil de quelques pièces curieuses, tant en prose qu'en
vers, dont on peut voir les titres dans la page suivante.
[Requête des Dames de la Cour contre les Marchandes
et Bourgeoises de Paris. — Sommaire des griefs conte-
nus en ladite requeste. — Réponse aux dits griefs par les
Marchandes & Bourgeoises de Paris. — Le Palais des
Plaisirs. — Stances irrégulières. — Élégie contre un
Jaloux. — La Coupe enchantée. — Sonnets en bouts
rimés pour Monsieur, pour Madame, pour le Roy. —
Lettre en vers libres pour le retranchement des festes].
A *Cologne* (Hollande), P. Marteau, 1670. Pet. in-12.
Pièce de 59 pages.

495 Essai historique et philosophique sur les Noms d'hommes, de peuples et de lieux, considérés principalement dans leurs rapports avec la civilisation. Par *Eusèbe* SALVERTE. *Paris*, Bossange père, Bossange frères, [impr. Lachevardière], 1824. In-8°, 2 vol.

496 *Iosephi* SCALIGERI, *Ivl. Cæs. F.*, opuscula diversa Græca & Latina partim nunquam hactenus edita, partim ab auctore recensita atque aucta. Cum Notis in aliquot veteres scriptores. *Parisiis*, Hadrianvs Beys, 1605. In-8°, 1 vol.

In eodem volumine : Iosephi SCALIGERI, *Ivl. Cæs. F.* de re Nvmmaria dissertatio, liber posthvmvs, ex bibliotheca, Academia Lugd. Bat. *Antuerpiæ*, Raphelengius, 1616. — 2. *Willebrordi* SNELLII, R. F. de Re Nvmmaria. *Antuerpiæ* Raphelengius, 1623. — 3. Epigrammata ex libris Græcæ Anthologiæ, a *Q. Septimio* FLORENTE CHRISTIANO selecta et latine versa... Accessit MUSÆI Poematium [de Amore & Morte Leandri et Herus] versibus ab eodem expressum. *Lvtetiæ*, R. Stephanos, 1608. — 4. *Petri* CUNÆI [VAN DER KUN], Animadversionum liber in NONNI Dionysiaca... *Danielis* HEINSII dissertatio de NONNI Dionysiacis et ejusdem paraphrasi... *Iosephi* SCALIGERI [de NONNO] conjectanea. Accedunt FALKENBURGII quædam lectiones *Lvgdvni Batavorvm*, L. Elzevier. 1610.

Parmi les opuscules de Joseph Scaliger renfermés dans le Recueil mentionné, on trouve une traduction en vers grecs des *Distiques moraux* de DENYS CATON.

497 Nova Literaria Helvetica, collecta à *Johanne Jacobo* SCHEUCHZERO, Med. D. *Tiguri*, Apud Davidem Gessnerum. M.DCC.III. Pet. in-8°, 1 vol. de 169 pp. chiffrées.

498 Dialogi di Mi *S.* SPERONI. Nuovamente ristampati, eo con molta diligenza riueduti, & corretti. [Nota typographi] Aldus Con priuilegio della Signoria di Vinegia. In *Vinegia*, M.D.XLIII. Pet. in-8°, 1 vol.

F° 2 recto : Allo Illvstrissimo Principe di Salerno il S. Ferdinando Sanseverino, Daniel Barbaro. *F° 171 verso* : In Vinegia, Nell' anno M. D. XXXXIII, in casa de' figlivoli di Aldo. *In fine* : [*Nota typographi*] Aldus.

499 Lettres d'une Femme du quatorzième Siècle, traduites de l'Allemand [de *Paul* STETTEN]. Ornées de très belles Figures gravées en taille-douce. A *Amsterdam* ; et se trouve à *Paris*, chez Nyon l'aîné & Fils, 1788. In-12, 1 vol.

500 Mélanges de littérature : [par l'abbé ARNAUD, SUARD, MALOUET, et autres]. Publiés par *J. B. A.* SUARD, Membre et Secrétaire perpétuel de la Classe de Langue et de la Littérature française de l'Institut national de France. *Paris*, Dentu, An XII (1803) [-An XIII (1804).] In-8°, 5 vol.

501 Poliergie, ou Mélange de littérature et de Poësies. Par M. de V*** [*E.* DE VATTEL]. A *Amsterdam*, chez Arkstée et Merkus. M DCC LVII. In-12, 1 vol.

502 Dissertations historiques sur divers sujets, [par *Mathurin* VEYSSIÈRE DE LA CROZE]. A *Rotterdam*, chez Reinier Leers, M DCC VII. In-12, 1 vol.

503 Mélanges d'Histoire & de Littérature par M. DE VIGNEUL-MARVILLE [*Noel* dit *Bonaventure* D'ARGONNE, chartreux de la Chartreuse de Gaillon, au diocèse de Rouen]. Quatrième édition, revue, corrigée & augmentée [de presque tout le troisième volume] par M*** [*Antoine* BANIER]. *Paris*, Prudhomme, 1725. In-12, 3 vol.

504 Carpentariana ou Remarques d'Histoire, de Morale, de Critique, d'Erudition, et de bons Mots de M. CHARPENTIER, de l'Académie Françoise. [Par BOSCHERON.] A *Paris*, chez Nicolas le Breton, fils, M. DCC. XXIV. In-12, 1 vol.

505 Chevræana, ou diverses pensées d'histoire, de critique,
d'erudition et de morale. Recueillies & publiées par
Mr CHEVREAU. Suivant la Copie de Paris. A *Amsterdam*,
chez Thomas Lombrail, M. D. CC. In-12, 1 vol., tit. rouge
et noir.

506 Ducatiana ou Remarques de feu M. LE DUCHAT, sur divers
sujets d'histoire et de littérature, recueillies dans ses
mss. & mises en ordre par M. F. [*Samuel* FORMEY]. A
Amsterdam, chez Pierre Humbert, M. DCC. XXXVIII.
Pet. in-8°, 2 tom. en 1 vol., tit. rouge et noir.

507 Huetiana, ou Pensées diverses de M. HUET, Evesque
d'Avranches, [publiées par l'abbé *J.* THOULIER D'OLIVET].
A *Paris*, chez Jacques Estienne, MDCCCXXII (*sic*).
In-12, 1 vol., 1722.

508 Longueruana, ou Recueil de Pensées, de Discours et de
Conversations, de feu M. *Louis du Four* DE LONGUERUE.
Abbé de Sept-Fontaines... [recueil composé par l'abbé
J. GUION, publié par *N.* DESMARETS]. A *Berlin*, 1754.
In-12, 2 vol.

509 Menagiana ou les Bons Mots et Remarques critiques,
historiques, morales & d'érudition, de Monsieur MENAGE,
Recueillies par ses amis. Troisième édition, [publiée par
B. DE LA MONNOYE]. A *Paris*, chez Florentin Delaulne,
M. D. CC XV. In-12, 4 vol.

510 Perroniana sive excerpta ex ore Cardinalis PERRONII. Per
F. F. P. P. [fratres Puteanos sive DUPUY] *Genevæ*, Apud
Petrum Columesium, M. DC. LXIX. Pet. in-8°, 1 vol.

    In eod. volum.: Thuana sive excerpta ex ore Jac. *Aug.*
Thuani. [DE THOU]. Per F. F. P. P. [eosdem]. [*S. l. n. n.*
Hollande. à la Sphère]. M. DC. LXIX. Pet. in-8°, 51 pp.

511 Scaligeriana, sive excerpta ex ore *Josephi* [*Justi*] SCALI-
GERI. Per FF. PP. [id est FRATRES PUTEANOS, scilicet :
Petrum et *Jacobum* DUPUY]. *Lvgdvni Batavorvm*,
Driehuysen, 1668. In-12, 1 vol.

VARIA, — EMBLÈMES, — FACÉTIES, — PIÈCES BURLESQUES, ETC.

512 ΙΟΥΛΙΑΝΟΥ Αὐτοκράτορος περὶ Καισάρων λόγος. Ivliani Imperatoris de Cæsaribus sermo. C. Cantoclari I. C. & in supremo Senatu causarum patroni, studio atque opera in lucem nunc primum editus, & ab eodem Latinus factus. *Parisiis*, Apud Dionysium Vallensem, 1577. Pet. in-8°, 1 vol.

In eodem volumine : 1° *Marii* SALAMONII Patritii (*sic*) Romani de Principatv Libri VI. Ad Pomponivm Belevrivm, Regis in Sacro Consistorio Consiliarium, Præsidemque supræmæ (*sic*) Curiæ Parisiensis. *Parisiis*, Excudebat Dyonysius du Val, 1578. Pet. in-8°, 1 vol.

2° De Gemmis aliqvot, iis præsertim qvarvm Divvs Joannes Apostolus in sua Apocalypsi meminit. De alijs quoque quarum usus hoc æui apud omnes percrebuit, libri duo Theologis non minus utiles quàm Philosophis, & omnino felicioribus ingenijs periuandi (*sic*), è non uulgaribus utriusque philosophiæ adytis deprompti, Autore *Francisco* RUEO [*F*. DELERUE] Doctore Medico Insulano. *Parisiis*, Ex officina Christiani Wecheli, M. D. XLVII. Pet. in-8°, 1 vol.

3° *Hieronymvs* HANGESTVS Philosophiæ ac sacræ Theologiæ professor, de Libero Arbitrio & eius coefficientia in Lutherum [*Nota editoris.*] Iehan Petit. Vænûdatur (*sic*) ab Ioâne Paruo Parisii, sub Lilio aureo, in via Iacobea, Ab eodē authore recognitus. [*S. d.*] Pet. in-8°, 1 vol. *In fine* : In Typographia Andreæ Boucard Impensis Ioannis Parui, apud quem venundantur Parisii in vico diui Iacobi sub Lilio aureo.

513 *Iacobi* BORNITI. Ic. Emblematum sacrorum et Civilium miscellaneorum Sylloge Prior [et Posterior]. *Heidelbergæ*. Apud Clementem Amoniū Academiæ Bibliopolam.

18

A. C. MDCLIX. In-4°, 2 tom. en 1 vol., tout en gravures sauf l'avertissement de l'éditeur, contenant en
tout 50 et 48 gravures au r° des pp., le v° vide, titres
encadrés (manque le tit. du t. Ier), devises en latin et en
allemand.

514 Emblemata, cvm aliqvot Nvmmis antiqvi operis, *Ioannis*
Sambvci Tirnaviensis Pannonii. *Antverpiæ*, ex Officina
Christophori Plantini. M. D. LXIV. Cvm Privilegio. Pet.
in-8°, 1 vol., tit. orné.
In fine : Excvdebat Christophorvs Plantinvs Antver-
piæ, VIII. Cal. Sept. Anno M. D.LXIV.

515 Elegantissimorvm emblematvm corpvscvlvm latinis Bel-
gicis qve versibvs elvcidatvm Versameling van uytge-
leesene sinne-Beelden met latynse en Nederduitse Ver-
klaringen in rym. *Lugdum Batavorvm*, ex Chalcographia Petri Vander Aa ∞ DCC XCVI. 1 vol. in-4°, 41
planches en médaillons.

516 Analecta de calamitate litteratorum, [in quibus complec-
tuntur] : *Petri* Alcyonii, Medices legatus, sive de Exilio,
libri duo : Accessere *Jo.* Pierius, Valerianus, et *Corne-*
lius Tollius, de Infelicitate litteratorum, ut et *Josephus*
Barberius, de Miseria Poetarum Græcorum, cum præfatione *Jo. Burchardi* Menckenii [in qua de diversis auctoribus, quorum scripta in his Analectis continentur, et
præsertim de Alcyonio, optime disseritur], et indice
copioso. *Lipsiæ*, Jo. Frid. Gleditsch, 1707. In-12, 1 vol.

517 *Petri* Alcyonii Medices Legatus, sive de Exilio Libri duo :
Accessere *Jo.* Pierius Valerianus, et *Cornelius* Tollius
de Infelicitate Litteratorum, Ut & *Josephus* Barberius
de Miseria Poetarum Græcorum, cum præfatione *Jo.*
Burchardi Menckenii, et indice copioso. *Lipsiæ*, Apud
Jo. Fridericum Gleditsch. MDCC VII. In-12, 1 vol., tit.
rouge et noir.

518 L'année merveilleuse (satire contre les femmes). A *Lille*, de l'imprimerie de Pierre - Simon Lalau, sur la petite Place, *s. d.* 1 br. non paginée, 4 p. in-4°.

519 Avis au public, de la part des Habitants de Sarcelles. *S. n. d'imp.*, *s. d.* 1 feuillet pet. in-8°.

Pièce en patois relative à un autre pamphlet.

520 *Nicodemi Frischlini* BALINGENSIS Facetiæ selectiores : qvibvs ob argvmenti similitudinem, accesserunt *Henrici* BEBELII, P. L. Facetiarum Libri tres Salss (*sic i. e* sales) item sev Facetiæ ex Poggii Florentini Oratoris libro selectæ. Necnon ALPHONSI Regis Arragonum, & ADELPHI Facetiæ. Vt ex Prognostica Iacobi Henrichmanni. *Argentorati*, Apud Tobiam Iobinum, Anno 1603. In-12, 192 ff. cotés, tit. rouge et noir.

Dans le même volume est relié un recueil manuscrit de facéties moitié en latin, moitié en allemand, d'une écriture très difficile à déchiffrer, qui date du XVII⁰ siècle.

521 L'Advocat chrestien addressé à Monseigneur l'Archevesque d'Ambrun, Evesque de Metz, Ministre d'Estat du Roy Tres - Chrestien, [*Charles* BRULART DE GENLIS]. A *Strasbourg*, M. DC. LXXIV. Pet. in-12, 64 pp. chiffrées.

522 Réflexions politiques sur quelques écrits de ce jour et sur les intérêts de tous les Français. Par M. DE CHATEAUBRIAND. *Paris*, Le Normant, 1814. In-8°, pièce de 145 pages.

523 Discovrs de l'Accovstvmance. Av Roy. Faict par le Sieur de CHAVMONT, Garde des Liures du Cabinet de sa Maiesté : & son Conseiller en ses Conseils d'Estat et Privé. A *Paris*, de l'Imprimerie de François Ivlliot, M. DC. XV. Pet. in-4°, 1 vol.

524 Les Contes, et Discovrs bigarrez dv sievr DE CHOLIERES. Déduits en neuf Matinees. Qvatrain. A *Paris*, par Anthoine du Brueil, M. DC. XI. In-12, 1 vol.

525 Pratique curieuse, ou les Oracles des Sibylles, sur chaque question proposée. Troisieme Edition. Augmentée d'une seconde partie sur de nouvelles questions qui n'ont point encore paru. Avec la Fortune des Humains. Inventée par M. COMMIERES, & mise nouvellement dans ce beau jour par L. D. T. A *Paris*, et se vend à *Brusselles*, chez Goerge de Backer, M. DC. CI. Pet. in-8°, 1 vol.

526 Aresta amorvm Cum erudita Benedicti CURTII Symphoriani explanatione. Accessit huic editioni locupletissimus rerum ac vocabulorum Index. *Lvgdvni*, apvd Seb. Gryrhyvm, 1538. 1 vol. in-4°.

527 De immensa Cvriæ Romanæ Potentia moderanda Ad Principes Christianos Oratio. M. DC VII. [*S. l. n. n.*] Pet. in-4° de 17 et 3 pp.

528 Cymbalum Mundi, ou Dialognes Satyriques sur differens sujets, par *Bonaventure* DES PERIERS. Avec une Lettre Critique dans laquelle on fait l'Histoire, l'Analyse, & l'Apologie de cet ouvrage. Par *Prosper* MARCHAND, Libraire. Nouvelle Edition. A *Amsterdam*, chez Prosper Marchand, M. DCC. XXXII. In-12, 1 vol., tit. rouge et noir.

529 Discours sur le départ de Monsieur l'abbé de Guistelle, doyen de S. Pierre, à Lille. Nommé par le Roy à l'Evêché de Besiers. Signé : Ph. P. S. n. d'imp., 1 br., 11 p. in-4°.

530 Entretien de Rabelais & de Nostradamus. *Cologne*, P. Marteau, 1696. Pet. in-12. Pièce de 80 pages.

531 Epistola plurium doctorum e Societate Sorbonica ad Illustrissimum marchionem Scipionem Maffeium de ratione

Indicis Sorbonici seu bibliothecæ alphabeticæ, quam
adornant, ubi de epistolis S. Augustini nuperrime &
inventis & editis. 1734. S. n. d'imp. 1 br. 12 p. in-4°.

532 L'Eloge de la Folie, Composé en forme de Déclamation,
par ERASME, et traduit par M. GUEUDEVILLE, avec les
Notes de *Gerard* LISTRE, & les belles Figures de HOL-
BEIN. Le tout sur l'original de l'Université de Basle.
Nouvelle Edition. A *Neuchatel*, chez Samuel Fauche,
M. DCC. LXXVII. In-8°, 1 vol.

533 Curiosités théâtrales anciennes et modernes, françaises et
étrangères, par V. FOURNEL. *Paris*, Adolphe Delahays,
Lib. Edit. Imp. Simon Raçon et Cⁱᵉ, 1859. 1 vol.
pet. in-8°.

534 *GeorgI* FRANCI Doct. et Profess. Publ. Ord. in Electorali
Heidelbergensi de Studiorum Noxa Dissertatio in promo-
tione trium Medicinæ Doctorum solemniter habita VI.
Novembr. cIɔ Iɔc LXXIII. Editio secunda. *Ienæ*, Apud
Ioann. Bielkium, cIɔ Iɔc xcv. Pet. in-12, 24 ff.
non cotés.

[*In eod. volum.* :] ErycI Mohy Eburonis Pulvis Sym-
patheticvs, quo Vulnera sanantur absque medicamenti
ad partem affectam applicatione, & sine superstitione;
Galenicarum Aristotelicarumq₃ rationum cribro eventi-
latus. Editio nova. [*Accedit* Nicolai Papinii Blæsensis
Pulveris Sympathetici præparandi et applicandi me-
thodus] [*S. l. n. d.*]. Pet. in-12, 72 pp. chiffrées.

535 Almanac, ou Iournal, pour l'An de grace M. D. XCI. Selon
la nouvelle Calculation seruant pour le vijᵉ Climat. Par
M. *Iean* FRANCO d'Erssel en Brabant, Medecin & Docteur. A *Anvers*, de l'Imprimerie d'Arnould Coninx.
M. D. XCI. Tr. pet. in-8°, 16 ff. non cotés, tit. rouge
et noir.

[*In eod. volum.* : I.] Prognostication de la merueilleuse

Reuolution de l'An M. D. XCI. Par M. Iehan Franco. A *Anvers*, chez Arnoult Coninx, l'An M. D. XCI. Tr. pet. in-8°, 16 ff. non cotés.

[II.] Histoires ou brief recueil des choses les plus memorables aduenues depuis l'an XV° jusques à l'an present quinze cents nonante & vn. Imprimé en Anvers, par Matthieu de Rische, L'an 1591. Tr. pet. in-8°, 32 ff. non cotés.

Viennent ensuite 16 ff. mss. d'une écriture allemande illisible.

536 Lettre au public. Par Sa Majesté le Roi de Prusse (FRE-DÉRIC II). A *Berlin*, chez Etienne de Bourdeaux, libraire du Roi et de la Cour, 1753. In-12. Pièce de 45 pages, marquées en chiffres romains.

537 Histoire du Roi de Bohême et de ses sept châteaux. *Paris*, Delangle frères, Edit. Lib. Imp. G. Doyen. M DCCC XXX. Un vol. in-8° avec gravures dans le texte.

538 Centvm dicta Partim Latina, Partim Gallica, Partim His-panica, & Partim Italica in stemmata præclarissimi & vigilantissimi viri D. Fovcqvet, par DE LA GRAVETTE (*S. l. n. d.*) 1 vol. petit in-4°, tranches dorées, quelques pages de texte et nombreuses gravures.

539 Le Grand Empire de l'vn et l'avtre Monde divisé en trois Royavmes. Le Royaume des Aueugles, des Borgnes, & des Clairvoyants. Le tout enrichi de curieuses inuentions & traicts d'éloquence Françoises (*sic*), composé par J. DE LA PIERRE. A *Paris*, chez Denis Moreau, 1630. Pet. in-8°, 1 vol., tit. orné.

540 Lettre du Solitaire des Pyrénées à M. D***. (9 thermidor an 12). *S. n. d'imp. S. d.* 1 broch., 40 pag. pet. in-8°.

541 Le Livre des Proverbes français, précédé de recherches historiques sur les proverbes français et leur emploi

dans la littérature du moyen-âge et de la Renaissance, par M. LE ROUX DE LINCY. Seconde Edition, revue, corrigée et augmentée. *Paris*, Adolphe Delahays, Lib. Édit. Typ. Plon, 1859. 2 vol. pet. in-8°. (Bibliothèque Gauloise).

542 Lettre du Comte DE MIRABEAU à M. le Comte de ***, sur l'Éloge de Frédéric par M. DE GUIBERT, & l'Essai général de Tactique du même auteur. S. *l.*, 1788. In-8°. Pièce de 67 pages.

543 Recherches historiques sur l'usage des cheveux postiches et des perruques, dans les temps anciens et modernes. Traduit de l'allemand de M. NICOLAÏ. Par JANSEN. A *Paris*, chez Léopold Collin, 1809. In-8°, 1 vol.

544 L'Esprit d'Esope, IVᵉ Dialogue entre Mercure & Van-Vaveren. Décembre 1694. (Par *Eustache* LENOBLE, baron DE ST. GEORGES et DE TENELIÈRE). *Paris*, Mazurel, 1694. In-12. Pièce de 48 pages.

545 La Cacomonade, histoire politique & morale, traduite de l'allemand du Docteur Pangloss, par le Docteur lui-même, depuis son retour de Constantinople. (Par *Simon-Nicolas-Henri* LINGUET). A *Cologne* (*Paris*) 1756 (*sic*), in-12. Pièce de 105 pages.

« La *France littéraire*, dit M. de Godefroy, nomme LINGUET auteur de cet » ouvrage, mais je ne le crois pas. » Cependant M. Quérard, la *Biographie Universelle* de Michaud, et après elle, celle de M. Hœfer, attribuent formellement la *Cacomonade* à Linguet. Tous sont également d'accord pour donner comme date de sa publication 1766, et non pas 1756, ainsi que le porte notre titre, et cela doit être exact. La *Cacomonade*, en effet, a été inspirée par le chapitre IV de *Candide* et *Candide* fut publié pour la première fois au mois de mars 1759. La date de 1756 est donc, ou une erreur de typographie, ou une supercherie de l'auteur.

546 Nova Mvndi Svblvnaris, Anatomia. Ad Illustrissimum, Generosissimúmque Dominum, D. Gvillelmvm Dv-Vair Gallici Imperij Procancellarium; Sapientia, probitatéque

eminentissimum. Authore *Ioanne Baptista* Morino è Bellejocensibus Francopolitano, Philosophiæ, & Medicinæ Doctore. *Parisiis*, Apud Nicolavm Dv Fossé. M.DC. XIX. Pet. in-8°, 1 vol.

547 Les Oracles de *Michel* de Nostredame, astrologue, médecin et conseiller ordinaire des rois Henri II, François II et Charles IX. Édition ne varietur, comprenant : 1° Le Texte-type de Pierre Rigaud (*Lyon*, 1558-1566), d'après l'édition-princeps conservée à la Bibliothèque de Paris, avec les variantes de Benoist Rigaud (*Lyon*, 1568) et les Suppléments de la réédition de M. DCV ; 2° Un Glossaire de la Langue de Nostredame, avec Clef des Noms énigmatiques ; 3° Une Scholie historique des principaux quatrains, par *Anatole* Le Pelletier. *Paris*, Le Pelletier, imprimeur lithographe. 1867. In-8", 2 vol., pap. de Hollande, caract. elzéviriens.

548 Nugæ venales, sive Thesaurus ridendi & jocandi ad Gravissimos Severissimosque Viros Patres Melancholicorum Conscriptos. Editio ultima auctior et correctior. Anno 1720. Prostant apud Neminem ; sed tamen Ubique. In-12, 1 vol., tit. rouge et noir.

549 L'Ombre de Théophile apparuë au Père Garasse. (*Paris*), 1626, in-12. Pièce de 16 pages.

Le P. François Garasse, dans la *Doctrine curieuse des beaux esprits de ce temps*, avait rudement malmené Théophile. Un ami du poète feint que l'apparition de l'Ombre de Théophile effraye le P. Garasse au point de lui faire perdre la raison.

550 Oratio in theatro Sheldoniano habita Idibus Aprilibus, MDCCXLIX die dedicationis bibliothecæ Radclivianæ. *Londini*, apud S. Clarke, & W. Owen Oxonii, apud S. Fletcher, & S. Parker, MDCCL. 1 br., 34 p. in-4°.

551 Paris ridicule et burlesque au dix-septième siècle, par *Claude* le Petit, *Berthod.* Scarron, *François* Colle-

TET, BOILEAU, etc. Nouvelle édition, revue & corrigée, avec des notes, par *P. L.* JACOB, bibliophile. *Paris*, Adolp. Delahays, Lib. Édit. Imp. Simon Raçon et Cie, 1859. 1 vol. pet. in-8° (Bibliothèque gauloise).

552 Les Recherches des Recherches & autres Œuvres de Me *Estienne* PASQVIER, Pour la defense de nos Roys, contre les outrages, calomnies, & autres impertinences dudit Autheur. [Par le R. P. *François* GARASSE, Jésuite.] Actorvm XXIII. Scriptum est, Principem populi tui non Maledices. A *Paris*, chez Sebastien Chappelet, M. DC. XXII. Pet. in-8°, 1 vol.

553 Deffence povr Estienne Pasqvier, vivant Conseiller dv Roy, et son Advocat General en la Chambre des Comptes de Paris, contre les Impostvres et Calomnies de François Garasse, [par *Nicolas* PASQUIER, *Guy* PASQUIER et *Antoine* REMY. A *Paris*, et se vendent au Palais. M. DC. XXIV. Pet. in-8°, 1 vol.

554 Lettres Turques. (Par *Germain-François* POULLAIN DE SAINT-FOIX). A *Cologne*, Pierre Marteau, 1744. In-12. Pièce de 69 pages.

Les *Lettres Turques* ont eu trois éditions, la première à Amsterdam, 1730 ; la troisième, avec les *Lettres de Nedim Cogia* du même auteur. *Paris*, 1750. Quant à la seconde, à laquelle appartient le présent exemplaire, elle fut donnée à la fin du second volume des *Lettres Persanes* de Montesquieu & cela explique la signature de la feuille B (page 17) avec l'indication T. II.

555 Relations du Royaume de Candavia, envoyées à M^e la Comtesse D*****. Nouvelle édition, Revûë, corrigée & augmentée par l'Auteur. Dédiées au Général du Régiment de la Calotte. Sur l'imprimé à *Jovial*, chez Staket le Goguenard, ruë des Fièvres Chaudes, à l'enseigne des Rêves. A *Paris*, chez L. de Heuqueville, ruë de Hurepoix, à la Paix, 1731. In-12. Pièce de 51 pages.

La dédicace de cette insanité s'adressant au Général du Régiment de la Calotte, est signée : L. D. H.

556 Le Retour des pièces choisies ou bigarrures curieuses. A
    Emmerick, chez la veuve de Renoüard Varius, 1687.
    Pet. in-18, 160 pages.

> *Pièces qui composent le Recueil :* 1.) pag. 1. Copie de la lettre
> d'vn ami à un abbe d'un Diocèse voisin : Svr un sermon
> presché par le P. Begat, jésuite, le 21 du mois de mars 1681,
> dans l'église collégiale de St-Paul, de Lyon. — 2.) pag. 16.
> Lettre de M. N. à un Seigneur d'Angleterre, s'il est bon d'em-
> ployer les Jésuites dans une Mission. — 3.) pag. 30. Lettre de
> Monsieur ***, pour justifier Pomponius Atticus de la censure
> d'un auteur moderne déguisé sous le nom de Cesarion. —
> 4) pag. 52. Réflexions sur un livre imprimé à Rotterdam 1686,
> intitulé *Doutes sur le système des causes occasionnelles*. [C'est le
> livre de Fontenelle]. — 5.) pag. 65. Lettre de l'auteur des
> *Doutes* (FONTENELLE) à M*** pour répondre à une difficulté qui
> lui avait été objectée. — 6. pag. 72. Lettre du P. *Ferdinand*
> . VERBIEST, de la Compagnie de Jésus, écrite de la cour de Pékin,
> sur un voyage que l'Empereur de la Chine a fait l'an 1683 dans
> la Tartarie Occidentale. — 7.) pag. 97. Récit d'une conversa-
> tion de M. le Marechal d'Hocquincourt avec le P. Canaye,
> Jésuite, par M. D. S. E. — 8.) pag. 113. Traduction en vers
> français de quelques épigrammes de MARTIAL. — 9.) pag. 121.
> Vers latins du P. COMMIRE à M. Du Périer et réponse de
> DU PÉRIER.. — 10.) pag. 138. Discours fait au Pape par le
> Cardinal D'ESTRÉE, sur la nouvelle promotion des Cardinaux.
> — 11.) pag. 144. Lettre de BENSERADE à M. le Cardinal
> Le Camus sur sa promotion, & Réponse de LE CAMUS. —
> 12.) pag. 148. Réflexions sur la lettre de l'auteur des *Doutes*
> insérée ci-dessus, page 65.

557 Historia STRENARVM orationibvs adversariis explicata, et
    carmine. Item prosopopoeïc siue ἔμψυχοι λόγοι Martis, Ius-
    titiæ, Pacis, Mineruæ & Galliæ. Et LIBANIJ Sophistæ
    Kalendarum Ianuarij, Græca expressio, cum interpreta-
    tione & notis. Editio IV. Multis partib. auctior Accessit
    Ecloga Strena venatrix. *Theodori* MARCILII. Professoris

eloquentiæ Regij. *Parisiis*, Ex Typographia Steph. Pre-
uosteau, [1596]. Pet. in-4°, 1 vol. de 60, 12, et 24 pp.

In eod. volum. : I. Strenæ ad Senatum Populumque
Cadomensem. *Parisiis*, E Typographia Steph. Preuos-
teau, M. D. XCVIII. Pet. in-4°, 48 pp.

II. Ad. clarissimvm et ampliss. Virvm D. Steph Teno-
nivm Regivm primæ sententiæ & exemplaris Consiliarium, libellorumque supplicum mag. pro Strenis. Modvs
Authore *Io. Fortino* VINDOCINO. *Parisiis* , Apud Steph.
Prevosteav, ∞ IƆCVII. Pet. in-4°, 16 pp.

558 Les Œuvres de TABARIN, avec les Adventures du Capi-
taine Rodomont, la Farce des Bossus et autres pièces
Tabariniques. Nouvelle Édition , préface et notes par
Georges D'HARMONVILLE. *Paris*, Adolphe Delahays, 1858.
Pet. in-8°, 1 vol., de la *Bibl. Gauloise.*

559 Histoire des Perruques, Où l'on fait voir leur origine,
leur usage , leur forme, l'abus de l'irrégularité de celles
des Ecclésiastiques. Par M. *Jean-Baptiste* THIERS, Docteur en Théologie , Curé de Champrond. A *Avignon*,
chez Louis Chambreau , M. D. C. C. LXXIX. In - 12 ,
1 vol.

560 Historia septem infantivm de Lara Authore *Ott.* VÆNIO
Historia de los siete infantes de Lara Por Priuilegio de
S. Sanctidad , de l'Emperador, de Reyes d'Españã y
Francia, de los Archiduques esta prohibido , so pena de
dies Marcas de Oro, que ninguno pueda imprimir, imitar,
ò sacar à luz , de qualquiera ostra manera esta Historia ,
ò otra qualquiera obra, que sea del mismo auctor.
Antverpiæ prostant apud Philippum Lifaert, anno M. DC.
XII. Un album. 40 figures avec légendes.

561 Della famosissima Compagnia della Lésina Dialogo, Capitoli e Ragionamenti. Con l'Assottigliamento in tredici
Punture della punta d'essa Lesina. Alla quale s'è rifatto

il Manico in trenta modi, Soppo quelli in venti altri. Poi si danno cinquantacinque Ricordi di Filocerdo de' Risparmiati, Con la nuou' Aggiunta del modo di riceuere li Nouity, Delle pene debite à' Cattivi Lesinanti, Di tre Consulti. Post' insienne dall' Academico Specvlativo [da *Vincenzo* VIALARDI, Veneziano.] In *Venetia*, M. DC. XXVII. Appresso Ghirardo, & Iseppo : Imberti Fratelli. Pet. in-8°, 1 vol.

562 Statuts de l'Académie de la Lésine. Traduits de l'Italien de VIALARDI & recueillis par M. H......... A *Lésino-polis*, de l'Imprimerie de l'Académie de la Lésine. Octobre 1791. In-12, 1 vol.

563 Le Printemps d'Yver. *** Contenant cinq histoires discourues par cinq iournees, en vne noble compagnie, au chasteau du Printemps, par *Iaques* YVER, seigneur de Plaisance, & DE LA BIGOTTRIE, gentilhôme Poicteuin. A *Lyon*, par Benoist Rigaud, 1594. Tr. pet. in-8°, 1 vol. de 460 pp. chiffr. et 2 ff. non cotés, tit. orné.

TABLE DES MATIÈRES.

THÉOLOGIE.

SCIENCES ET ARTS.

BELLES-LETTRES.

TOVT PAR LABEVR

LD